MAYA BINYAM

Galgenmann

aufbau

MAYA BINYAM

Galgenmann

ROMAN

Aus dem Amerikanischen
von Eva Kemper

aufbau

Die Originalausgabe unter dem Titel
Hangman
erschien 2023 bei Farrar, Straus and Giroux, New York.

Triggerwarnung:
Wiedergabe von rassistischer Sprache im Roman

MIX
Papier | Fördert gute Waldnutzung
FSC® C083411
FSC www.fsc.org

ISBN 978-3-351-04210-3

Aufbau ist eine Marke der
Aufbau Verlage GmbH & Co. KG

1. Auflage 2023

www.aufbau-verlage.de
10969 Berlin, Prinzenstraße 85

Einbandgestaltung zero-media.net, München
Satz LVD GmbH, Berlin
Druck und Binden CPI books GmbH, Leck, Germany

Printed in Germany

Für Binyam Tamene

EINS

Morgens bekam ich einen Anruf, man sagte mir, ich solle ein Flugzeug nehmen. Alle Vorkehrungen seien für mich getroffen worden. Ich packte keine Kleidung ein, weil sie schon für mich gepackt war. Es kam ein Auto, um mich abzuholen. Im Radio wurde ein Stau gemeldet wegen eines Unfalls, in den ein Taxifahrer, ein Polizist und eine Frau, deren Beschäftigung der Sprecher nicht anführte, verwickelt waren. Aber es gab keinen Stau. Mein Flugticket steckte in der Brusttasche meiner Jacke, die mir gereicht wurde, als ich auf der Beifahrerseite ausstieg. Beim Warten in der Schlange fühlte ich mich, als hätte ich keinen Körper, aber bis ich die Sicherheitskontrolle erreichte, hatte ich Hunger bekommen. In meinem Handgepäck entdeckte ich zwei Äpfel und ein Croissant, die nach nichts schmeckten. Der Sicherheitsbeamte fragte nach meinem Namen. Ich gab ihm meinen Führerschein, ging durch den Metalldetektor, und dann entfernte sich mein Körper.

Vor dem Start verkündete eine Flugbegleiterin unser Ziel. Alle jubelten. Der Passagier zu meiner Rechten fragte, ob ich mich darüber freute, nach Hause zu fliegen. Er benutzte nicht die Sprache des Landes, in das wir flogen, die zur Sprache des Flugzeugs geworden war. Ich antwortete, ich würde mich weder freuen noch sei ich traurig. Er sagte, er verstehe mich, weil er bei seiner Arbeit Menschen wie mich kennengelernt habe.

Er sagte, Menschen wie ich hätten sein Leben verändert. Es stimme, dass sie Geld brauchten, aber dass er es ihnen gab, beeinflusse nicht, was sie ihm bedeuteten.

Sein echtes Leben, das nicht an unserem Zielort stattfand, wurde durch Ambivalenz verkompliziert. Seit seiner Kindheit wurden alle grundlegenden Bedürfnisse befriedigt, wie von einer unsichtbaren Macht. Anfangs glaubte er, es seien seine Mutter und sein Vater, die ihn versorgten, aber als sie starben, stellte er überrascht fest, dass er keinen Verlust verspürte. Fürsorge, begriff er, hatte ihren Ursprung nicht in seinen Eltern, deren Schutz in fast jedem, dem er begegnete, spürbar blieb: in Kellnern, seinem Internisten, sogar dem Premierminister. Sie hatte nur in den Körpern seiner Eltern verweilt, die er nicht besuchen musste, weil der Friedhof nichts mit dem Rest seines Lebens zu tun hatte.

Er wirkte erschrocken, als er dieses Wort aussprach, »Friedhof«, als hätte er versehentlich ein Schimpfwort benutzt. Als sich seine Sorge gelegt hatte, es könnte anstößig gewesen sein, wechselte er das Thema und sprach über seine Frau. Ihr war vieles im Leben leichtgefallen. Gleich nach der Hochzeit hatte sie Kinder gewollt, und dann hatte sie zwei zur Welt gebracht. Rezepte hielt sie für unnötig. Sie bestellte einfach Kochzeitschriften und bereitete die Gerichte auf den Titelseiten anhand der Fotos zu. Falls Reste übrig blieben, hatte er dafür keine Verwendung, weil in seinem Büro das Mittagessen gestellt wurde. Alle, mit denen er arbeitete, waren in die Chefetage befördert worden. Sie verdienten viel Geld, sprachen aber nicht gern darüber, besonders nicht mit Menschen wie mir. Ihm gefiel, dass Menschen wie ich keine Wünsche hatten, weil wir noch darum kämpften, unsere Grundbedürfnisse zu befriedigen. Seine Wünsche empfand er als lähmend, weil sie nicht auf Bedürfnissen gründeten. Alles war verfügbar, er konnte alles besitzen, was es unmöglich machte abzuschätzen, wie stark der jeweilige Reiz eines Gegenstands oder eines Menschen war. Er wünschte, er würde seine Geliebte stärker begehren. Ich versuchte, ihn zu verstehen und seine Sorgen nachzuvollziehen.

Nach dem Start löste ich meinen Gurt. Eine Flugbegleiterin fragte, ob ich Kaffee oder Tee bevorzugte. Ich dachte darüber nach, aber ich glaubte nicht, dass ich eine Vorliebe hatte. Sie versuchte es in einer anderen Sprache. Als sie es so sagte, merkte ich, dass ich Kaffee bevorzugte. Der Mann zu meiner Rechten bat um Zucker, und die Flugbegleiterin fragte, ob ich auch Zucker wolle. Nein, sagte ich, und dann wechselte sie wieder die Sprachen und gab mir doch Zucker. Der Kaffee war köstlich. Der Mann zu meiner Rechten spuckte ihn aus.

Hinter mir hustete eine ältere Frau. Als ihr Körper ihr eine Pause vom Husten gönnte, erzählte sie der Flugbegleiterin ihre Lebensgeschichte. Als Mädchen, sagte sie, sei sie sehr schön gewesen. Als sie sechs Jahre alt war, verliebte sich einer ihrer Mitschüler in sie. Er schrieb ihr täglich Briefe. Eines Tages wurde einer dieser Briefe vom Schuldirektor beschlagnahmt, der sie auch liebte. Um den Jungen zu beschämen, las der Direktor den Brief vor. Alle lachten, und der Mitschüler kam nie wieder in die Schule. Stattdessen lernte er, hervorragend zu schießen. Er merkte, wenn er mit einer Waffe, selbst mit einer ungeladenen, auf Menschen zuging, konnte er sie dazu bringen, ihm alles zu geben. Als er sechzehn wurde, verliebte er sich in sein Dienstmädchen. Er wollte die junge Frau heiraten, aber sie wurde von dem anderen Dienstboten schwanger. Wenige Tage vor der Geburt sah er, wie der Dienstbote Holz hackte. Mittlerweile konnte er sehr gut zielen. Als der Dienstbote die Axt über den Kopf hob, schoss ihm der Mitschüler der älteren Frau zwischen die Beine und verletzte ihn so am Penis, dass er bleibende Schäden davontrug. Alle in der Stadt waren deswegen traurig, aber der Mitschüler der älteren Frau war reich, also ließ man ihn unbehelligt weiterleben.

Jahre später, als er erwachsen war, traf er auf einen Wärter, der vor einem Gefängnis saß. Er befahl dem Wärter, die Häftlinge freizulassen. Sie seien politische Gefangene. Der Wärter sagte, er wolle sie nicht freilassen, weil es für die regierende Partei sehr wichtig sei, dass die Häftlinge gefangen blieben. Der Mitschüler der älteren Frau zielte mit einer Waffe auf den Kopf des Wärters und sagte ihm, er solle es trotzdem tun. Unglücklicherweise war der Wärter nicht politisch gebildet und weigerte sich immer noch, die politischen Gefangenen freizulassen. Ihm wurde in den Kopf geschossen. Als feststand, dass er tot war, kamen die politischen Gefangenen frei. Ihre Partei, die Opposition, erhob den Mitschüler der älteren Frau zu einem politischen Symbol. Daraufhin erhängte ihn die regierende Partei. Damit war die Geschichte der älteren Frau zu Ende.

Nach einer Stunde war das Meer so groß wie mein Fenster. Ich betrachtete die anderen Passagiere. Alle schliefen, bis auf den Mann zu meiner Rechten, der auf einem tragbaren DVD-Player einen Film ansah. Auf dem Bildschirm stand ein seltsamer kahlköpfiger Mann an einer Straßenecke. Eine Frau mit Kinderwagen ging vorüber, und er bat sie stehen zu bleiben. Sie wollte es nicht. Ich glaube, sie hatte Angst um ihr Baby, das wohl im Kinderwagen lag, auch wenn es auf dem Bildschirm nicht zu sehen war. Der Mann sagte, sie solle warten. Er sagte, er wolle sie etwas fragen, und ihre Miene wirkte nicht mehr verschlossen. Er fragte: Gehören Sie zu jemandem? Es schien ihr zu schmeicheln. Ich glaube, dass sie dachte, die Frage gelte nur ihr, aber als sie weitergegangen war, wiederholte der Mann dasselbe mit der nächsten Person, die nicht einmal eine Frau war. Die nächste Person war ein Teenager auf einem Fahrrad. Er hielt nicht an, deshalb rief ihm der kahlköpfige Mann die Frage einfach nach. Der Teenager fuhr davon, und sonst war niemand in der Nähe, der es gehört hätte. Alle ignorierten den seltsamen kahlköpfigen Mann. Nach einer Weile wirkte er einsam, und dann ging er ins Kino. Er sah sich einen Film an, in dem Menschen eine sexuelle Beziehung hatten. Als es vorbei war, beschloss er, in gerader Linie die Stadt zu durchqueren. Egal, ob unterwegs Hindernisse lagen. Er kam zu einem Zaun, kletterte hinauf und sprang auf der anderen Seite hinunter. Er kam zu einem Gebäude, und der Wachmann sagte, er solle seinen Ausweis zeigen. Der Mann fragte: Gehören Sie zu jemandem? Der Wachmann antwortete nicht, ließ ihn aber durch. Der seltsame kahlköpfige Mann kletterte aufs Dach, betrat das Dach des Nachbargebäudes, und dann fiel er.

Ich glaube, der Film sollte nicht an dieser Stelle enden, aber der DVD-Player zeigte an, dass er in den Standby-Modus gehen würde. Ich sah den Mann zu meiner Rechten an. Ich hoffte, er würde etwas tun, um das Gerät aufzuwecken. Seine Augen waren geöffnet. Ich sagte: Entschuldigung? Keine Antwort. Ich muss zugeben, dass ich den Film ohne seine Erlaubnis mitgeschaut hatte. Vielleicht hatte ihm das missfallen.

Ich entschied mich, die Augen zu schließen, und dann schlief ich ein. Als ich aufwachte, fragte eine Flugbegleiterin den Mann zu meiner Rechten, ob er Hähnchen oder Fisch bevorzuge. Er antwortete nicht, was ich nachvollziehen konnte, weil ich auch keine Präferenz hatte. Wäre der Fisch frisch gewesen, hätte ich ihn vorgezogen, aber ich vermutete, dass es Tiefkühlfisch war, gebraten in einer Art unidentifizierbarem Öl, und dann wäre er mir nicht lieber gewesen als das Hähnchen. Darüber dachte ich nach, als die Flugbegleiterin anfing zu schreien. Ich verstand nicht, was sie sagte. Vermutlich hatte sie ein persönliches Problem, dachte ich. Ich wandte mich an den Mann zu meiner Rechten, vielleicht würde er verstehen, was die Flugbegleiterin hatte. Seine Augen waren immer noch geöffnet, und sein Kopf war extrem zur Seite geneigt.

Die Flugbegleiterin wechselte die Sprache und sagte mir, der Mann zu meiner Rechten sei tot. Eine andere Flugbegleiterin fragte mich, ob ich den Namen des Mannes kannte. Über seine Probleme mit Wünschen wisse ich Bescheid, sagte ich, aber sie mögen bitte entschuldigen, ich hätte nicht daran gedacht, mich nach seinem Namen zu erkundigen.

Sie machten eine Durchsage und fragten, ob ein Arzt an Bord sei. Leider war das nicht der Fall, deshalb kam eine dritte Flugbegleiterin mit einem Erste-Hilfe-Koffer. Darin waren Verbandszeug und medizinische Salben: nichts, was einem Toten geholfen hätte. Ich hätte gern um einen anderen Platz gebeten, aber ich war nicht sicher, ob es richtig gewesen wäre. Also blieb ich sitzen. Die Flugbegleiterinnen hüllten den Mann in Decken und zogen ihm einen Kissenbezug über den Kopf. So sollte man einen Toten nicht behandeln, dachte ich, aber ich erkannte, dass sie keine andere Wahl hatten, so wie ich keine andere Wahl hatte, als ihn zu unserem Ziel zu begleiten. Den restlichen Flug über dachte ich über mein Leben nach.

Die Flugbegleiterinnen verteilten weiter das Essen. Sie fragten nicht, was die Passagiere wollten, sie gaben einfach heraus, was sie hatten, und niemand beschwerte sich. Mich versorgten sie mit beiden Alternativen, sowohl dem Hähnchen als auch dem Fisch. Ich glaube, die Flugbegleiterinnen hatten das Gefühl, Essen sei der einzige Trost, den sie mir spenden konnten. Ich tat, als würde ich essen, aber tatsächlich schob ich alles nur von einem Fach ins nächste und füllte es dann in einen Plastikbeutel, damit ich es später wegwerfen konnte. Es würde vielleicht keinen guten Eindruck machen, wenn ich mein Ziel erreichte und Müll bei mir trug, aber ich dachte, es sei besser, als jetzt die Menschen um mich herum zu beleidigen.

Ich dachte weiter über mein Leben nach. Irgendwann langte ein junger Mann mit sehr geraden Zähnen über den Toten hinweg und tippte mir auf die Schulter. Es war der Pilot. Er sagte, wenn wir gelandet seien, bekäme ich einen Gutschein, mit dem ich an jeden Ort der Welt fliegen könne, wohin ich wolle. Insgeheim dachte ich, dass ich keinerlei Wunsch verspürte, je wieder in ein Flugzeug zu steigen. Ich sagte danke und dachte dabei, es sei seltsam, dass er das Cockpit verließ, um einem Fremden, der mit einem toten Mann einen Film, einen Teil eines Films gesehen hatte, ein Geschenk zu machen.

Als wir landeten, applaudierten alle, weil sie nicht gestorben waren. Ich war im Grunde sicher, dass auch ich nicht gestorben war, aber ich hätte es nicht richtig gefunden, bei der Beerdigung eines Mannes zu applaudieren. Weil ich neben dem Toten saß, blieb mir keine andere Wahl, als bis zuletzt im Flugzeug zu bleiben. Ich wollte aus dem Fenster sehen, aber die Passagiere schoben sich in einer Prozession zum Ausgang, und jeder blieb stehen und sagte mir, wie leid es ihm tue. Es tut mir so leid, sagte ein Mann mit Rucksack. Ich konnte ihn nicht von dem Toten unterscheiden, was mich verstörte, deshalb sah ich zur nächsten Person, einer Frau, die auch sagte, es tue ihr leid. Der nächste Mann drückte sein Beileid in einer anderen Sprache aus, und als er mich ansah, wirkte er, als kämen ihm gleich die Tränen. Ich überlegte, ob ich ihn kannte. Diese Möglichkeit gefiel mir nicht, deshalb bedankte ich mich und wartete auf den Nächsten. So ging es ewig weiter oder zumindest minutenlang. Ich hätte gern aus dem Fenster gesehen, aber mir blieb keine Wahl. Draußen waren das Land, das ich vor sechsundzwanzig Jahren verlassen hatte, mein Bruder, meine Familie und alle anderen. Und doch hatte ich keine andere Wahl, als weiter dazusitzen und Beileidsbekundungen anzunehmen für einen fremden Toten mit einem Kissenbezug über dem Kopf, der erst heute in mein Leben getreten war und den ich wahrscheinlich mein Leben lang nicht vergessen würde.

Jedenfalls endete die Situation. Mehrere Flughafenmitarbeiter kamen mit einer Fahrtrage und schoben den toten Mann hinaus. Ich hoffte, er würde einen Arzt finden, obwohl ich keine Ahnung hatte, was ein Arzt hätte ausrichten können. Wiederbelebung kam wahrscheinlich nicht infrage, trotzdem betete ich dafür.

Im Terminal roch es. Ich stellte mir all die Gerüche vor, die Menschen ausströmen konnten, und vermengte sie in meiner Vorstellung. So roch es im Terminal, schloss ich. Bei der Einreisekontrolle wurde ich gefragt, ob ich mir schon ein Visum besorgt hätte. Ich wusste rein gar nichts von einem Visum. Ich hatte nicht einmal mein Flugticket selbst gekauft. Als ich nicht antwortete, wechselten sie in eine andere Sprache und fragten, ob ich Staatsbürger sei. Ich war ziemlich sicher, dass ich kein Staatsbürger war, trotzdem sagte ich Ja, weil ich zwar Bürger eines anderen Staats geworden war, mich aber in diesem Moment nicht erinnern konnte, ob ich dafür die Staatsbürgerschaft des Landes, in dem ich mich gerade befand, hatte aufgeben müssen. Die Einreisekontrolleure verlangten, meinen Pass zu sehen, der eindeutig kein Pass eines Staatsbürgers war. Sie sahen hinein, fanden aber kein Visum, denn seit ich diesen Pass bekommen hatte, war ich nirgendwohin gereist, wo ich eines gebraucht hätte. Die Einreisekontrolleure sagten, für ein Visum bei der Ankunft müsse ich fünfzig Dollar zahlen. Ich fragte, ob es eine andere Möglichkeit gebe. Sie sagten Nein, Sie sind kein Staatsbürger, Sie haben kein Visum, und Sie sind hierhergekommen mit der Absicht, den Flughafen zu verlassen, deshalb ist Ihre einzige andere Möglichkeit, in das Land abgeschoben zu werden, aus dem Sie kommen. Ich dachte über meine Absichten nach. Falls ich keine fünfzig Dollar hatte, wäre es vielleicht sinnvoll, mit einer Abschiebung einverstanden zu sein. Insgeheim dachte ich, ich öffne meine Brieftasche und lasse das Geld entscheiden. Ich öffnete meine Brieftasche und entdeckte fünfundfünfzig Dollar. Ich hatte keine Ahnung, ob es die richtige Entscheidung war, aber ich gab dem Einreisekontrolleur fünfzig Dollar, erhielt mein Visum und ging zur Gepäckausgabe.

Die Gepäckausgabe lag verlassen da. Ein Mann mit einem Gepäckwagen sagte, wenn ich meine Tasche wolle, müsse ich ihm Geld geben. Ich verstand nicht, warum ich einem Mann mit einem Gepäckwagen Geld geben sollte für eine Tasche, die mir schon gehörte, also sagte ich danke und ging. Er folgte mir und sagte etwas, das ich nicht verstand, weil sich seine Worte anhörten, als würden sie ertrinken. Er hielt mich am Arm fest und versuchte, offizieller zu klingen. Das Gepäcksystem, erklärte er, sei so organisiert, dass ich einen Wagen brauchte, um meine Tasche abzuholen und durch den Zoll zu bringen. Alle Wagen wurden von ihm und anderen Männern kontrolliert, deshalb konnte man nur einen Wagen bekommen, wenn man ihn von einem der Männer mietete, und er selbst sei der zuverlässigste. Es sei meine einzige Möglichkeit, den Flughafen zu verlassen, sollte mein aufgegebenes Gepäckstück nicht zufällig ein Wagen sein. Ich fragte ihn, wie lange es dieses System schon geben würde. Er sagte, die Gepäckwagen würden seit 1997 benutzt. Ob er die Wahrheit sagte oder nicht, ich konnte sehen, dass dieser Gepäckwagen gerade benutzt wurde, und so blieb mir keine andere Wahl, als meine Situation zu akzeptieren. Ich fragte den Mann, wie viel er für seine Dienste verlange. Fünf Dollar, sagte er. Ich gab ihm fünf Dollar, mein gesamtes restliches Geld, und betete zu Gott, dass mich weder hier noch woanders auf meinem Weg weitere Gepäckwagen erwarteten.

Draußen standen Menschen Schlange. Als ich bis vorne aufgerückt war, merkte ich, dass ich für ein Taxi angestanden hatte, aber ich wusste nicht, ob ich eines brauchte. Ich fragte den Disponenten, wie viel eine Fahrt koste. Als er antwortete, hörte ich nicht zu, weil ich begriff, dass es egal war, da ich kein Geld hatte. Ich verließ die Schlange und ging wieder hinein, zu der anderen Stelle, an der Menschen sich versammelt hatten, vor der Tür des Terminals. Alle hatten Blumen dabei, und wenn sie unter den aufgeregten Fluggästen jemanden entdeckten, den sie kannten, schrien und weinten sie vor Glück über das Wiedersehen.

Ein Mann schien ebenso wie ich mit keinem der anderen etwas zu tun zu haben. Ich ging zu ihm und suchte in seinem Gesicht nach einem vertrauten Zug. Es sah wie ein normales Gesicht aus, aber es hatte etwas Trauriges an sich, entweder weil er ein grundlegend trauriger Mensch war, oder weil er von den Umständen meiner Rückkehr wusste und seinen sonst üblichen Gesichtsausdruck, freundlich, dümmlich, wie auch immer, vorübergehend aufgegeben hatte, um meinen nachzuahmen.

Ich dachte, er sei vielleicht der Mann, der mich abholen sollte. Ich fragte ihn, wie es ihm gehe. Gut, sagte er, und dann erzählte er mir, tatsächlich gehe es ihm gar nicht gut. Obwohl er eigentlich ein glücklicher Mann sei, sagte er, fiele es ihm schwer, nicht an die furchtbaren Dinge zu denken, die andere ihm angetan hatten. Als Kind habe er in einem schönen Haus gewohnt. Er habe dieses Haus geliebt, weil er sein eigenes Zimmer hatte, und in seinem Zimmer gab es eine Waffe. In seiner Kindheit kannte er niemanden, der irgendwelche Probleme hatte, und in seiner Familie waren alle zufrieden. Es gab eine Dürre, aber sie betraf seine Familie nicht, weil sie reich war, und sie kannte auch keine armen Menschen bis auf diejenigen, die für sie arbeiteten.

Jedenfalls, sagte er, sei das Haus schön gewesen. Aber dann gab es einen Regierungswechsel, und das Land wurde verstaatlicht, und dann gab es noch einen Regierungswechsel, und das Land wurde privatisiert, und jetzt würde er sein Erbe nicht bekommen, es sei denn, er würde irgendwie seine Waffe finden, die ihm auch weggenommen wurde, und die derzeitigen Bewohner des Hauses töten oder zumindest damit drohen. Die derzeitigen Bewohner des Hauses waren Diplomaten. Er hätte es nicht für richtig gehalten, das zu tun, deshalb wohnte er jetzt in der Stadt und arbeitete tagsüber im Zoo, wo er die Löwen mit Steaks fütterte. Die Löwen hungerten und waren viel zu dünn. Leider konnte er daran nichts ändern, weil die Größe der Steaks von seinem Chef festgelegt wurde, den es nicht interessierte, welche Größe den Löwen lieb gewesen wäre.

Der Mann wurde richtig aufgebracht, weil ihn entweder die bedauerliche Situation mit den Löwen wütend machte oder weil die bedauerliche Situation mit den Löwen ihn an seine bedauerliche Situation mit dem Haus erinnerte. Heutzutage, sagte er, gehöre er zur Mittelschicht. Ich fragte nach, denn soweit ich wusste, existierte keine Mittelschicht. Sie existiere sehr wohl, sagte er, und da er zur Mittelschicht gehöre, sei die Tatsache, dass er hier vor mir stehe, der Beweis für ihre Existenz. Ich war nicht überzeugt. In allen Artikeln über mein Heimatland hatte ich gelesen, dass die Mittelschicht in den Jahren, seit ich weggezogen war, schnell gewachsen und dann durch eine unaufhörliche Inflation zusammengebrochen war. Aber nun stand ein Vertreter der Mittelschicht vor mir, also blieb mir keine andere Wahl, als das Gelesene beiseitezuschieben und mir mit eigenen Augen ein Bild von der Welt, von meinem Heimatland zu machen. Hier war ein Mann aus der Mittelschicht, gefangen zwischen den hungernden Löwen und seinem Chef, der ihnen nicht genug zu fressen geben wollte.

Allerdings, sagte er, seien all die schweren Dinge, die er erdulden musste, durch seine Frau leichter geworden. Sie hatte herausgefunden, wie sie die Realität verändern und seinen Gefühlen anpassen konnte. Die Welt richtete sich nicht nach seinen Überzeugungen, trotzdem erkannte seine Frau sie als grundlegend rechtschaffen an. Sie war in einem anderen, weit entfernten Land aufgewachsen, in dem es keinerlei gesellschaftliche Moral gab. Bei ihren Eltern hatte es keine festen Gepflogenheiten gegeben, deshalb hatte sie ihre Werte von Menschen im Fernsehen gelernt, die ihr beigebracht hatten, beliebige Dinge zu kaufen, sie beiseitezulegen und noch mehr zu kaufen. Das war ihr Lebensinhalt. Aber selbst, wenn sie Besitz anhäufte, fühlte sie sich leer, und so beschloss sie als Erwachsene, an Orte zu reisen, an denen die Menschen nichts besaßen. So hatten die beiden sich kennengelernt. Er gab ihr einen Moralkodex, der auf jahrhundertelanger Tradition basierte, und im Gegenzug schuf sie eine dazu passende Welt. Dann verliebten sie sich.

Ich gratulierte ihm zu seiner erfolgreichen Ehe, und dann fragte ich, ob seine Frau Lösungen für seine Probleme mit dem Haus, seiner Waffe und den unzulänglichen Steakportionen der Löwen vorgeschlagen hatte. Leider, sagte er, besäße sie keine Möglichkeit, den Willen der Regierung, von Grundstücksbesitzern oder Zoodirektoren zu beeinflussen, aber sie könne in begrenztem Maße ihr Privatleben zwingen, sich seinem Sinn von Gerechtigkeit anzupassen, der anderen manchmal unrealistisch erscheine, obwohl er es nicht sei.

Zum Beispiel war ihm vor Kurzem in einer E-Mail mitgeteilt worden, dass seine Tante, die für ihn wie eine Mutter gewesen war, gestorben sei. Er empfand diese

Mitteilung und ihre unpersönliche Übermittlung auf elektronischem Wege als Beleidigung. Sie widersprach jeder Tradition. Der Tradition gemäß, sagte er, würde man vom Tod eines Angehörigen erst erfahren, wenn man von anderen Familienmitgliedern umgeben sei und sie einem die Nachricht gemeinsam übermittelten. Man könne nicht von Menschen erwarten zu trauern, ohne zuerst andere Menschen zu schicken, die ihnen das Trauern vormachten.

Ich fragte mich, warum der Mann das Gefühl hatte, er müsse mir eine kulturelle Praxis erklären, die uns beiden gemein war, die uns von unseren Eltern auferlegt wurde, von unseren Ahnen und davor wahrscheinlich direkt von Gott. Er schien zu glauben, unsere Lebensart würde bedroht, möglicherweise von denselben Kräften, die seiner Frau eingeflüstert hatten, sie müsse unnötige Dinge anhäufen, oder durch das Internet, das Menschen zwang, ihre Interessen, Gewohnheiten und althergebrachten Sitten aufzugeben und das Verhalten anderer Menschen im Internet zu imitieren, deren Motivation jeder historischen Grundlage entbehrte. Ich fühlte mich dieser besonderen Tradition nicht so sehr verbunden wie der Mann vor mir, weil sie mir manchmal recht umständlich erschien. Aber ich konnte seinen Ärger über das veränderliche Wesen des Lebens nachvollziehen, und so ließ ich ihn weiterreden.

Im Falle seiner verstorbenen Tante, erzählte er, habe es keine Trauerrituale gegeben. Er hatte die Mail allein in einem leeren Raum gelesen, und so hatte er niemanden um sich gehabt, der ihm hätte zeigen können, wie Leiden aussah. Als er seiner Frau erzählte, was passiert war, trauerte er nicht um seine Tante, sondern war wütend auf all seine Verwandten, die sie überlebt hatten und die ihrer Bequemlichkeit die althergebrachten Formen der Trauer geopfert hatten.

Ich sagte dem Mann, es tue mir leid, dass sich seine Familie so traditionslos verhalten habe. Das müsse es nicht, entgegnete der Mann, da seine Frau eine Lösung gefunden habe, durch die das traditionslose Verhalten seiner Familie belanglos geworden sei. Von ihr ermutigt hatte er die E-Mail, die ihn vom Tod seiner Tante unterrichtet hatte, gelöscht und dann vorgegeben, er wüsste von nichts. Sie rief derweil seine Freunde an. Sie sagte ihnen, sie habe gerade erfahren, dass ihr Mann eine nahe Verwandte verloren hatte, und bat die Freunde zu sich nach Hause, damit sie es ihm gemeinsam mitteilen konnten. Seine Freunde versammelten sich jetzt gerade, während wir uns unterhielten, in seinem Haus, und nachdem er seine Frau vom Flughafen abgeholt hatte, würden sie dorthinfahren, wo die Trauernden warteten. Wenn die Neuigkeiten auf anständige Art übermittelt waren, könnte er ein wenig Erleichterung erfahren.

Ich hörte dem Mann geduldig zu und wartete darauf, dass er irgendwann auf meinen Bruder zu sprechen kommen würde. Aber das Leben seiner Tante hatte mit dem Leben meines Bruders nichts zu tun, und mein Bruder war zwar dem Tode nah, aber dieser Mann sprach nicht über den Tod allgemein, sondern nur über die positiven Eigenschaften seiner Frau, die sich uns plötzlich näherte und die er in die Arme schloss. Mir wurde klar, dass wir nicht miteinander verwandt waren und auch in keinerlei Beziehung zueinander standen. Ich war hundertprozentig überzeugt davon, dass er nicht hergeschickt worden war, um mich abzuholen.

Meine Reise ging also weiter. Zeit verstrich, ein paar Stunden vielleicht. Ich fragte mich, ob ich die Nacht im

Flughafen würde verbringen müssen. Es wäre nicht das Schlimmste, was passieren konnte, befand ich, da ich mich an den Geruch und an die weinenden, sich umarmenden Menschen gewöhnt hatte. Ich hielt weiter nach jemandem unter ihnen Ausschau, und sie hielten bei mir nach jemandem Ausschau. Es kam mir vor, als würde ich niemanden kennen. Nicht im Flughafen, nicht in der Hauptstadt, nicht im Land meiner Geburt oder dem Land, aus dem ich hergereist war und in dem ich, so glaubte ich, einige Menschen kannte, meine Frau zum Beispiel, aber in diesem Moment war ich nicht sicher, ob sie mich erkannt hätte, wenn ich ihr hier begegnet wäre, in diesem Terminal, das roch wie eine Mischung aller menschlichen Gerüche, ob sie nicht einen Fremden in mir gesehen hätte, jemand anderen als ihren Ehemann, nur einen Mann in mittleren Jahren mit zwei Gepäckstücken: einem über der Schulter, einem zweiten, das er hinter sich herzog. Ich vermisste die alte Frau, die früher schön gewesen war, ich vermisste die Flugbegleiterinnen, den Piloten, ich vermisste sogar den Toten, der für immer fort war, und den Mann mit dem Gepäckwagen, den ich hoffentlich nie wieder sehen würde, selbst ihn vermisste ich. Es war erst ein Tag vergangen, und ich hatte schon so viele Menschen verloren. Ich dachte an sie und hatte zugleich das Gefühl, ich hätte sie schon vergessen.

Währenddessen näherte sich ein kahlköpfiger Mann in einer hässlichen Lederjacke. Unter anderen Umständen hätte die Jacke nicht so hässlich gewirkt, aber an ihm sah sie hässlich aus, weil er fast aus ihr herausplatzte. Es kam mir vor, als wären heute alle um mich herum kahl, ich selbst auch. Der kahlköpfige Mann kam näher, zu nah, bis er mir plötzlich einen Kuss auf die

Wange gab. Ich sagte guten Tag und dachte, es müsse schon Nacht sein. Er sagte nicht guten Tag oder guten Abend und auch nicht guten Morgen. Die Tageszeit erwähnte er ebenso wenig wie den Weg durch den Flughafen, er fragte mich auch nicht nach meiner Reise, danach, wie mein Flug verlaufen war, ob ich einen Gepäckwagen oder ein Taxi gebraucht hatte, oder wie ich es empfunden hatte, an diesem schrecklichen Ort zu warten, an dem das Warten ewig dauerte. Er sagte nur: Mein Bruder.

Ich wusste nicht, was er damit meinte, aber in diesem Moment fiel mir ein, dass ich noch nicht den Fluggutschein bekommen hatte, den mir der Pilot versprochen hatte. Wenn ich diesen Gutschein bekäme, könnte ich an jeden Ort der Welt fliegen, an den ich wollte, aber wohin ich wollte, hatte keine Bedeutung, denn niemand würde mich dort kennen, egal, wohin ich flog. Ich sah den Mann an und sagte: Danke, aber es wäre mir lieb, wenn Sie den Gutschein bitte jemandem geben würden, der irgendwohin muss. In diesem Flughafen waren Tausende Menschen, zumindest mehrere Hundert, und wahrscheinlich kannte jeder von ihnen woanders jemanden und würde gern übers Meer fliegen und ihn besuchen, vor allem, wenn der Flug umsonst war.

Ich sah mich nach jemandem um, der den Gutschein bekommen könnte, als der kahlköpfige Mann wiederholte, was er gesagt hatte: mein Bruder. Mittlerweile vermutete ich, der Mann könnte ein Problem haben, denn er war nur aus einem Grund zu mir geschickt worden und scheiterte doch an der einfachen Aufgabe, mir einen Gutschein zu geben oder meine Bitte zu erfüllen, einen anderen Empfänger zu finden. Darüber hinaus hegte ich eine wirklich tiefe Abneigung gegen seine Lederjacke, die mir sehr nah kam, als er mich auf die Wangen küsste, was er jetzt gerade tat, und dazu diesen Unsinn wiederholte: Mein Bruder, mein Bruder, mein Bruder. Ich sah ihn erschrocken an. Obwohl ich die Wachleute nicht rufen wollte und keine Ahnung hatte, wo sie sich aufhielten oder welche Befugnisse sie gegenüber einem kahlköpfigen Mann mit einer hässlichen Lederjacke hatten, der sich weigerte, mir oder jemand anderem einen Gutschein auszuhändigen, den ich nicht wollte, schien mir doch keine andere Wahl zu bleiben, als es zumindest in Betracht zu ziehen. Das waren meine Gedanken, aber in Wirklichkeit wollte ich höflich wirken, und so erlaubte ich dem Mann, mich zu küssen, und als er mich umarmte, umarmte ich ihn auch.

Ehrlich gesagt hatte ich keine Ahnung, was ich mit diesem Mann anstellen sollte. Zwischen uns passte es einfach nicht, und ich war sicher, das würde es auch nie, weil der Mann dumm war. Aber dann hob er die Hände und verdeckte mit ihnen seine Stirn, sodass seine Kahlheit nicht mehr sein Gesicht verbarg, und er wurde zu einem anderen.

Mein Bruder, sagte er. Sein Gesicht war deutlich und vollkommen. In diesem Augenblick erkannte ich, dass der kahlköpfige Mann mit der hässlichen Lederjacke, der mich nicht mit meinem Namen ansprach, sondern mit meinem Status als sein Bruder, mein Cousin war. Er war endlich gekommen, um mich abzuholen, und würde mich an den nächsten Ort meiner Reise bringen.

ZWEI

Ich schlief tagelang, mindestens ein paar Stunden lang. Als ich aufwachte, war es Morgen. Im ersten Moment dachte ich, mein Zimmer, das Zimmer, das man mir zum Schlafen überlassen hatte, sei größer, als ich es mir vorgestellt hatte. Aber dann erinnerte ich mich, dass ich mir gar kein Zimmer vorgestellt hatte. Dies war das Haus meines Cousins und seiner Familie. Als wir angekommen waren, hatte er seine hässliche Lederjacke zum Glück über einen Stuhl gehängt, wo sie nach nichts aussah. Ich vergaß völlig, dass sie existierte. Als ich aufwachte, fühlte ich mich wie ein neuer Mensch, und alles, was am Vortag geschehen war, lag in meiner Vergangenheit.

Ich machte das Bett auf meine übliche Art. Ich war nicht sicher, ob mein Cousin diese Art bevorzugte, aber ich dachte, es würde reichen, vor allem, wenn ich eine weitere Nacht in diesem Bett schlafen würde. In diesem Fall wäre ich der Einzige, der auf das so gemachte Bett treffen würde. Ich überlegte, zu duschen. Zum Glück war das Bad mit meinem Schlafzimmer verbunden, so musste ich weder meinem Cousin noch jemand anderem irgendwelche Fragen stellen. Ich brauchte nur die Tür zu öffnen. Als ich die Tür öffnete, entdeckte ich allerdings, dass das Badezimmer doch nicht allein mir gehörte, denn auf der Toilette saß eine Taube. Ja, eine Taube. Ich konnte mir nicht vorstellen, was für ein Badezimmer das sein sollte, das Gästen und Tauben zur Verfügung stand, oder zumindest einer Taube, nämlich derjenigen, die gerade vor mir saß. Ich überlegte, nicht zu duschen, aber ich hatte das Gefühl, dass mir keine andere Wahl blieb, vor allem wegen meiner Verbindung zu dem toten Mann, durch die vielleicht Unreines an mir haftete. Wie auch immer, dachte ich, seit ich aus diesem Land weggegangen war, hatte sich wahrscheinlich vieles verändert, und sich das Badezimmer mit einer Taube zu teilen, gehörte vielleicht dazu.

Ich drehte das Wasser auf. Es gab keinen Duschvorhang oder eine andere Abgrenzung zwischen der Dusche und dem restlichen Badezimmer. Es gab nur eine Brause mit einem Abfluss darunter, und das restliche Badezimmer schloss sich direkt an. Das Wasser spritzte überall hin. Ich wusste nicht, ob Tauben Wasser mochten oder ob diese eher Wasser oder kein Wasser bevorzugte, deshalb war ich ihretwegen besorgt und bemühte mich, mit dem Wasser nicht zu sehr zu spritzen. So oder so schien es die Taube nicht zu stören. Sie saß nur auf der Toilette und reinigte mit dem Schnabel ihr Gefieder, zumindest nahm ich das an, ich wollte ihr nicht zu nahe kommen. Ich konnte sie lang genug vergessen, um zu duschen, danach lief ich aus dem Bad und ließ die Taube mit dem weitermachen, was sie zuvor getan hatte, ich wollte es gar nicht wissen.

In meinem Koffer fand ich Kleidung, Eau de Cologne, einen Kamm und alles, was ich brauchte, um mich vorzeigbar herzurichten. Ich zog mich an und schaute in den Spiegel. Ich sah nichts Auffälliges, also ging ich zur nächsten Aufgabe über: mein Blutdruckmedikament zu nehmen. Unglücklicherweise konnte ich mein Blutdruckmedikament nirgends finden, was mich wirklich beunruhigte. Ohne die Tabletten konnte alles Mögliche passieren, zumindest würde mein Blutdruck extrem ansteigen. Ich sagte mir, versuch, nicht daran zu denken, denn daran zu denken könnte die Wirkung des fehlenden Blutdruckmedikaments verstärken, indem es meinen Blutdruck erhöhte, vor allem, wenn das Nachdenken nicht dazu führte, dass ich die Tabletten fand, was der Fall sein könnte, wenn sich mein Blutdruckmedikament nirgends finden ließ. Ich nahm ein Aspirin. Es war mir nicht verschrieben worden, aber mein Arzt hielt es für hilfreich, wenn ich jeden Tag eine Tablette nahm, und so tat ich es an diesem Tag, meinem ersten Tag in dem Land, das ich früher meine Heimat genannt hatte.

Schließlich war ich bereit, mich der Familie zu präsentieren, die ich sechsundzwanzig Jahre lang nicht gesehen hatte. Tatsächlich kannte ich meinen Cousin zwar seit Kindheitstagen, war seiner Familie allerdings noch nie begegnet. Er hatte erst vor Kurzem geheiratet, und ich hatte mit seiner Frau und seinen Kindern noch nie gesprochen, nicht einmal am Telefon. Ehrlich gesagt stand ich dieser Familie in keiner Weise nahe, aber ich war ihr dankbar dafür, dass sie mich in der letzten Nacht aufgenommen hatte und mich beherbergen würde, solange ich bleiben sollte. Alles in allem bot ich einen anständigen Anblick, abgesehen von meinem Bart, aber ich hielt es der Taube wegen nicht für ratsam, mich zu rasieren.

Als ich gerade dachte, ich würde gut aussehen, fiel mir auf, dass ich furchtbar roch. Ich vermutete zuerst, es könnte am Eau de Cologne liegen, und ich nahm mir vor, es nie wieder auszuwählen, wobei ich es überhaupt nicht ausgewählt hatte. Jemand, ich war nicht sicher, wer, hatte es in meinen Koffer gelegt. Möglicherweise sollte es ein Geschenk sein, dachte ich, und in diesem Fall sollte ich nicht so streng darüber urteilen, da jeder Mensch andere Vorlieben hat, vor allem, wenn es um Eau de Cologne geht. Ich versuchte mir vorzustellen, welcher Art von Menschen dieser furchtbare Geruch gefallen konnte, und fragte mich, ob mein Cousin und seine Familie, die ich nicht kannte, möglicherweise solche Menschen waren. Jedenfalls war der Geruch furchtbar, und nichts, nicht einmal meine Vorstellungskraft oder mein, abgesehen von meinem Bart, gepflegtes Äußeres konnten darüber hinwegtäuschen.

Ich überlegte, noch einmal zu duschen, befand dann aber, dass zwei Duschen und das dazu nötige Wasser vielleicht zu viel wären für die Taube, die sich unter Umständen noch im Bad befand. So oder so sah ich nicht nach, damit die Taube mir nicht etwa die ständigen Störungen verübelte und etwas Böses tat, etwas, auf das nur eine Taube kommen würde und das ich mir, da ich noch nie verärgerten Tauben begegnet war, nicht vorstellen konnte. Ich ging zu dem Flakon, um ihn wegzuwerfen, damit dasselbe nicht noch einmal passieren würde. Aber als ich in seine Nähe kam, merkte ich, dass er keinen Geruch verströmte, und als ich das Fläschchen an die Nase hob, roch es überhaupt nicht furchtbar, sondern wunderbar, wie ein Duft, den der Papst tragen würde. Selbst, wenn der Papst tot gewesen wäre, hätte es nichts geändert, denn hätte er es sich aussuchen können, hätte er seinen Sarg sicher mit diesem Eau de Cologne einsprühen lassen, so wunderbar roch es.

Also war der furchtbare Geruch ein Geheimnis, das sich vielleicht nie lösen lassen würde. Ich versuchte, ihn zu vergessen, aber ich konnte ihn nicht vergessen, weil der furchtbare Geruch mich begleitete. Ich konnte an mir nichts mehr verändern, bevor ich vor die Familie trat, trotzdem hielt ich es nicht für angebracht, mich zu präsentieren, solange der Geruch noch so stark war. Ich sagte mir, ich könne es noch ein wenig hinauszögern, indem ich nach meinem Blutdruckmedikament suchte, noch etwas, das ich eigentlich vergessen wollte, allerdings könnte es sich doch lohnen, mich daran zu erinnern, und sei es nur, um den Gedanken an den furchtbaren Geruch zu verdrängen.

Ich schaute in die Tasche, die ich an Bord mitgenommen und bei meiner Suche bisher übergangen hatte. Darin sah es abstoßend aus. Überall waren Hähnchen und Fisch, so vermengt, dass man sie nicht unterscheiden konnte, obwohl Hähnchen und Fisch völlig verschiedene Nahrungsmittel sind. In diesem Moment musste ich der Tatsache ins Auge sehen, dass ich den Geruch und all meine aktuellen Probleme selbst verursacht hatte, indem ich meine beiden Wahlmöglichkeiten, Hähnchen und Fisch, unter die Gegenstände gemischt hatte, die ich bei mir getragen hatte, durch die Einreisekontrolle, durch den Zoll und in das Haus meiner Familienmitglieder, denen ich zum größten Teil noch nie begegnet war.

Ich wünschte, ich hätte einen Mülleimer gehabt, aber ich hatte keinen, und außerdem hätte ich nicht sicherstellen können, dass mein Müll, sobald ich ihn in den Mülleimer gelegt hätte, nicht jemand anderem Probleme bereitet hätte, dass der scheußliche Geruch niemand anderen belästigt hätte, denn den Müll in einen Eimer zu legen, wäre nur der erste Schritt gewesen, um ihn endgültig zu beseitigen. Ich schien keine andere Wahl zu haben, als diesen Müll bis zum Ende meiner Tage mit mir herumzutragen. Aber, erinnerte ich mich, morgen würde ein neuer Tag anbrechen, und ein neuer Tag konnte alles Mögliche bringen, auch Mülleimer. Also machte ich mein Handgepäck wieder zu, öffnete die Tür zum Badezimmer und ließ den Müll von gestern bei dem Problem von heute, der Taube. Um beides würde ich mich später kümmern, wann auch immer es so weit sein würde. Ich schloss die Tür.

Damit war alles getan. Ich blickte in den Spiegel und merkte, dass ich genauso aussah wie bei meinem letzten Blick in den Spiegel. Leider wirkte ich durch meinen Bart alt, vor allem zusammen mit meiner Glatze. Tatsächlich war ich alt, mindestens fünfundfünfzig. Meine Haut war grau und schlaff, aber so war es beim Älterwerden und dem Tod. Jedenfalls war ich bereit. Ich setzte ein Lächeln auf und öffnete die Tür, darauf gefasst, meinen Cousin, seine Frau und ihre Kinder zu begrüßen, die sechsundzwanzig Jahre auf mich gewartet hatten und im Falle der Kinder sogar, bevor sie geboren wurden. Ich trat durch die offene Tür und in das Zimmer dahinter. Allerdings war es kein Zimmer. Es war nur ein Flur, der weiterführte, vielleicht zu einem weiteren Flur oder, falls ich Glück hatte, zu einem anderen Zimmer. Leider war ich am Abend zuvor so erschöpft gewesen, dass ich keine Erinnerung an das Haus hatte oder daran, wie ich in mein Zimmer gelangt war. Ich sagte Hallo und erwartete, damit ein Familienmitglied herbeizurufen, das mir den Weg weisen würde. Niemand kam. Kein Problem, dachte ich. Der Flur führt nur an einen Ort, also muss mir niemand den Weg zeigen.

Ich ging weiter, und der Flur teilte sich in zwei Richtungen, nach links und nach rechts. Ich konnte Flure nicht ausstehen und verstand nicht, wofür sie gut sein sollten, vor allem in einem Heim, in dem Menschen zusammenleben und nicht voneinander getrennt werden sollten. Wäre das Haus meines Cousins ein Hotel gewesen, hätte ich verstanden, warum es so viele Flure gab, aber da es kein Hotel war, hatten die Flure keinen Sinn, oder zumindest keinen, den ich erkennen konnte. Mir standen also zwei Möglichkeiten offen. Ich entschied mich für den Weg nach rechts. Warum ich mich so entschied, weiß ich nicht, aber ich tat es, und so ging ich in diese Richtung.

Am Ende dieses Flurs befand sich eine Tür. Ich strich meinen Schnurrbart zurecht und bereitete mich darauf vor, meine Familie zu begrüßen. Hallo, sagte ich, als ich die Tür öffnete. Die Tür führte in einen Abstellraum. Ich wollte nicht darüber nachdenken, was das bedeutete, also machte ich kehrt und ging in die andere Richtung, die ich zuvor nicht ausgewählt hatte und die mir jetzt als einzige Möglichkeit blieb. Der Flur führte zu einer Treppe nach unten. Dafür war ich dankbar, auch wenn eine Treppe meiner Einschätzung nach nichts anderes war als ein senkrechter Flur. Ich überantwortete mich der Treppe und folgte ihr, wohin sie mich auch bringen würde.

Nach fünf Treppenläufen gelangte ich in ein Zimmer. Mir kam der Gedanke, dass sich jeder Gang durch einen Flur absolut lohnen würde, wenn er in einem so schönen Raum endete. Am Rand standen drei Sofas, bezogen mit grünem, reich gemustertem Stoff und so angeordnet, dass sie drei Seiten eines offenen Quadrats bildeten. Alle waren mit einer dünnen Plastikfolie abgedeckt, was den Gesamteindruck ein wenig trübte, aber nicht so weit, um ihr Erscheinen grundlegend zu ändern. Neben dem Sofabereich stand ein großer Tisch, der vermutlich als Esstisch genutzt wurde. Allerlei Dinge standen darauf, darunter Obst, Brot und Schalen mit Sachen, die ich nicht identifizieren konnte, weil sie mit Tellern abgedeckt waren. Über den Sofas, dem Tisch und den geheimnisvollen Schalen waren Decke um Decke, bis hinauf zur fünften Etage des Hauses. Die Architektur war mir ein Rätsel, aber es stimmte, ich konnte den leeren Raum mit eigenen Augen sehen, alle fünf Etagen.

Jedenfalls beschrieb das nur einen Bereich des Zimmers. Es war mehr hier, viel mehr, aber ich hatte keine Zeit, es in Augenschein zu nehmen, denn in diesem Moment kamen zwei kleine Kinder herein und klammerten sich an meine Beine. Beide waren so klein, dass sie Arme und Beine um meine untere Körperhälfte schlingen und sich auf meine Schuhe setzen konnten. Tatsächlich bemerkte ich durch die Kinder, die an mir hingen, dass ich gar keine Schuhe trug, was möglicherweise ein Problem war, weil es unhöflich wirken konnte, wenn ein Gast barfuß durch das Haus und die vielen Flure lief, besonders mit zwei kleinen Kindern, die ich nicht kannte, auf meinen nackten Füßen.

Ich betrachtete die Kinder. Sie waren ausgesprochen niedlich und vollkommen identisch, ganz anders als mein Cousin, den ich ehrlich gesagt nicht von seiner hässlichen Jacke unterscheiden konnte. Die Kinder, die sich auf meinen nackten Füßen niedergelassen hatten, waren offensichtlich Zwillinge. Sie sagten etwas zueinander. Ich verstand nicht, was sie sagten; wahrscheinlich redeten sie in einer Sprache nur für Zwillinge, die ich nicht verstehen konnte, obwohl ich einen fast gleich alten Bruder hatte. Also ließ ich sie gewähren und fand mich damit ab, dass mein Körper oder zumindest seine untere Hälfte den beiden geopfert war. Es störte mich nicht im Geringsten, weil sie wie gesagt extrem niedlich waren, und außerdem gehörten sie zur Familie. Ob sie meinen Körper zu ihrem Eigentum erklärten, spielte dabei keine Rolle. Unsere Körper, die so eng verwandt waren, gehörten einander schon.

Eine Frau betrat das Zimmer. Sie grüßte nicht, was ich seltsam fand. Sie rief nur den Zwillingen in ihrer Zwillingssprache etwas zu und wartete darauf, dass sie von mir abließen, was sie nach dem Ruf sofort taten. Ich fragte mich, wie die Frau ihre Sprache gelernt hatte. Vielleicht war sie auch ein Zwilling, dann wäre es ein seltsamer Zufall gewesen, an einem Morgen, sogar innerhalb weniger Minuten, ein Zwillingspaar und die Hälfte eines zweiten kennenzulernen.

Jedenfalls liefen meine Familienmitglieder, die Zwillinge, zu ihrer Zwillingsmutter, welche die Frau meines Cousins sein musste. Wir waren nicht blutsverwandt, aber das war nicht wichtig, weil wir trotzdem eine Familie waren. Sie trug auf die traditionelle Art ein Kopftuch. Es war sehr schlicht, und tatsächlich war ihr gesamtes Äußeres sehr schlicht. Das hätte ich von der Frau meines Cousins, der ein fünfstöckiges Haus besitzt, nicht erwartet, aber dann erinnerte ich mich an seine hässliche Lederjacke und dachte, es sei besser, wenn sie etwas Schlichtes trug als etwas Hässliches. Deshalb befand ich am Ende, dass sie gut aussah. Auf das, was sie am restlichen Körper trug, achtete ich nicht, weil es vielleicht unangebracht gewirkt hätte. Ich sah ihr ins Gesicht und sagte guten Morgen. Sie antwortete nicht. Sie lächelte nur, dann kicherte sie, und schließlich ging sie und nahm die Zwillinge mit, die sie in ihrer eigenen Sprache zu sich gerufen hatte.

Ich war wieder allein. Die gut aussehende Frau meines Cousins und ihre ausgesprochen niedlichen kleinen

Zwillinge waren weggegangen, an einen anderen Ort. Sie hatten mich nicht aufgefordert mitzukommen, aber ich konnte es keine Minute länger allein aushalten, nicht einmal in diesem bezaubernden Esszimmer. Ich beschloss, ihnen zu folgen. Immerhin war ich ihr Gast und hatte damit zwar die Pflicht, mich von ihnen so beherbergen zu lassen, wie sie es vorzogen, aber es war auch meine Pflicht, ihnen zu zeigen, dass ich dankbar und bereit war, mich als Gast behandeln zu lassen. Wenn ich ihnen folgen muss, um ihnen das bewusst zu machen, sagte ich mir, dann bitte.

Ich ging in dieselbe Richtung wie sie, die in ein weiteres Zimmer führte, die Küche. Es war eine seltsame Küche. Ehrlich gesagt herrschte ein unglaubliches Durcheinander. Es gab keinen Kühlschrank, und ein Ofen war zwar vorhanden, stand aber ausgestöpselt an der Stelle, an die eigentlich der Kühlschrank gehörte, was vollkommen sinnlos wirkte, es sei denn, man wollte den Ofen als Stauraum nutzen, der den fehlenden Kühlschrank ersetzte. Nichts wurde so genutzt, dass es seine vorgesehene Funktion richtig erfüllen konnte. Ich verstand es nicht, aber so oder so waren meine Familienmitglieder nirgends zu sehen, und so blieb mir keine andere Wahl, als weiterzugehen.

Am anderen Ende der Küche war eine weitere Tür. Ich ging hindurch und fand mich draußen wieder. Allerdings reichte dieses Draußen nicht weit, es war nur ein schmaler Streifen Garten zwischen dem Haupthaus, das ich schon erkundet hatte, und einem kleinen ärmlich wirkenden Haus, das mir völlig neu war. Ich dachte, ich sehe mal nach, was ich in dem kleinen Haus finde, vielleicht war die Frau meines Cousins mit ihren Zwillingen dort. Also durchquerte ich den schmalen Garten und trat wieder durch eine Tür. Genauer gesagt war dort keine Tür, sondern nur ein leeres Rechteck, wo eine Tür sein sollte und vielleicht einmal gewesen war.

Jetzt war ich in einem neuen Bereich, einem Raum, der im Grunde nur eine Kammer mit einem Herd darin war. Die gut aussehende Frau meines Cousins hockte auf dem Boden, auf dem kein Teppich lag und der nur aus nackter Erde bestand. Die Zwillinge schälten in einer Ecke gekochte Eier. Ich war immer noch barfuß. Es machte mich verlegen, vor allem wegen des nackten Bodens, aber dann fiel mir auf, dass auch die Frau meines Cousins barfuß war. Sie warf mir kichernd einen Blick zu, dann widmete sie sich wieder ihrer Arbeit, die offenbar darin bestand, Hähnchen in einer hellroten Soße auf einer offenen Flamme umzurühren. Ich wandte mich an die Frau meines Cousins und fragte, was sie da zubereite. Sie sah mich nur an und kicherte, was angemessen erschien, weil ich doch aus diesem Ort stammte und mir klar sein sollte, dass sie das Nationalgericht meines Landes zubereitete, um meine langersehnte Rückkehr zu feiern. Es rührte mich, und ich sagte der Frau meines Cousins, ich sei ihr dankbar für ihre Gastfreundschaft, dafür, dass sie mich in ihrem Haus für diese eine Nacht und die Nächte, die mein Aufenthalt noch vorsehen würde, willkommen geheißen hatte und dass sie meine Ankunft mit einem so aufwendigen und patriotischen Gericht ehrte, das ich viele Jahre lang nicht genossen hatte.

Sie sah mich an und sagte etwas in der Sprache der Zwillinge, die ich natürlich nicht verstand. Tatsächlich sah sie nicht mich an, sondern etwas hinter mir. Ich drehte mich um, ohne zu wissen, wen oder was ich dort vorfinden würde. Es war eine weitere Frau. Sie sah ganz anders aus als die erste. Ihr Kopf war bloß. Sie trug kein Kopftuch und hatte nur ein Gesicht mit Haaren darüber.

Sie begrüßte mich mit einer wunderbaren Umarmung und sagte: Mein Bruder. Ich schaute zur Frau meines Cousins hinunter, und sie kicherte. Die neue Frau küsste mich auf beide Wangen und stellte mir allerlei Fragen, während die Frau meines Cousins kichernd das Essen umrührte, das sie so liebenswürdigerweise vorbereitet hatte. Jetzt war es offensichtlich. Die Frau meines Cousins war nicht die Frau meines Cousins, sondern eine Dienstbotin, die für die Frau meines Cousins, meinen Cousin und die restliche Familie inklusive Gäste Essen vorbereitete. Ich fragte die neue Frau, die echte Ehefrau meines Cousins, wie ihre Zwillinge hießen. Es war kaum eine Überraschung, dass die Zwillinge nicht ihr gehörten. Die Dienstbotin hatte sie zur Welt gebracht, und ihre Sprache, welche auch immer es sein mochte, war weder Zwillingen noch Zwillingen und ihren Müttern eigen, sondern einfach die Sprache eines anderen Volks, das zu einer weit entfernten Region gehörte, vielleicht sogar zu einem anderen Land, das ich nicht kannte.

Ich hätte mich gern bei allen entschuldigt, auch bei mir selbst. Ich war es nicht gewohnt, so verwirrt zu sein, aber so ist das Leben nun einmal. Manchmal sind die Ereignisse dieser Welt offensichtlich, und manchmal gestalten sie sich derart, bis sie keinen Sinn ergeben, und sogar, wenn andere Menschen sie begreifen, erkennt man selbst ihren Sinn nicht. Entweder das, oder ich litt unter Jetlag, eine durchaus mögliche Erklärung. Jedenfalls folgte ich der Aufforderung der Frau meines Cousins, ihr im Esszimmer Gesellschaft zu leisten, ging auf dem gleichen Weg zurück, und dieses Mal verstand ich die Raumanordnung des Hauses.

Der Tisch hatte sich in der Zwischenzeit verändert. Die Schalen waren nicht mehr zugedeckt, und sie waren mit Essen verschiedenster Art gefüllt. Ich sah eine rote Suppe, grünes Gemüse, eine braune Paste aus Samen, Brot, getränkt von einer gelben Soße, und daneben das Fleisch: Lamm, mehrere Stücke Steak und rohes Hackfleisch. Das patriotische Hähnchengericht konnte ich nicht entdecken, aber das war nicht wichtig, weil vor mir so viel köstlich aussehendes Essen stand, dass ich am liebsten geweint hätte. Trotzdem weinte ich nicht. Ich schloss nur die Augen und dankte Gott dafür, dass er mir einen Magen, Geschmack und einen Geruchssinn geschenkt hatte, außer wenn es um Müll ging. Nach einem Moment brachte ich mich davon ab, weil mir der Gedanke kam, dass Gott nichts damit zu tun hatte, es sei denn, Gott hätte an diesem Tag die Form der Dienstbotin meines Cousins angenommen. Möglich war es, aber ich wollte es nicht komplizierter machen, als es war. Also dankte ich in Gedanken der Dienstbotin.

Als ich die Augen öffnete, sah ich meinen Cousin. Ich konnte es kaum glauben, aber er trug wieder die hässliche Lederjacke. Zum Glück waren Menschen in der Nähe, die von dem unschönen Anblick ablenken konnten: seine Frau und zwei verlegen wirkende Menschen, die seine Kinder sein mussten. Ich wollte sie fest in die Arme nehmen und ging dafür auf sie zu, aber als ich mich näherte, hielt die Frau meines Cousins ihre Hände vor die Augen der Kinder. Ich war nicht sicher, warum sie das tat, aber da jeder Mensch einen Grund für seine Handlungen hat, sogar für Handlungen, die unhöflich wirken, fand ich mich damit ab, dass ich die Kinder nicht umarmen oder küssen würde, und lächelte nur in ihre Richtung. Das schien sie zu verstören, aber so waren reiche Kinder nun einmal: Zeichen der Zuneigung von anderen, ärmeren Menschen verstörten sie. An meinen Cousin gewandt fragte ich, ob die beiden Zwillinge seien, damit ich über diese Möglichkeit gar nicht mehr nachdenken musste. Er sagte, das seien sie nicht, und forderte mich auf, mich zu setzen und zu essen. Ich merkte, dass ich so hungrig war wie noch nie zuvor.

Ich setzte mich und betrachtete wieder das Essen. Mein Cousin sicherte sich den Löwenanteil und nahm große Mengen von allen angebotenen Speisen. Als er fertig war, forderte er mich auf, es ihm nachzutun. Ich bedankte mich und nahm so viel, wie es für ein Frühstück angemessen war. Die Frau meines Cousins bedrängte mich, ich solle mehr nehmen. Ihr Teller war derweil leer. Ich erwähnte es, aber sie ging nicht darauf ein. Stattdessen stand sie auf, stellte sich neben mich und warf einen großen Knochen mit dicken Fleischstücken daran auf meinen Teller. Ich schwor, ich würde es auf keinen Fall essen, aber natürlich aß ich es doch, weil die Dienstbotin es meinetwegen zubereitet hatte, und außerdem lag es auf meinem Teller, was sollte ich also machen, außer es in meinen Magen zu befördern.

Es schmeckte köstlich. Es fühlte sich an, als würde jede meiner Geschmacksknospen etwas anderes wahrnehmen, wobei jeder Eindruck für mich neu war, alle zusammengenommen aber etwas Vertrautes ergaben, etwas, das ich vergessen hatte und das nun in meinen Körper zurückströmte und wahrscheinlich mein Leben in neue Bahnen lenken oder zumindest meine Vorlieben für das Frühstück ändern würde. So ging die Mahlzeit weiter: Die Frau meines Cousins, die noch keinen Bissen gegessen hatte, warf mir allerlei Dinge auf den Teller, und ich verfluchte sie dafür, dass sie mich zu maßloser

Völlerei zwang. Gleichzeitig dankte ich stumm jedem, den ich kannte, meinem Cousin, sogar seiner Frau, der Dienstbotin, ihren Zwillingen und darüber hinaus meiner Mutter und meinem Vater, dass sie mich in eine Situation gebracht hatten, in der ich solche leiblichen Genüsse erfahren konnte.

Das war, was sich in meinem Körper und meinem Verstand abspielte. Äußerlich unterhielt ich mich mit meinem Cousin, der mir allerhand Fragen über mein Leben in dem Land stellte, dessen Bürger ich war. Leider konnte ich zu diesem Thema nicht viel sagen. Ich berichtete ihm von meiner Frau, der es gut ging, und weiteren Familienmitgliedern, denen es ebenfalls gut ging. Dann erzählte ich ihm von allen, die krank, dem Tode nah, gestorben oder Ähnliches waren. Mein Cousin seufzte, sagte etwas zu Gott und machte ein unglückliches Gesicht. Die Frau meines Cousins, die zu dieser Unterhaltung nichts beigetragen hatte, brach in Tränen aus. Dann lächelte er, und sie drängte mich, noch mehr Essen zu verzehren. So reagieren Menschen, lebende Menschen, wenn sie von anderen hören, die leiden: Sie geben vor, die Erfahrung des Sterbens heraufzubeschwören. Das allerdings war unmöglich, denn die Erfahrung des Sterbens lässt sich nicht kontrollieren. Lebende geben nur vor, man könnte sie kontrollieren, um sich selbst weiszumachen, das echte Erlebnis würde nur anderen widerfahren. Ich dankte meinem Cousin und seiner Frau für ihre Beileidsbekundungen, ohne recht zu wissen, warum ich sie erhielt.

An diesem Punkt gab es keine Möglichkeit, das Gespräch weiter in dieselbe Richtung zu führen. Ich hoffte, wir würden uns einem neuen Thema zuwenden, etwas grundlegend Angenehmem und Beständigem, mit dem sich das Gespräch unendlich bestreiten ließ, etwa den Lebensleistungen von Jesus. Genau das taten wir im Grunde. Mein Cousin fragte nach meiner Meinung über allerlei Dinge und auch Menschen, von denen die meisten in politische Ämter gewählt waren und über Systeme herrschten, in die ich verwickelt war, ohne genau zu verstehen, wie, weshalb ich mich unwohl dabei gefühlt hätte, offen über sie zu sprechen. Daher redeten wir über Entwicklungshilfe, die internationale Schuldenkrise und diverse Skandale, in die ehemalige UN-Generalsekretäre verstrickt waren. Als wir damit fertig waren, aß ich den letzten Bissen des Essens, das die Frau meines Cousins mir aufgetan hatte, und dankte meinem Cousin für das wunderbare Gespräch.

Mein Cousin ließ seine Serviette auf den Teller fallen, legte sich eine Hand auf den Bauch und schloss zufrieden die Augen. Leider schien seine Frau die Geste nicht richtig zu deuten, denn sie nahm die Serviette von seinem Teller, legte ihm einen weiteren Knochen vor und wiederholte dasselbe bei mir mit einem Knochen, der noch größer war als der für ihren Mann. Ich dankte ihr für den Nachschlag und hoffte, meine Dankbarkeit wäre ein angemessener Ersatz dafür, das Fleisch zu verzehren.

Ehrlich gesagt protestierte mein Körper gegen das Essen, das ich ihm zugeführt hatte. Es wollte meine Speiseröhre hinaufdrängen, und als ich es wieder hinunterzwang, sank es in meinen Magen und weiter, wer weiß wohin, wahrscheinlich bis zum Mittelpunkt der Erde, um für immer dort zu bleiben. Nur blieb es nicht für immer dort. Es stieg wieder meine Speiseröhre hinauf, bis ich es erneut hinunterdrückte und es dort blieb, als wollte es bis zum Ende der Zeit bleiben oder zumindest bis zum Ende meines Lebens.

Während ich damit beschäftigt war, den Verdauungsvorgang in die Wege zu leiten, drängte die Frau meines Cousins mich, die Lage zu verschlimmern, indem ich noch eine Portion Fleisch aß. Ich wollte der Bitte nicht nachkommen, aber ich kam der Bitte nach, weil ich mich als ihr Gast in der Pflicht sah zu verzehren, was sie mir gab, selbst, wenn mir davon schlecht wurde. Also aß ich das Stück Fleisch, und es verband sich mit all den anderen Stücken Fleisch, die sich mit gebündelter Kraft vertikal durch meinen Körper schoben. Ich dankte der Frau meines Cousins für ihre Gastfreundlichkeit und hoffte dabei, ich würde ihr nie wieder ausgesetzt sein.

Das schien die Frau meines Cousins zufriedenzustellen. Mein Cousin pulte mit einem Zahnstocher in den Lücken zwischen seinen Zähnen, und seine Frau räumte die Teller ab. Währenddessen lenkte ich meine Aufmerksamkeit wieder auf meinen Verdauungstrakt, der zu einem Fahrstuhl für teilweise verdaute Nahrung mutiert war. Ich fragte meinen Cousin, ob er Abhilfe schaffen könne, entweder mit einer Tablette oder einer Arznei in flüssiger Form. Er war zu sehr mit seinem eigenen Problem beschäftigt, mit den Speiseresten zwischen seinen Zähnen, um sich meines Problems anzunehmen, vielleicht ignorierte er mich auch absichtlich, aber als die Frau meines Cousins aus der Küche zurückkehrte, brachte sie mir eine Tasse Tee mit bekömmlich aussehenden Kräutern darin und sagte, er solle alles ins Reine bringen. Ich dankte ihr dafür, trank den Tee und wartete auf seine heilende Wirkung.

Ich hoffte, in Ruhe warten zu können, aber mein Cousin setzte zu einer verwickelten Geschichte über seine jüngsten Geschäftserfolge an. Er sprach mit Nachdruck und ohne logische Übergänge, höchstwahrscheinlich eilte er dem Teil des Gesprächs entgegen, in dem es um ihn und seinen Erfolg ging. Ich bemühte mich, mein Interesse für die Geißeln der Menschheit zu vergessen, Dinge wie internationale Politik, Verdauungsprobleme und Ähnliches, und rege Anteilnahme für die spezifischen Lebensumstände meines Cousins aufzubringen, die wahrscheinlich keinerlei Auswirkung auf den Zustand der Welt hatten.

Er und seine Frau, sagte er, seien erst vor acht Jahren in dieses Haus gezogen, kurz nach der Geburt ihres ersten Kinds. Seine älteste Tochter setzte sich auf, als ihr Vater sie erwähnte, war aber bald wieder gelangweilt, weil sie merkte, dass es bei der beiläufigen Bemerkung blieb. Davor, sagte mein Cousin, hatten sie gewohnt, wo er aufgewachsen war, in einer kleinen Stadt an einem Fluss, dessen Staudämme den Strom für das Leben der nahen Großstadt lieferten. Ihr Haus dort war geräumig gewesen, aber nicht komfortabel. Es waren zwar Stromkabel verlegt worden, aber der Konzern, der den Strom kontrollierte, hatte jahrelang mit der Kommunalverwaltung gestritten, weil diese nicht den Preis zahlen wollte, den die Manager des Konzerns verlangten. Deshalb wurde der Strom, der für die Kleinstadt vorgesehen war, in die Großstadt umgeleitet, deren Bewohner ihn verschwenderisch nutzten.

Abends zündeten sie Petroleumlampen an, wie seine Eltern es in seiner Kindheit getan hatten, bevor die Kleinstadt überhaupt ans Stromnetz angeschlossen war. Das Leben bei Lampenlicht störte ihn nicht, aber er war verärgert darüber, in eine Gesellschaft hineingeboren zu sein, in der Fortschritt durch die Unfähigkeit von Bürokraten verhindert wurde, die behaupteten, sie würden eine bessere Zukunft für ihre Wähler schaffen, ihnen aber in Wahrheit ungerührt eine Reihe von Problemen hinterließen, die längst Geschichte sein sollten. Einige Bewohner der Kleinstadt beantragten bei der Landesregierung, die Kommunalpolitiker abzusetzen, die Kontrolle über die Staudämme zu übernehmen und die Stromkonzerne zu verstaatlichen, um den Menschen im ganzen Land eine gerechte und zuverlässige Versorgung zu sichern. Anfangs war mein Cousin von ihrer Bereitschaft, eine so rückständige und unfähige Regierung öffentlich zu kritisieren, sehr angetan. Aber als er einer ihrer Beschwerdesitzungen für die Bürger in einer örtlichen Kirche beiwohnte, erkannte er, dass ihre Klagen so unspezifisch waren, dass sie nicht zu sinnvollen Ergebnissen führen würden. Ihr Hass auf die Regierung, den er teilte, war zu Hass auf jeden verkommen, der mit der Regierung zusammenarbeitete, und dieses Gefühl teilte er nicht. Sollte ihr Antrag erfolgreich sein, würde er allen privaten Unternehmen schaden, die nur ihrem Geschäft nachgingen, und die Macht in die Hände der Regierung legen, die, und da stimmten alle überein, durch und durch inkompetent war. Er sah für sich nur zwei Möglichkeiten: Er konnte auf Seiten der Bürger stehen, die sich mit der Regierung gemeinmachten, obwohl es ihren eigenen Interessen zuwiderlief, oder er konnte auf Seiten der Privatunternehmen stehen, die nur besseren Geschäften und damit dem Fortschritt verpflichtet waren.

Mein Cousin spuckte seinen Zahnstocher auf den Tisch und winkte seiner Frau, sie solle ihn wegwerfen. Das tat sie. Der Antrag, sagte er, sei nicht erfolgreich gewesen, weil es ihm nicht gelungen sei, die Ursache des Problems zu benennen. Die Ursache des Problems sei nicht die Privatisierung öffentlicher Güter, sondern die Tatsache, dass ein einziges Unternehmen daraus Kapital schlagen wollte. Theoretisch, sagte er, gäbe es für Privatunternehmen einen Anreiz, ein verlässliches Angebot für Dinge wie Strom, Wasser und Wohnraum zu schaffen, weil sie auf Konsumenten angewiesen seien, um Profit zu machen. Regierungen dagegen konnten ohne die Unterstützung der Wähler überleben, weil den Wählern selten, wenn überhaupt einmal, brauchbare Alternativen zur Verfügung standen. Eine Regierung konnte den Zugang zu Gütern einschränken, bis eine künstliche Verknappung entstand, und niemand besaß die Macht, ihre Darstellung der Wirklichkeit anzuzweifeln.

Menschen zu helfen, begriff mein Cousin, bedeutete nicht, sich gemeinsam mit ihnen zu beklagen, sondern mit den bereits herrschenden Kräften zu konkurrieren, um den Menschen ein besseres Leben zu ermöglichen, damit ihre Klagen gegenstandslos wurden. Er konnte entweder wie alle anderen sein und niemandem helfen, oder er konnte sich abheben und der Welt helfen. Mein Cousin sah mich an und schien zu erwarten, dass ich ihm für diese Einsicht applaudierte oder ihm alternativ gratulierte, weil er in die wohltätige Geschäftswelt eingetreten war. Zu seinem Pech hatte ich zu all dem, was er gesagt hatte, keine Meinung, es hatte nichts mit mir oder dem neuen größten Problem in meinem Leben zu tun, nämlich den Eigenschaften der menschlichen Speiseröhre. Also schwadronierte er weiter über seine Mildtätigkeit, während seine Frau die Teller abräumte.

Nachdem der Antrag gescheitert war, schrieb mein Cousin einem Manager des Konzerns einen Brief und fragte, ob sie Interesse daran hätten, eine nahe gelegene Region mit Strom zu beliefern. Diese andere Region verfügte über die nötige Infrastruktur, wurde aber ebenfalls nicht von dem einzigen dort agierenden Stromkonzern versorgt, der sich nicht mit der Regionalverwaltung einigen wollte. Sollte Interesse bestehen, schrieb mein Cousin, könnte er für einen Teil des jährlichen Profits den Kontakt zwischen dem Konzern und den entscheidenden Beamten vor Ort herstellen und einen Vertrag aushandeln. Gleichzeitig schrieb er den Beamten der nahe gelegenen Region, ein konkurrierender Konzern wolle der Stadt Strom liefern zu einem Bruchteil der Kosten, die der derzeitige Stromanbieter verlangte. Beide Seiten, der Konzern und die Verwaltung, willigten in ein Treffen ein, weil sie glaubten, mein Cousin sei nicht nur ein gewöhnlicher Mensch, sondern ein Vermittler mit guten Kontakten und Erfahrung darin, Verträge mit der Regierung auszuhandeln. Der konkurrierende Stromkonzern und die Verwaltung einigten sich auf einen Preis, die Stadt bekam endlich Strom, und mein Cousin wandte sich mit dieser Erfolgsgeschichte als Referenz an den ersten Stromkonzern, der die nahe gelegene Stadt nicht mit Strom versorgt hatte. Er fragte, ob der Konzern Strom an seine Stadt liefern wolle, da sie zurzeit nicht von dem Konkurrenzkonzern beliefert wurde, der den ersten Konzern ersetzt hatte. Er handelte ein weiteres Abkommen aus, seine Stadt bekam endlich Strom, und er wiederholte dieses Verfahren so oft und in so vielen weiteren Städten, dass selbst in entlegenen Ecken des Landes Stromkonzerne, die ein mögliches Geschäft witterten, den Eindruck hatten, sie könnten es nur mit seiner Hilfe abschließen.

Irgendwann, sagte mein Cousin, habe er begriffen, dass seine Strategie genutzt werden konnte, um allerlei benötigte Güter zu verteilen. Mit dem Geld, das er durch die Stromkonzerne verdiente, kaufte er ein Lagerhaus und vermietete es an eine internationale Hilfsorganisation, die Getreidesäcke als Notfallversorgung ausgab. Den Berechnungen der Organisation zufolge herrschte in der Region, in der er lebte, gerade eine Hungersnot. Die Organisation hatte Gelder erhalten, um haltbare Lebensmittel zu liefern, aber nachdem die Sachen geliefert waren, fehlte die Möglichkeit, sie zu verteilen. Gegen eine Gebühr hatte mein Cousin einen Lagerort bereitgestellt. Gegen eine weitere Gebühr hatte er eine LKW-Flotte gemietet und versprochen, die Wagen würden die Getreidesäcke zu den hungernden Menschen bringen, die sie brauchten. Aber die internationale Hilfsorganisation, sagte er, habe die Schwere der Hungersnot falsch kalkuliert und Lebensmittel im Überfluss bereitgestellt. Er schickte die Lieferwagen nur mit einem Teil der vorgesehenen Säcke los und verstaute die restlichen im Lagerhaus. Als die internationale Hilfsorganisation die Hungersnot für beendet erklärte, verkaufte mein Cousin den zuvor hungernden Menschen das Getreide mit Gewinn.

Mein Cousin sah mich an, als sollte ich ihm dafür applaudieren, dass er an Menschen, die kurz zuvor als hungernd gegolten hatten, Geld verdient hatte. Aber ich applaudierte ihm nicht. Ich applaudierte nur meiner Speiseröhre, weil sie meinen Magen zwang, das Essen anzunehmen, das ich ihm schicken wollte. Manche Menschen in unserer Familie, sagte er und betonte dabei »manche Menschen«, verübelten ihm seine neue Lebensweise, die sie irrtümlich für ein Urteil über die Lebensweise hielten, die sie früher geteilt hatten. Ihm war klar, dass rückständige Menschen ermutigt wurden, an ihrer Rückständigkeit festzuhalten, und dass die Regierung sie glauben machen wollte, es gäbe keine Alternative. Aber mein Cousin hatte selbst erlebt, dass gute Geschäfte Erlösung bringen können, und deshalb hatte er den Bau seines neuen Hauses, des Hauses, in dem wir gerade saßen, zu einer Investitionsmöglichkeit für seine ganze Familie gemacht, zumindest für die Familienmitglieder, die klug genug waren, zu investieren. Dem konnte ich nicht folgen, und ich fragte, was er meinte. Die Frau und die Kinder meines Cousins standen vom Tisch auf und gingen, wahrscheinlich um irgendwo Eis oder Kuchen oder ein anderes Dessert zu essen, das eine internationale Hilfsorganisation meinem Cousin geschickt hatte.

Er erklärte, die Kosten für den Bau des Hauses seien minimal verglichen mit seinem steigenden Wert, wenn es erst fertig sein würde, und um jeden reicher zu machen, der es ihm erlaubte, ermöglichte mein Cousin es der Familie, sich mit einem kleinen Betrag am Bau das Hauses zu beteiligen und Gewinn zu machen, wenn es verkauft wurde. Ich fragte ihn, ob er plane, das Haus zu verkaufen. Nicht sofort, sagte er, nein, aber auf die eine oder andere Art werde alles im Leben verkauft, und außerdem sei es sinnvoll, es erst nach einigen Jahren zu verkaufen, weil das Haus im Laufe der Zeit exponentiell an Wert gewinnen würde. Glückwunsch, sagte ich. Er sagte, wir könnten uns alle beglückwünschen, weil ich nach sechsundzwanzig Jahren in unser Heimatland zurückgekehrt war und damit auch die Gelegenheit hatte zu investieren.

Ich verstand nicht, was er meinte. Ich fragte mich, warum ich in ein Haus investieren sollte, das schon fertig gebaut war, und sagte das auch. Mein Cousin versicherte mir, gerade weil das Haus schon fertiggestellt war, sei es eine gute Investition, weil ich nicht mehr spekulieren müsse, ob es je fertig würde. Im Gegensatz zu meinen anderen Familienmitgliedern könne ich das Haus mit eigenen Augen sehen und die Höhe meiner Investition daran festmachen, wie schön ich es fand.

Es stimmte, das Haus war schön, und es würde sich sicher eines Tages für viel Geld verkaufen lassen, solange die Wirtschaft nicht zusammenbrach wegen eines Kriegs, eines Völkermords, einer Naturkatastrophe oder was sonst Schreckliches geschehen konnte. Ich bedankte mich und versprach meinem Cousin, ich würde darüber nachdenken. Leider, sagte er, sei das Zeitfenster für eine Investition sehr klein, aber es würde sich zum Glück zufällig mit meinem Aufenthalt in diesem Haus überschneiden. Ich konnte ihm nicht folgen. Da das Haus bereits gebaut war, hätte das Fenster meiner Ansicht nach unendlich Bestand haben müssen, zumindest so lange, bis er beschloss, das Haus zu verkaufen. Er sagte, es sei zu kompliziert, um es vollständig zu erklären, und er wolle mich nicht langweilen, aber kurz gesagt habe er Schulden. Er hatte Kredite aufgenommen, um das Haus zu bauen, weil sich zwar einige Familienmitglieder entschlossen hatten zu investieren, aber nicht alle gebildet genug waren, um begreifen, welche Möglichkeit er ihnen bot.

Also ja, er schuldete den Banken Geld, auch der Regierung schuldete er Geld, das er natürlich hatte, es war nur momentan nicht in seinem Besitz, weil er das Schulgeld der Kinder, Essen und alles andere bezahlen musste, was zu ihrer Lebensweise gehörte. Wenn er seine Schulden nicht beglich, würde das Haus leider gepfändet werden, und seine Kinder und seine Frau würden alles verlieren. Aber, versicherte er mir, über all das müsse ich mir keine Gedanken machen. Ich müsse mir nur überlegen, ob ich in der Zukunft einen großen Gewinn machen wolle, der mich und meine Erben finanzieren würde, solange wir lebten.

Ich sagte ihm, ich hätte kein Geld, was stimmte. Mein ganzes Geld hatte ich bei der Einreisekontrolle und dem Mann mit dem Gepäckwagen ausgegeben. Er lachte und sagte, das mache nichts. Nach seinem Mittagsschlaf würde er mich zur Bank fahren, dort könnte ich jede Summe abheben, die ich für angebracht hielt. In Gedanken wartete ich darauf, dass er mir berichtete, wie es um meinen Bruder stand. Aber darüber verlor er kein Wort. Er dankte mir im Voraus für meinen Beitrag und sagte, die ganze Familie, nicht nur die Mitglieder, die investiert hatten, hätten mich vermisst und seien für meine Rückkehr dankbar.

Mein Cousin beschloss also, einen Mittagsschlaf zu halten. Währenddessen, wies er mich an, solle ich meine Taschen packen. Ich war nicht sicher, was er damit meinte. Nachdem ich bei der Bank Geld abgehoben hatte, sagte er, müsse ich sofort zum Busbahnhof. Es würde zeitlich knapp werden, aber er würde mich überall hinfahren, wohin ich musste, vor allem zur Bank. Danach würde ich ein Taxi zum Busbahnhof nehmen, aber darüber müsste ich mir keine Gedanken machen, weil er die Abholung und die Fahrt schon vereinbart hatte.

Ich dachte über seine Worte nach. Dieses Haus, in das ich völlig gegen meinen Willen investieren würde, von dem ich angenommen hatte, ich würde noch viele Nächte oder zumindest eine Nacht in ihm verbringen, erstreckte sich nun endlos vor mir. Wenn ich Glück hatte, würde es eines Tages verkauft werden, und meine

Erfahrung hier würde durch Geld ersetzt werden, wahrscheinlich nicht durch eine hohe Summe, aber vielleicht durch genug, um für etwas Neues zu bezahlen, zumindest für eine neue Erfahrung. Ich fragte mich, ob ich mich würde übergeben müssen. Über diese Möglichkeit wollte ich nicht nachdenken, also tat ich es nicht. Ich packte nur meinen Koffer und verabschiedete mich von dem Haus, der Frau meines Cousins und ihren beiden Kindern, die überhaupt keine Sprache zu sprechen schienen. Die Dienstbotin und ihre Zwillinge waren in dem ärmlichen Bau hinter dem Haus, aber in Gedanken verabschiedete ich mich auch von ihnen, und dann fuhr mein Cousin, der gerade von seinem Mittagsschlaf aufgewacht war, mit mir los.

Wir gingen zur Bank, wo ich Geld abhob. Wie er es verlangt hatte, gab ich meinem Cousin die Summe, die angemessen erschien. Er wirkte enttäuscht, aber das war mir ehrlich gesagt egal. Ich umarmte ihn, und er setzte mich mit meinem Koffer ins Taxi. Ich hatte entschieden, mein Bordgepäck mit seinem unaussprechlichen Inhalt für ihn zurückzulassen. Vielleicht hatte die Taube den Inhalt mittlerweile vertilgt. Vielleicht würde sie sich überfressen und sterben. Vielleicht würde mein Cousin sie begraben.

Ich war nicht sicher, ob die Entscheidung richtig war, aber ich hatte es nun einmal getan. Mein Cousin reichte mir durch das Fenster seine hässliche Lederjacke. Es tut mir leid, sagte er. Mir war nicht klar, was er damit meinte, und ich hatte keine Ahnung, was die Jacke damit zu tun hatte. Aber ich nahm an, er wollte sagen, dass es ihm wegen meines Bruders leidtue; er war krank, und ich war nun überzeugt, dass ich hergeschickt worden war, um ihn sterben zu sehen.

DREI

Der Taxifahrer wusste grob, in welcher Richtung der Busbahnhof lag, vergaß aber ständig, welche Straßen dorthinführten. Das sagte er zumindest. Überall wurde entweder gebaut oder etwas abgerissen, und durch die ständigen Veränderungen waren Ladenzeilen, Straßenverkäufer und Eckhäuser nicht wiederzuerkennen. Hatte man sie sich gerade eingeprägt, sagte er, wurden sie durch andere Ladenzeilen, Straßenverkäufer und Eckhäuser ersetzt, denen vorherbestimmt war, etwas anderes zu werden, als sie waren, und deren einzige Bedeutung darin lag, ihre eigene grundlegende Unbedeutsamkeit zu verkörpern. Scheinbar überfordert warf er mir im Seitenspiegel einen Blick zu.

Durch das Fenster konnte ich mich davon überzeugen, dass die Stadt in einer Krise steckte. Die Straßen wirkten beliebig und widersetzten sich allen, die sie nutzen wollten. Ausländische Investoren, sagte er und schaute auf die Straße hinter uns, hatten mit dem Bau einer Bahnstrecke angefangen. Sie hatten Arbeiter aus der Region eingestellt und ließen sie Viadukte für das Hochbahnsystem errichten, das über aller Köpfe fahren und das Leben der Menschen verbessern sollte. Leider hatte es allerdings einen Verwaltungsfehler gegeben, und als die Viadukte standen, befand ein bekannter Kommunalpolitiker, der Finanzminister, dass die Hochbahn nach ihrer Fertigstellung Verluste machen würde.

Nur ein kleiner Teil der Bevölkerung würde sich den Fahrpreis leisten können, und mit ihrem Beitrag würden sich die Instandhaltungskosten nicht decken lassen. Die Regierung zog in Betracht, die Fahrtkosten zu bezuschussen, damit ein größerer Teil der Bevölkerung von der Neuerung profitieren konnte, aber die ausländischen Investoren wollten einen Gewinn erwirtschaften, und so wurde die Fertigstellung der Hochbahn auf unbestimmte Zeit verschoben. Alle warteten auf den Tag, an dem die Menschen in der Stadt für sich selbst sorgen konnten. Bis dahin, sagte der Taxifahrer, warfen die Viadukte Schatten auf die Stadt und verleiteten die Bewohner dazu, Treppen hinaufzusteigen, die nirgendwohin führten.

Der Taxifahrer war ein gut aussehender junger Mann Mitte zwanzig. Ich fragte ihn nach seiner Erfahrung mit der Wirtschaft. Er antwortete, er sei gerade nach einem Streik zur Arbeit zurückgekehrt. Kraftstoff wurde so extrem besteuert, dass sich niemand mehr leisten konnte, mit dem Auto zu fahren. Manche Leute konnten es sich leisten, aber sie waren keine Taxifahrer oder Menschen, die Taxis nutzten, aus seiner Sicht konnte sich also niemand das Fahren leisten. Die Taxifahrer unterhielten sich gern an ihren Ständen. Eines Tages vereinbarten sie bei einem dieser Gespräche, in der nächsten Woche zu streiken. Statt Fahrgäste zu transportieren, würden sie ihre Taxis mitten auf die verkehrsreichste Kreuzung stellen, damit niemand mehr fahren konnte, auch nicht diejenigen, die sich Kraftstoff leisten konnten. Jedenfalls, sagte der Taxifahrer, machten sie es tatsächlich. Niemand kam irgendwohin, aber das störte die Leute nicht, denn als sie festsaßen, wurden sie mit allem versorgt, was sie brauchten. Lieferwagen, die Gemüse zu den Märkten der Stadt bringen sollten, gaben den Mais auf ihren Ladeflächen ab, und die Taxifahrer grillten und verteilten ihn kostenlos.

Dem Taxifahrer zufolge waren die Taxifahrer immer noch wütend, aber ihre Wut hatte Freude hervorgebracht, die der Wut eine neue Qualität verlieh, mit der sie ihr Leben bestreiten konnten. Anfangs ignorierte die Regierung ihr Vorgehen. Die ranghöchsten Beamten wurden mit Hubschraubern herbeigeflogen. Sie betrachteten den lahmgelegten Verkehr von oben, wo es aussah, als könnte der Stau sich mit der Zeit auflösen. Aber der Stau löste sich nicht auf. Taxifahrer aus angrenzenden Regionen hörten von dem Streik und verließen ihre Familien, um sich ihm anzuschließen. Sie empfanden den Kraftstoffpreis als noch höher, weil sie weniger Kunden und dieselben Ausgaben hatten.

Die ranghöchsten Beamten wiesen die Beamten auf mittlerer Ebene an, das Internet abzustellen, was keine Bedeutung hatte, weil es nur von einem kleinen Teil der Bevölkerung benutzt wurde. Die rangniedrigsten Beamten, die Polizisten, umstellten die Fahrer, ihre Taxis und alle Autos, die zwischen ihnen feststeckten. Die Polizisten schossen auf einen Taxifahrer und sein Kind, das nichts mit der Sache zu tun hatte. Das Kind starb, woraufhin die ranghöchsten Beamten eine besondere Verlautbarung herausgaben. Sie verkündeten voller Freude, das Land befinde sich in einer finanziell starken Position und könne daher die Kraftstoffsteuern um einen Prozentpunkt senken. Sie dankten der Bevölkerung für ihre Unterstützung, und dann flogen sie in ihren Hubschraubern davon.

Die Geschichte des Taxifahrers verwirrte mich. Die Aktion war erfolgreich verlaufen und würde das Leben aller Taxifahrer verbessern, aber ein Kind, das nicht einmal ein Taxifahrer gewesen war, wenn auch mit einem verwandt, war getötet worden. Ich hatte nicht erwartet, von einem Taxifahrer, dem ich zufällig begegnet war, eine so verworrene Geschichte zu hören, aber so war das Leben von Taxifahrern nun einmal, was ich selbst erfahren hatte, als ich in dem Land, dessen Bürger ich geworden war, als Taxifahrer gearbeitet hatte. Das erzählte ich diesem Taxifahrer. Er wirkte skeptisch. Soweit er gehört habe, sagte er, könnten Taxifahrer in dem Land, dessen Bürger ich geworden war, extrem wohlhabend werden, weil seine Wirtschaft historisch gesehen robust war, auch wenn sie zurzeit einige Probleme hatte. Damit hatte er möglicherweise recht. Theoretisch, gestand ich, hatten Taxifahrer in dem Land, dessen Bürger ich geworden war, regelmäßig Kunden, und selbst wenn sie nicht regelmäßig Kunden hatten, konnten sie bei der Bank einen Kredit aufnehmen, eine Taxilizenz kaufen und am Ende ein großes Einkommen verbuchen, ohne irgendwohin fahren zu müssen, weil der Wert der Taxilizenz im Laufe der Zeit garantiert exponentiell anstieg. Allerdings konnte man sich meiner Erfahrung nach nicht auf Garantien verlassen, weil zwischen der Gegenwart und der Zukunft alles Mögliche eintreten konnte, sogar der Tod. Das erzählte ich ihm.

Ehrlich gesagt wollte ich nicht über meine eigenen Erfahrungen sprechen, aber der Taxifahrer schien meine allgemeingültigen Argumente nicht zu verstehen, und als er mich bat, konkreter zu werden, kam ich der Bitte nach. Ich suchte nach einem typischen Beispiel. Eines Abends, erzählte ich, spät an einem Samstag, wurde ich von zwei jungen betrunkenen Frauen angehalten. Ich war nicht sicher, ob es eine gute Idee sein würde, sie zu ihrem Ziel zu fahren, weil ich vermutete, eine von ihnen könnte sich auf die Ledersitze übergeben. Aber die jungen Frauen stiegen bereits in das Taxi, und außerdem war es meine Aufgabe, Menschen dahinzubringen, wohin sie wollten, also verdrängte ich so gut wie möglich meine Sorgen über mögliches Erbrechen und fragte nach ihrem Fahrtziel. Aus irgendeinem Grund fingen sie an zu lachen. Ich sah keinen Grund dafür und schob es darauf, dass sie betrunken waren. Ich wiederholte meine Frage. Dieses Mal nannten sie mir deutlich ihr Ziel, einen Ort außerhalb der Stadt, einige Kilometer die Schnellstraße hinunter. In Ordnung, sagte ich und legte den Gang ein. Wegen des Problems mit dem möglichen Erbrechen war ich versucht, schnell zu fahren, aber ich musste unter der Geschwindigkeitsbegrenzung bleiben, was mich in eine verzwickte Lage brachte. Es blieb mir keine andere Wahl, als es durchzustehen.

Nach einer Weile, erzählte ich dem Taxifahrer, erreichten wir einen Supermarkt mitten im Nirgendwo. Ich machte die jungen Frauen darauf aufmerksam, dass wir angekommen waren, ohne zu wissen, wo ich war. Ich dankte ihnen dafür, dass sie mit mir gefahren waren, dann las ich den Preis vom Taxameter ab. Auf dem Taxameter stand 20,25 Dollar, was ich der Einfachheit halber auf 20 Dollar abrundete. Eine der jungen Frauen gab mir 10 Dollar, was mich verdutzte. Höflich bat ich um den Rest. Die andere junge Frau sagte: Tut mir leid, Nigger, und dann stieg sie aus.

Ich war zutiefst verwirrt. Ich sah mich auf dem Parkplatz nach demjenigen um, mit dem sie gesprochen hatte. Aber da war niemand, und ganz sicher niemand, den sie so angesprochen hätte. Ich verriegelte die Türen, während die zweite junge Frau noch auf dem Rücksitz saß. Wenn sie nur die Hälfte der Fahrtkosten begleichen konnten, dachte ich, dann sollte auch nur eine Hälfte der beiden an ihrem Ziel abgesetzt werden. Die andere musste dorthin zurückgebracht werden, woher sie kam, und genau das tat ich, obwohl sie die ganze Zeit schrie.

Das erzählte ich dem Taxifahrer. Ich war nicht sicher, ob meine Geschichte ihm geholfen hatte, die grundlegenden Unwägbarkeiten des Taxifahrens selbst in einer Wirtschaftssituation mit angeblich verlässlicher Kundschaft zu begreifen, oder ob mein Beispiel repräsentativ für die Erfahrungen als Taxifahrer stehen konnte. Als ich noch versuchte, das abzuschätzen, fragte er mich, wie viel zehn Dollar wert seien. Ich sagte ihm, der Wert von zehn Dollar sei nicht wichtig, weil der Wert von zehn Dollar symbolisch war. Er fragte, was der Wert von zehn Dollar symbolisiere. Ich antwortete, zehn Dollar symbolisierten ein teures Sandwich oder zwei günstige. Damit schien er zufrieden zu sein, und dann ging das Leben zum Glück einfach weiter.

Das war es also, damit endete unsere Diskussion über meine persönlichen Erfahrungen. Ich fragte den Taxifahrer nach seinem Leben nach dem Streik und hoffte, er würde sich revanchieren und von seinen persönlichen Erfahrungen berichten. Er sagte, die Geschäfte liefen seitdem besser. Irgendwann würde er seine Schulden bei der Regierung zurückzahlen können. Seiner Ansicht nach konnte er nichts dafür, dass er Schulden hatte, aber manchmal hatte er deswegen trotzdem ein schlechtes Gewissen. Sein Körper fühlte sich unentwegt schwer an. Tatsächlich war er sehr hager. Im Rückspiegel sah ich, dass sich unter seinem Gesicht sein Schädel abzeichnete. Als ich ihn betrachtete, kam mir der Gedanke, dass er mir ein wenig ähnlich gesehen hätte, wäre ich ein gut aussehender Mann Mitte zwanzig gewesen. Er sagte, die Schulden hätten sich durch eine sehr vertrackte Situation angehäuft. Als Teenager hatte er als Fahrer für ein Reiseunternehmen gearbeitet. Er beherrschte nicht die richtigen Sprachen, und er besaß auch keinen Führerschein, weshalb er keine Touristen befördern durfte, aber ohne Fahrgäste durfte er das Auto zwischen den beliebten Touristenorten hin- und herfahren. Die Strecken waren lang, oft musste er den ganzen Tag und die Nacht am Steuer sitzen. Er hatte nichts dagegen, denn am Ende der Fahrten war er an Orten, von denen er nie erwartet hätte, sie zu sehen, oft bei Kirchen oder Klöstern oder anderen Plätzen, denen jemand, wahrscheinlich ein Tourist, historische Bedeutung beigemessen hatte.

Seine Chefs interessierten sich nicht für historisch bedeutsame Orte. Sie machten vor allem durch die Autos Gewinn, die sie zu einem verminderten Preis importierten, weil die Regierung den Tourismus fördern wollte und dafür den Autoimporteuren große Steuervergünstigungen gewährte. Seine Chefs vermieteten diese Autos dann an Touristen, die überrascht und erfreut waren, so vertraute Fahrzeuge in einem so verarmten Land vorzufinden. Aber mit all dem hatte der Taxifahrer nichts zu tun. Er fuhr die Autos, wohin man es ihm sagte, und dann fuhr er sie zurück. Eines Tages, als er zu dem Schlachtfeld fuhr, auf dem das Land vor vielen Jahren seine Unabhängigkeit errungen hatte, schlief er ein. Als er aufwachte, hing er kopfüber. Das Auto war von der Straße abgekommen und hatte sich an einem Abhang überschlagen. Das erklärte ihm die Polizei. Er verlor seine Anstellung und wurde wegen Beschädigung von

Regierungseigentum angeklagt, wobei mit Regierungseigentum das mit Steuervergünstigungen importierte Auto gemeint war. Er hatte zwei Jahre Haft verbüßt und zahlte immer noch die Geldstrafe ab.

An den meisten Tagen, sagte er, zerriss es ihm den Oberkörper, wenn er seinen Unterkörper bewegen wollte. Ich sagte, es tue mir leid. Es sei schon gut, entgegnete er. Es sei eine schlimme Situation, aber er sei sie gewohnt. Ich sagte, das könne ich nachempfinden. Um es ihm zu beweisen, schilderte ich ihm meine momentane Notlage, soweit ich sie selbst verstand. Ich erzählte, dass mein Bruder unter einem Herzproblem litt. Sein Herz saß rechts, in der falschen Brustseite, und hatte sich mit einer Art Flüssigkeit gefüllt. Sein geschwollenes Herz drückte auf die Lunge. Abends bekam er Atemprobleme, die durch die lebensfeindliche Umgebung, in der er lebte, noch verschlimmert wurden. Er hatte sein ganzes Leben in der Gegend verbracht, in der wir auch aufgewachsen waren.

Der Taxifahrer fragte mich, ob der Bus mich dorthinbringen würde. Ich antwortete, ich hätte keine Ahnung, wohin der Bus fuhr. Mein Bruder hatte sich vor Kurzem dazu entschieden, höher auf den Berg zu ziehen, wo die Luft dünn und kalt war. Morgens waren die Hänge in Nebel gehüllt. Bei schönem Wetter löste die Sonne den Nebel zu Dunst auf, der sich rasch in der Atmosphäre verteilte. An anderen Tagen hielt sich der Nebel, drang durch Türen und Fenster in die Häuser ein und schien allen Gegenständen einzuhauchen, sie könnten sich eines Tages in Eis verwandeln. Dort oben gab es keine Ärzte, und das nächste Krankenhaus war fünf Autostunden entfernt. Mein Bruder besaß kein Auto, wenn er also einen Arzt besuchen wollte, musste er auf einem Esel reiten, der ihn zu einem Bus brachte, der ihn zu einem anderen Bus brachte, der ihn zum Krankenhaus brachte. Aber mein Bruder wollte nie einen Arzt besuchen. Er glaubte, er könnte sein falsch platziertes, geschwollenes Herz und alle Probleme, die damit zusammenhingen, durch Medikamente heilen, die er sich leisten konnte, solange ich ihm jeden Monat hundert Dollar schickte. Das hatte mein Bruder mir erzählt.

Der Taxifahrer sagte, es tue ihm leid. Ich war nicht sicher, warum er das sagte. Meiner Beschreibung nach erschien es für mich klar, dass mein Bruder seine Lage selbst verschuldet hatte. Sogar, wenn ich seinen zwanghaften Drang zu umständlichen und unnötigen Bitten gutgeheißen hätte, und selbst wenn ich mich entschied, sie zu erfüllen, konnten meine Handlungen letzten Endes sein allgemeines Wohlergehen nicht verbessern, da die Welt so eingerichtet war, dass für einen Menschen keine Hoffnung auf Besserung bestand, wenn er nicht willens war, sich einer anderen Lebensweise zu verschreiben, wozu gehörte, sich neue Gewohnheiten, Wünsche und natürliche Neigungen zuzulegen. Mein Bruder hatte seinen Körper dazu getrieben, zu versagen. Sein geschwollenes Herz hatte ihm nicht nur Atemprobleme beschert, sondern auch die Durchblutung seiner Gliedmaßen beeinträchtigt, wodurch er das Gefühl in den Fingern und Zehen verloren hatte. Wenn er mich anrief und um Geld bat, beklagte er sich, er habe meine Nummer nicht wählen können. Er drückte immer die falschen Tasten und sprach am Ende mit Fremden. Sie verstanden ihn nicht, und niemand wollte helfen. Dadurch verschwendete er Telefonkarten. Er hätte mit einer Karte auskommen müssen, um mich anzurufen, aber manchmal brauchte er vier oder fünf. Das war ein weiterer Grund, warum mein Bruder Geld von mir wollte, zusätzlich zu der Summe, die ich ihm für seine Medikamente schickte.

Ich wollte den Taxifahrer nach seiner Familie fragen, aber wir hatten mittlerweile den Busbahnhof erreicht. Stattdessen gab ich ihm ein großes Trinkgeld, alles, was ich finden konnte. Er öffnete mir die Tür, was nicht nötig war. Ich verabschiedete mich und umarmte ihn. Wahrscheinlich war das nicht angemessen, aber mein Körper hatte sich ohne mein Zutun dafür entschieden. Ich ging los und wollte mich nicht umdrehen. Ich drehte mich um. Der Taxifahrer war weggefahren und durch andere ersetzt worden. Ich betrachtete sie und fragte mich, ob sie erkannten, dass wir etwas gemein hatten.

V I E R

Ich wäre in den Busbahnhof gegangen, aber es gab kein Gebäude. Der Bahnhof bestand nur aus einem schmutzigen Wiesenstück. Er hätte wie jedes andere schmutzige Wiesenstück ausgesehen, wäre er nicht von einer Flotte ähnlich schmutziger Busse umringt gewesen. Wenig überraschend hatte sich mein Cousin mit der Abfahrtszeit gründlich geirrt. Der Bus fuhr erst in zwei Stunden ab. Es hatte keinen Grund zur Eile gegeben. Die Fahrkartenverkäufer ließen mich nicht einmal in den Wartebereich, der nur aus einem abgetrennten Stück schmutziger Wiese mit einer Handvoll Klappstühlen darauf bestand. Ihrer Aussage nach blieben mir zwei Möglichkeiten. Entweder konnte ich mich auf den Boden setzen, oder ich konnte zur Straßeneinfahrt gehen, vor der sich ein Internetcafé befand. Die erste Möglichkeit kam gar nicht in Frage, also bedankte ich mich bei den Fahrkartenverkäufern und ging zur Straßeneinfahrt.

Das Internetcafé war leicht zu finden, weil es mit einem Schild versehen war, auf dem INTERNETCAFÉ stand. Ich gab dem Betreiber ein paar Münzen und bestellte einen Macchiato. Als er sagte, es gäbe keinen Macchiato, bestellte ich einen einfachen Kaffee. Es gab auch keinen Kaffee. Ich sagte ihm, er solle mir irgendein Getränk geben, das sie hatten, Tee oder Saft oder was er wollte. Er erklärte, in dem Café würden keine Getränke verkauft. Man konnte nur einen Zugang zum Internet buchen. Also blieb mir keine andere Wahl. Ich gab dem Betreiber noch eine Münze, vergaß meinen Durst und buchte fünfzehn Minuten Internetzugang.

Ich rief die Nachrichten auf. Normalerweise las ich gern die Nachrichten aus meinem Heimatland, dem Land, in dem ich mich gerade befand, aber als ich nun hier war, wollte ich Neuigkeiten aus dem Land lesen, dessen Bürger ich geworden war. So funktionieren Nachrichten nun einmal. Sie erfüllen Orte mit Leben, die man sich sonst nur schwer als echt vorstellen kann.

In einer Vorstadt war eine Frau, die dreizehn Jahre lang vermisst worden war, seit ihrer Kindheit, auf einem Rastplatz neben der Fernstraße gefunden worden. Sie hatte alle Zähne verloren, sah aber abgesehen davon gleich aus, nur älter und verwirrter. Ihre Großeltern waren sehr gerührt. Sie hatten gedacht, sie würden den Verstand verlieren, wenn sie ihre Enkelin nie wiedersehen würden. Leider hatte die Frau keine Ahnung, wer die beiden waren. Das war schmerzlich, aber das Leben ging weiter, zumindest, bis es endete.

Ein ältliches Paar in einer sich rasant entwickelnden Großstadt war wegen schweren Diebstahls angeklagt worden. Sie lebten mit achtzehn Katzen zusammen, denen sie beigebracht hatten, bei den Nachbarn einzubrechen. In den Häusern suchten die Katzen nach Schmuck, Bargeld oder sonstigen Wertsachen. Wenn sie etwas fanden, und meist fanden sie etwas, brachten sie es ihren ältlichen Besitzern, die von dem Erlös weitere Katzen kauften. Die Katzen waren extrem dick, weil sie mit Katzenfutter in bester Qualität entlohnt wurden, einer Sorte, die wegen ihres zu hohen Proteingehalts von der Behörde für Lebensmittelsicherheit verboten worden war.

In einer Kleinstadt ganz in der Nähe der Stadt, in der ich wohnte, hatte ein Ausländer Scherereien mit der Polizei bekommen, weil sie dachte, er wäre für die Entführung einer Frau verantwortlich. Niemand verstand das Motiv des Ausländers. Er kannte die Frau nicht, er hatte auch keine Vorstrafen, aber so sind Männer wie er nun einmal. Alle sagten, die Frau sei reizend und hübsch. Zum Glück hatte der Ausländer keinen Erfolg, vor allem, weil er dumm war und der Frau ihr Handy nicht abgenommen hatte, während sie so klug war, die Polizei zu rufen. Fast sofort fand die Polizei den Entführer und die entführte Frau. Die Polizisten rechneten damit, dass sie ihn verfolgen mussten, aber als der Entführer die Polizei auf dem Highway entdeckte, blieb er stehen. Er war kein guter Entführer, und er fuhr nicht einmal zu schnell, trotzdem stellte er eine große Gefahr da. Die Polizisten wussten nicht, was er ihnen oder möglicherweise einer anderen Frau antun würde, wenn er erst ausgestiegen war, daher griff einer der Polizisten nach seiner Waffe, als der Mann aus dem Auto stieg. Allerdings musste er die Waffe nicht ziehen, denn als der Ausländer sah, dass der Polizist drohte, zur Waffe zu greifen, brach er zusammen. Der Ausländer hatte einen Herzinfarkt erlitten. Jetzt schwebte er in Lebensgefahr. Die Ärzte konnten nicht abschätzen, ob er überleben oder sterben würde. Die Journalistin vermutete, dass den Mann, falls er es überstehen sollte, ein furchtbares Leben erwartete, weil er ins Gefängnis kommen würde, und außerdem würde er Tausende Dollar Anwaltskosten zahlen müssen, zusätzlich zu den Behandlungskosten, die sich summierten, während er im Krankenhaus lag.

Ich fragte mich, warum eine Nachrichtenmeldung, die eigentlich sachlich Informationen vermitteln sollte, sich so auf die Meinung irgendwelcher Menschen konzentrierte. Aber so ist das Leben nun einmal. Selbst wenn Menschen sich bemühen, ein unbeschriebenes Blatt zu sein, wollen sie unbedingt die Ansichten fremder Leute herausfinden, die am Ende in ihre Psyche eindringen und sie zu durchschnittlichen, starrsinnigen Mitgliedern der Gesellschaft machen.

Jedenfalls klickte ich eine fröhlichere Geschichte an. In der Hauptstadt feierte der Präsident seinen achtundvierzigsten Geburtstag. Seine Sicherheitskräfte waren beauftragt worden, den Ort der Feier mit schusssicherem Glas abzuschirmen. Zum Glück hatte es keinen Attentatsversuch gegeben, und so konnte der Präsident weiter seine Arbeit verrichten. Er war versessen darauf, eine Technologie zu entwickeln, mit der er per Fernbedienung Bomben auf beliebige Menschen werfen konnte. Vor allem wollte er einen bestimmten Menschen töten, aber bisher hatte er in dieser Hinsicht versagt.

Meine fünfzehn Minuten waren vorbei. Ich gab dem Betreiber noch eine Münze und öffnete mein Postfach. Ich hatte eine neue Mail. Ich öffnete sie. Sie stammte von meiner Frau. Sie fragte, ob ich gut angekommen sei, ob ich mit meinem Cousin eine angenehme Zeit verbracht hätte und ob ich in meinem Koffer alles gefunden hätte, was ich brauchte. Sie schrieb, sie hoffe, sie habe nichts vergessen. Sie schrieb, sie wünschte, sie könnte bei mir sein, aber es gäbe zu Hause zu viel zu tun. Sie schrieb, sie sei sicher, ich würde es verstehen. Sie schrieb, sie würde mich sehr lieben. Ich klickte auf »Antworten« und fing an zu tippen. Danke für deine Mail, tippte ich. Ich bin pünktlich angekommen, es war sehr schön, meinen Cousin und seine Familie wiederzusehen, und ich war freudig überrascht, dass mein Koffer perfekt gepackt war. Ich dankte ihr dafür. Ich frage mich nur, schrieb ich, ob du zufällig weißt, wo mein Blutdruckmedikament ist. Falls nicht, mach dir bitte keine Sorgen. Ich gönne meinem Blutdruck gern mal einen Urlaub, nur dieses Mal. Das tippte ich. Ich las alles noch einmal durch, und dann klickte ich auf »Abschicken«. Leider trat ein Fehler auf, und der Computer sagte mir, die Mail könne nicht verschickt werden. Ich verstand nicht, warum, und klickte noch einmal auf »Abschicken.« Wieder trat ein Fehler auf. Ich beschloss, es nicht weiter zu versuchen.

Ich öffnete eine neue Mail und trug die Adresse meines Freunds ein. Hallo, tippte ich. Es überrascht dich vielleicht, aber nach sechsundzwanzig Jahren bin ich hier, in unserem Heimatland. Es ist ein wunderbares Land und hat sich kaum verändert, seit ich weggegangen bin. Ich bin erst seit vierundzwanzig Stunden hier und schon unglaublich beschäftigt. Ständig werde ich von allen eingeladen. Die Sonne scheint kräftig, so sehr, dass meine Haut rot ist und sich schält. Wenn ich zurückfahre, bin ich sicher ein anderer Mensch. Ich klickte auf »Abschicken«, ohne den Text noch einmal zu lesen. Was ich geschrieben hatte, stimmte nicht, aber das musste es auch nicht, weil Mails nichts anderes sind als eine Art, Geschichten zu erzählen. Im Falle eines sogenannten Immigranten, der in sein Heimatland zurückkehrte, sollte die Geschichte gut sein.

Ich überlegte, mich aus dem Internet auszuloggen, aber ich hatte noch acht Minuten übrig. Ich tippte in die Suchleiste des Mailprogramms »Bruder«. Acht Mails wurden angezeigt, alle bereits gelesen. Ich öffnete die älteste und las alle noch einmal in chronologischer Reihenfolge.

Hallo Bruder, stand da. *Es ist mein Wunsch, dir meine besten Grüße zu übermitteln. Es ist mein Wunsch, dich nach dem Wohlergehen gemeinsamer Freunde und Familienmitglieder zu fragen. Es würde mich freuen, mehr über deine alltäglichen Sorgen, Beziehungen und deine Gesundheit zu hören.* Ich überlegte, die Mail zu schließen, aber ich schloss sie nicht. *Es steht ohne Frage fest, dass die aktuelle Diskussion über eine Reform des Gesundheitswesens in Amerika dich, deine Freunde und uns Familienmitglieder betrifft. Tatsächlich waren die Vereinigten Staaten von Amerika in den letzten beiden Jahren weltweit führend in Gesundheitsfragen. Milliarden amerikanischer Dollar sind für die internationale Gesundheitspolitik vorgesehen, allerdings kann kein Land, nicht einmal ein so großartiges wie die USA, seine Bevölkerung gesund halten, ohne die Gesundheit der Kernfamilie zu berücksichtigen, die den Grundbaustein jeder internationalen Gesundheitspolitik bilden muss.*

Was mich betrifft, so hat sich meine Gesundheit nach der jüngsten amerikanischen Präsidentschaftswahl zunehmend verschlechtert. Wie du dich erinnern wirst, ist ein ungesunder Lebenswandel in der Region, in der ich lebe, verbreitet, und ohne verlässliche medizinische Betreuung habe ich niemanden, der mir hilft, gesund zu werden. Es ist mein Wunsch, von dir eine Einladung in Form eines amerikanischen Einreisevisums anzunehmen. Es ist mein Wunsch, dir zu verdeutlichen, dass mangelnde Sorge um körperliches Wohl und Lebenswandel tödlich sein könnte.

Mit besten Grüßen, dein Bruder.

Ich öffnete die nächste Mail.

Lieber Bruder, stand da. *Danke für deine letzte E-Mail. Du hast darauf hingewiesen, dass du einige meiner Anliegen nicht klar verstanden hast. Es ist mein Wunsch, einen Antrag auf ein Einwanderungsvisum für die USA zu stellen. Bei unserem letzten Besuch versprachst du, mir mehrere eidesstattliche Erklärungen zu schicken, und schicktest sie auch, nur wurden sie danach gestohlen. Mein Wunsch ist, dass du noch einmal alle eidesstattlichen Erklärungen verfasst und die Patenschaft für ein Einwanderungsvisum beantragst. Mein Pass ist noch gültig, aber es ist mein Wunsch, dass du mir 150 Dollar schickst, falls ich ihn verlängern und dafür eine weite Fahrt auf mich nehmen muss. Es wäre auch angeraten zu überlegen, dein Einverständnis vorausgesetzt, ob du einen kurzen Urlaub in der Schweiz finanzierst, etwa für Untersuchungen von Blut, Stuhl und Urin. Ich wünsche dir ein schönes Wochenende. Dein Bruder.*

Hallo, lieber Bruder, stand in der nächsten Mail. *Bei unserem letzten Telefonat hast du gesagt, du könntest mir kein Einwanderungsvisum besorgen. Wenn du mich als Gast abweist, respektiere ich das, aber ich bitte dich, mir freundlicherweise Geld zu schicken, damit ich hier vor Ort zum Arzt gehen kann, denn meine monatlichen Zahlungen vom Staat werden von Tabakkonzernen aufgefressen. Die Tabakkonzerne bestimmen jetzt im Dorf und nehmen den Menschen, die auf ein Einkommen vom Staat angewiesen sind, so viel Geld weg, wie sie können. Die Menschen essen kaum noch, weil sie alles für Tabak ausgeben. Wenn du mir 150 Dollar schickst, sollte das für eine Routineuntersuchung und die daraus resultierenden Medikamentenkosten genügen. Ich wünsche dir eine wunderbare Woche, Dein Bruder.*

An dieser Stelle wollte ich aufhören, aber meine Hand klickte eine weitere Mail auf.

Hallo, Bruder. Mir ist der Gedanke gekommen, dass du, wenn du mir kein Geld für Medikamente schicken willst, auch die Medikamente per Post schicken könntest. Das wäre mir vielleicht sogar lieber, weil ich mich dann nicht mit den Ärzten vor Ort und dem Apotheker auseinandersetzen muss, die meinen Fall nicht so begreifen, wie es medizinischem Personal anstehen würde. Jedes Schmerzmittel würde genügen, und dazu etwas, das mein Blut verdünnt, das sich oft an eigenartigen und überraschenden Stellen in meinem Körper staut. Die Dosierung überlasse ich dir. Ich möchte dich auch darauf aufmerksam machen, dass ich bei unserem letzten Gespräch ein Schweizer Bankkonto erwähnt habe. Es ist mein Wunsch, ein persönliches Konto zu besitzen, für das ich eine Ersteinlage von mindesten 2000 US-Dollar brauche. Es ist mein Wunsch, das Bankkonto mit höchster Diskretion zu eröffnen. Ich wünsche dir einen schönen Tag. Dein Bruder.

Ich loggte mich aus und wollte meinen Koffer nehmen. Unglücklicherweise war dort kein Koffer mehr. Weder neben meinen Füßen noch unter dem Computertisch oder dem benachbarten Computertisch, und ganz sicher auch nirgendwo sonst im Internetcafé. Ich fragte den Betreiber, ob er meinen Koffer gesehen habe. Er bat mich, ihn zu beschreiben, und ich versuchte es, aber was sollte ich sagen, er sah einfach wie ein Koffer aus. Er zuckte mit den Schultern. Mittlerweile konnte ich mich nicht daran erinnern, wann ich den Koffer zuletzt bei mir gehabt hatte. Ich fragte den Betreiber, ob er gesehen habe, dass ich den Koffer hinter mir hergezogen hatte, als ich hereingekommen war. Der Betreiber antwortete, er habe nicht darauf geachtet. Ich dankte ihm und ging. Ich bog von der Straße zum Busbahnhof ein und näherte mich wieder den Fahrkartenverkäufern. Ich fragte sie, ob sie mich zuvor mit einem Koffer gesehen hätten, und falls ja, ob sie möglicherweise wussten, wo er geblieben sein könnte. Sie sagten, es tue ihnen leid. Sie sahen viele Menschen, manchmal Dutzende in einer einzigen Minute, und erinnerten sich nur selten an jemanden. In meinem Fall konnten sie sich nicht erinnern.

Ich ging noch einmal zur Straße und näherte mich auf dem Gehweg dem Taxistand. Ich weiß nicht, was ich mir dort erhoffte. Vielleicht erwartete ich, mein Koffer würde am Straßenrand stehen und auf mich warten, als würde er ewig warten. Ich entdeckte nichts dergleichen. Stattdessen sah ich die Taxifahrer, ihre Fahrgäste und dahinter die Stadt, eine Wolke aus Schmutz und Staub. Unter den Taxifahrern suchte ich nach jemandem, der wie ich aussah, aber sie sahen alle wie ich aus, allerdings niemand genau so wie der Mann, der mein Taxi gefahren hatte. Ich schloss, dass er meinen Koffer mitgenommen haben musste. Entweder absichtlich oder unabsichtlich, aber so oder so war der Koffer jetzt in seinem Besitz. Ich hatte keine Chance mehr, mein Blutdruckmedikament zu finden, mittlerweile konnte es überall auf der Welt sein. Ich spürte Schmerzen in der Brust und vermutete, dass sie von meinem Blutdruck stammten, der immer weiter anstieg.

Ich ging mit dem zum Busbahnhof zurück, was ich noch besaß: mit einem Portemonnaie mit verschiedenen Ausweisen, einer Debitkarte und Bargeld, einem Pass mitsamt einem Visum für einen dreimonatigen Aufenthalt, den Kleidern, die ich trug, der hässlichen Lederjacke meines Cousins, meinem Bart und einem Busfahrtschein zu meinem Ziel. Im Grunde hatte ich alles, was ich brauchte, und dazu etwas, das ich nicht brauchte und nicht einmal wollte. Ich betrat zum dritten Mal den Busbahnhof und ging zu den Fahrkartenverkäufern, die mir sagten, es sei noch zu früh, um mich in den Wartebereich zu lassen. Ich ging nicht davon aus, dass sie mich erkannten, deshalb sagte ich nichts. Ich suchte mir einfach die am wenigsten schmutzige Stelle des schmutzig wirkenden Grases, setzte mich und tat, was ich sollte, ich wartete.

Um mich herum waren ganz verschiedene Menschen, aber ich kannte keinen von ihnen. Ich wollte weder ihre Gespräche noch ihre Geschichten hören, also schloss ich die Augen und tat, als würde ich schlafen. Während ich mich schlafend stellte, hörte ich alles über ihr Leben. Sie sprachen meine Sprache. Als ich gerade beschloss, nicht weiter darüber nachzudenken, verkündete der Fahrkartenverkäufer, man könne jetzt in den Bus einsteigen, und ich tat, als würde ich aufwachen.

FÜNF

Im Bus musste sich die Frau hinter mir übergeben, und auch die Frau hinter ihr übergab sich. Der Bus schien keinerlei Bedürfnis zu haben, auf der Straße zu bleiben. Gleich nach der Abfahrt versuchte er, zur Seite zu kippen. Der Busfahrer schob die Schuld auf den Wind. Vor dem Fenster war die Welt ruhig. Die Stadt hatte abrupt aufgehört. Ich drehte mich um und suchte nach ihr, aber die Landschaft versperrte mir den Blick. Die Straßen hatten Mühe, sich zu behaupten, und der Beton bröckelte oder wurde zu Matsch. Wenig später drängte der Bus sich an die Berghänge, und wenn ich aus dem Fenster schaute, sah ich die Gerippe anderer Busse, die umgekippt und auf den Rücken gerollt waren.

In einer kleinen, armseligen Stadt legten wir eine Pause ein, damit die Fahrgäste die Toilette benutzen konnten. Da ich nicht zur Toilette musste, blieb ich im Bus sitzen. Ein Essensverkäufer hievte einen Wagen die Stufen hinauf und wollte in Folie gewickelte Stücke eines aufwendigen Schokoladenkuchens verteilen. Der Wagen, den er den Gang hinaufschob, rollte immer wieder zurück. Am Ende hatte er so viel Schwung, dass der Schokoladenkuchenverkäufer völlig die Kontrolle über ihn verlor. Mehrere Fahrgäste mussten ihn aufhalten. Der Mann auf der anderen Seite des Gangs ließ sich Kuchen geben, aß ihn und hielt sich dann würgend eine Papiertüte vor den Mund. Er dachte, er würde sich übergeben. Ich bat den Essensverkäufer, mit dem Schokoladenkuchen bitte nicht in meine Nähe zu kommen.

Die Frau zu meiner Linken ließ sich zwei Stücke geben. Ihrem Aussehen nach hätte man ihr nicht zugetraut, die Sprache zu sprechen, aber sie sprach sie, sehr gut sogar. Als sie ihre beiden Stücke Kuchen gegessen hatte, fragte ich sie danach. Sie wechselte in eine andere Sprache und fragte, ob ich sie verstehen würde, was ich tat. Sie erzählte, sie sei in diese Region als Freiwillige mit einer internationalen Hilfsorganisation gekommen, die gegenseitiges Verständnis fördern wollte. Ich hatte keine Ahnung, was sie mit »gegenseitigem Verständnis« meinte, aber weil ich davon ausging, dass sie es erklären würde, ließ ich sie weiterreden.

Sie sagte, sie lebe unter Bauern. Morgens beobachtete sie die Bauern bei der Arbeit und machte Vorschläge, wie sie ihre Ernteerträge steigern könnten. Ich fragte, was sie anbauten. Nichts, was sie essen würden, sagte sie, was zum Problem beitrug. Sie bauten größtenteils Mais, Soja oder Weizen an, die alle nicht Teil ihrer Ernährung waren und so die Bedürfnisse der Bauern nicht auf unmittelbare Weise befriedigen konnten. Um Geld zu verdienen, waren sie auf Käufer aus dem Ausland angewiesen, die sie nicht kannten. Die Verbindung zu den ausländischen Käufern lief über Mittelsmänner, einen lockeren Verbund von Geschäftsleuten in der Stadt, die sich auch als Bauern bezeichneten, tatsächlich aber ihr Geld damit verdienten, die Bauern auszunutzen, die die Feldarbeit erledigten. Die Bauern bestellten also die Felder, viele von ihnen erfolglos, und was sie anbauten, konnte nicht gegessen werden, zumindest nicht von ihnen. Das Fleisch, das den Bewohnern dieser Region angeboten wurde, war teuer, und das Gemüse bot kaum

Nährwerte. Babys wurden geboren, durch die Mangelernährung schwollen ihre Bäuche an, und dann starben sie.

In einer idealen Welt, sagte sie, würden Bauern genau das anbauen, was sie brauchten. Der Einschätzung dieser Frau nach brauchten sie Dinge wie Hülsenfrüchte und Kürbisse. Idealerweise wären sie nicht auf Mittelsmänner, ausländische Käufer und auch nicht auf Hilfe von Organisationen wie ihrer angewiesen. Idealerweise, sagte sie, wäre die Welt so organisiert, dass man ihre Stelle als Freiwillige streichen könnte. Tatsächlich gab es im Leben der Bauern allerdings viele Probleme, von denen man ihr nicht beigebracht hatte, sie zu lösen. Ich fragte sie, wie man lernen konnte, solche Probleme zu lösen. Sie sagte, ein Studium der Gesundheitspolitik sei ideal, aber ein Studium der Politikwissenschaften würde genügen. Leider hatte sie Anthropologie studiert, was ihr half, die Probleme zu verstehen, ihr aber nicht die Werkzeuge an die Hand gegeben hatte, um sie zu beseitigen.

Der Busfahrer verkündete die Toilettenpause als beendet und mühte sich dann ab, den Bus anzulassen. Mehrere Fahrgäste fehlten, aber das schien den Fahrer nicht zu beunruhigen, weil der Motor sich weigerte zu funktionieren. Der Kuchenverkäufer bot seine Hilfe an, aber weil sein Fachgebiet Schokolade nichts mit dem Betreiben von Kraftfahrzeugen zu tun hatte, ignorierte der Busfahrer ihn. Die Frau zu meiner Linken sagte, sie wünschte, sie könnte irgendwie helfen. Ihr Vater war Mechaniker gewesen, und sie hatte schon als Kind Fahrzeuge aufgearbeitet, die andere Leute für schrottreif gehalten hatten. Allerdings, sagte sie, halte sie es in solchen Situationen für besser, nicht einzugreifen. Das sei das Problem als Außenseiterin, sagte sie. Ich bat, genauer zu erklären, was sie mit dem »Problem als Außenseiterin« meinte. Sie starrte den Fahrer an, als könnte sie durch bloße Konzentration steuern, was er mit dem Motor anstellte. Dann sprach sie weiter. Jeder Ansatz, eine Beziehung zu anderen aufzubauen, sagte sie, könne als Versuch missverstanden werden, sich aufzuspielen.

Der Bus fuhr mit einem Ruck an, und die Frau lehnte sich in ihrem Sitz zurück. Wir ließen die Stadt hinter uns mitsamt ihren Toilettenanlagen und den Essensverkäufern, die uns freudig empfangen hatten, abgesehen vom Schokoladenkuchenverkäufer, der den Platz eines Fahrgasts eingenommen hatte und immer noch im Bus saß. Ich überlegte, ob er wohl wusste, wohin wir fuhren, oder ob er sich wie ich auf einer nicht genau definierten, scheinbar endlosen Reise befand. Ich hätte ihn gern danach gefragt, aber dazu hätte ich aufstehen, den Gang entlanggehen und mich vorstellen müssen. Angesichts des fehlerhaften Motors des Busses und seines Drangs, sich zu überschlagen, war ich nicht sicher, ob ich es überleben würde, mich so vorzustellen, und beschloss, meine Aufmerksamkeit der Frau neben mir zu widmen.

Ich fragte sie nach der Geschichte der Entwicklungshilfeorganisation. Sie erzählte, sie sei vor gar nicht langer Zeit von einem ehemaligen Präsidenten und seiner Frau gegründet worden. Der Präsident hatte sich aus der Politik zurückgezogen, verspürte aber immer noch den starken Drang, seinen Einfluss zu beweisen, und hatte daher eine gemeinnützige Organisation gegründet. Seine Frau hätte lieber seinen Platz in der Politik übernommen, aber weil sie niemand mochte, konnte sie das nicht, deshalb hatte sie eingewilligt, in dieser Organisation Geschäftsführerin zu werden. Sie regierte darüber wie über einen Staat. Die Freiwilligen der Organisation agierten als ihre Abgeordneten, und die Bauern, Patienten und Arbeitslosen, mit deren Klagen sie sich befassten, waren praktisch gesehen ihre Wähler. Dabei spielte es keine Rolle, dass die Organisation ohne eine Wahlmöglichkeit strukturiert war, weil sie auf Wohlwollen basierte.

Ich fragte die Frau, ob sie den Präsidenten und seine Frau mochte. Sie antwortete, sie würde die beiden weder mögen noch nicht mögen, weil sie die beiden nicht als Personen, sondern als repräsentative historische Figuren betrachtete. Ich wusste nicht, was sie mit »repräsentative historische Figuren« meinte, deshalb bat ich sie, es zu erklären. Sie sagte, Politiker würden vorgeben, eine eigene Persönlichkeit zu haben, allerdings hätten sie sich ihre Besonderheiten nur zugelegt, um gewählt zu werden. Für die meisten Wähler sei es weniger wichtig, dass ein Kandidat eine stimmige Weltanschauung verkörperte, als dass er einen Hund hatte, ein zweites Haus oder einen ähnlichen Sinn für Humor wie man selbst. All diese Dinge dürfe man nicht beachten, sagte sie, wenn man seinen Platz in der Geschichte richtig einschätzen wolle. Sie schien von dieser Vorstellung, »seinen Platz in der Geschichte richtig einzuschätzen«, ganz begeistert zu sein, aber dann seufzte sie, deshalb war ich nicht sicher, ob sie wirklich begeistert war oder doch etwas anderes.

Leider, sagte sie, hätte ihr Volk keinen Sinn für Geschichte. Die Leute glaubten, alles, was vor ihnen geschehen war, sei unwichtig oder nur insofern bedeutsam, als es ihnen gegeben hatte, was sie brauchten. Sie glauben, die Welt habe mit ihren Großeltern angefangen, die ein schwieriges, aber zielstrebiges Leben geführt hatten. Die älteren Generationen hatten gelitten, aber so, wie ihre Nachfahren es sahen, hatte dieses Leiden einem Zweck gedient, und trotz des anhaltenden Leidens hatten sie nie die Hoffnung auf eine gute Zukunft aus dem Blick verloren. Sie hofften, dass sie eines Tages Kinder bekommen würden. Sie hofften, diese Kinder würden Kinder bekommen, und diese Nachkommen würden heranwachsen und an Mühsal glauben, wie sie selbst früher an Märchen geglaubt hatten.

Der Schokoladenkuchenverkäufer war eingeschlafen. Die Frau redete lauter weiter, um sein brummendes Schnarchen zu übertönen. Es sei ein ganz reizendes Märchen, das Menschen sich selbst erzählten, sagte sie, aber es habe ihren politischen Willen gedämpft. Weil die Menschen zufrieden waren, fehlte ihnen die Überzeugung. Gewählte Volksvertreter hatten in ihrem Leben nur insofern eine Bedeutung, als sie den Menschen das Gefühl gaben, sie würden versorgt, oder sie darauf aufmerksam machten, diese Versorgung würde durch eine äußere Kraft bedroht. Man konnte die Menschen auf die Barrikaden gegen diese äußere Kraft treiben, weil sie das Erbe ihrer Vorfahren beschädigte, die, so glaubten die Menschen, gestorben waren, damit ihre Enkel und die Enkel ihrer Enkel sich nie mit der Vergangenheit auseinandersetzen mussten. Die gewählten Volksvertreter bestärkten die Menschen in ihrer Vergesslichkeit und flüsterten ihnen ein, ihr Mangel an Geschichte sei ihr höchstes Gut. Sie behaupteten, andere Völker in älteren Nationen würden von historischen Traditionen, Abneigungen und gesellschaftlichen Gräben belastet und könnten deshalb nicht frei sein. Freie Menschen mussten ihre Stimme erheben, um frei zu bleiben. Es sei ihr Recht, ihre Stimme zu erheben. Das sagte die Frau mit verstellter Stimme, die sie kraftvoller wirken lassen sollte. Aber sie klang nicht kraftvoll, sie klang nur komisch. Ich überlegte zu lachen, aber ich tat es nicht, weil es wahrscheinlich nicht angebracht gewesen wäre. Jedenfalls sprach sie weiter. Wenn es nach den gewählten Volksvertretern ging, sagte sie, würde ihre Rhetorik die Wähler durchströmen. Ihre politischen Phrasen wurden bei Pressekonferenzen verkündet und in den abendlichen Nachrichten verbreitet. Wenn alle gleichzeitig ihre Phrasen verbreiteten, würden die alten Sitten und Gebräuche verändert werden, so gründlich, dass niemand wüsste, dass es sie je so gegeben hatte.

Ich fragte die Frau, was der frühere Präsident und seine Frau mit all dem zu tun hatten. Sie sagte, sie hätten rein gar nichts damit zu tun. Das alles sei nur ihr eigenes Resümee. Der Präsident hatte seine Amtszeit mehr oder minder effektiv genutzt. Er konnte Verbindungen zu Menschen aufbauen, und die Menschen empfanden auch eine Verbindung zu ihm, und es war nicht wichtig, dass sie keine Verbindung zu seiner Frau empfanden, schließlich besaß sie trotzdem Macht. Nach seiner Amtszeit häufte er dank seiner politischen Kontakte viel Geld an, das seine Frau an jeden verteilen wollte, der es brauchte, solange er einige einfache Voraussetzungen erfüllt. Es floss pausenlos Geld nach. Ich fragte, ob jemand wie ich, ein kahlköpfiger Mann Mitte fünfzig, diese Voraussetzungen erfüllte. Sie lachte und erklärte, einzelne Personen könnten kein Geld erhalten, weil Menschen von ihren Begierden geleitet wurden, die ihrem Wohlergehen oft eher abträglich waren.

Ich versuchte einzuschätzen, wie sehr ich von meinen Begierden geleitet wurde. Bevor ich zu einem Schluss kommen konnte, spann die Frau den Gesprächsfaden weiter. Außerdem, sagte sie, sei das Geld größtenteils nur Schau. Die echte Arbeit fand in der Gemeinschaft statt. Die meisten Freiwilligen der Organisation waren an Privatuniversitäten angeworben worden, wo sie gelernt hatten, Menschen, kulturelle Gepflogenheiten und Weltpolitik unter Berücksichtigung des Relativismus zu analysieren. Selbst Dinge, die grausam wirkten, mussten in ihrem entsprechenden Kontext betrachtet werden, und man sollte niemals über Fremde und ihr Verhalten vorschnell urteilen. Der Universitätscampus stellte einen geschützten Raum dar. Vom Eintritt ins akademische Leben wurde erwartet, dass er die Ungleichheiten im Aufwachsen der Studentinnen und Studenten tilgte. Alle unter ihnen, selbst diejenigen, die das Studium als arme und missbrauchte Menschen aufgenommen hatten und schon Lebenserfahrung besaßen, blickten bei ihrem Abschluss auf die Welt wie Babys, die bald ihre ersten selbstständigen Schritte taten. Natürlich wollten sie sofort überallhin losstürmen, auch zu Menschen in Ländern, die sie nur aus Büchern und Zeitungen kannten und deren Leiden in ihren Augen grundlegend anders war als jeder Schmerz, den sie selbst erdulden mussten. Wenn sie etwas weitergaben, ließ es diese Fremdheit deutlich hervortreten.

Die Hilfsorganisation, sagte sie, habe ihnen einen Zielort vorgegeben. Auch ihr wurde einer genannt. Bei ihrer Ankunft hatte sie das Gefühl, sie würde sich nie jemandem mitteilen können. Das Problem war nicht etwa eine Sprachbarriere. Sie beherrschte schon sechs Sprachen und hatte ein nahezu perfektes Gedächtnis, wodurch sie sich die Sprachmuster von Fremden leicht einprägen und sie nachahmen konnte. Aber ihr fiel auf, dass die Probleme der Bauern die grundlegenden Plagen der Menschheit waren. Hunger, Gier, Dürren: Aus diesen

Dingen entstand Religion, und die Menschen konnten sie nur mit dem Glauben als Wegbegleiter überleben. Ihre eigenen Probleme waren dagegen unbedeutend. Sie fragte sich, ob sie sich jemals verlieben würde. Sie fragte sich, ob ihre Vorstellung von Liebe so sehr von einem Fantasiegebilde der persönlichen Weiterentwicklung geprägt war, dass sie die Liebe als eine Geschichte wahrnahm, die nur auf zwei Arten enden konnte: entweder glücklich oder traurig, und so oder so würde sie allein sterben.

Es fiel ihr schwer, »allein sterben« zu sagen, weil sie dabei weinen musste. Ich hatte keine Ahnung, warum sie deshalb weinen musste, weil sie doch niemand zwang, allein zu sterben, das war nur eine Vorhersage von ihr, scheinbar ohne jede Grundlage. Ich senkte den Blick zur Serviette auf ihrem Schoß, um vorzuschlagen, sie solle die Serviette benutzen, ohne es auszusprechen. Sie hob die Serviette auf und tupfte sich die Wangen ab, wodurch sie sich unglücklicherweise Schokolade dahin schmierte, wo die Tränen gewesen waren.

Jedenfalls, sagte sie, verabscheute sie ihre Einsamkeit und auch ihre Angst vor dem Tod. Manchmal stellte sie sich sinnbildlich vor, wie er zu ihr kam. Dann schloss sie die Augen, und die Dunkelheit hinter ihren Lidern wurde noch dunkler, oder ihr Herzschlag wurde von einem Windstoß mitgerissen. Auf jeden Fall, sagte sie, würde sie alt sein, viel älter als die Kinder der Bauern, die in ihrem kurzen Leben von Anbeginn an die Gegenwart des Todes gespürt hatten. Was sie spürten, war echt. Nicht nur eine Geste oder ein Traum, sondern ihre Körper, die Substanz verloren. Die Kinder hatten ihre Körper noch gar nicht richtig kennengelernt, und schon wurden sie von ihnen im Stich gelassen.

Der Schokoladenkuchenverkäufer schnarchte mittlerweile laut. Ich fragte mich, ob er versehentlich ersticken könnte. Ich wollte die Frau fragen, ob ihre Entwicklungshilfeorganisation ihr Herzdruckmassagen oder andere Wiederbelebungstechniken beigebracht hatte, aber sie hörte mich nicht, weil sie weiter ihre Geschichte erzählte. Zu einem Kind, sagte sie, habe sie eine tiefe Verbindung aufgebaut. Der Vater des Kindes hatte Weizen angebaut und damit Probleme gehabt. Früher hatte seine Frau das Wasser aus dem Brunnen geholt, aber sie war bei der Geburt ihres Kindes gestorben, und später waren auch die Kühe gestorben. Wenn sie keine Milch mehr produziert hatten, hatte der Bauer sie geschlachtet, aber ihr Fleisch war dann schon zäh und geschmacklos gewesen. Sein Baby hatte das Fleisch nicht kauen können, deshalb hatte sie den Vater gefragt, ob sie das Fleisch für das Kind vorkauen konnte. Er hatte keine andere Möglichkeit gehabt, sein Baby zu ernähren. Er hatte auf den Feldern gearbeitet, und sie war mit dem Baby im Haus geblieben. Wenn sie das Essen für sein Baby zu einer Paste zerkaut hatte, war es ihr erschienen, als hätte sie ihren Körper als abstrakte Vorstellung aufgegeben und ihn etwas oder jemand anderem überlassen, der dadurch selbst Leben in sich aufnehmen konnte.

Ich fragte die Frau, wie alt sie sei. Siebenundzwanzig, antwortete sie. In ihrer Jugend, sagte sie, habe sie nie damit gerechnet, Mutter zu werden, aber mittlerweile habe sie ihre alten Vorstellungen darüber aufgegeben, wie viel sie nehmen und wem sie etwas zurückgeben sollte, was ohnehin von äußeren Kräften festgelegt worden war, bevor sie selbst über ihr Leben bestimmen konnte. Als es an der Zeit gewesen war, nach Hause zurückzukehren, hatte sie das Gefühl gehabt, sie sollte ein

Symbol ihrer Verwandlung mitnehmen. Sie hatte den Bauern gefragt, ob sie sein Baby offiziell adoptieren konnte. Er hatte eingewilligt, unter der Bedingung, dass sie ihm jeden Monat Fotos mailte. Jetzt war ihr Sohn bei ihrer Mutter, und sie fuhr zu einem kurzen Besuch zurück ins Dorf, wo sie weiter, wie sie sagte, an gegenseitigem Verständnis arbeiten wollte.

Ich wusste immer noch nicht, was sie mit »gegenseitigem Verständnis« meinte, und war nicht sicher, ob ich es je verstehen würde. Sie hielt inne. Ich glaube, sie hatte vergessen, dass sie sich eigentlich mit mir unterhalten sollte, statt nur in meiner Gegenwart zu reden. In Gedanken war sie irgendwohin abgeschweift, und ich wartete darauf, dass sie zurückkehrte. Als sie das tat, wandte sie sich mir zu und sah mir in die Augen, und dann sah sie durch meine Augen hindurch. Ich sah ihr nicht in die Augen. Ich starrte auf die Schokolade in ihrem Gesicht und versuchte zu entscheiden, ob es unhöflicher wäre, sie darauf aufmerksam zu machen oder es nicht zu tun. Bevor ich zu einem Schluss kommen konnte, fragte sie, ob ich Kinder hätte. Darüber wollte ich nicht reden, deshalb sagte ich ihr, ich sei nicht sicher. Ich glaube, sie hörte mich, wollte aber nicht glauben, dass sie mich gehört hatte, und fragte mich noch einmal. Wieder sagte ich, ich sei nicht sicher. Sie lachte, weil sie dachte, ich würde einen Scherz darüber machen, ein Mann zu sein, aber ich machte keinen Scherz darüber, ein Mann zu sein, ich versuchte nur, ihrer Frage auszuweichen.

Jedenfalls lachte ich nicht. Offenbar vermittelte ihr das den Eindruck, sie sollte noch einmal fragen, denn sie fragte noch einmal. Ich log nicht gern, aber ich befürchtete, sie würde mir ihre Frage immer wieder stellen, solange ich lebte oder solange der Bus auf der Straße blieb, was auch immer davon länger zutraf. Ich beschloss, etwas zu erfinden, und sagte, ich hätte einen Sohn. Leider war mein Plan dadurch gescheitert, denn es war keine Lüge. Sie fragte nach seinem Namen und seinem Geburtsdatum. Ich versuchte, mir irgendeinen Namen und ein Geburtsdatum auszudenken, aber mir fielen weder ein Name noch ein Geburtsdatum ein außer denen meines tatsächlichen Sohns, also nannte ich ihr beides.

Sie fragte, ob er ein liebes Baby gewesen sei. Ich wollte ihr nicht sagen, er sei ein schwieriges Baby gewesen, deshalb sagte ich, er sei lieb gewesen, was er auch war. Ich versuchte, keine Bedeutung in meine Worte zu legen, aber das Wort »lieb« schien ihr Interesse geweckt zu haben, obwohl sie es aufgebracht hatte. Sie bat mich, mehr zu erzählen. Ich versuchte, mir weitere unwahre Dinge einfallen zu lassen, aber mein Verstand war nicht in der Lage, sich etwas Unwahres auszudenken, und so blieb mir keine andere Wahl, als mich von meinen Fantasien zu verabschieden und ihr wahre Dinge zu erzählen. Am Tag seiner Geburt, sagte ich, sei niemand gestorben, deshalb nannten wir ihn »Revolution«. Ich fand, das würde das Verhalten eines »lieben« Babys ausreichend beschreiben, deshalb wollte ich es dabei belassen. Aber die Frau sah immer noch durch meine Augen hindurch und bat mich weiterzusprechen. Ich wollte nicht weitersprechen, trotzdem tat ich es, weil ich mit einer schokoladenverschmierten Frau in einem maroden Bus saß und entweder weitersprechen oder ihr schokoladenverschmiertes Gesicht betrachten musste, und deshalb beschloss ich, weiterzusprechen, obwohl ich keinesfalls den Wunsch verspürte zu tun, was sie wollte.

Nachdem die Mutter meines Sohns das Krankenhaus verlassen hatte, erzählte ich, hatte sie ihn zum Zaun gebracht. Die Frau fragte, warum das Krankenhaus von einem Zaun umgeben gewesen sei. Ich sagte, der Zaun habe nicht das Krankenhaus umgeben, sondern das Gefängnis. Das Konzept »Gefängnis« schien sie zu verwirren, aber ein Gefängnis ist kein Konzept, sondern nur ein Ort. Jedenfalls, fragte sie, was hatte ein Baby, ein liebes Baby, in einem Gefängnis verloren? Diese Frage konnte ich nicht beantworten, deshalb sagte ich ihr, sie solle das real existierende Gefängnis nicht weiter beachten, das nur insofern wichtig war, als dass es der Ort war, an den man mich zum Sterben geschickt hatte. Ich war nicht gestorben, und nach meiner Entlassung war ich in ein Land geflohen, in dem ich garantiert nie sterben würde, also bedeutete es nichts. Jedenfalls, sagte ich, hatte ich ihn jedem in dem unbedeutenden Gefängnis vorgestellt, sogar denen, die man schon hingerichtet hatte.

Die Frau sah mir in die Augen, richtig in die Augen, nicht auf eine Stelle dahinter, und wirkte, als wäre sie an einen Ort entführt worden, an dem sie nicht sein wollte. Ich glaube, ihr wurde klar, dass sie keinen angenehmen Anblick bot, denn sie setzte ein Lächeln auf und fragte, welchen Beruf mein Sohn ausübe. Ich sagte ihr, er habe keinen Beruf. Ihr Lächeln entwich ihr, aber dann holte sie es zurück. Sie fragte, ob er Kinder habe. Ich sagte ihr, ich sei mir nicht sicher. Vermutlich dachte sie, ich hätte die Frage nicht verstanden, denn sie wechselte die Sprachen und fragte mich noch einmal. Wieder sagte ich, ich sei nicht sicher.

Ihr Gesicht wirkte verkniffen, und sie sah mich an, als könnte sie in meinem Ausdruck etwas finden, etwas, das mir gehörte, aber das sie selbst nutzen konnte. Ich versuchte, zu einer bloßen Hülle zu werden. Ich wollte meinen Körper verlasen. Sie sagte mir, mein Sohn müsse mich lieb haben. Ich konnte nicht erkennen, ob sie glaubte, was sie sagte, oder ob sie sich einreden wollte, dass die Zuneigung, die Eltern für ihre Babys empfinden, auf sie zurückfällt und sie zu Heiligen macht. Aber mein Sohn erinnerte sich nicht daran, dass er ein Baby gewesen war und dass er geliebt worden war, weil er sich im Zusammenhang mit mir nur daran erinnerte, was ich ihm angetan hatte. Ich hatte ihn verlassen und dabei geglaubt, ich könnte ihn eines Tages zu mir holen. Aber als ich versucht hatte, ihn zu finden, hatte er in meiner Abwesenheit sein eigenes Leben geführt und hatte keinerlei Bedürfnis, gefunden zu werden.

All das erzählte ich der Frau nicht. Ich starrte nur aus dem Fenster auf die trockenen, roten Ebenen, bis der Busfahrer unser Ziel ankündigte und der Bus stehen blieb.

SECHS

Draußen gab es nichts, was den Eindruck vermittelte, wir wären willkommen. Der Bus hatte uns in einem Tal abgesetzt, das zwischen zwei Bergen hing. Die Berge waren ausgeblichen, und auch an diesem Busbahnhof fand sich kein Gebäude. Er wurde nur durch die Anwesenheit des Busses heraufbeschworen und durch die Fahrgäste, mich eingeschlossen, die ausstiegen. An der Tür ließ ich der schokoladenverschmierten Frau den Vortritt, und als ich ihr die Stufen hinunter folgte, fürchtete ich, durch diese Geste hätte ich versehentlich bewirkt, dass unsere Wege für den Rest unseres Lebens miteinander verknüpft waren. Wir überquerten die Straße, und ich stellte mich darauf ein, ihr überallhin zu folgen. Ich versuchte mir vorzustellen, wie ich mich an die Form ihres Rückens gewöhnte, ein schlichtes Rechteck mit zwei langen Dingen, die an den Seiten herabhingen.

Als ich mich langsam damit abfand, dass ich bis zum Ende meiner Tage auf einen durchschnittlich aussehenden Rücken starren würde, drehte sie sich um und umarmte mich. Es fühlte sich nach nichts an. Als sie fertig war, wandte sie sich ab, und ich sah zu, wie ihr rechteckiger Körper in einen anderen Bus stieg. Ich wartete darauf, dass jemand, ein Cousin oder ein anderer Verwandter, mit einer Fahrkarte zu mir kam, aber es kam niemand mit einer Fahrkarte zu mir, also winkte ich der schokoladenverschmierten Frau nach, als der Bus losfuhr und sie mich durchs Fenster beobachtete. Ihre Augen sahen aus, als wollten sie weinen, aber das Innere ihres Körpers würde es nicht zulassen.

Ein Stück die Straße hinunter entdeckte ich einen älteren Mann, der Joghurt verkaufte. Ich ging zu dem kümmerlichen, aus Steinen gebauten Unterstand, in dem er saß. Ich wollte den Joghurtmann nach dem Weg fragen, aber er unterhielt sich bereits mit dem Schokoladenkuchenverkäufer, der einen Becher Joghurt gegen ein Stück von dem aufwendigen Schokoladenkuchen tauschen wollte. Mir erschien der Vorschlag fair, aber der Joghurtmann erklärte dem Kuchenverkäufer, er sei nicht fair, weil er kein besonderes Interesse an einem Stück Schokoladenkuchen habe. Der Schokoladenverkäufer wollte widersprechen, aber das konnte er nicht, weil der Joghurtmann nur seine Wünsche geäußert hatte. Also ging der Schokoladenkuchenverkäufer fort und bewegte sich dabei, als hätte er kein Ziel.

Der Joghurtmann hörte im Radio einen Bericht, aber die Empfangsqualität war schlecht. Als er mich entdeckte, bat er mich deshalb, das Radio hochzuhalten. Ich fragte mich, warum der Joghurtmann das Radio nicht selbst hochhielt, aber er war alt und erwartete wahrscheinlich, dass jüngere Menschen ihm Dinge abnahmen, selbst wenn diese jüngeren Menschen so wie ich auch schon in die Jahre gekommen waren. Er saß hinter einem Eimer mit Joghurt auf einem Hocker und pfiff vor sich hin. In der Hand hielt er eine Nähnadel, die er sich hin und her durch die Wangen schob. Mir war nicht klar, ob er mir einen Trick zeigen wollte oder ob es nur eine Angewohnheit war, um sich die langweilige Arbeit als Joghurtverkäufer erträglicher zu gestalten. Jedenfalls legte er die Nadel beiseite und bat mich noch einmal, das Radio hochzuhalten. Ich hob das Radio vom Boden hoch und richtete die Antenne zum Himmel aus, der Probleme damit hatte, seine Botschaft zu übermitteln.

Der Sprecher berichtete vom Tod eines Mannes, aber jedes Mal, wenn er den Namen des Sterbenden nannte, wurde der Empfang durch Rauschen gestört. Der Joghurtmann bat mich, das Radio höher zu halten, also reckte ich es über den Kopf, trotzdem verschleierte das Rauschen noch immer, was der Sprecher sagte. Der Joghurtmann hatte keine Ahnung, was der Sprecher mitteilen wollte, weil er dessen Sprache nicht verstand. Er bat mich, zu übersetzen. Ich hob das Radio so hoch ich konnte, und dann sagte ich ihm, was der Sprecher mir sagte, dass nämlich in dem Land, dessen Bürger ich geworden war, ein verhafteter, aber noch nicht angeklagter Krimineller im Krankenhaus künstlich am Leben erhalten werde. Man hatte seiner Frau nicht erlaubt, ihn zu besuchen, als er noch bei Bewusstsein war, weil er sich technisch gesehen in polizeilichem Gewahrsam befunden hatte. Aber weil sein Körper jetzt nur noch ein Körper war, ließ die Polizei seine Frau zu ihm. Ein Mitglied des Stadtrats kam in der Radiosendung zu Wort und versicherte den Hörern, dass Vorfälle wie derjenige, den der jetzt hirntote Mann verursacht hatte, statistisch gesehen selten vorkamen. Statistisch gesehen, sagte er, seien sie nahezu unbedeutend: Entführungen würden öfter von Eltern oder Beziehungspartnern begangen als von Fremden, und selbst Menschen aus dem Ausland, wie der sterbende Mann, sorgten sich normalerweise eher darum, ihre Familien zu ernähren, als einen Ort zu terrorisieren. Der Sprecher dankte dem Stadtrat und fragte dann nach seinen Bemühungen für seine Wiederwahl, die der Stadtrat als anhaltend erfolgreich beschrieb.

Da der Stadtrat Entführungen allgemein als sehr selten eingeschätzt hatte und die Anzahl der Ausländer mit Hang zum Terrorismus sehr klein war, vermutete ich hinter dem sterbenden ausländischen Entführer, den der Sprecher beschrieben hatte, denselben ausländischen Entführer, von dem ich im Internetcafé gelesen hatte, er läge im Krankenhaus. Weil es in der Sprache des Joghurtmannes, die auch meine Sprache war, kein Wort für »Entführer« gab, ergänzte ich meine Übersetzung der Radionachrichten mit dem, was ich aus dem Internet erfahren hatte. Ein ausländischer Mensch, erzählte ich dem Joghurtmann, hatte eine Frau, die allgemein als reizend beschrieben wurde, gegen ihren Willen an einen anderen Ort gebracht. Als er von der Polizei gestellt worden war, hatte er einen Herzinfarkt erlitten. Ich sagte dem Joghurtmann, der ausländische Entführer habe von seinem lebensgefährlichen Zustand bis zum Hirntod ebenso lange gebraucht wie ich vom Busbahnhof zu meinem jetzigen Standort, seinem Joghurtverkauf. Der Joghurtmann wirkte verstört über diesen Vergleich, der wahrscheinlich unangemessen war. Alte Menschen wurden nicht gern damit konfrontiert, dass der Tod plötzlich und manchmal überraschend eintreten konnte. Er fragte mich nach den Motiven des ausländischen Mannes. Ich antwortete, die Motive des ausländischen Mannes seien mir, der Polizei, den Journalisten und wahrscheinlich allen anderen auf der Welt ein Rätsel. Er sah mich an, als wären die Motive des ausländischen Mannes in meinem Körper verborgen. Da hatte er leider Pech. Ich gab ihm das Radio zurück, und er schaltete es aus.

Der Joghurtmann seufzte und fragte dann, ob ich einen Becher Joghurt wolle. Bedauerlicherweise wollte ich keinen Becher Joghurt haben. Ich wollte nur wissen, wohin ich gehen sollte. Das sagte ich ihm auch. Allerdings deutete der Joghurtmann meine Bitte um eine Wegbeschreibung irrtümlich als Zeichen dafür, ich würde mich generell für sein Leben interessieren. An diesem Tag schienen alle um mich herum unbedingt ein Geständnis ablegen zu wollen, aber so sind Menschen nun einmal, wenn sie anderen begegnen, die eher zögern, ihre Persönlichkeit nach außen zu kehren. Es war offenbar nicht möglich, einem Fremden eine Information zu entlocken, ohne zur Zielscheibe allerhand anderer Informationen zu werden, die man nicht wollte, die man aber über sich ergehen lassen musste. Also gab ich auf und ließ mir von dem Joghurtmann seine Lebensgeschichte erzählen.

Heute, sagte er, jähre sich der Tag, an dem sein Vater verschwunden war. Er wirkte fröhlich, als er das sagte, als wäre das Verschwinden seines Vaters ein wunderbarer weltweiter Feiertag, wie die Auferstehung Jesu Christi. Ich sagte, es tue mir leid. Er erklärte, es müsse mir nicht leidtun, denn bevor sein Vater verschwunden war, sei seine Familie unbedeutend gewesen. Seine Familie, sagte er, habe genau dem Bild einer Familie entsprochen. Sein Vater war ein Mann, seine Mutter war eine Frau, und er war das Kind, das sie verband. Er konnte an seinen Eltern keine äußeren Anzeichen für Begehren oder Abscheu erkennen, und wenn sie ihm zu essen gaben oder ihn auf den Arm nahmen, schienen sie es aus einer Verpflichtung heraus zu tun. Verpflichtungen anzuhäufen war ihre Art sich einzureden, sie würden Liebe verspüren. Er konnte keine Liebe verspüren, weil er zu ihrer Verpflichtung geworden war.

Eines Tages riss sein Vater sich von ihm und seiner Mutter los und drang in eine neue Familie ein, die bereits vollständig war. Das erzählten ihm die Leute aus dem Ort später: Sein Vater hatte sich aus heiterem Himmel in eine Fremde verliebt, und diese verzerrte Form der Liebe, die weder auf Pflicht noch Tradition baute, brachte ihn dazu, ihr gemeinsames Leben aufzugeben. Sein Vater wurde zu einer Ansammlung von Impulsen. Er schlief und aß, so viel er wollte, und als die Einschränkungen durch seine Frau zu einem unüberwindbaren Hindernis wurden, mischte er ihr Gift ins Essen, sodass sie im Schlaf starb. Dann floh sein Vater.

Der Joghurtmann sah richtig glücklich aus, als er das sagte. Wieder beteuerte ich, es tue mir leid. Er sagte, er sei froh darüber, dass er ohne Eltern aufgewachsen war, denn ohne Eltern aufzuwachsen bedeutete, dass seine Kindheit keine Kindheit war. Es gab keine festen Gepflogenheiten. Ich gratulierte ihm dazu, dass es ihm gelungen war, ein Leben ohne Gepflogenheiten zu führen. Gleichzeitig betete ich, die Beschreibung seines mordlüsternen Vaters und seiner unbeweinten Mutter würde irgendwie zu einer klaren Wegbeschreibung für mich führen. Ich ermutigte ihn weiterzusprechen.

Als sein Vater verschwand, sagte er, habe er die Highschool besucht. Die meisten Lehrer besaßen keine Ausbildung. Sie hatten selbst erst vor Kurzem die Highschool abgeschlossen und konnten nur den Lehrer spielen, weil es zum Wehrdienst gehörte, den die Regierung eingeführt hatte. Zwischen Lehrer und Schüler lag nur ein schmaler und willkürlich erscheinender Grat, aber die Trennung wurde als starr und verbindlich behandelt. Er fand es verstörend, wie bereitwillig seine Mitschüler ihre Lehrer als Autoritätsfiguren akzeptierten, und entwickelte eine große Skepsis gegenüber der Schulbildung, die ihm wie ein System vorkam, das die Zwänge des Familienlebens reproduzierte.

Er begann, sich für Verschwörungstheorien zu interessieren, und las abends über sie. Die Verschwörungstheorie der Evolution glaubte er nicht, weil es ihm völlig unglaubwürdig erschien, dass Menschen von Fischen abstammen sollten. Aber er glaubte an die Existenz eines Paralleluniversums, das gegen unseres drängte. Dieses andere Universum wurde von Gegensätzen bestimmt. In unserem Universum wurde der Fortgang des Lebens durch eigene Entscheidungen bestimmt. Jeden Tag, von morgens bis abends, wurden Menschen mit zwei Möglichkeiten konfrontiert, von denen sie eine wählten. Obwohl die Menschen glaubten, ihre Entscheidungen würden von freiem Willen geleitet, gab ihnen tatsächlich die Gesellschaft Anreize, um sicherzustellen, dass sie sich an den Status quo hielten. Mit der Zeit addierten sich die gelenkten Entscheidungen und prägten ein Muster, das wiederum spätere Entscheidungen beeinflusste und den Menschen einen Eindruck davon vermittelte, was sie mochten. Was sie mochten, bestimmte ihre Beziehungen, ihre Gewohnheiten usw. und formte schließlich eine bestimmte narrative Verfasstheit, die sie als ihre Persönlichkeit betrachteten, die aber häufiger das Umfeld widerspiegelte, in dem sie lebten.

Jedenfalls, sagte der Joghurtmann, wurden wir in dem Paralleluniversum mit denselben beiden Möglichkeiten konfrontiert, entschieden uns aber immer für das Gegenteil von dem, für das wir uns in unserem aktuellen Universum entschieden, unabhängig davon, was als gesellschaftlich akzeptabel galt. Würde man uns eines Tages denjenigen gegenüberstellen, der wir im Paralleluniversum geworden waren, wären wir uns fremd, weil es nicht möglich wäre, dass eine einzige, gefestigte Person alle Entscheidungen verkörperte, die wir hätten treffen können, aber nicht getroffen hatten. Deshalb erlebten Menschen manchmal Dissoziationen, wenn sie in den Spiegel blickten. Das Paralleluniversum, sagte er, versteckte sich oft hinter Glas.

Ich fragte ihn, wie es dort um die Fortbewegung bestellt sei, weil ich hoffte, die Fortbewegungsmöglichkeiten im Paralleluniversum würden irgendwie dazu führen, wie ich mich zu der Stadt fortbewegen konnte, in der ich erwartet wurde. Er sagte, was die Flugzeugentführer getan hatten, sei eine Tragödie, aber er glaube nicht, dass jemand die Flugzeuge geflogen sei. Ich verstand nicht, was das mit meiner Frage zu tun hatte, aber ich ließ ihn weiterreden. Seinen Berechnungen zufolge, sagte er, hätten die Flugzeuge die Gebäude genau in der Mitte getroffen, was ein Mensch nicht hätte bewerkstelligen können, es sei denn, dieser Mensch hätte das Flugzeug per Fernsteuerung kontrolliert. Also ja, es war eine Tragödie, besonders, weil die Menschen Politiker damit betraut hatten, die Wahrheit zu verkünden, obwohl die Politiker sich in Detailfragen grundlegend irrten. Er fragte sich häufig, ob die Passagiere einen Blick in das Paralleluniversum erhascht hatten, in dem sie überlebt hatten, bevor sie selbst gestorben waren. Die Gebäude, die sie getötet hatten, hatten Glasfassaden gehabt.

Der Joghurtmann sagte, er frage sich ständig, was Menschen in den letzten Momenten vor ihrem Tod dachten, weil kurz vor ihrem Tod der einzige Zeitpunkt war, an dem sie denken konnten, ohne gesellschaftlichen

Druck zu spüren. Er hoffte, er würde eines Tages mit einem Toten über den Sterbeprozess sprechen. Er sah mich an, als er das sagte. Ich wartete darauf, dass er mir mehr über dieses angestrebte Gespräch mit einem Toten erzählte, den er als Diplomaten für alle toten Menschen behandeln wollte. Aber er hatte das Ende seiner Geschichte erreicht und verstummte einfach.

Der Joghurtmann schob sich wieder die Nadel durch die Wange. Ich dankte ihm dafür, dass er mir seine Ansichten über die Evolution, die Existenz eines alternativen Universums und die physikalischen Bedingungen bei einer Flugzeugentführung mitgeteilt hatte, bat ihn dann noch einmal um eine Wegbeschreibung und fragte mich dabei, was für eine Wegbeschreibung ich wohl von einem selbst ernannten Verschwörungstheoretiker mit einer außergewöhnlich hohen Schmerzgrenze erwarten konnte. Er sah mich an, als würde er überlegen, ob er mir diese Information geben sollte. Links hinunter, sagte er und legte die Nadel weg, stehe eine Stadt auf einer Felsgruppe. Er sagte, die Stadt sei schön, aber extrem schwierig zu bewohnen. Die Menschen bauten Wohnhäuser und Läden aus Stücken, die sie aus den Felsen brachen, aber die Felsen wollten keine Wohnhäuser und Läden sein. Sie wollten Felsen sein. Irgendwann zerfielen sie. Für die Leute aus der Stadt sei es ein großes Problem, sagte er, und wahrscheinlich eines, das sich nie lösen lassen würde. Sogar die Häuser, die aus modernen Materialien gebaut wurden, stürzten schließlich ein und töteten dabei manchmal ihre Bewohner.

Ich dachte darüber nach, was der Joghurtmann mir da erzählte. Das Problem, das er beschrieb, wirkte absurd und hatte rein gar nichts mit den Grundsätzen der Physik zu tun. Menschen wohnten seit Urzeiten in Häusern aus Stein, Holz und Lehm, und soweit ich wusste, war in dieser Stadt noch nie jemand getötet oder auch nur verletzt worden, weil ein Gebäude plötzlich eingestürzt war. Aber ich nahm begierig jede Ausrede an, um die Stadt, die er beschrieb, nicht zu besuchen, eine Stadt, in der ich früher gelebt hatte und von der ich glaubte, dass ich sie immer noch gut kannte. Ich dachte, der drohende Tod könnte als passende Ausrede dienen.

Ich fragte den Joghurtmann, wie oft Menschen bei diesen plötzlichen Gebäudeeinstürzen getötet wurden. Er dankte mir für meine Frage und sagte, die Antwort würde mich nicht betreffen. Ich fand, die Aussicht auf den Tod würde jeden betreffen, der noch lebte, und das sagte ich dem Joghurtmann, als ich meine Frage wiederholte. Leider schien er zu dem Thema nicht mehr sagen zu können, höchstwahrscheinlich weil seine Beschreibung eine ausgeklügelte Mär war, die den möglichen Zusammenbruch seines dürftig gebauten Joghurtstands rechtfertigen sollte.

Ich dankte dem Joghurtmann für seine Hilfe und gab ihm etwas Kleingeld, einen Betrag, der für einen Becher Joghurt und eine unerbetene und vollkommen nutzlose Beschreibung einer Stadt, die mir schon vertraut war, angemessen erschien. Er streckte die Hand aus, und als er meine berührte, schloss er die Augen. Ich verstand nicht, was diese Geste bedeuten sollte, dachte aber, er wolle möglicherweise seine Dankbarkeit ausdrücken, deshalb überließ ich ihm meine Hand gern für einen Moment; sollte es allerdings so weitergehen, könnten wir uns bis in alle Ewigkeit gegenseitig unserer Dankbarkeit versichern.

Es ging jedoch nicht bis in alle Ewigkeit so weiter. Nach einer Weile öffnete der Joghurtmann die Augen, zog seine Hand aus unserer Miniaturumarmung zurück und gab mir einen Becher Joghurt. Ich bedankte mich und achtete darauf, es bei einem verbalen Dank zu belassen. Wieder überquerte ich die Straße, und als der Joghurtmann nicht hersah, warf ich den Becher Joghurt weg.

Es war jetzt Nacht. Ich war sicher, dass irgendwo ein Familienmitglied auf mich wartete, wahrscheinlich dort, wo ich es am wenigsten erwartete. Ich versuchte, das Gefühl heraufzubeschwören, wie ich überrascht wurde, aber ich wollte nicht überrascht werden, deshalb beschloss ich, den nächsten Schritt in meinem Leben zu tun, bevor ich dieses Gefühl erdulden musste. Zu meiner Linken, dessen war ich mir jetzt sicher, war der Ort, an dem mein Bruder im Sterben lag. Zu meiner Rechten war nichts. Ich entschied mich, in diese Richtung zu gehen.

SIEBEN

Während ich schlief, war mein Geist schwarz und schwer. Der Mond war angeschwollen. Weder Sonne noch Sterne waren zu sehen. Ich war gelaufen, bis ich meine Beine nicht mehr spüren konnte, und dann hatte ich in einem Feld geschlafen, auf dem Weizen oder Mais oder irgendetwas anderes wuchs, das die Frau mit dem schokoladenverschmierten Gesicht im Bus für nutzlos gehalten hatte. Die Halme hatten das Mondlicht eingefangen. Mit dem leichten Wind reichten sie es weiter, von oben betrachtet wiegten sie sich so methodisch wie Wellen. Aber die Wellen waren keine Wellen. Als ich in sie hineinwatete, ertrank ich nicht, und als ich mich hinlegte, knickten sie unter mir um.

Am Morgen waren die Halme nur Halme. Im Sonnenlicht wirkten sie trocken und leblos. Von der fernen Stadt stieg Rauch auf. Als ich ihr näher kam, wurde der Boden steiniger, und die Straße stieg steiler an. Auf der Hügelkuppe wurde sie flach und teilte sich. Der Verkehr folgte keinem Muster. Autos fuhren, wo sie wollten. Fahrer schrien einander an und wollten sich gegenseitig die Schuld an einem Problem geben, das sie zusammen verursachten. Neben den Autos trieben Hirten ihre Kühe mit Stöcken weiter. Zwischen all dem liefen Ziegen umher, die niemandem zu gehören schienen.

Ich betrat den Seitenstreifen, einen Betonabschnitt zwischen der Straße und einer Reihe von Läden ohne

Namensschilder. Junge Männer aßen ihr Frühstück in der Hocke, als würden sie auf winzigen Schemeln sitzen. Aber sie hatten keine winzigen Schemel. Alles befand sich in einem fragilen Gleichgewicht: der Tee, der fast überschwappte, in einer Hand, in der anderen das krümelnde Brot, das Gewicht der Männer, das auf den Fußballen ruhte, während die Fersen ein paar Fingerbreit über dem Boden schwebten. Wenn die Kellnerinnen Zuckerschälchen brachten, reckten die Männer die Arme, um die Löffel anzunehmen, die mit gekonnter Leichtigkeit in ihre Tassen gesteckt wurden. Von Weitem schienen alle allein zu sitzen, aber als ich näher kam, hörte ich, dass sie sich unterhielten.

Zwei Männer, einer gut aussehend, der andere durchschnittlich, diskutierten über das Wesen von Geschichte. Der gut aussehende Mann behauptete hartnäckig, sie würde sich im Wesentlichen wiederholen. Fast jeder, sagte er und schnippte dabei Brotkrumen durch die Luft, hing der Vorstellung an, Fortschritt sei allein den Gesellschaften vorbehalten, die auf der Anhäufung von Profit gründeten. Von politischen Führungskräften, denen es nicht gelang, ihren Ländern ein Mindestmaß an Wohlstand zu sichern, hieß es, dass sie ihren Wählern reihenweise Probleme aufluden, die andernfalls der Vergangenheit angehören würden. Aber selbst Gesellschaften, die sich rechtschaffene Verbesserungsmöglichkeiten zuschrieben, konnten dem zyklischen Wesen menschlichen Verhaltens nicht entfliehen, das zwischen gegenseitiger Zerstörung, einer oberflächlichen Wiederherstellung von Recht und Ordnung und einer völligen Missachtung ihrer natürlichen Umgebung schwankte.

Eine Kellnerin trat zu den beiden Männern und fragte, ob sie ihnen die Teller abnehmen könne. Aber der durchschnittlich aussehende Mann war gerade darauf konzentriert, zu einer Entgegnung anzusetzen. Die Geschichte, sagte er, ohne auf die Frage der Kellnerin einzugehen, neige unweigerlich der Veränderung zu. Selbst wenn diejenigen, die politische Macht beanspruchten, einen Hang zur Gewalt teilten und am Ende, falls sich die Gelegenheit ergab, immer ihrem Verlangen nach Grausamkeit nachgaben, waren ihre Neigungen doch nicht den Ereignissen gleichzusetzen, die die Geschichte bestimmten. Geschichte, sagte er und stellte seinen Tee ab, wurde definiert durch die kreativen Lösungen gewöhnlicher Menschen, die sich selbst als unterdrückt erkannten. Wenn sich unterdrückte Menschen zusammenschlossen, mussten sie sich Strategien ausdenken, um zu überleben. Diese Strategien, sagte er, seien sehr spezifisch und hingen von dem unmittelbaren Umfeld ab, das sie geprägt hatte. Obwohl es ihnen nie gelang, eine Gesellschaft vollständig von jeder Unterdrückung zu befreien, und sich ihr Wirken nicht unter anderen Umständen, die eigene kreative Lösungen erforderten, wiederholen ließ, kratzten sie doch mit der Zeit an dem globalen Narrativ, das gewöhnlichen Menschen Machtlosigkeit zuschrieb und den führenden Köpfen der Welt politische Stärke.

Ich war nicht sicher, welchem der beiden Männer ich zustimmte oder warum ich so interessiert einem zufälligen Gespräch zweier Fremder zuhörte, die mich nicht ansprachen und nicht einmal direkt miteinander zu reden schienen. Anfangs war ich geneigt, dem ersten Mann zuzustimmen, aber dann merkte ich, dass sein vergleichsweise gutes Aussehen mich dazu neigen ließ. In gewisser Hinsicht teilte ich seine Ansichten über die unveränderlichen Eigenschaften der Menschen, die allgemein darauf versessen schienen, ihren persönlichen Status abzusichern. Andererseits war der Individualismus eine historisch gesehen relativ neue Entwicklung und wurde nur als universell und unveränderlich angesehen, weil Menschen ihn ständig mit diesen angeblichen Eigenschaften ins Feld führten, um ihr eigenes egoistisches Verhalten zu entschuldigen. Also stimmte ich vielleicht doch dem durchschnittlich aussehenden Mann zu. Allerdings führten er und der gut aussehende Mann, wahrscheinlich Studenten, genau die gleiche Diskussion wie meine Freunde und ich, als wir Studenten waren, und es war vielleicht doch das Schicksal der Geschichte, sich zu wiederholen.

So oder so behielt ich meine Gedanken für mich, stand auf dem Gehweg und schaute über die Schulter zur Straße, als würde ich auf jemanden warten, der mich abholte. Der gut aussehende Mann winkte der Kellnerin, bestellte noch ein Stück Brot und sprach weiter. Er könne verstehen, sagte er, wie verlockend die Vorstellung sei, dass es dem vorherrschenden politischen Narrativ, so überzeugend es auch sein mochte, vorherbestimmt sei, durch die von ihm unterdrückten gegenläufigen Narrative gestürzt zu werden. Es stimme durchaus, sagte er, dass Revolutionen ihrem Wesen nach nicht demokratisch seien. Gesellschaftlicher Wandel hing nicht vom Konsens ab, nicht einmal von den Wünschen der Mehrheit, sondern vom Willen derjenigen, die ihn für unvermeidbar hielten. Aber der Reichtum der Welt hatte sich so stark konzentriert und abgeschottet, dass es fast unmöglich geworden war, gegen die Ausbeuter anzutreten. Internationale Unternehmen standen, wie jeder wusste, dem Gedeihen der Menschen entgegen, aber sie waren in unserem Alltag so allgegenwärtig, dass eine bessere Lebensqualität ohne sie nahezu unvorstellbar schien.

Ich schaute mich nach Anzeichen der allgegenwärtigen internationalen Unternehmen um und sah eine Ziege, die Müll fraß. Die Kellnerin ging mit einem Stück Brot zu dem gut aussehenden Mann und hielt es über seinen Kopf. Das Problem mit Revolutionären, sagte er und streckte die Hand hoch, um das Brot entgegenzunehmen, sei, dass sie keinerlei Kontrolle über die Gegenwart besäßen. Sie sprachen überzeugend über eine prachtvolle Zukunft, und manchmal genügten ihre hoffnungsvollen Reden, um eine kritische Masse an Unterstützern mitzureißen, aber am Ende schimmerte bei ihren Zielen doch immer das Unwirkliche durch. Die Kellnerin bückte sich und hob seinen alten Teller vom Boden auf, dann blieb sie neben ihm stehen, als würde sie darauf warten, dass er sich bedankte. Aber er bedankte sich nicht. Ohne den Blick vom durchschnittlich aussehenden Mann zu lösen, beschrieb er weiter die Unzulänglichkeiten der Menschen, die einen umfassenden gesellschaftlichen Wandel bewirken wollten, und so ging die Kellnerin.

Der Ablauf einer Revolution sei unangenehm, sagte er, und sei dem versprochenen Leben nach der Revolution fast diametral entgegengesetzt. Es war nicht mit Freude gesegnet, der bequemen Komplizenschaft abzuschwören, gefoltert oder eingesperrt oder von der Familie getrennt zu werden. Die Opfer, die von den Menschen erbracht wurden, erlangten erst in der Rückschau Bedeutung, wenn der Erfolg errungen wurde. Sich einem Ziel zu verschreiben, bedeutete also, seine Zweifel ruhen zu lassen und sich utopischen Denkweisen hinzugeben, damit politisch Verfolgte glauben konnten, ihr

Leiden sei rechtschaffen, das Zeichen einer Welt, die sicher kommen würde, und nicht nur der fortdauernden Grausamkeit der gegenwärtigen Welt. Aber mit Abstand, sagte er, könne man klar sehen, dass fast alles Leid, das Menschen ertragen hatten, vergeblich gewesen war.

Ich überlegte, ob ich vergeblich gelitten hatte oder ob die Behauptungen des gut aussehenden Mannes über leidende Menschen im Allgemeinen auch etwas für den einzelnen leidenden Menschen bedeuten. Ich hätte gern geglaubt, dass ihre Diskussion nichts mit den Diskussionen zu tun hatte, die ich mit mir selbst führte, und dass ich mich damit begnügen konnte, mir ihre Gedanken über das Leben, die Politik und die natürlichen Neigungen der Menschen anzuhören, die keinerlei Auswirkung auf mich hatten. Allerdings bewirkte ihre Diskussion durchaus etwas bei mir, sei es, weil ihre Worte mich an Dinge erinnerten, die ich selbst früher gesagt hatte, oder weil ich das Gefühl hatte, sie würden über mich sprechen oder über Menschen wie mich, ohne uns eigens zu erwähnen. Aber so gelang es angeblich klugen Menschen, mit ihren schlecht begründeten Thesen durchzukommen: Sie sprachen voller Überzeugung im Namen von Menschen, die sich nicht zutrauten, für sich selbst zu sprechen.

Der gut aussehende Mann biss von seinem Brot ab. Der durchschnittlich aussehende Mann trank seinen Tee aus. Ihre Debatte, sagte er, ließe sich nicht lösen, weil die Schlussfolgerungen, die sie zu ziehen geneigt waren, voll und ganz von den Annahmen abhingen, die sie anfangs getroffen hatten. Der gut aussehende Mann, sagte er, könne nur behaupten, Leiden habe keine Bedeutung, weil er zuvor erklärt hatte, dass die Geschichte sich nicht weiterentwickelte. Er selbst würde dagegen unbeirrt daran glauben, dass Wandel möglich war, und konnte sich daher problemlos einen Zeitpunkt vorstellen, an dem die Beschwernisse aller politisch verfolgten Menschen wettgemacht wurden. Ihre Uneinigkeit, sagte er, sei eine Frage von Pessimismus gegen Optimismus. Sie argumentierten von gegensätzlichen Blickpunkten aus, bei denen der Versuch nicht lohnen würde, sie übereinzubringen.

Ich überlegte wegzugehen, ging aber nicht weg, obwohl die aufgestellten Behauptungen so abstrakt wurden, dass sie ihre politische Bedeutung verloren. Ich betete, einer der beiden Studenten, der gut aussehende oder der durchschnittlich aussehende, würde das Schicksal eines bestimmten leidenden Menschen oder einer Gruppe leidender Menschen erwähnen. Ansonsten würde ich wahrscheinlich verrückt werden und gezwungen sein, mir andere selbstverliebte Menschen zu suchen, bei denen ich lauschen konnte. Ich entschied mich zu tun, was ich gut konnte, nämlich zuzuhören, und versuchte, so zu wirken, als würde ich mich mit etwas anderem beschäftigen.

Leider schien der gut aussehende Mann versessen darauf, seinen Intellekt als nahezu unantastbar darzustellen. Hoffnungsvoll zu sein, sagte er und machte eine Geste, als würde er die Worte aus dem Nichts herbeirufen, sei keine natürliche Veranlagung. Es sei ein problematischer Bewältigungsmechanismus, den Menschen entwickelten, um die unablässige Härte des Alltags zu überstehen. Daran sei zum Teil die Bildung schuld. Den Kindern werde das Fach Geschichte nahegebracht, eine Art des Erzählens, die von tragischen Höhepunkten vorangetrieben werde, und dann sollten sie diese Höhepunkte interpretieren, als könnten sie daraus positive

Lehren für ihr Leben ziehen. Ein Literaturstudent würde auf keinen Fall einen Roman lesen und dann beim erneuten Lesen erwarten, dass der Roman anders ausging. Selbst ernannte Experten historischer Ereignisse schufen dagegen die Illusion, die Folgen dieser Ereignisse, die doch längst dokumentiert waren, könnten erneut eintreten. Diese Experten seien genau wie Fanatiker, die auf den Heiland warteten, sagte er und ließ dabei versehentlich sein Teeglas fallen, das dabei zerbrach.

Die Kellnerin kam aus dem Café, hockte sich hin und sammelte die kleinen Glasscherben auf. Der durchschnittlich aussehende Mann wollte ihr helfen, aber er stach sich sofort in den Finger und war mit seiner Verletzung beschäftigt, die einen winzigen Blutstropfen hervorquellen ließ. Wenn der gut aussehende Mann die Dinge so sehen würde, sagte er und saugte an seiner Fingerspitze, dann könnten sie mit ihrem Gespräch nie über die Annahmen hinauskommen, mit denen der gut aussehende Mann angefangen hatte. Die Entwicklung des Intellekts hing nicht von Konsens ab, sondern von der Bereitschaft, seine eigenen Neigungen als veränderbar oder vielleicht sogar als irreführend anzuerkennen. Wenn ihre Diskussion sich darum drehte, wessen vorgeformte Meinungen richtig waren, sagte er, dann könnte sie wahrscheinlich in alle Ewigkeit weitergehen. Und selbst wenn einer von ihnen als klarer Sieger daraus hervortreten würde, dessen Einschätzung der menschlichen Beziehungen im Laufe der Weltgeschichte sich als der Wahrheit näher erwies, wäre es am Ende der Verlierer, der für sich beanspruchen könnte, sich weiterentwickelt zu haben.

Der gut aussehende Mann lächelte. Die Möglichkeit, sich weiterzuentwickeln, sagte er mit einer Geste in

Richtung der Kellnerin, die immer noch Glasscherben aufsammelte, bleibe doch immer eine Illusion. Ich konnte nicht erkennen, ob er glaubte, was er sagte, oder ob er nur eine Vermutung als Überzeugung tarnte, um seine ursprünglichen Aussagen über das unveränderliche Wesen der Geschichte zu untermauern. Jedenfalls wurde mir nach den letzten beiden Tagen, in denen ich wohlwollenden Menschen mit letztlich irregeleiteten Ansichten begegnet war, immer klarer, dass ich jetzt über die beiden frustrierendsten Studenten der Welt gestolpert war, die fröhlich hinnahmen, dass ihr Gespräch zu nichts führte.

Zum Glück beschloss der gut aussehende Mann, der sein Argument über die zyklische und finstere Natur menschlichen Verhaltens offenbar partout nicht aufgeben wollte, seine Taktik zu ändern und über seinen Vater zu sprechen. Sein Vater, sagte er, erinnere ihn an den durchschnittlich aussehenden Mann insofern, als beide sich vom Idealismus täuschen ließen, der in ihnen ein falsches Zutrauen in ihre politische Handlungsfähigkeit weckte. Der durchschnittlich aussehende Mann sagte der Kellnerin, die noch nicht alles Glas aufgesammelt hatte, sie könne ruhig gehen. Ich fragte mich, ob er die Beschreibung des gut aussehenden Mannes für passend oder unpassend hielt, so oder so ließ er sich kein Urteil anmerken und widersprach auch nicht.

Der gut aussehende Mann sagte, sein Vater sei in einer Stadt in der Nähe als Sohn eines Verpächters geboren worden, der den Lebensstil seiner Familie finanzierte, indem er die Profite der Bauern abschöpfte, die seine Felder bewirtschafteten. Wie alle in den untersten Rängen der herrschenden Klasse hatte sein Großvater seine Stellung als naturgegeben und ihr Fortbestehen als schicksalhaft betrachtet. Er ging davon aus, dass seine Söhne eines Tages seine Position als Eigentümer übernehmen würden, und unterwies sie in den Grundzügen eines hierarischen Führungssystems, in dem sie sich zuerst als Untertanen und dann als Familienangehörige betrachten sollten. Seine größte Schwäche war sein mangelndes Vorstellungsvermögen. Indem er seine Familie nach dem Vorbild des Staats formte, pflanzte er seinen Kindern die revolutionäre Doktrin ein, dass Politik zu Hause beginnt. Sein ältester Sohn, der Vater des gut aussehenden Mannes, sah seine familiäre Zugehörigkeit nicht ganz klar. Als Teenager identifizierte er sich weniger mit seinem Vater, den er als Tyrannen erlebte, als mit den Bauern, die wie er der Herrschaft seines Vaters unterworfen waren. Als das Militär den Kaiser entthronte und der Großvater des gut aussehenden Mannes wie fast alle Amtsträger der alten Regierung erschossen wurde, betrauerte der Vater des gut aussehenden Mannes ihn, wie man ein schweres, aber notwendiges Opfer betrauern mochte. Er fühlte sich, als würde er das Ende eines Kapitels der Geschichte miterleben.

Das Militär, sagte der gut aussehende Mann, habe das Land seines Großvaters verstaatlicht, und dann habe sein Vater zusammen mit seinen Gefährten, einer Gruppe von Schülern und Studenten, die sich zu Intellektuellen entwickelt hatten, darum gekämpft, dass das Land den Bauern zurückgegeben wurde. Anfangs bekamen sie Unterstützung von den Bauern, die daran glaubten, dass sie irgendwann selbst bestimmen konnten, wie die Intellektuellen es versprachen. Aber dieses Versprechen war Spekulation. Das Militär behielt die Gegenwart fest im Griff und konnte den Bauern so kümmerliche Trostpreise anbieten, die ihre akuten Bedürfnisse stillten. Die Bauern, die sich auf die Seite des Militärs stellten, bekamen erneuerbare Pachtverträge für das Land, und im Gegenzug wurde erwartet, dass sie der Regierung ihre Ernte unter dem Marktpreis verkauften. Den Bauern, die sich auf die Seite der Intellektuellen stellten, wurde eine unausweichliche Zukunft versprochen, in der sie ihre Profite ganz für sich behalten konnten.

Dem Vater des gut aussehenden Mannes gelang es nicht mehr, die Bauern für ihre Sache zu begeistern, weil die Bauern den Glauben an die Rechtschaffenheit der Intellektuellen verloren hatten. Um zu beweisen, dass sie revolutionäre Politik betrieben und nicht nur eine nette Idee verbreiteten, beschlossen die Intellektuellen, sich zu bewaffnen. Der Vater des gut aussehenden Mannes reiste in den nördlichen Teil des Landes, wo die Intellektuellen ein Trainingslager eingerichtet hatten. Dort wurden sie von Intellektuellen aus anderen Ländern unterrichtet, die schon erfolgreicher darin waren, den herrschenden Regimes der Welt klarzumachen, dass ihre jeweiligen Bewegungen, die eigentlich eine einzige große Bewegung bildeten, als echte Bedrohung gesehen werden sollten. Die hiesigen Intellektuellen bekamen Waffen, und man brachte ihnen bei, ihre politischen Gegner damit einzuschüchtern, zu verletzen und notfalls zu töten. Am Ende tat der Vater des gut aussehendes Mannes also etwas Illegales: Er verteidigte einen alternativen, immer noch theoretischen, aber angeblich unausweichlichen Lebensstil.

Der durchschnittlich aussehende Mann seufzte. Mit den jüngsten revolutionären Bestrebungen in seinem Land, sagte er, sei er durchaus vertraut, und man müsse ihm nicht erst erklären, dass es den Intellektuellen nicht gelungen war, die Vorstellungskraft der Bauernklasse anzufachen. Wie er schon gesagt hatte, würde dieses Scheitern am Ende wettgemacht. Darüber verdrehte der gut aussehende Mann die Augen. Jedenfalls, sagte der gut aussehende Mann, sei der Teil der Geschichte mit den Intellektuellen und den Bauern vorbei. Nun würde er vom persönlichen Versagen seines Vaters erzählen und davon, wie seine Bemühungen, ein guter Revolutionär zu sein, seine Pflichten seinem Sohn gegenüber verdrängt hatten.

Mittlerweile war es klar: Die Studenten hatten wirklich jeglicher Originalität abgeschworen. Ich überlegte, Gott um Hilfe zu bitten, aber bevor ich Gott um Hilfe bitten konnte, sprach der gut aussehende Mann weiter. Sein Vater, sagte er, habe in der Wunschvorstellung eines Lebens in der Kommune eine solche Erfüllung gefunden, dass es seine Hingabe zur intimen Sicherheit romantischer Liebe verzerrt hatte. Ich fragte mich, warum der gut aussehende Mann so überzeugt war, die Gefühle seines Vaters richtig einzuschätzen, aber so waren Kinder nun einmal: Sie erschufen ohne zu zögern eine Erklärung für das Verhalten ihrer Eltern, selbst wenn sie für diese Erklärung eine Reihe unbegründeter Behauptungen aufstellen mussten, was das Innenleben ihrer Eltern, ihre sexuelle Motivation und andere persönliche Dinge anging, über die Kinder lieber nicht nachdenken sollten. Sogar Sex, sagte der gut aussehende Mann, stärkte die Illusion seines Vaters, dass ihm sein politisches Streben Genuss bringen konnte. Höhepunkte fühlten sich revolutionär an. Als seine Freundin schwanger wurde, verwechselte er ihren Bauch mit der Welt, und als die Welt seinen Sohn gebar, betrachtete er den Körper seines Sohnes als den Anstoß, der die Welt verändern würde. Aber sein Sohn, sagte der gut aussehende Mann, sei nicht zu einem Zeichen oder einem Symbol herangewachsen; er war nur ein Student, der sich selbst und anderen an den meisten Tagen stur und pessimistisch erschien. Also besaß der gut aussehende Student doch ein wenig Selbsterkenntnis. In Gedanken spendete ich ihm dafür Beifall, auch wenn ich es unangemessen fand, wie bereitwillig er über die sexuellen Erfahrungen seines Vaters spekuliert hatte.

Der durchschnittlich aussehende Mann hatte zuvor streitlustig gewirkt, hörte sich jetzt aber bereitwillig die erfundenen Geschichten des gut aussehenden Mannes über das Liebesleben seines Vaters an. So wurden Menschen nun einmal, selbst so genannte politische Menschen, wenn irgendwie das Thema Sex aufkam: ganz und gar unkritisch. Er bat den gut aussehenden Mann weiterzusprechen. Ich hatte keine Meinung dazu, ob er weitersprechen sollte, weil das Gespräch sich mittlerweile fast vollständig aus dem Reich der Realität verabschiedet hatte. Also tat der gut aussehende Mann, was er wollte, und offenbar wollte er weitersprechen.

Als seine Mutter schwanger war, sagte er, sei sein Vater verhaftet worden, weil er einen Militäroffizier ermordet hatte oder besser gesagt versucht hatte, ihn zu ermorden, denn der Mann hatte den Versuch überlebt. Er war zur Welt gekommen, während sein Vater im Gefängnis saß. Weil seine Mutter noch sehr jung war, gab sie den Jungen ihrer eigenen Mutter, die alle anderen überzeugte, er sei ihr Sohn. Seine echte Mutter, die ihn wie einen Bruder behandelte, bewarb sich um ein Stipendium, um in einem anderen Land zu studieren, und blieb auch selbst nach ihrem Abschluss dort, obwohl sie keine Arbeit fand. Sie kam nie und holte ihn zu sich.

Erst, als sie verzweifelt war, kam sie zurück, zusammen mit einer religiösen Gruppe, der sie im Ausland begegnet war und die sie als Hausmädchen angestellt hatte. Zu diesem Zeitpunkt war er ein Teenager. Alle waren von der Verantwortung für ihn entbunden worden.

Der durchschnittlich aussehende Mann fragte den gut aussehenden Mann, was mit seinem Vater geschehen sei. Von seinem Vater, antwortete der, wisse er nur, was die Mutter seiner Mutter ihm gesagt hatte. Er wurde verhaftet, dann wurde er inhaftiert, und als er aus dem Gefängnis entkam, floh er. Er hatte angenommen, Vater zu werden würde seinen Status als Revolutionär in Stein meißeln. Als die Revolution ihn im Stich ließ, ließ er seine Familie im Stich. Jetzt lebte er vermutlich irgendwo anders ohne Bindungen.

Der durchschnittlich aussehende Mann reichte dem gut aussehenden Mann ein Taschentuch. Der gut aussehende Mann sah es verwirrt an, bevor er bemerkte, dass seine Wange feucht war. Er nahm das Taschentuch an und zerknüllte es in der Hand, als wäre es ebenso gut, es zu besitzen, wie sich damit das Gesicht zu trocknen. Ich überlegte, ob ich sagen sollte, dass es mir leidtue. Die Geschichte des gut aussehenden Mannes machte mich traurig, und ich konnte die Kritik an seinem Vater nachvollziehen, auch wenn ich sie für fehlgeleitet hielt. Menschen und Männer insbesondere hatten im Leben Verpflichtungen, von denen sie nicht entbunden werden konnten, nicht einmal, wenn sie im Leben so traumatische Erfahrungen gemacht hatten, dass die breite Öffentlichkeit sie für traumatisierte Männer hielt. Alle Menschen, auch traumatisierte Männer, mussten mit sich selbst leben, es sei denn, sie hatten etwas so Schlimmes erlebt, dass es sie getötet hatte. Und dann mussten sie noch mit ihrem Vermächtnis klarkommen, oder vielleicht mussten das nur die anderen Menschen, je nachdem, ob es ein Leben nach dem Tode gab. So oder so war es eine unglückliche Situation und letztlich eine widersinnige Art, sein Leben und möglicherweise sein Leben nach dem Tod zu führen.

Zum Glück nahm der durchschnittlich aussehende Mann es mir ab und sagte, es tue ihm leid. Der gut aussehende Mann lächelte, und dann stand er auf. Von seinem Vater, sagte er, habe er keinerlei Nutzen, außer dass er ihm als Beispiel für die grundlegend eigennützigen Motivationen allen menschlichen Handelns gedient hatte. Der durchschnittlich aussehende Mann wollte widersprechen, aber er konnte es nicht, weil der gut aussehende Mann weggegangen war. Man könne doch nicht, sagte er mit Blick auf die verbliebenen Glasscherben, die Unzulänglichkeiten eines Mannes zu einem Symbol der Unzulänglichkeiten aller Männer machen. Die Kellnerin glaubte, er würde nach ihr rufen, kam aus dem Café gelaufen und bat ihn, seine Bestellung zu wiederholen.

Ich dachte über die Bemerkung des durchschnittlich aussehenden Mannes nach. Während ich darüber nachdachte, sagte er der Kellnerin, sie könne wieder gehen, und dann starrte er auf die leere Stelle auf dem Gehweg, als wollte er versuchen, sie zu füllen. Ich sagte: guten Morgen. Er schaute zu mir hoch, dann wieder auf den Gehweg und forderte mich mit einer Handbewegung auf, mich zu setzen. Ich überlegte, ob ich es tun sollte. Ich versuchte mir vorzustellen, wie ich mich ihm näherte. Ehrlich gesagt war es schwierig, mir das vorzustellen. Wenn ich mich ihm genähert hätte, würde ich mich an den langen Abstieg auf den unsichtbaren Schemel machen müssen, und ich war mir nahezu sicher, dass mir dafür die Balance fehlte. Noch dazu fiel mir auf, dass der Mann gar nicht durchschnittlich aussah, er war schlicht hässlich.

Also ignorierte ich seine Einladung, mich zu setzen, was er nicht verstand, da ich nicht wegging, sondern einfach stehen blieb. Der hässliche Mann drängte mich, seine Einladung anzunehmen, und sprach zusätzlich zur Geste aus, dass ich mich zu ihm gesellen sollte. Wieder lehnte ich höflich ab.

Aber der hässliche Mann bestand darauf, dass ich mich setzte, und rief sogar die Kellnerin, damit sie einen Schemel brachte. Nun hatte ich vor mir einen Schemel und einen hässlichen Mann, der mich bat, ich solle mich setzen. Doch selbst, wenn ich mich setzen und sicher auf dem Schemel hocken sollte, bliebe noch das Problem der Unterhaltung, dessen Einzelheiten weder ich noch der hässliche Mann gänzlich vorhersagen konnten, weil wir uns beide beteiligen müssten.

Jedenfalls war er wirklich hässlich. Ich wollte mir nicht einmal vorstellen, welch unselige Fragen er mir stellen würde, etwa wie lang ich nicht mehr zu Hause gewesen war, unter welchen Umständen ich weggegangen war, welche Erfahrungen ich als so genannter Intellektueller während der Revolution gemacht hatte, wie ich das Leben im Gefängnis beurteilte und so weiter. Ich sprach immer gern über mein Leben, aber zu viele Menschen nahmen das Thema »mein Leben« als Freifahrtschein, um nach allem von der Geburt bis zum Tod zu fragen, obwohl die meisten Dinge, die in dieser Zeitspanne geschahen, selbst die schlechten, für Gespräche unbedeutend waren, höchstens trösteten sie andere Menschen wegen der schlechten Dinge, die in ihrem eigenen Leben geschahen. Also ja, ich hätte mich mit dem hässlichen Mann gern über mein Leben unterhalten, solange er nach meinem Geschmack, meinen Vorlieben oder Ansichten über aktuelle Ereignisse gefragt hätte, etwa meine Meinung über die Weltwirtschaft im Verhältnis zur Wirtschaft des Landes, dessen Bürger ich geworden war. Nur würde dieser hässliche Mann, der von seinem Studium besessen war, mich ohne jeden Zweifel nach allerlei Einzelheiten meiner persönlichen Erfahrungen im Leben fragen und sie dann als weitere Beweise für seine Theorien über das hoffnungsvolle Wesen der Politik nutzen.

Also winkte der hässliche Mann, ich solle mich setzen, und ich ignorierte ihn. Ich ging fort, und er rief mir etwas nach, entweder eine weitere Einladung oder eine Beleidigung. Hätte ich mich umgedreht, hätte ich ihn deutlich gehört, aber tatsächlich blickte ich weiter in die Richtung, in die ich ging, wohin sie mich auch führte. Es war mir nicht wichtig, und ich hatte auch keine Möglichkeit, es zu erfahren.

ACHT

Ich dachte darüber nach, was der Vater des gut aussehenden Mannes erlitten hatte, und verglich es mit dem, was ich erlitten hatte. Was mich betraf, war ich recht sicher, dass ich mit dem traumatischen Teil meines Lebens abgeschlossen hatte. Ich wusste nicht, ob Gott, die selbstverliebten Studenten oder meine Verwandten dieser Einschätzung beigepflichtet hätten, aber es erschien mir so, als hätte schon jemand anders all das durchgemacht, was ich gerade durchmachte oder bald durchmachen würde. Im Geiste würde ich damit nie allein sein, auch wenn ich mich jetzt allein fühlte. Ich gratulierte mir dazu, und dann ging das Leben weiter.

Ich drehte dem Straßenverkehr den Rücken zu und ging in Richtung einer Kirche, die ich nicht sehen konnte, von der ich aber wusste. Unterwegs kam ich an einem Obststand vorbei und bat den Händler um ein Stück Obst. Er gab mir etwas, das groß und grün war und erstaunlicherweise gleichzeitig verfault und unreif. Normalerweise ging ich davon aus, dass Essen von Gott oder wem auch immer geschaffen war, um köstlich zu sein, aber in diesem Land hatte das Essen offenbar andere Pläne. Entweder wurde man davon satt, oder man wurde krank, und manchmal waren Dinge, die köstlich aussahen, in Wahrheit ungenießbar, was man erst herausfand, wenn man versuchte, sie zu essen. Bei diesem grünen Etwas beschloss ich, es nicht zu versuchen. Ich gab dem Obstverkäufer etwas Kleingeld, ging um die nächste Ecke und warf das verfaulte angebliche Obst in eine Pfütze.

Hinter dem Obststand war etwas aus Holz errichtet worden. Noch ein Schlag gegen die Behauptungen des Joghurtmannes. Es sah aus wie ein Haus, ließ aber wichtige Komponenten eines Hauses vermissen: etwa Fenster, eine Tür und ein Schild, das seine Funktion beschrieb, z.B. OBSTSTAND, POST oder HOSPITAL. Vor dem Gebäude stand ein Transporter. Der Transporter hielt mit seiner Funktion nicht hinter dem Berg. Es war ein Geldtransporter einer Bank, der allerlei Gelder brachte und abholte, was auf seiner Seite deutlich geschrieben stand.

Ich winkte dem Fahrer des Geldtransporters zu, bevor ich bemerkte, dass er schlief. Dann betrat ich den hölzernen Bau durch die leere Türöffnung. Zu meiner Rechten war ein Mann. Er saß in einem adretten, aber altmodischen Anzug an einem Schreibtisch. Auf mich wirkte er wie ein Bankkassierer, was sich bestätigte, als ich zu ihm trat und ihn nach seiner Funktion fragte. Ich muss interessiert gewirkt haben, denn er beschrieb mir seine Arbeit detailliert, obwohl ich nicht darum gebeten hatte.

Er sagte, bei seiner Arbeit würde er größtenteils dasselbe machen wie alle Leute bei ihrer Arbeit: zum Beispiel auf den Feierabend warten. Morgens hegte er allerlei Hoffnungen, was diese spezielle Arbeit ihm bringen könnte, vor allem in Bezug auf seine Psyche. Er wünschte sich immer, sein Verstand würde sich geordnet anfühlen, und wenn er ankam und die Bank öffnete, erschien das nicht nur möglich, sondern sehr wahrscheinlich. Den restlichen Tag verbrachte er mit Addieren und Subtrahieren, äußerst verlässlichen Methoden, um seine Gedanken zu läutern. Leider waren das Addieren und Subtrahieren unfassbar langweilig, was ihm meist gegen elf Uhr vormittags wieder einfiel. Trotzdem gelang es ihm weiterzumachen, mindestens bis zum Mittagessen, wenn seine Gedanken sich zu allen möglichen interessanten Dingen hingezogen fühlten, die er nicht kontrollieren konnte.

An dieser Stelle wurde der Bankkassierer ganz aufgedreht, wahrscheinlich weil seine Gedanken gerade taten, was er beschrieb, und von anderen interessanten Dingen angezogen wurden, Dingen, die außerhalb unserer Unterhaltung lagen. Ich fragte ihn, wovon er sich angezogen fühle. Er sah mich an, länger, als ein Bankkassierer meiner Meinung nach einen Kunden ansehen sollte. Dann fing er sich wieder und sprach weiter, jetzt gar nicht mehr aufgedreht, sondern eher deprimiert. Er habe das Problem, sagte er, dass er sich nie daran erinnern konnte, was ihn interessierte. Diese Dinge waren nur Ablenkungen, und selbst, wenn sie ihm im Moment aufregend oder neu erschienen, waren seine Gedanken letzten Endes bedeutungslos und brachten ihn neuropsychologisch nicht weiter. Das wurde ihm jedes Mal nach dem Mittagessen klar. Zu diesem Zeitpunkt bestand weder für ihn noch für seine Neuropsychologie oder seinen Tag noch Hoffnung. Er saß nur da, während sich seine Gedanken um Dinge drehten, die er nicht wahrnehmen konnte, und war mehr und mehr davon überzeugt, dass dieser Tag ewig weitergehen würde, und selbst, falls nicht, würde garantiert der nächste Tag beginnen.

Der Bankkassierer sagte, er hasse die Wochentage. Ich fragte ihn, welche Wochentage er besonders hasse.

Keine, sagte er, er finde es nur furchtbar, dass es überhaupt Wochentage gebe und dass sie sich in einem Sieben-Tage-Rhythmus wiederholten. Ich fragte ihn, ob er einen alternativen Rhythmus vorschlagen könne. Falls ja, sagte er es mir nicht. Er erklärte nur, dass sich die Tage in einem Sieben-Tage-Rhythmus wiederholten, den man eine Woche nannte, dass sich die Wochen in einem Vier-Wochen-Rhythmus wiederholten, den man einen Monat nannte, und dass sich die Monate in einem Zwölf-Monats-Rhythmus wiederholten, den man ein Jahr nannte. Der Bankkassierer musste mir nicht erst die Grundlagen der Zeitmessung erklären, aber er schien interessiert daran, deshalb ließ ich ihn weiterreden.

Jedenfalls, sagte er, finde er es ganz furchtbar, dass er die Ereignisse eines jeden Tages einem Tag zuordnen konnte, von Montag bis Freitag, und dieser Tag wiederum zu einem Monat gehörte, von Januar bis Dezember, der wiederum zu einem Jahr gehörte, vom Jahr 1 unserer Zeitrechnung an, solange die Welt bestand, wahrscheinlich für immer. Also würde alles, was ihm widerfuhr, würde jeder Fortschritt seiner Neuropsychologie, den er machte, an einem Tag geschehen, der sich wiederholen würde, zu einer Stunde, die er noch einmal durchleben würde, selbst wenn er in einem bestimmten Moment das Gefühl hatte, er habe einen Durchbruch geschafft, der sein Leben, die Welt oder zumindest das Ordnungsprinzip seines Gehirns grundlegend verändern würde.

Ich versuchte zu ergründen, ob mich interessierte, was er sagte. In mancher Hinsicht konnte ich seinen Verdruss über das Leben nachvollziehen. Aber so war das Leben nun einmal: verdrießlich und gleichzeitig unglaublich langweilig. Ich hätte gern etwas Positives gesagt, aber mir fiel nichts Positives ein, und so fragte ich ihn nur nach der Zeit. Er warf einen Blick auf seine Uhr und sagte, es sei ein Uhr nachmittags. Zu diesem Zeitpunkt, sagt er, sei er sicher, dass der Tag ewig dauern würde. Sollte das stimmen, täte es mir für uns beide leid. Er sah mich an, als würde er glauben, wir hätten mit dem Leben abgeschlossen.

Der Bankkassierer war in einer unglücklichen Situation, und er hatte mich hineingezogen. Obwohl ich keine Lösung zu seinem, jetzt unserem, Problem anbieten konnte, dass wir mit dem Verstreichen der Zeit leben mussten, dachte ich doch, als Kunde könnte es meine Aufgabe sein, dafür zu sorgen, dass wir in diesem konkreten Moment etwas zu tun hatten. Ich sagte, ich wolle Geld einzahlen. Das schien ihn zu überraschen, so sehr, dass ich mich fragte, ob ich verwirrt war und gar keine Bank betreten hatte, sondern irgendeine andere baufällige Einrichtung mit einem gelangweilten Mann an einem Schreibtisch.

Aber ich war nicht verwirrt. Der Bankkassierer war nur seiner Aufgabe nicht gewachsen, was ich merkte, als er seine Überraschung überwand und versuchte, meine Einzahlung zu verbuchen. Er fragte nach meinem Namen, und ich nannte ihm den Namen meines Bruders. Leider, sagte er mir, habe niemand mit dem Namen meines Bruders ein Konto bei der Bank. Er fragte mich, ob ich eines eröffnen wolle. Ich fragte ihn, was dazu nötig sei. Er sagte, ich müsse ihm einen Ausweis vorlegen, einen Nachweis meiner Anschrift und eine erste Einzahlung. Ich gab ihm mein Portemonnaie. Er nahm meinen Ausweis heraus, der deutlich erkennbar mir gehörte, jemandem, der nicht mein Bruder war. Der Bankkassierer wirkte verwirrt, und dann erklärte er mir, es sei ihm nicht erlaubt, Konten für Menschen zu eröffnen, die nicht anwesend waren. Er fragte, ob ich stattdessen ein Konto in meinem Namen eröffnen wolle, aber die Frage stellte sich gar nicht, weil ich kein Bankkonto in diesem Land gebrauchen konnte, schließlich war ich nur für ein paar Tage zu Besuch hier. Ich antwortete, ich wolle kein Konto unter meinem Namen eröffnen; ich wollte ein Konto unter dem Namen meines Bruders eröffnen, und wenn ich unter dem Namen meines Bruders kein Konto eröffnen konnte, wollte ich nur etwas Geld einzahlen. Leider, sagte er, erfordere eine Einzahlung ein bestehendes Konto, auf das besagte Einzahlung gebucht werden könne, sonst würde das Geld einfach ziellos umhertreiben, und mit einer solchen Situation könne die Bank nicht umgehen.

Wie sich herausstellte, hatte der Bankkassierer recht gehabt: Seine Neuropsychologie war wirklich sehr ungeordnet. Mir erschien meine Situation leicht verständlich, so wie sie jedem Beobachter leicht verständlich hätte erscheinen sollen, besonders jemandem, der in finanziellen Angelegenheiten so bewandert sein sollte wie ein Bankkassierer. Ich trug ein bisschen Geld bei mir, das ich irgendwo anders platziert wissen wollte, sei es in einer Kiste oder einem Safe oder im Besitz eines anderen Menschen, es sollte nur nichts mehr mit mir zu tun haben. Aber das sagte ich dem Bankkassierer nicht. Ich ließ ihm einfach mein Portemonnaie da, mitsamt meinem Bargeld, meinen Ausweisen, meiner Debitkarte und allem anderen, was darinsteckte, und ging hinaus, damit er seine Arbeit machen konnte.

Das war erledigt. Ich machte mich wieder auf den Weg zur Kirche, die, soweit ich wusste, nur ein paar Minuten die Straße hinauf lag. In der Stadt standen ganz normale Gebäude. Mit den Steinen war nichts Besonderes los, zudem gab es weit mehr Holz, Beton, Kunststoff, Ziegel und Blech. Ich versuchte, nicht mehr an die Beobachtungen des Joghurtmannes zu denken, die wahrscheinlich nichts mit der Wirklichkeit zu tun hatten und stattdessen auf einer Parallelwelt in seinem Kopf basierten. Derweil schalt ich mich, weil ich dem Urteil eines dahergelaufenen Joghurtmannes über einen Ort vertraut hatte, an dem ich früher gelebt hatte und den ich, wie ich glaubte, noch sehr gut kannte. Es war verlockend, in die Fantastereien anderer Menschen einzutauchen, vor allem, wenn es um die Gewissheit tödlicher Unfälle ging. Dabei lebten die meisten Menschen einfach weiter, selbst unter misslichen Bedingungen, und das rief ich mir ins Gedächtnis, als ich mich der Kirche näherte.

Und so stieg ich die Stufen zur Kirche hinauf, erfüllt von neuem Vertrauen in das Fortbestehen meiner Seele; ein Gedanke, den die meisten Kirchen bekräftigten. Ein Priester trat durch die Tür und hielt mir sein Kreuz entgegen. Ich neigte den Kopf, presste meine Lippen auf alle vier Arme des Kreuzes und hoffte dabei, dass er es desinfiziert oder anderweitig gereinigt hatte, wie man es mit überdimensionalen Kreuzen, die von der Öffentlichkeit geküsst werden sollten, üblicherweise tat. Der Priester raunte etwas, das ich nicht verstand, höchstwahrscheinlich weil er es in der Sprache der Kirche sagte, einer sehr alten und verschnörkelten Sprache, die nur eine vage Ähnlichkeit mit der Landessprache aufwies, obwohl die Landessprache von ihr abstammte. Ich überlegte, ihn zu fragen, wie das Kreuz gereinigt wurde, stattdessen antwortete ich mit den erwarteten Kirchensätzen, die ich selbst kaum verstand. Der Priester schien damit zufrieden zu sein.

Er tippte mir auf die Schulter und zeigte damit, dass unser Ritual vollendet war, aber als ich mich aufrichtete, war er gegangen und durch einen anderen Mann ersetzt worden, der offensichtlich kein Priester war oder sonst ein Mensch, der irgendeine Verbindung zu Gott pflegte. Der Mann trug eine Militäruniform und auf dem Kopf eine kleine Kappe. Ich wollte Hallo sagen, aber bevor ich Hallo sagen konnte, bat er mich, ihm meine Eintrittsgebühr zu geben. Ich hatte keine Ahnung, was er mit »Eintrittsgebühr« meinte oder warum ein Soldat eine Gebühr für das Betreten einer Kirche einsammeln sollte. Das sagte ich auch. Er antwortete, die Kirche gehöre jetzt der Landesregierung und gelte daher als Quelle für Einnahmen, an denen sich Touristen beteiligen mussten. Ich wusste die Erklärung zu schätzen, aber leider hatte sie nichts mit mir zu tun. Ich dankte ihm und wollte die Kirche betreten.

Bevor ich eintreten oder auch nur sehen konnte, was hinter der Kirchentür lag, versperrte der Soldat mir mit seinem Arm den Weg und forderte mich erneut auf, ihm die Eintrittsgebühr zu geben. Also stand es fest: Der Soldat war verwirrt, aber so waren Soldaten nun einmal. Sie setzten gern Befehle um, und wenn sie die Befehle in ihrem Kopf durcheinanderbrachten, bis sie keinen Sinn mehr ergaben, wollten sie die Befehle trotzdem umsetzen. Ich sagte ihm, ich wisse seine Rolle zu schätzen. Solche Wertschätzung hörten Soldaten gern. Ich sagte ihm, ich würde bewundern, dass die Regierung Anstrengungen unternahm, damit die Touristen der örtlichen Wirtschaft halfen. Tatsächlich bewunderte ich diese Anstrengungen nicht, lehnte sie aber auch nicht ab, weil ich gerade zum ersten Mal von ihnen hörte und mir noch keine Meinung über sie bilden konnte. Jedenfalls wiederholte ich, dass ich die Anstrengungen der Regierung bewundern würde, und stellte klar, dass ich in Wahrheit kein Tourist war. Der Soldat verlangte, meinen Pass zu sehen. Mir blieb keine andere Wahl. Ich gab ihm meinen Pass, der wie gesagt eindeutig der Pass eines anderen Landes war und ein Touristenvisum für einen dreimonatigen Aufenthalt enthielt.

Zu diesem Zeitpunkt wurde mir klar, dass der Pass, das Visum und wahrscheinlich mein gesamtes Äußeres als Beweise gegen mich genutzt werden konnten. Ich versuchte, dem Soldaten hilfreichen Kontext zu liefern, zum Beispiel, dass ich in einer Stadt wenige Autostunden entfernt geboren worden war, aber er sagte mir, dass alles spiele keine Rolle, weil ich mich entschieden hatte, in ein anderes Land zu ziehen, Bürger dieses anderen Landes zu werden und jetzt nur für einen kurzen Aufenthalt zurückzukehren. Tatsächlich war all das nicht meine Entscheidung gewesen, aber leider spielte es für die Eintrittsgebühr keine Rolle, ob ich mich freiwillig dafür entschieden hatte, wie mir der Soldat erklärte, um dann noch einmal von mir Geld zu verlangen.

Zu seinem Pech konnte ich die Eintrittsgebühr nicht bezahlen, weil mein Geld sich mittlerweile woanders befand. Ich überlegte, ob der Bankkassierer mein Geld möglicherweise auf einem Konto deponiert hatte, das entweder der Kirche, der Landesregierung oder dem Soldaten vor mir gehörte, aber ich dachte, diese Möglichkeit anzuführen, würde die Sache möglicherweise nur schlimmer machen, deshalb drückte ich noch einmal meine Wertschätzung aus, reichte dem Soldaten zum Abschied die Hand und kehrte zu der Straße zurück, an die ich mich noch erinnerte, auch wenn ich streng genommen ein Tourist war.

Wieder setzte sich meine Reise fort, eine Tatsache, die ich gern ignoriert hätte, aber nicht ignorieren konnte, denn so war die Zeit nun einmal, wie der Bankkassierer schon gesagt hatte: Sie verstrich. Die Sonne hatte ihren höchsten Stand erreicht. An ihren Rändern sammelten sich Wolken und versuchten, sie zu verdunkeln, aber wenn sie sich ihr näherten, verbrannte das Licht sie einfach. Was für ein Jammer für sie.

Ich wandte mich der restlichen Welt zu, wo die Straße sich dem Tal entgegenneigte. Ich überlegte, zu meinem Platz in dem Feld zurückzugehen, zu dem angeblich nutzlosen Getreide, das mich eine eigenartige Nacht lang beherbergt hatte. Sie war eine reizvolle Idee, diese Flucht, aber in Wahrheit fehlte mir jede Möglichkeit, aus der Idee eine tatsächliche Flucht zu machen, die Dinge wie einen Abschluss, Bewältigung und Frieden verhieß. Wohin ich auch ging, und sei es ein Ort, an dem ich das Gefühl hatte, ich könnte ewig dort bleiben, wäre es doch nur ein Zwischenstopp auf meiner Reise, einer Reise mit ihrer ganz eigenen und vorbestimmten Chronologie, die meine Entscheidungen nichtig machen würde, selbst wenn ich mir wünschte, mein Leben und die diversen Kräfte, die es lenkten, wären anders. Ich überlegte, mich ins Tal zurückzuziehen, aber als ich mit dem Überlegen fertig war, erschien mir der Rückzug völlig sinnlos. Ich beschloss zu bleiben, wo ich war, obwohl meine Entscheidungen weder mein Leben noch die Welt oder das Zeitgeschehen beeinflussten.

NEUN

Also blieb ich stehen, wo ich stand, und wartete darauf, dass das Leben weiterging. Allerdings schien niemand daran interessiert zu sein, mit mir zu reden, und so wurden wichtige Ereignisse im Leben doch normalerweise angestoßen: durch Fremde, die sich auf angenehme oder unangenehme Art aufdrängten, die einen anderen Menschen zwangen zu reagieren, egal, ob er auf den Kontakt vorbereitet war oder nicht. Manchmal traten wichtige Ereignisse im Leben kurz nacheinander ein, und manchmal vergingen viele Jahre ohne ein solches Ereignis, bis man langsam vergaß, dass man ein eigenständiger Mensch war. So wurden die Leute naiv. Sie begannen zu glauben, sie würden in der Welt nur als anonyme Adlaten auftreten und anderen Menschen das Gefühl geben, ihr Leben würde Aufmerksamkeit genießen. Aber niemandem war das Glück beschert, ein Leben ohne jede Besonderheit zu führen, nicht einmal, wenn darin schon so viele wichtige Ereignisse wie Geburt, Tod, Unterdrückung, was auch immer, stattgefunden hatten, dass der jeweilige Mensch sich in seinem Leben keine weiteren wünschte.

Ich überlegte, inwieweit ich diese Theorie von Erfahrungen in meinem eigenen Leben abgelesen hatte, verglichen mit dem, was ich im Leben anderer Menschen beobachtet hatte. In gewisser Hinsicht war ich tatsächlich zum Adlatus geworden, wenn ich die Bitten meines Bruders um Geld, Medikamente und Ähnliches erfüllt hatte, was für ihn sicher zu positiven Begegnungen mit Fremden geführt hatte, nämlich mit ihm unbekannten, aber möglicherweise sachkundigen Ärzten, die ihn ihrerseits zu positiven Ereignissen in seinem Leben geführt hatten, nämlich einer Heilung. Genauso häufig hatte ich allerdings die Bitten meines Bruders um Geld, Medikamente und so weiter abgelehnt, was mich in seinen Augen vielleicht zu einem grausamen Fremden gemacht hatte, da der Bruder, den er kannte oder zu kennen behauptete, alles für einen Bruder in einer Notsituation getan hätte, selbst wenn es für ihn eine finanzielle Belastung war. Falls das der Fall war, falls mein Bruder mich als Menschen betrachtete, der trotz unserer nahen Verwandtschaft kein Mitleid aufbrachte, hätte meine Weigerung, seinen Bitten nachzukommen, vielleicht eine Reaktion der unangenehmen Art dargestellt und seine Tage mit einer Reihe negativer Ereignisse erfüllt, nämlich noch kränker zu werden.

Leider hatte ich nicht viel Zeit, um darüber nachzudenken, weil nun tatsächlich ein Ereignis auf mich zuhielt, und zwar in Gestalt eines weiteren offiziell wirkenden Mannes. Ich rechnete damit, dass er um meinen Namen bitten würde, um ein Eintrittsgeld, einen Ausweis oder etwas anderes Bedeutungsloses, aber angeblich Wichtiges. Aber er tat nichts dergleichen. Stattdessen sagte er nur Hallo und lächelte, als wäre es völlig normal, Fremde freundlich zu grüßen, selbst diejenigen, die jeden Einfluss in der Welt, ihre Familie und sogar ihr Leben als Individuum verloren haben. Ich sagte Hallo und versuchte, meinen Gesichtsausdruck seinem anzupassen. In letzter Zeit konnte ich mein Gesicht nie dazu bringen, etwas zu tun. Es machte einfach, was es wollte:

lächeln, die Stirn runzeln, schlaff herabhängen, was auch immer.

Der Mann trug keine Uniform und auch keine Kopfbedeckung. Sein Kopf war vollkommen kahl, noch mehr als mein eigener. Ich schätzte ihn auf etwa fünfundsiebzig, und er trug ein Hemd und eine Hose, die beinahe identisch mit meiner Kleidung waren. Sie waren von erlesener Qualität, aber der Mann hatte sie vernachlässigt, indem er sie mit Kaffee oder Tee oder etwas anderem Braunen und Bedauerlichen vollgekleckert hatte. Das schien ihn allerdings nicht weiter zu stören, oder falls doch, verbarg er es, denn seine Miene war immer noch freundlich, als er mich einlud, ihm die Straße hinunter und durch ein Tor zu folgen. Ich dankte ihm für seine Einladung und folgte ihm, ohne zu ahnen, in welche Situation ich ihm folgte oder warum mich ein freundlich wirkender Mann in verschmutzter Kleidung plötzlich neugierig machte.

Ich trat durch das Tor, eine Handlung, die rein gar nichts klärte. Dahinter lag ein Berg schmutziger Kleidung. Ich wollte wieder durch das Tor hinausgehen, aber bevor ich das tun konnte, forderte der freundlich wirkende Mann mich auf, mir etwas aus dem Wäscheberg auszusuchen. Ich warf einen Blick auf den Berg. Dort war nichts zu sehen, außerdem hatte ich nicht vor, schmutzige Kleidung zu kaufen, was ich dem schmutzigen Mann sagte, bevor ich mich zum Gehen wandte. Sein ganzes Gesicht diesem Ausdruck gewidmet, lächelte er und sagte, er würde die Kleidung nicht verkaufen. Sie sei von Menschen in einem anderen Land gespendet worden. Obwohl diese Menschen sich für ihre alten Sachen schämten, hingen sie doch an der Idee, dass diese Sachen bis zuletzt genutzt wurden. Deshalb, sagte er und hob ein rosa Shirt hoch, gaben sie die Sachen einer Wohltätigkeitsorganisation vor Ort, die versprach, sie hilfsbedürftigen Menschen zu geben, Menschen wie uns. Menschen wie wir halfen Menschen wie ihnen, indem wir ihr Gewissen beruhigten, es würde nichts verschwendet werden. Ich betrachtete den Mann und fragte mich, was wir seiner Meinung nach miteinander zu tun hatten. Jedenfalls redete er noch, also ließ ich ihn weitersprechen.

Im Gegenzug für geringere Einfuhrzölle auf Waren wie Kaffee, Öl und Tee hatte sich die Regierung bereiterklärt, diese ungewaschene Kleidung in solchen Mengen anzunehmen, dass sie ganze städtische Gebäude füllten. Wenn besonders große Lieferungen einträfen, sagte er, würde man sie sofort verteilen und aufs Land schicken statt der Dinge, die von den Kommunalverwaltungen angefragt worden waren und die ihre Wähler möglicherweise für alle Zeiten versorgt hätten. Der freundlich wirkende Mann strich das rosa Shirt und eine braune Hose mit flachen Händen glatt, hängte sie sich über den Arm und streckte den Arm so würdevoll wie ein Kleiderständer zur Seite.

Ich dankte ihm für die Erklärung und bat ihn höflich, seine Rolle bei all dem zu beschreiben. Er sagte mir, als junger Mann habe er Geistlicher werden wollen und sein Leben nach den Prinzipien der Tugend zu Gottes Wohlgefallen ausgerichtet oder zumindest nach dem, was er für Tugend zu Gottes Wohlgefallen gehalten hatte, schließlich hatte sich ihm nie die Gelegenheit geboten, Gott zu treffen. Ich hatte keine Ahnung, was Gott mit Ausländern und ihrer schmutzigen Kleidung zu tun hatte oder warum sich der freundlich wirkende Mann bis in seine Kindheit zurückziehen musste, um den jetzigen

Augenblick zu beschreiben, aber da ich vermutete, dass er meine Frage irgendwann beantworten würde, ließ ich ihn weiterreden und hoffte, dass diese ganze Hintergrundgeschichte, das Gespräch und so weiter ein so wichtiges Ereignis in meinem Leben darstellen würde, dass sich meine Geduld gelohnt hätte.

Er sagte, er versuche, anderen Menschen behutsam entgegenzutreten und ihr Verhalten, selbst Handlungen, die ihn verletzten, als eigentümlichen Ausdruck eines problembehafteten und wunderschönen Innenlebens zu betrachten. Er schrieb sich die Gabe zu, Menschen nicht nur in der Beziehung zu sich selbst zu sehen. Irgendwann empfand er seine Gabe als Berufung und versuchte, sie im Alltag einzusetzen. Seine Mutter war bei seiner Geburt gestorben, und sein Vater, der seine Mutter geliebt hatte, befürchtete, sein Sohn könne etwas vom Teufel in sich tragen. Als der freundlich wirkende Mann, damals noch ein Kind, seinem Vater sagte, er wolle ein religiöses Leben führen, schickte der Vater ihn daher äußerst gern auf ein Kircheninternat, wo er mit Priestern und Diakonen zusammenlebte und all den anderen kleinen Kindern, die es als ihr Schicksal ansahen, später selbst Priester oder Diakon zu werden.

Als der freundlich wirkende Mann ins Internat zog, erwartete er dort eine Gemeinschaft mitfühlender Menschen, aber er musste feststellen, dass sie genauso waren wie die Menschen, denen er überall sonst begegnet war, nur dass sie sich besonders stark für Gott interessierten. Die anderen Kinder waren nett, höflich und ehrerbietig, aber alles in allem zu versessen darauf, ihre späteren Pflichten als religiöse Anführer auszuüben. Weil er der Jüngste von ihnen und dazu recht zierlich war, versuchten sie oft, mit ihm den Ablauf der Beichte nachzustellen.

Sein Lächeln erschlaffte, als er das sagte, aber dann straffte er es wieder. In ihren Augen, sagte er, sei er offensichtlich verletzlich gewesen, und sie projizierten auf ihn, was sie in sich selbst nicht wahrhaben wollten. Sie sahen etwas Therapeutisches in diesem Ritual, in dem der freundlich wirkende schmutzige Mann zum notleidenden Empfänger ihrer großzügigen Umarmung wurde, aber im Grunde schoben sie ihm nur ihre inneren Probleme zu, die er später lösen sollte. Dieses Ritual, zu dem er selbst nichts beitragen musste, impfte ihm ein Wunschbild von Nähe ein. Als er »Nähe« sagte, schlug er die Hände zusammen und hielt sie einen Moment lang so, bevor er sie voneinander löste.

Ich sagte dem Mann, es tue mir leid. Sein Lächeln zog sich ein wenig in die Breite, und er fragte mich, was mir leidtue. Ich dachte darüber nach. Es erschien mir offensichtlich, dass es einsam sein musste, das wahre Wesen anderer Menschen zu sehen und selbst nur als Projektion wahrgenommen zu werden, oder dass es zumindest einsam werden konnte, wenn es immer so weiterging. Unterbewusst tat ich mir wahrscheinlich auch selbst leid, weil ich wieder einmal in ein langes Gespräch über die Lebensgeschichte eines Fremden geraten war, deren Beziehung zu meiner eigenen unklar war oder gar nicht existierte. Jedenfalls hatte ich keine Lust, über mein Unterbewusstsein zu reden, und sagte ihm nur, seine früheren Lebensumstände klängen, als könnten sie einsam machen. Er dankte mir für meine Erklärung. Leider stellte er nicht klar, ob seine früheren Lebensumstände ihn einsam gemacht hatten. Er beschrieb sie einfach weiter.

Einige Jahre später, sagte er, sei er zum Diakon geweiht worden. Sein Vater freute sich darüber, weil es ein für alle Mal zu beweisen schien, dass sein Sohn doch nicht dem Teufel gehörte. Als er über seinen Vater sprach, hörte sich der freundlich wirkende Mann weder ablehnend noch nachtragend an, so wie sich meiner Erfahrung nach die meisten Menschen anhörten, wenn sie über ihre Eltern sprachen. Er beschrieb schlicht, wie sich die Gefühle seines Vaters entwickelt hatten, als wären sie objektive und unvermeidliche Tatsachen, die keinerlei Einfluss auf sein eigenes Innenleben, sein Selbstempfinden oder andere Beziehungen hatten.

Wahrscheinlich sagte er die Wahrheit: Er sah Menschen wohl tatsächlich nicht nur in der Beziehung zu sich selbst. Ich überlegte, inwieweit ich das nachvollziehen konnte, aber es fiel mir schwer, lange darüber nachzudenken, da ich hören wollte, was der freundlich wirkende schmutzige Mann als Nächstes sagen würde. Er sei zum Diakon geweiht worden, sagte er, und wäre alles gut gelaufen, hätte er sich beworben, Priester zu werden und danach Mönch, wodurch er größere Verantwortung getragen hätte als die meisten Geistlichen und wofür er ein Experte auf den Gebieten der Lyrik, der Astrologie und der Wahrsagerei hätte werden müssen. Allerdings, sagte er, sei nicht alles gut gelaufen.

Ich wartete darauf, dass der freundlich wirkende schmutzige Mann mir erzählte, was in seinem Leben schiefgelaufen war, aber das tat er nicht, er lächelte bloß. Ich hätte ihn gern gebeten weiterzusprechen, aber ich war nicht sicher, ob das richtig gewesen wäre. Wenn jemand andeutet, er habe gelitten, ist man leicht versucht, ihn zu bitten, es weiter auszuführen. Aber oft genügt es zu wissen, dass derjenige gelitten hat, und die Einzelheiten befriedigen nur eine egoistische Neugier. Ist diese Neugier erst befriedigt, verfolgen einen die furchtbaren Einzelheiten und vermischen sich mit dem eigenen Leben und damit, wie man den Rest der Welt wahrnimmt, selbst wenn sie nichts mit einem zu tun haben. Deshalb ist es manchmal besser, das Gespräch abrupt zu beenden. In diesem besonderen Fall kam nicht zum Tragen, was besser gewesen wäre, weil der freundlich wirkende Mann nach seiner kurzen Pause weitersprach.

Eines Tages, als er seit mehreren Jahren Diakon war, begannen die anderen Diakone in seinem Leben, ihn beunruhigt zu beobachten. Sie fragten ihn, warum er war, wie er war, aber er wusste nicht, was sie damit meinten, weil er einfach er selbst war. Sie sagten ihm, er soll das lassen. Sie sagten ihm, er würde ihnen große Angst machen. Er konnte an seinem Verhalten nichts feststellen, was sie hätte stören können, trotzdem sahen sie, und nicht nur die Diakone, sondern alle um ihn herum in der Kirche, ihn an, als würde er sich eigenartig benehmen. Sie sprachen ihn nicht mehr direkt an, aber redeten ständig über ihn, während er dabei war. Sie sagten, er könne sie nicht hören, aber er konnte sie hören, zumindest glaubte er das. Wenn er die Kirchenleute richtig hörte, sagten sie, etwas sei in ihn eingedrungen und er könne sich höchstens mit drastischen Maßnahmen davon befreien. Er versuchte, das Innere seines Körpers zu erspüren, aber das konnte er nicht, weil sein Körper nur ein anderer Aspekt von dem war, was zu fühlen versuchte. Er wollte diesen Gedanken in Worte fassen, diese Vorstellung eines zusammenhängenden Ichs, aber die Kirchenleute sagten, er würde die falsche Sprache sprechen. Ihm erschienen seine Worte klar, aber wenn andere Menschen sie hörten, sagten sie, er sei unverständlich und böse. Er war sich ziemlich sicher, dass er nicht böse war, allerdings konnte er sich nicht völlig sicher sein, weil alle um ihn herum, Menschen, die er als gut kannte und denen er gelernt hatte zu vertrauen, ihn dafür hielten.

Während er all das sagte, stand der freundlich wirkende Mann reglos da und lächelte, wann immer er konnte, zwischen den Worten, Phrasen und Bildern. Es sei alles so schnell passiert, sagte er, dass er schon mit verbundenen Augen geknebelt und gefesselt war, bevor er begriff, dass er einem Exorzismus unterzogen wurde. Er hielt inne und lächelte. Dann sprach er weiter. Er sagte, im Allgemeinen würde er Priestern glauben, aber es sei ihm schwergefallen, diesen speziellen Priestern zu glauben, die fest behaupteten, er trüge etwas in sich. Er war bereit, ihnen zu glauben, und erforschte sein Inneres, aber als er wieder zu seinem äußeren Körper zurückkehrte, hatte er das Gefühl, dass er nur sich selbst gefunden hatte. Er versuchte, all das zu sagen, aber wieder bezeichneten die Priester seine Sprache als böse und wiesen ihn an zu schweigen. Er gehorchte ihrem Befehl und war so entschlossen, ihm zu gehorchen, dass er sogar schwieg, als sie heiße Kohlestücke auf seine nackte Haut pressten, und als die Priester den Exorzismus für beendet erklärten, stimmte er zu, er habe überhaupt keine Schmerzen verspürt.

Ich versuchte zu entscheiden, ob es sich gelohnt hatte, die Geschichte vom Leiden des freundlich wirkenden Mannes anzuhören. Sie erinnerte mich an das Leiden in meinem Leben, weswegen es sich nicht gelohnt hatte, aber wahrscheinlich bewirkte es bei ihm etwas Gutes, wenn er das Leiden in seinem Geist zurückgedrängt hatte, wodurch es sich doch gelohnt hatte. Also versuchte ich, mein eigenes Leiden nicht hervortreten zu lassen und dem freundlich wirkenden Mann gleichzeitig zu signalisieren, dass er sich seines gern entledigen konnte. Das schien er auch zu wollen, denn er gab mir weiter Auskunft, vor allem darüber, welche Konsequenzen der Exorzismus für sein restliches Leben gehabt hatte.

Vielleicht sei es richtig gewesen, sagte er, und der Exorzismus habe ihn wirklich vor etwas Bösem gerettet, vor etwas, das entweder in ihm entstanden war oder unerwartet von ihm Besitz ergriffen hatte. Wenn das der Fall war, wenn man ihn tatsächlich gerettet hatte, dann war er dankbar. Aber seine Dankbarkeit minderte nicht die Tatsache, dass der Exorzismus ihm die Möglichkeit genommen hatte, in Menschen mehr zu sehen als das Leid, das sie ihm antun konnten. Bei jeder Begegnung schwang jetzt Angst mit, die sein Einfühlungsvermögen erstarren ließ, bevor es zur Anwendung kam. Er sah mich an und lächelte mit seinem ganzen Körper.

Ich fragte den freundlich wirkenden Mann, ob er sich vor mir fürchte. Lächelnd sagte er Nein. Das freute mich. Ich hätte ihn gern gefragt, was genau an mir dazu führte, dass er sich sicher fühlte. Ich dachte, er würde vielleicht verstehen, dass sein Leiden in gewisser Weise mit meinem Leiden zusammenhing, und merken, dass es uns ähnlich schwerfiel, es loszulassen. Ich überlegte, ihm diese Ähnlichkeit zu verdeutlichen, indem ich ihm von meinem kranken Bruder erzählte und von der Folter, die ich im Gefängnis als politischer Gefangener erlebt hatte, unter anderem ebenfalls mit heißen Kohlestücken, eine Erinnerung, auf die ich nur zum Teil zugreifen konnte, weil die Zeit, die Geografie und mein wechselnder rechtlicher Status als Staatsbürger, Flüchtiger, Tourist und so weiter sich verschworen hatten, mich von ihm fernzuhalten. Ich überlegte, diese Geschichte herauszulassen, aber ich wollte sie nicht herauslassen, und außerdem war es vielleicht nicht nötig, sie herauszulassen, weil die Auswirkungen dieser Ereignisse sicher über meine innere Psychologie hinausgewachsen waren und der freundlich wirkende Mann sie in meinen Eigenarten, meiner Sprechweise und meinem ganzen Erscheinungsbild erkennen konnte. Also ja, wahrscheinlich war ihm die Ähnlichkeit schon bewusst, und er war mir deshalb ohne Angst entgegengetreten. Entweder das, oder es gefiel ihm, dass ich auch relativ gut aussah.

So oder so konnte ich nicht länger darüber nachgrübeln, welchen Eindruck ich machte, denn bevor ich dem freundlich wirkenden Mann irgendwelche Fragen stellen konnte, erzählte er mir, er fürchte sich nie bei Menschen, denen er bei der Arbeit begegnete. Ich hatte keine Ahnung, was seine Arbeit damit zu tun hatte, und sagte das auch. Er erklärte, als er den anderen Geistlichen gegenüber angedeutet hatte, dass er die Kirche verlassen wollte, hätten sie ihn darin bestärkt, in der Nähe zu bleiben. Offen gesagt, erzählte er, habe er angenommen, dass sie sich gefreut hätten, ihn nicht mehr in ihrem Umfeld zu haben. Obwohl sie ihm oft Mut zusprachen, was seine einzigartigen Fähigkeiten, seine Sichtweise und seine Heiligkeit betraf, war ihm doch klar, dass niemand gern bei einem Menschen war, der mit dem Teufel verkehrt hatte, selbst wenn der Teufel vertrieben worden war. Deshalb ging er fort, und niemand widersprach, aber man bat ihn, er solle am Wochenende die Kleidung verteilen, damit der Berg nicht über den dafür vorgesehenen Bereich hinter dem Tor hinauswuchs. Er habe nichts dagegen, Menschen zu suchen, die Kleidung brauchten, sagte er, weil die Begegnung einseitig verlief.

Er gab so viel, wie er wollte, ohne etwas zu erwarten, traf so niemanden, den er hätte fürchten können, und wenn die Menschen gingen, vergaß er sie völlig.

Da war sie also: Die Erklärung, auf die ich gewartet hatte. Der freundlich wirkende, leidende Mann war nur jemand, der seiner Arbeit nachging. Ich dankte ihm für seine Geschichte, seine Erklärung und alles andere und wollte ihm die Hand reichen. Das war dumm von mir, zumindest vermutete ich es, denn der Mann lächelte mich nur an und ließ meine Hand tun, was immer sie wollte. Ich sah auf meine Hand und zog sie zurück. Der lächelnde Mann zog sie wieder vor. Ich wartete darauf, dass er sie schüttelte, damit ich mich endlich wieder um meine Dinge kümmern konnte, aber stattdessen drehte er meine Handfläche nach oben und legte das rosa Shirt und die braune Hose darauf.

Ich dankte ihm für die Geste, was auch immer sie sein sollte, und erklärte, dass ich weder diese Kleidungsstücke noch andere von dem Berg brauche. Wie ich meine eigenen Bedürfnisse wahrnahm, schien ihn nicht zu kümmern, weil er mich ermunterte, die Kleidung zu nehmen, und sogar darauf bestand, dass ich sie anzog, gleich dort, damit er mich in der Kleidung sehen konnte, die er ausgewählt hatte. Mir blieb keine Zeit, um über dieses Ansinnen nachzudenken, weil mein Körper einfach tat, was der Mann wollte. Ich nahm die Kleidungsstücke, und während der freundlich wirkende Mann sich vor mir breitmachte, um mich von der Straße und den neugierigen Leuten, die möglicherweise dort waren, abzuschirmen, zog ich die Kleidung aus, die meine Frau für mich ausgesucht hatte, und ersetzte sie durch diejenige, die der Fremde für mich ausgesucht hatte, der möglicherweise immer noch den Teufel in sich trug. Als ich fertig war, blickte ich an mir herab. Meine Hose war schmutzfarben, und mein Shirt warb für eine Veranstaltung namens »Familientreffen«. Ich dachte daran, dem Mann zu danken, aber ich dankte ihm nicht, weil ich ehrlich gesagt keine Ahnung hatte, was ich davon hielt, was er in unserem Gespräch mit mir gemacht hatte. Ich verabschiedete mich. Er verabschiedete sich auch, und dann drehte ich mich um, ging durch das Tor auf die Straße und setzte dieser verwirrenden Begegnung ein für alle Mal ein Ende.

Welch Überraschung: Wieder einmal war es Gottes oder Teufels Plan, dass eine Begegnung länger andauerte, als ich es wollte. Der Mann lief mir nach, und ehe ich wegrennen konnte, warf er mir die hässliche Lederjacke meines Cousins über die Schultern, von der er lächelnd meinte, ich könne sie doch nicht dortlassen. Eines war sicher: Ich sah aus wie eine Leiche, und ich roch auch wie eine.

Z E H N

Ich ging irgendwohin, wer weiß, wohin. Unterwegs versuchte ich, mir über meine Lage klar zu werden. Ich wusste manches, von dem ich wünschte, ich wüsste es nicht, Dinge, die mit meinen eigenen Erfahrungen zu tun hatten, und anderes wusste ich nicht, wünschte mir aber zu diesem Zeitpunkt meiner Reise, ich würde es wissen, zum Beispiel wie es um die Krankheit meines Bruders stand und ob ich irgendeinen Einfluss darauf gehabt hatte, sei er positiv oder negativ. Ich überlegte, ob mein Wunsch, es zu wissen, es aber noch nicht erfahren zu haben, bedeutete, dass ich »hilfsbedürftig« war. Vielleicht hatte der freundlich wirkende, früher besessene Mann darauf hinausgewollt, als er mir die furchtbaren Kleidungsstücke gegeben hatte, die ich jetzt trug, auch wenn das, was er mir gegeben hatte, in keinster Weise die Informationslücke füllte, die gerade mein größtes Problem darstellte. Solche Dinge taten Fremde nun einmal, wenn sie von jemandem glaubten, er sei hilfsbedürftig: Sie gaben ihm, was sie hatten, auch wenn es für den Menschen, dem sie helfen wollten, vollkommen nutzlos war, weil es beim Helfen meist genauso sehr darum ging, sich selbst wegen seiner Persönlichkeit, seiner Liebenswürdigkeit und so weiter gut zu fühlen.

Als ich darüber nachdachte, näherte sich mir eine junge Frau in einem Businesskostüm und streckte die Hand aus. Sie war unglaublich groß, viel größer als ich, ein Mann in mittleren Jahren und von mittlerer Größe, und ich fragte mich schon, ob sie eine Riesin war oder eine Art angeborene Fehlbildung hatte. Sie tat mir leid, und ich überlegte, etwas zu sagen, aber dann fiel mir auf, dass sie gar nicht groß war, ich saß nur auf dem Boden. Die Geschäftsfrau wollte mir also aufhelfen. Ich dankte ihr dafür, ergriff ihre Hand und richtete mich mit ihrer Hilfe zu meiner vollen Größe auf; tatsächlich war ich nur wenige Fingerbreit kleiner als sie. Sie lächelte mich an, und ich lächelte zurück. Ich wusste nicht, was unsere Gesichtsausdrücke bedeuten sollten, aber weil die Situation insgesamt angenehm war, blieb ich dort stehen, obwohl ich mir neben ihr klein vorkam.

Als dieser Kontakt sein natürliches Ende erreicht hatte, wollte ich die Frau loslassen, aber sie hielt mich mit ihrer anderen Hand fest und drehte meine Handfläche nach oben. Sie griff in ihre Tasche und holte eine unbedeutende Summe in Münzen hervor. Dann drückte sie mir die Münzen in die offene Hand und schloss meine Finger um das Geld, von dem sie offenbar hoffte, ich würde es annehmen. Bevor ich entscheiden konnte, ob ich es annehmen wollte, oder auch nur einschätzen konnte, ob diese unbedeutende Summe Geld etwas mit meinem Leben zu tun hatte, ging die Frau weg und verschwand in einem Bürogebäude ein Stück die Straße hinunter.

Scheinbar hatte Gott gehört, dass ich mir wiederholt die Frage gestellt hatte, ob ich hilfsbedürftig sei, und sich dieser ungewöhnlich großen Geschäftsfrau bedient, um mir das Ergebnis mitzuteilen: Ich sah aus wie ein Bettler, und ob ich einer war oder nicht, spielte keine Rolle, weil es vor allem vom Erscheinungsbild abhängt, wie Menschen andere behandeln. Ich bildete mir gern ein, niemand würde meine Gedanken kennen, nicht einmal Gott, aber offenbar folgten sie einem Muster, nämlich dem der Menschheit, und wirkten sich auf die reale Welt aus, auch wenn ich sie selbst nur als »Gedankenexperiment« betrachtete. Ich schwor mir, keine folgenschweren Fragen mehr zu stellen, und folgte der Geschäftsfrau, um ihr das Geld zurückzugeben, das ich nicht wollte, selbst wenn Gott glaubte, ich würde es brauchen.

Im Erdgeschoss des Hauses, das wie ein Bürogebäude aussah, entdeckte ich eine offene Tür und dahinter Computer, die verteilt auf dem Boden standen. In dem Raum war keinerlei Ordnung erkennbar, und es waren auch keine Kunden oder Geschäftsleute da, um die herum sich etwas hätte anordnen können. Ich trat durch die Tür, sagte Hallo und erwartete eine Antwort von der Geschäftsfrau oder einem ihrer Kollegen. Leider antwortete niemand. Ich versuchte es noch einmal und erkundigte mich dabei, ob eine ungewöhnlich große Geschäftsfrau in der Nähe sei. Wieder hörte ich nichts. Die Computer schienen ausgeschaltet zu sein, trotzdem näherte ich mich einem. Hallo, sagte ich und kniete mich vor den Bildschirm, aber natürlich erwartete ich nicht, dass er antwortete. Der schwarze Bildschirm wurde grün, und der Computer machte ein Geräusch, das wie eine Begrüßung klang, zumindest wie die Begrüßung eines Computers, wenn Computer eine Sprache hätten. Mit der Maus klickte ich irgendwohin, weil ich dachte, es könnte mich vielleicht ins Internet manövrieren. Offenbar war ich von meinem Vorhaben, die Geschäftsfrau zu finden und ihr das Geld zurückzugeben, das sie mir irrtümlich geschenkt hatte, abgelenkt, aber diese Wirkung hatten Computer nun einmal auf Menschen: Sie lenkten sie ab. Ein Fenster öffnete sich und machte mich darauf aufmerksam, dass ich hingehen konnte, wohin ich wollte.

Offenbar wollte ich in mein Postfach, denn genau dorthin ging ich. Ich hatte eine neue Nachricht bekommen, eine Fehlermeldung. Wie es aussah, war die Mail an meinen Freund, ebenso wie die Mail an meine Frau, nicht zugestellt worden. Ich öffnete eine neue Mail, trug die Adresse meiner Frau ein und begann zu tippen. Hallo, tippte ich. Mittlerweile weißt du wahrscheinlich, dass ich es aufs Land geschafft habe. Es geht mir ausgesprochen gut, und ich freue mich sehr, hier zu sein, aber es wäre mir sehr lieb, wenn du mir sagen würdest, was hier geschieht. Alle behandeln mich wie einen König, und dafür bin ich dankbar, aber ich verstehe nicht recht, was ich hier tun soll; erkläre es mir bitte, sobald es dir möglich ist. Ich grüße alle von dir, und ich soll dich auch grüßen.

Wieder hatte ich meine Lebensumstände falsch beschrieben, um meine Frau zu beruhigen, was den allgemeinen Zustand unseres Heimatlandes betraf, und gleichzeitig durchklingen zu lassen, dass ich Probleme hatte. Ich klickte auf »Senden«. Wieder bekam ich eine Fehlermeldung, also klickte ich erneut auf »Senden«. Die Fehlermeldung öffnete sich noch einmal und noch einmal, so oft, dass ich mich schon fragte, ob die Fehlermeldung selbst durch einen Fehler entstand. So müsse es sein, schloss ich, und dann gab ich es auf. Ich tippte »Br« in die Suchleiste und löschte es wieder. Ich tippte noch einmal »Br«, und dann schrieben meine Hände »uder«.

Hallo, Bruder las ich. *Es hat mich sehr gefreut zu lesen, dass es dir gut geht. Um meine Gesundheit und körperli-*

che Verfassung steht es äußerst fragwürdig, während zum ersten Mal ein schwarzer Mann amerikanischer Präsident ist. Es ist mein Wunsch, dich diesen Monat um etwas Geld zu bitten, zusätzlich zu den üblichen Medikamenten, die offenbar in der Post verschollen sind. 300 Dollar würden genügen. Mögest du einen wunderbaren Tag haben, dein dankbarer Bruder.

Lieber Bruder, las ich. *Bitte nimm meine Grüße und besten Wünsche entgegen. Ich möchte dir mitteilen, dass ich daran interessiert bin, eine Einzimmerwohnung in Ägypten für den günstigen Preis von 200 000 ägyptischen Pfund zu kaufen. Es wäre gut für den Fall, dass die Schmerzen unerträglich werden und ein Urlaub nötig wird. Zudem wäre es ein wunderbarer Ort, den du und andere Verwandte besuchen könnten. Mein Wunsch ist, dass du sie für mich kaufst. Der Kontakt lautet wie folgt: Tel. 0800 224 8062. Mit besten Grüßen, dein Bruder.*

Mein Bruder. Ein Zusammenbruch der Kommunikation ist für jeden Menschen tödlich. Wir wollen zu einer Einigung kommen. Wie bereits erwähnt ist eine medizinische Behandlung aufs Dringendste vonnöten. Mit besten Grüßen, dein Bruder. PS: Mein Wunsch ist, dass du meine Bitte von 100 oder 150 Dollar zur Kenntnis nimmst. Mein Wunsch ist, dass du sie nicht ignorierst.

Ich klickte die jüngste Mail auf.

Lieber Bruder. Immer noch keine Medikamente oder Geld, und ich fürchte, es ist zu spät dafür. Mein Wunsch ist, dass du mir Essen schickst. Du kannst alle Nahrungsmittel mit einem internationalen Paketversand an meine Adresse schicken. Du kannst Energieriegel, Getränkepulver und hochkalorische Lebensmittel, die für den Versand geeignet sind, in Betracht ziehen. Mit besten Grüßen, dein Bruder.

Ich wusste nicht, welche Probleme mein Bruder mit seinem Körper hatte oder warum er mir so zuversichtlich die Aufgabe übertrug, sie in Ordnung zu bringen. Zweifellos war er geschickt darin, anderen Menschen Schuldgefühle zu verursachen, selbst wenn sie wussten, dass er dazu neigte, zu lügen, zu übertreiben und Mittel, die seinem Wohlergehen dienen sollten, zu zweckentfremden. Ich wusste nicht, warum es mich so beeinflusste, was er über sein Leiden schrieb, oder warum ich glaubte, sein Leiden sei durch seine Umgebung verschlimmert worden. Mein Bruder war nicht gern krank, aber er verließ sich gern auf mich, um wieder gesund zu werden. Er glaubte, seine Abhängigkeit von mir würde uns als Familie zusammenhalten. In meinen Augen bestand die Familie aus Beziehungen, mit denen man geboren wurde. Sie bestanden weiter, ob man die Beziehungen pflegte oder nicht.

Damit endete meine Überlegung zum Glück. Ich überflog Nachrichten aus dem Land, dessen Bürger ich geworden war. Jeder schien in einer Krise zu stecken. In einer abgelegenen Stadt hatte eine Frau im Lotto gewonnen und alle anderen vergessen, auch ihre Kinder. Ihre Enkelin wurde getauft, und nicht einmal dazu erschien sie. So sehr war sie damit beschäftigt, das Geld auszugeben. Ihre Familie und ihre Freunde waren traurig, weil sie die Frau vermissten, aber Sorgen machten sie sich am Ende nicht, schließlich war sie reich. Sie waren nur besorgt, weil die Frau nicht mehr Teil ihres Lebens war. Irgendwann war sie dem Geldausgeben so verfallen, dass sie bankrottging. Jetzt hatte sie weder ein Haus noch ein Auto und lebte in einer Obdachlosenunterkunft, obwohl sie zahlreiche Verwandte mit einer ganzen Reihe von Gästezimmern hatte. Die Leute konnten nicht vergessen, wie schnell sie selbst vergessen worden waren, deshalb taten sie jetzt so, als würden sie die Frau nicht mehr kennen. Die Autorin des Artikels versuchte zu entscheiden, ob der Lottogewinn Fluch oder Segen gewesen war. Nachdem sie von der reichen obdachlosen Frau berichtet hatte, kam sie zu dem Schluss, dass die Lotterie letzten Ende etwas Gutes war. Die Regierung konnte nicht kontrollieren, wie die Menschen ihr Geld ausgaben, und obwohl es schrecklich war, was diese Frau erlebt hatte, war es doch nur eines von vielen möglichen Resultaten, wenn jemand im Lotto gewann, und die meisten waren sehr positiv.

Seit ich zum letzten Mal die Nachrichten gelesen hatte, waren leider noch mehr Menschen gestorben. In einer großen Stadt an der Küste war ein berühmter Mensch auf tragische Art verstorben. Niemand wusste genau, was ihm widerfahren war, aber die meisten Experten stimmten überein, dass sein Tod hätte vermieden werden können, wenn seine Ärzte, seine Angehörigen, seine Fans oder alle zusammen eingegriffen hätten. Allerdings gab es unterschiedliche Meinungen über einen wichtigen Punkt: seine Hautfarbe. Als er noch gelebt hatte, hatte er behauptet, eine Pigmentstörung habe seine Hautfarbe dauerhaft verändert. Jetzt, da er tot war, herrschte Uneinigkeit darüber, ob seine Pigmentstörung echt war oder ob die Antwort auf diese Frage irgendetwas damit zu tun hatte, wie die Öffentlichkeit um ihn trauern sollte. Ich betrachtete sein Foto und überlegte, welchen Experten ich zustimmte. Zu seiner Hautfarbe hatte ich keine Meinung, er sah für mich einfach nur tot aus.

Der nächste tote Mann, über den in den Nachrichten gesprochen wurde, war eindeutig schwarz. Nirgendwo war ein Foto von ihm, deshalb konnte ich es nicht selbst sehen, aber so beschrieben ihn alle, die für die Geschichte befragt wurden: »ein toter schwarzer Mann.« Tatsächlich war er nicht tot. Nur brannten alle darauf, ihn für tot zu erklären. Er konnte nicht mehr denken oder atmen, diese Arbeit übernahmen nun Maschinen für ihn. Diesen speziellen so genannten Toten kannte ich sogar, weil er der ausländische Entführer war, von dessen Herzinfarkt ich am Tag zuvor gelesen und gehört hatte. Manche Menschen hielten es für etwas Gutes, dass er starb, und andere Menschen hielten es für etwas Schlechtes, aber es geschah so oder so, und jetzt versuchte seine Frau, die akzeptiert hatte, dass er nicht mehr lebte, auch wenn er noch nicht offiziell tot war, um ihn zu trauern. Für sie änderte es nichts, dass er kriminell war. Sie wollte nur, dass die Polizei, die seinen Tod verursacht hatte, die Kosten übernahm, um seinen Leichnam nach seinem endgültigen Tod in das Land zu schicken, aus dem er stammte. Aber die Polizei wollte das nicht. Sie sagte, sie sei nicht für seinen Tod verantwortlich, tatsächlich sei der sterbende Mann selbst verantwortlich, weil er beschlossen hatte, ein Verbrechen zu begehen, und zudem gesundheitlich vorbelastet war. Weil er im Sterben lag, konnten die Experten nicht herausbekommen, ob er es beschlossen hatte oder nicht oder ob er die Gesetze überhaupt gut genug gekannt hatte, um zu wissen, dass er ein Verbrechen beging. Die Situation war wirklich undurchsichtig, die Meinungen der Nachrichtenleute gingen weit auseinander, und mir fehlten die entscheidenden Details, um mir ein Urteil zu bilden, zum Beispiel der Name des sterbenden Mannes, sein Geburtsland, sein Todesort und so weiter.

Wie üblich wurden die Nachrichten langweilig. Ich überlegte, auf neue Nachrichten zu warten, aber auch die würden langweilig werden. Ich beschloss, den Namen meines Bruders in die Suchleiste der Nachrichtenseite zu tippen. Natürlich gab es keine Treffer, ich hatte mit nichts anderem gerechnet, auch wenn ich auf etwas Unerwartetes gehofft hatte, das mich überraschen würde. Aber so waren die Nachrichten nun einmal. Sie hatten nichts mit gewöhnlichen Menschen zu tun, selbst wenn Informationen über diese gewöhnlichen Menschen für denjenigen, der die Nachrichten überflog, sehr wichtig waren. Es ging nur um Unterhaltung.

Wieder einmal hatten mich die Nachrichtenleute in dieser Hinsicht enttäuscht. Nichts, was sie schrieben, konnte mich noch unterhalten. Ich klickte außerhalb des Fensters und zog den Mauszeiger in einen Bereich, von dem ich glaubte, dort könnte ich den Computer herunterfahren. Stattdessen löste ich mit meinem Klick ein furchtbares Geräusch aus, das wie ein panisches Telefon klang und einfach nicht aufhörte. Ich sagte Hallo in der Hoffnung, dass die verschollene Geschäftsfrau oder einer ihrer Kollegen aufmerksam wurde. Aber es kam niemand, nicht einmal ein Nicht-Geschäftsmensch wie ich. Das Geräusch tönte immer noch. Ich fragte mich, ob der Computer einen Schlaganfall hatte oder etwas, das bei Maschinen einem Schlaganfall entsprach. Ich wollte ihn hochheben und der Geschäftsfrau oder jemand anderem bringen, der mit einem Gerät mit einem Eigenleben besser zurechtkam als ich, aber er war so heiß, dass ich fürchtete, er habe eine Selbstzerstörungssequenz eingeleitet. Also zog ich einfach den Stecker und hoffte, dem Computer vorübergehend den Garaus zu machen, wäre die Lösung. Dann verließ ich das Gebäude.

Ich ging zurück zur Straße, zu dem Gewirr aus Autos, Kühen und Ziegen, und zog Bilanz, was ich noch besaß:

meinen Pass mit einem Touristenvisum für drei Monate, die Kleider an meinem Leib, darunter die scheußlich stinkende Hose, ein Shirt und die hässliche Lederjacke meines Cousins, die Schuhe an meinen Füßen und meinen Bart, der durch meine Haut stach. Ich ließ mich von meinen Füßen meinem Ziel entgegentragen. Während sie das taten, fühlte sich meine obere Körperhälfte wie eingezwängt an. Meine Lunge wurde gegen meine Brust gedrückt, und mein Herz drängte den Rippen entgegen. Obwohl es einen festen Platz hatte, wollte es aus irgendeinem Grund herausfallen. Ich sah durch mein Shirt, wie es pulsierte, packte es mit meiner freien Hand und versuchte, es wieder an seinen Platz zu schieben.

Mein Herz brauchte Hilfe. Normalerweise gab ich ihm diese Hilfe in Form meines Blutdruckmedikaments, das ich jetzt nicht hatte. Ich dachte, ein Aspirin würde genügen, aber weil ich auch das nicht hatte, ging ich zu einer Apotheke, von der ich wusste. Dort angekommen bat ich die Apothekerin um ein Blutdruckmedikament. Sie war eine junge Frau mit planloser Miene. Sie sagte, sie könne mir nur ein Blutdruckmedikament geben, wenn ich ein Rezept hätte. Ich sagte ihr, ich hätte ein Rezept. Sie verlangte es zu sehen, aber ich hatte das Rezept nicht, deshalb gab ich ihr meinen Pass. Ihre Lippen bewegten sich, aber als sie sprach, hörte ich nur das Blut durch meine Adern rauschen. Ich fragte: Was? Sie sagte: Ihr Pass hat mit dem Rezept nichts zu tun. Das sei mir bewusst, sagte ich, aber ich hätte im Moment kein Rezept bei mir, weil ich nur ein Tourist sei, wie das Land in meinem Pass beweise. Das schien sie nicht gern zu hören, denn sie zog die Mundwinkel nach unten und sah mich an, als hätte ich ein Problem, was ich tatsächlich hatte, weil mir mein Blutdruckmedikament fehlte. Mein

Herz sank in meiner Brust herab. Ich fragte sie, ob sie mir ein Aspirin geben könne. Sie sagte, das habe sie nicht. Ich fragte sie, was sie habe, das sie mir geben könne. Sie entschuldigte sich, nahm meinen Pass und entfernte sich weit vom Tresen zu einer Stelle, die ich nicht sehen konnte. Als sie zurückkam, hielt sie mir eine große, mit einer Flüssigkeit gefüllte Kapsel hin. Ich fragte sie, was das sei. Sie sagte: Was? Ich erhob die Stimme, um meinen Blutdruck zu übertönen, und wiederholte: Was ist das? Sie sprach langsam, als wäre ich dumm, und sagte, es sei ein Mittel gegen geschwollene Nasenschleimhäute. Sie gab mir ein Glas Wasser. Ich schluckte die Kapsel, dann gab ich der Apothekerin die unbedeutende Summe Kleingeld, die mir die Geschäftsfrau geschenkt hatte und die angemessen erschien für ein Medikament, das mir kein bisschen helfen würde.

Mein Herz machte weiter wie zuvor. Die Sonne schien matt vom Himmel. Entlang der Straße schlossen die Geschäfte als Vorbereitung zur Mittagspause die Fenster. Männer und Frauen und allerlei Menschen schlurften aus den Läden, hielten Taxis an und stiegen in Busse, die sie nach Hause bringen würden. Ich spürte, wie mein Herz pochte und meine Lunge sich rasch weitete, um es abzufedern.

ELF

Ich sah mich um und versuchte zu verstehen, was meine Umgebung bedeutete. Allmählich war ich es leid, so ahnungslos zu sein. Ich überlegte, inwieweit ich das beeinflussen konnte. Im Leben gerät man immer wieder in Situationen, die ohne Vorwissen über die örtlichen Sitten, aktuelle Ereignisse und das Privatleben anderer Leute verwirrend wirken und nicht richtig eingeschätzt werden können. Allerdings konnte man all das meist erschließen, auch wenn es nicht direkt erklärt wurde. Selbst unsichtbare Geschichten hinterließen in der realen Welt Spuren. Die Menschen entschieden sich nur, diese Spuren zu ignorieren, weil sie ihre Unwissenheit als Ausrede nutzten, um zu tun, was sie wollten, egal, was andere, weniger unwissende Menschen davon hielten.

Ich fragte mich, wie viel meine Entscheidungen zu der Situation beigetragen hatten, die ich jetzt durchmachte. Bei den jüngsten Ereignissen hatte ich im Grunde keine aktive Rolle gespielt. Mein Flugticket war wie gesagt für mich gekauft worden, und meine Tasche war gepackt worden. Jemand hatte meine Reise geplant, entweder meine Frau, die meine Tasche gepackt und mein Flugticket gekauft hatte, oder mehrere Menschen zusammen, die an meinem Lebensweg Anteil nahmen. Sie hatten sicher ein bestimmtes Ziel im Sinn, höchstwahrscheinlich das Krankenbett meines Bruders, auch wenn ich dieses Ziel noch nicht ganz klar erkennen konnte. So wurden die Dinge in unserer Kultur gehandhabt. Der Tod war ein gemeinschaftlicher Prozess, selbst wenn man diesen Weg allein gehen wollte.

So war es also. Ich hatte meine Unwissenheit nicht gewählt. Sie war mir auferlegt worden von der Tradition, die allem vorausging, was ich im Leben kannte, sogar meiner Geburt, und Gott weiß wie lang zurückreichte. Ich konnte nur entscheiden, ob ich mich fügte oder nicht, und selbst diese Entscheidung konnte ich nicht wirklich allein treffen, weil all meine Vorfahren hinter mir standen und mich drängten, ich solle mich an ihre Bräuche halten. Es war schwer zu sagen, ob Bräuche überlebten, weil sie etwas Gutes waren und denjenigen halfen, die sie praktizierten, oder weil Menschen von ihrem sozialen Umfeld belohnt wurden, wenn sie sich an den Status quo hielten.

Da konnte ich meinen Vorfahren und all den anderen angeblich wohlwollenden Menschen, die behaupteten, sie würden an meinem Lebensweg Anteil nehmen, nur viel Glück wünschen. Hoffentlich wussten sie, was sie taten, und hoffentlich war das traurige und unglückliche Ereignis, das mir bevorstand, die Verwirrung wert, die ich jetzt durchmachte. Jetzt, da mein Bruder dem Tode nah war, sah ich der Tatsache ins Auge, dass er tatsächlich krank war. Aber während ich das anerkannte, hatte sich der Rest der Welt so geordnet, dass niemand sonst bereit war, es anzuerkennen. Das war das Problem mit dem Timing. Es war immer schlecht, und selbst wenn man dachte, es wäre gut, lief das eigene Timing weiter und geriet irgendwann mit dem Timing von jemand anderem in Konflikt. So etwas wie einen Zufall gab es nicht. Die Tradition hatte die Wirklichkeit zu fest im Griff, um zufällige Begegnungen zuzulassen.

Während ich über all die Probleme meiner Vergangenheit, meiner Gegenwart und meiner Zukunft nachdachte, kam eine Frau zu mir und bot mir Erlösung an. Ihr ganzer Körper war von Kleidung bedeckt. Sie trug eine hässliche Anzugjacke und einen ebenfalls hässlichen Rock. Ihre Nase war plattgedrückt, und sie hatte keinen Oberkörper. Ihre Beine streckten sich bis zu ihrem Gesicht, und am Ende ihres Gesichts zogen ihre gelben Haare sie wieder nach unten. Sie war weiß. Ich dankte ihr für ihr Angebot, wobei ich nicht wusste, ob sie eine sofortige Erlösung versprach, nämlich von meinem hohen Blutdruck, oder eine eher generelle Erlösung, die meine Kultur, meine Familienmitglieder und die Kontrolle, die sie über jeden Aspekt meines Lebens ausübten, von mir nehmen würde. Ich bat sie, diesen Punkt klarzustellen. Leider konnte sie nicht mit einer Klärung dienen. So sagte sie es. Wenn ich mehr erfahren wollte, sollte ich ihr zu ihrem Haus folgen, wo der Öffentlichkeit Informationen über den Ablauf der Erlösung zugänglich gemacht wurden.

Ich überlegte, zu ihrem Haus zu gehen. Normalerweise nahm ich Einladungen von fremden Frauen nicht an, weil es unangemessen erschienen wäre. Allerdings war ich gerade zu dem Schluss gekommen, dass im Leben nichts aus Zufall geschah. Wenn diese Frau sexuelle Absichten hatte, dann sei es so. Ich würde entweder darauf eingehen oder ablehnen, und als Folge daraus würden mir weitere Dinge widerfahren, seien sie sexueller oder anderweitiger Natur. Am Ende würde ich leben oder sterben, wie alle anderen auch. Außerdem war ich nicht einmal sicher, dass die Frau einen Körper hatte, einen solch gründlichen Dienst versah ihre Kleidung. Also beschloss ich, ihr zu ihrem Haus zu folgen, das offenbar ein paar Minuten die Straße hinunter lag.

Unterwegs konzentrierte ich mich auf die Frau und versuchte zu entscheiden, ob sie selbst hässlich war oder ob sich ihre Hässlichkeit auf ihre hässliche Kleidung beschränkte. Bevor ich mir ein Urteil über ihre Attraktivität bilden konnte, hieß sie mich leider schon bei sich zu Hause willkommen, bei einem hübschen Bungalow mit einem gepflegten Vorgarten. Nur war es nicht ihr Haus. Es war mein Haus, oder vielleicht war es nicht mein Haus, aber zumindest hatte es mir einmal gehört. Das Haus, in das sie mich führen wollte, das Haus, in dem ich angeblich mehr über meine mögliche Erlösung erfahren sollte, war der Bungalow, in dem ich früher gewohnt hatte, den mir mein Vater vermacht hatte und den zuvor sein Vater ihm vermacht hatte und den davor wahrscheinlich Gott vermacht hatte. Ich wollte die Frau fragen, wem das Haus jetzt gehörte, aber sie dachte, ich würde von spiritueller Zugehörigkeit sprechen, nicht vom Besitz einer Immobilie. Ich versuchte, ihr begreiflich zu machen, dass dieses Haus früher mir gehört hatte, indem ich das Jahr erwähnte, in dem der Bungalow in meinen Besitz gekommen war, die diversen Reparaturarbeiten, die ich nach meinem Einzug durchgeführt hatte, das Jahr, in dem ich ausgezogen war und so weiter. Sie wechselte in eine andere Sprache und sagte, sie würde nicht verstehen, was ich damit meinte. Ihr Gesicht verlor seine Merkmale, die ohnehin kaum ausgeprägt gewesen waren, und aus ihrem Lächeln sprachen weder Freude noch Ermutigung. Es war nicht mehr als ihr typischer Gesichtsausdruck. Die Sprache schien ihr völlig fremd geworden zu sein, deshalb wechselte ich wieder in eine andere, dankte ihr für ihre Gastfreundschaft und hoffte, dass die verheißene Erlösung noch zu haben war.

Meine Vorfahren erlaubten sich merklich einen Spaß, denn meine Entscheidung hatte mich just zu dem geführt, dessen Existenz ich gerade erst geleugnet hatte: dem Zufall. Ich gratulierte ihnen dazu, und dann stieg ich die Stufen zum Haus hinauf, die einmal meine Stufen gewesen waren, und betrat die Veranda, die nicht mehr mir gehörte. Die Veranda wurde von Bananenbäumen eingefasst, die meine Bananenbäume gewesen waren, aber solange sie mir gehört hatten, waren ihre Früchte nie reif geworden. Ich sah mir die Bananen genauer an. Ja, sie waren reif. Die Frau musste meinen Blick bemerkt haben, denn sie fragte mich, ob ich Hunger hätte. Aber ich hatte keinen Hunger. Ich bewunderte nur, dass sie es bewerkstelligt hatte, den selbstzerstörerischen Tendenzen der Natur zu trotzen, was mir nie gelungen war. Mich selbst bewunderte ich in Gedanken dafür, dass ich es bewerkstelligt hatte, einer Frau zu begegnen, die tatsächlich in der Lage war, andere zu retten, und seien es nur Bananen. Also sagte ich ihr, ich hätte keinen Hunger, und wir gingen weiter.

Sie führte mich durch die Haustür, die von einer metallenen Nachbildung der King-James-Bibel offen gehalten wurde. Im Bungalow waren alle Oberflächen weicher gestaltet worden. Die Wände waren mit Tüchern verhüllt, und auf den Böden lagen rosa Teppiche. Ich wollte aus dem Fenster sehen, aber die Fenster waren durch Jalousien versperrt, auf die unterschiedliche Bilder von Jesus gemalt waren. Jetzt war es also klar: In meinem früheren Zuhause wurden religiöse Erlebnisse vermittelt, keine sexuellen. Ich schlug ein Kreuz und zog meine Schuhe aus. Die Frau brachte sie fort.

Ich wartete darauf, dass sie zurückkam und hoffentlich Hausschuhe mitbrachte, aber wie es aussah, sollte ich meine Erlösung allein und dazu barfuß erleben. Ich ging ein paar Stufen hinunter zu einem Wohnzimmer, früher meinem Wohnzimmer, wo die Sofas und Stühle, die ich im Kreis platziert hatte, in einer geraden Reihe standen. Einen Moment lang überlegte ich, alles zu verschieben und an seinen ursprünglichen Platz zu stellen. Aber die Sofas und Stühle waren nicht meine Sofas und Stühle, und selbst wenn ich sie in ihre alte Position zurückzwängte, würden sie mir nicht wie meine Sofas und Stühle vorkommen, weil die Menschen, die oft auf meinen Sofas und Stühlen gesessen hatten, wahrscheinlich krank waren, im Sterben lagen oder bereits tot waren. Außerdem war ich ehrlich an der verheißenen Erlösung interessiert, die wahrscheinlich von meiner Bereitschaft abhing, hier zu sitzen und auf die Ankunft eines Priesters, Pfarrers oder des Messias selbst zu warten. Also fand ich mich damit ab, dass ich der Einrichtung des Bungalows nicht meinen alten Geschmack aufzwingen würde, und setzte mich. Sobald ich saß, bekam der Wunsch meiner Seele nach Erlösung allerdings Konkurrenz von dem Wunsch meiner Gedärme nach Erleichterung. Für den Moment musste ich die Kontrolle über meine Taten aufgeben und warten, bis meine Seele und meine Gedärme die Sache ausgefochten hatten. Am Ende verließ ich den Hort meiner möglichen Erlösung und ging ins Esszimmer, in mein Esszimmer, das zum Flur führte, zu meinem Flur, der zur Toilette führte.

Sehr zum Missfallen meiner Gedärme wurde meine Reise zur Toilette unterbrochen, weil im Esszimmer allerlei Leute an einem Tisch saßen und beteten. Die Menschen sahen nach nichts aus. Alle hielten im Beten inne und sahen mich an. Sie warteten wohl darauf, dass ich etwas sagte, wahrscheinlich etwas, das ihre Gebete beantwortet hätte. Ich bat sie höflich, mich zu entschuldigen, weil ich auf dem Weg zur Toilette sei. Aber sie entschuldigten mich nicht. Sie standen einfach auf, und dann kamen sie auf mich zu, und dann umarmten sie mich. Die Frau mit den gelben Haaren betrat das Zimmer und umarmte mich auch. Ich dachte, man würde wahrscheinlich von mir erwarten, dass ich die Umarmungen erwiderte, aber ich erwiderte sie nicht, weil der Druck in meinen Gedärmen mich davon abhielt, irgendetwas anderes zu tun, als ihn abzubauen.

Endlich war die Begrüßungszeremonie der gerade noch betenden Menschen, die nach nichts aussahen, vorbei. Ein Mann ließ mich los und winkte den anderen, es ihm gleichzutun. Dann setzten sie sich. Die Menschen, die nach nichts aussahen, waren allesamt Männer, bis auf die Frau, die stehen blieb. Wieder entschuldigte ich mich und erwähnte, ich sei auf dem Weg zur Toilette. Einer der Männer, scheinbar der Anführer der anderen Männer, lächelte mich schließlich an und erklärte, ich müsse den Flur entlanggehen, meinen Flur, der zu einem Badezimmer führte, zu meinem Badezimmer. Die Tür, sagte er, sei auf der rechten Seite. Ich dankte ihm für die Erklärung. Dann ging ich.

Ich setzte mich auf die Toilette und bereitete mich darauf vor, mich zu erleichtern. Als ich es versuchte, war in meinen Gedärmen allerdings nichts, wovon ich mich hätte erleichtern können. Also hatte ich Schmerzen im Becken und keine Möglichkeit, sie zu lindern. Ich zog die Hose hoch und betrachtete das Fenster, nun ein Buntglasfenster, das den gekreuzigten Jesus von hinten zeigte. Seine Qualen konnte ich nachfühlen. Als ich zurück ins Esszimmer ging, spürte ich immer noch eine schwere Verstopfung, fühlte mich aber dem Leiden Christi näher.

Ich kehrte zum Tisch zurück, und der Anführer forderte mich mit einer Geste auf, Platz zu nehmen. Ich setzte mich und wartete darauf, dass einer der Männer etwas sagte. Aber keiner der Männer sagte etwas. Sie schauten nur auf ihren Schoß hinab und lächelten, als wären sie vollauf zufrieden und hätten in ihrem Leben noch nie etwas Schlimmes erlebt, auch keine Verstopfung. Ich überlegte, womit ich das Schweigen brechen könnte. Ich fragte sie, woher sie kämen. Der Mann sah sich am Tisch um und bat die anderen Männer mit seinem Blick um Erlaubnis, für sie alle zu sprechen. Die Frau stand immer noch da, auch ihr warf er einen Blick zu. Dann antwortete er. Er sagte mir, sie hätten Glück, in einem Land geboren zu sein, in dem sich alles Wichtige befinde, zum Beispiel der Garten Eden, das Neue Jerusalem und der Ort, an dem der Wahre Glaube wiedererstehen würde. Ich gratulierte ihnen zu diesem Erfolg, am richtigen Ort geboren zu sein. Er dankte mir für meinen Glückwunsch. Im weiteren Sinne, sagte er, seien sie auch von hier, insofern als »hier« für alle Orte stand, die durch die Verbindung mit ihrem Heimatland und die dort herrschende Spiritualität erlöst werden könnten. Ich war nicht sicher, ob er damit das Haus meinte, das früher mein Haus gewesen war, oder die nähere Umgebung, die im Grunde mehr der Bevölkerung als der Regierung gehörte und nicht als Privatbesitz gelten konnte. Ich bat ihn, das näher zu erklären. Er sagte mir, das Haus sei nur ein Haus. Dort standen sie auf, aßen, lernten und beteten, aber die wahre Arbeit vollbrachten sie draußen, unter den Menschen, die ihn und auch die anderen als Fremde betrachteten, die sie aber, wenn sie mit ihrer Arbeit erfolgreich waren, irgendwann als ihre Familie bezeichnen würden.

Er sagte, er glaube, er könne für alle sprechen, dass ihre Erwartungen an das Land noch übertroffen wurden. Als er das sagte, »für alle sprechen«, warf er einen Blick in die Runde. All die Menschen, die nach nichts aussahen, nickten und lächelten mit offenem Mund. Damit schien der Mann zufrieden zu sein. Sie seien hergeschickt worden, sagte er, um eine offizielle Einladung auszusprechen. Insgeheim dachte ich, dass sie in dieser Hinsicht bisher versagt hatten, weil sie mich zwar in ihr Haus, in mein Haus, eingeladen hatten, mir aber weder eine Mahlzeit angeboten hatten noch eine Tasse Kaffee, ein Glas Wasser oder irgendetwas anderes. Ich ließ den Mann, der für alle Männer sprach, weiterreden.

Die Einladung, sagte er, gelte jedem. Früher sei sie auf Menschen aus Ländern wie dem ihren beschränkt gewesen, aber jetzt habe die Kirche entschieden, dass sie an alle gerichtet sein sollte und dass Menschen aus Ländern wie dem meinen sogar am meisten davon profitieren könnten. Ich fragte ihn, wie Menschen aus Ländern wie dem meinen, die aber Bürger eines Landes wie dem ihren geworden waren, in diese Kategorie fielen. Er antwortete lächelnd, das spiele keine Rolle, weil diese Art der Kategorisierung der Vergangenheit angehöre. Die Einladung, sagte er, richte sich wie bereits erwähnt jetzt an jeden, sogar an Menschen wie Sie. Mit »Sie« meinte er mich, nahm ich an, aber er sah durch mich hindurch zu einer Vergangenheit, die ich, so glaubte er, vielleicht in mir trug. Es sei nicht ihre Schuld, sagte er, dass sie mit den Sünden anderer Menschen in sich geboren wurden. Tatsächlich, sagte er, würden sie gerade durch ihre Sündhaftigkeit wert sein, errettet zu werden. Ich fragte ihn, wer diese »sie« seien. Er antwortete, das würde nicht zur Sache gehören. Die, sagte er, ich meine Sie, sagte er, sind eingeladen.

Ehrlich gesagt hatte ich keine Ahnung, wozu ich eingeladen war, weil weder der Mann noch einer der anderen Menschen, die mit ihm in Verbindung standen, mir etwas angeboten hatten außer einem Sitzplatz und der Möglichkeit zu sehen, wie übertrieben das Haus, das einmal mir gehört hatte, renoviert worden war. Ich dankte ihm dafür und fragte ihn, wie das Haus in seinen Besitz gekommen war. Er ließ seinen Blick durchs Zimmer schweifen, und dann sagte er, spirituell gesehen würde das Haus nicht ihm gehören und auch sonst keinem von ihnen, weil es Gott gehöre. Ich dankte ihm für diese Erklärung, und dann fragte ich ihn, wem das Haus praktisch gesehen gehöre. Praktisch gesehen, sagte er, sei das Haus mit Geld von der Kirche dem Staat abgekauft worden. Ich fragte den Mann, wie der Staat das Haus erworben habe. Leider, sagte er, habe er keine Ahnung von der Lokalpolitik oder der jüngeren Geschichte, weil diese beiden Themen weder ihn betrafen noch die Kirche oder irgendjemanden, der freiwillig für sie arbeite. Ich sah mich am Tisch um und fragte mich, ob einer der anderen möglichweise eine abweichende Meinung hatte, die er uns mitteilen wollte. Aber in diesem Punkt, in ihrer Ignoranz, schienen sich alle einig zu sein, was bedeutete, dass auch ich mit dieser Ignoranz weiterleben musste, solange mich ihre Gegenwart gefangen nahm.

Ich dachte darüber nach, ob ich gefangen war. Falls ich versuchen sollte, das Haus zu verlassen, würde man mich wahrscheinlich nicht aufhalten. Aber die Gepflogenheiten bei Besuchen und Gesprächen und überhaupt Sitte und Anstand überschatteten die reine Möglichkeit, das Haus zu verlassen, mit der Kränkung, die mein Weggang möglicherweise hervorgerufen hätte. Außerdem reizte mich immer noch die Aussicht, errettet zu werden, auch wenn mir völlig schleierhaft war, wie das vonstattengehen sollte.

Mein Körper blieb weiter, wo er war, deshalb entschloss ich mich zu glauben, dass ich mich genau dafür entschieden hatte. Ich blickte mich am Tisch um, der so groß war wie das Zimmer. Abgesehen von der Frau waren alle Menschen gleich. Ich überlegte, sie nach ihren Namen zu fragen, aber dann bemerkte ich die kleinen Schildchen, die sie trugen und auf denen diese Information stand. Leider verrieten mir ihre Namen nichts über ihre Lage, darüber, wer sie waren oder was sie in dem Haus taten, das einmal mir gehört hatte. Es war schwer zu ergründen, was diese Menschen, die nach nichts aussehen, mit all dem beabsichtigten: mit dem Lächeln, den Schildchen und der nicht näher beschriebenen Einladung, die mir früher verwehrt geblieben wäre. Der Anführer warf den anderen Männern und der Frau einen Blick zu, dann fragte er mich, ob ich annehmen wolle. Ich überlegte, ob ich das wollte. Ich hatte weder Hunger noch Durst, und außerdem hatte ich keine Ahnung, ob es bei dieser nicht näher beschriebenen Einladung um Essen oder Trinken ging. Ich bat den Anführer höflich, das klarzustellen. Er schloss die Augen und sagte, das Ausmaß der Einladung könne man nicht verstehen, wenn man sie noch nicht angenommen habe, und selbst dann sei es ein lebenslanger Prozess, sie anzunehmen. Jeden Tag, sagte er, müsse ich mich neu dazu bekennen, in jeder Stunde von jedem Tag.

Ich war nicht sicher, dass ich dafür genug Zeit hatte, und das sagte ich dem Anführer. Er öffnete die Augen und sagte lächelnd, wenn man die Einladung angenommen habe, würde sich meist Zeit ergeben, und der Gedanke, man habe nicht genug davon, würde bedeutungslos. So sei es unter Brüdern und Schwestern. Für sie war das Leben nicht so streng durch Geburt und Tod begrenzt, die den Menschen einen unrealistisch starren Rahmen aus Zeit und Ort vorgaben. Wenn man akzeptierte, dass die eigene Seele die Summe guter Taten war, etwa bei Menschen wie ihnen, oder die Summe böser Taten, etwa bei Menschen wie mir, konnte man mit Dingen in Kontakt treten, die in einem weltlichen Leben normalerweise keinen Platz hatten, Dingen wie Tugend, Ehrfurcht und spirituellem Reichtum.

All das klang durchaus gut, beantwortete aber nicht meine ursprüngliche Frage, nämlich wie all diese Menschen in den Besitz des Hauses gekommen waren, das nicht mir gehörte, mir aber hätte gehören können und es in einer Parallelwelt auch tat. Da die Menschen, die nach nichts aussahen, keinen Begriff von Geschichte, Lokalpolitik oder dem geordneten Ablauf der Zeit hatten, begriff ich, dass es ewig dauern konnte, bis sie mir sagten, was ich wissen wollte. Ich verstand nicht, in welcher Beziehung sie zu mir oder zu meinem Haus standen, und keine der Erklärungen, zu denen sie sich genötigt sahen, hatte irgendetwas mit meinen Fragen zu tun. Es war frustrierend zu wissen, dass Menschen die Informationen, die man brauchte, in sich trugen, man sie aber nicht an ihrem Äußeren ablesen konnte. Ich überlegte, meine Fragen geradeheraus zu formulieren, aber ich war nicht sicher, ob die Leute mich verstehen würden, selbst wenn ich ihre Sprache sprach. Deshalb beschloss ich, in Unwissenheit weiterzuleben und abzuwarten, was als Nächstes geschehen und mir auch nicht weiterhelfen würde.

Die Frau sagte dem Anführer, den sie als Bruder ansprach, er solle das Missionieren einen Moment sein lassen, damit wir essen konnten. Sie trug ihrem anderen Bruder, der auch am Tisch saß, auf, den Dienstboten zu sagen, dass ein Gast eingetroffen sei, damit sie Essen bringen würden. Der andere Bruder nickte und dankte seiner Schwester für die Anweisung. Sie dankte ihm für seinen Dank, dann winkte sie anderen Brüdern und bat sie, den Tisch zu decken. Das taten sie auch. Es gab einen Mann, vermutlich einen weiteren Bruder, den sie nicht ansprach. Er saß nur da und sah mich an, ohne zu lächeln. Seine Augen waren grün. Ich sagte Hallo. Er öffnete den Mund und schloss ihn wieder. Ohne ihn noch einmal zu öffnen, sagte er, dass er glaube, ich würde meine Sünden noch in mir tragen. Ich dankte ihm für seine Botschaft, dann wandte ich den Blick ab und sah zu der Familie aus Brüdern und einer Schwester, die in meinem Haus lebten und gerade eine Mahlzeit für meine spätere Erlösung vorbereiteten.

Der Tisch war gedeckt, und die Dienstboten waren vermutlich über meine Anwesenheit informiert worden. Nach all dem setzten sich die Brüder, und die Schwester blieb stehen. Ich hörte, wie eine Dienstbotin hinter mir aus der Küche kam. Die Leute begrüßten sie, und der Anführer wies sie an, mich zuerst zu bedienen. Sie gab mir ein Stück Pastete mit Fleischfüllung auf den Teller und einen Löffel weißen schaumigen Brei. Es sah widerlich aus. Ich drehte den Kopf weg und warf der Dienstbotin einen dankbaren Blick zu.

Die Dienstbotin, die den Blick erwiderte, war die Mutter meines Sohns. Ich musste sie nicht einmal ansehen, weil sie schon vor meinem geistigen Auge erschienen war. Sie sah wie alles aus, und sie ähnelte niemandem.

Ich betrachtete ihr Gesicht und versuchte, nicht daran zu denken, wie sie in meiner Erinnerung aussah. Ihre Haare waren kurz geschnitten, und ihre Lippen waren zu einem offenen Lächeln verzogen. Sie sagte Hallo, in einem Tonfall, als wäre »Hallo« die Pointe eines unglaublich lustigen Witzes. Ich fand »Hallo« weder witzig noch unwitzig. Es war ein neutraler Gruß, weshalb ich versuchte, einen neutralen Ton anzuschlagen, obwohl es mich tief verstörte, die Mutter meines Sohns als Dienstbotin in meinem Haus zu sehen, meinem alten Zuhause, dem Haus, in dem wir zusammen gelebt hatten.

Ich sagte Hallo, und sie servierte den Leuten ihr Essen. Die Schwester dankte der Mutter meines Sohns für ihre Dienste und trug ihr auf, in zwanzig Minuten den Nachtisch zu verteilen. Die Mutter meines Sohns nickte, knickste leicht und ging aus dem Esszimmer in die Küche, den Garten und schließlich zur Unterkunft der Dienstboten, die ich nicht sehen konnte, von der ich aber wusste, dass sie existierte. Die Leute schlossen die Augen, reichten sich, abgesehen von der Schwester, die Hände und beteten. Leider wurden meine Hände in diese ganze Sache verwickelt, und mir blieb keine andere Wahl, als auch die Augen zu schließen und so zu tun, als würde ich beten. Der Anführer sprach über Dankbarkeit und Spiritualität und sagte, er sehe voller Freude der Wiederkunft Christi entgegen, die ganz sicher bald stattfinden würde. Ich fragte mich, woher er das wusste, aber das Gebet folgte keiner Logik, es war nur eine Aufzählung von guten Dingen, die der Anführer Gott zuschrieb, darunter Essen, Gesundheit, Erleuchtung und die Existenz von ehemals sündigen Menschen, die gewillt waren, errettet zu werden. Ich vermutete, dass er in diesem speziellen Fall mich meinte. Ich öffnete die Augen, als der Anführer das sagte, falls er von mir erwartete, dass ich meine Bereitschaft bestätigte oder bestritt. Aber er hielt sich mit diesem Thema nicht auf und dankte Gott weiter für alles auf Erden.

Ich schaute mich im Zimmer um. Alle hatten die Augen geschlossen, bis auf den Bruder mit den grünen Augen, der in meine Richtung sah. Das gefiel mir nicht, deshalb schloss ich die Augen wieder, und als das Gebet vorbei war, öffnete ich sie, als wäre es das erste Mal.

Der Anführer drückte meine Hand, dann ließ er sie los. Meine Arme waren meine Arme, und ich nutzte sie, um mit der Gabel eine angemessene Menge des weißen Breis aufzunehmen und in meinen Mund zu stecken. Wenig überraschend schmeckte er furchtbar. Ich entschuldigte mich, indem ich dem Anführer sagte, ich müsse zur Toilette, wobei ich wusste, dass meine Gedärme gefüllt waren und sich trotzdem weiter benehmen würden, als wären sie leer.

ZWÖLF

Ich ging durch die Küche, die nicht mehr meine Küche war, und durch den Garten, der mit Statuen eines hässlichen Mannes dekoriert war, wahrscheinlich einer Art Prophet. Ich ließ ihn hinter mir, so schnell ich konnte, und hoffte, dass die Botschaft, die er übermitteln wollte, in seinem Stein gefangen war. Ich gratulierte mir dazu, dass ich die Situation gemeistert hatte, und dann betrat ich die Unterkunft der Dienstboten, einen ungepflegten rechteckigen Betonklotz, in dem, wie ich glauben musste, die Mutter meines Sohns jetzt lebte.

Links neben der offenen Tür stand ein Tisch. Dort saß die Mutter meines Sohns und sah mich an, als hätte sie ihr Leben lang darauf gewartet, dass mein Körper den leeren Raum füllte. Rechts neben der Tür war ihr Bruder. Ich sagte Hallo, und er weinte. Ich überlegte, auch zu weinen, aber die Mutter meines Sohns sagte, dafür sei jetzt keine Zeit. Der Bruder der Mutter meines Sohns sog seine Gefühle mit einem tiefen Atemzug in sich ein, setzte ein Lächeln auf, streckte eine Hand und dann einen Unterarm aus dem Schatten neben der Tür und zog mich in seine Arme. Meine Wange drückte sich an seine glatte Wange und dann an die andere, die rau und von Narben zerfurcht war. Ich umarmte ihn lange, bis ich das Gefühl hatte, mein Körper wäre sein Körper. Als wir uns voneinander lösten, kam es mir vor, als hätte ich einen Teil von mir verloren und einen Teil von ihm in mich aufgenommen. Sein Gesicht sah aus, als wäre es in zwei Hälften geteilt worden.

Die Mutter meines Sohns kam näher und blieb hinter mir stehen. Um sie zu begrüßen, musste ich mich zur Tür umdrehen. Ich küsste sie auf eine Wange und dann auf die andere und sah dabei die hässlichen Prophetenstatuen und dahinter aufsteigenden Kohlenrauch. Ihre Wangen waren trocken, und als wir uns voneinander lösten, sah sie mir in die Augen. Ich versuchte, meinen Blick woandershin zu lenken, irgendwohin, damit auch meine Wangen trocken blieben.

Die Mutter meines Sohns gab sich Mühe mit ihrem Gesicht und verzog ihre Lippen zu einem Lächeln. Lachend fragte sie mich, wie mir meine Zeit bei den Missionaren gefallen habe. Ich verstand nicht, was witzig sein sollte an dem Versuch, mich in meinem eigenen Haus oder dem, was einmal mein Haus war, zu bekehren, aber so war die Mutter meines Sohns nun einmal: verschroben und extrem unhöflich. Ich dankte ihr und überlegte, ob zu der Erlösung, von der die Missionare gesprochen hatten, auch die Erlösung vom bösartigen Humor anderer Leute gehörte.

Die Mutter meines Sohns führte mich durch den Küchenbereich, früher der Küchenbereich meiner Dienstboten, in den Schlafbereich, früher der Schlafbereich meiner Dienstboten, und zu dem Bett, das früher meinen Dienstboten gehört hatte, aber jetzt als eine Art allgemeine Sitzgelegenheit genutzt wurde. Wir setzten uns. Der Bruder der Mutter meines Sohns sah aus, als würde er gleich wieder weinen, aber dann atmete er scharf ein und fragte mich, ob ich Hunger hätte. Ich sagte Ja, obwohl sich das Innere meines Körpers anfühlte, als würde es zu jemand anderem gehören. Mein

Herz schlug in meinem Magen, und mein Magen hatte sich irgendwohin verdrückt. Gleichzeitig schwollen meine Gedärme vor Luft an. Die Mutter meines Sohns war immer noch geistesabwesend, deshalb übernahm ihr Bruder ihre Aufgabe als Gastgeberin. Er stand auf, schenkte mir ein Glas Wasser ein und ging wieder in den Küchenbereich. Als er zurückkam, stellte er eine Keramikschüssel mit einer gelben Suppe auf den Tisch. Ich sah mir die Suppe genauer an und suchte nach Fleisch oder etwas anderem, das auf ein hohes Einkommen hätte schließen lassen. Allerdings entdeckte ich nichts dergleichen, sondern nur eine dünne gelbe Suppe, in der ein paar Zwiebelstreifen schwammen. Der Bruder der Mutter meines Sohns fragte mich, ob ich etwas von der gelben Suppe haben wolle. Was ich wollte, war nicht wichtig, deshalb sagte ich Ja, um nicht unhöflich zu sein.

Während ich aß oder vorgab zu essen, fragte ich nach meinem Bruder. Der Bruder der Mutter meines Sohns setzte zu einer Antwort an, aber die Mutter meines Sohns unterbrach ihn, es sei noch nicht an der Zeit. Mir sagte sie, ich würde meinen Bruder morgen sehen. Ich wartete auf weitere Informationen, aber da sie nicht weitersprach, ließ ich es dabei bewenden und vertraute darauf, dass das, was sie und alle anderen zusammen mit meinen Vorfahren geplant hatten, am Ende Früchte tragen würde. Als Nächstes hätte ich gern nach meinem Sohn gefragt, aber ich konnte nicht nach meinem Sohn fragen, und so fragte ich den Bruder der Mutter meines Sohns, wie es seinem Sohn gehe, der wenige Jahre nach unserem zur Welt gekommen war. Er sagte, seinem Sohne gehe es gut. Er war erwachsen und lebte sehr weit weg, aber er rief gelegentlich an. Der Bruder der Mutter meines Sohns vermutete, dass sein Sohn nur aus Pflichtgefühl anrief, aber weil er gern etwas anderes glauben wollte, tat er es einfach. Er betrachtete sein Essen und versuchte sich dazu zu bringen, die gelbe Suppe zu kosten. Wenn sie telefonierten, sagte er und brachte den Löffel in Stellung, frage er seinen Sohn nach seiner Kindheit, die der Bruder der Mutter meines Sohns nicht miterlebt hatte. Das könne ich nachvollziehen, sagte ich.

Der Bruder der Mutter meines Sohns tauchte seinen Löffel in die gelbe Suppe, und dann schien er ihn völlig zu vergessen. Der Löffel rutschte ganz in die Suppe, und ich überlegte, etwas zu sagen, aber was hätte ich sagen können? Der Bruder der Mutter meines Sohns wurde in die Vergangenheit gezogen. Ich war nicht sicher, ob ich ihn begleiten wollte, aber ich hatte keine andere Wahl, weil er mich mitnahm. Er schaute in die gelbe Suppe und fragte mich, ob ich mich an die Mutter seines Sohns erinnern würde. Das tue ich, sagte ich, was auch stimmte. Mit zusammengekniffenen Augen starrte er auf die gelbe Suppe, die seinen Löffel verschluckt hatte, und als er mich wieder ansah, weinte er. Die Mutter meines Sohns sagte ihm, dafür sei jetzt keine Zeit, und dann ging sie fort und bereitete den Nachtisch vor für die Menschen, die nach nichts aussahen. Ich fragte den Bruder der Mutter meines Sohns, ob seine Frau tot sei. Eigentlich wollte ich die Frage nicht so direkt stellen, aber ich wusste nicht, wie ich dieses Konzept des endgültigen und unumkehrbaren Verlusts sonst in Worte fassen sollte. Als ich »tot« sagte, sah der Bruder der Mutter meines Sohns mich an, als würde er in mir den Geist seiner toten Frau erkennen. Das beantwortete meine Frage. Ich sagte dem Bruder der Mutter meines Sohns, es tue mir leid, was er erlebt hatte, und auch, was seine Frau erlebt hatte.

Der Bruder der Mutter meines Sohns reagierte weder dankbar noch undankbar. Er sprach einfach weiter und erzählte von seiner Beziehung zu seiner Frau, was vermutlich am Ende zur Geschichte ihres Todes führen würde. Das wollte ich eigentlich nicht hören, aber ich dachte, es könnte dem Bruder der Mutter meines Sohns guttun, sein Herz auszuschütten. Also tat er das, er schüttete sein Herz aus, und ich versuchte beim Zuhören, es meinem nicht aufzuladen.

Ein paar Monate vor der Geburt seines Sohns, sagte er und starrte wieder auf die gelbe Suppe, habe seine Frau einen Brief von einem Verwandten beim Militär bekommen, in dem stand, dass sie und ihr Mann, der Bruder der Mutter meines Sohns, verhaftet werden sollten. Sie legten sich einen Plan zurecht, um sich zu verkleiden und zu Fuß in ein Nachbarland zu gehen, aus dem sie weiterfliegen würden, irgendwohin. Aber an dem Abend, an dem sie aufbrechen wollten, spürte er, wie sich sein Körper in Stein verwandelte. Weil er nicht gehen konnte, schickte er seine schwangere Frau allein los. Als das Militär am nächsten Morgen zu seinem Haus kam, um ihn zu verhaften, starrte er mit leerem Blick aus der Tür. Er wurde in ein Gefängnis gebracht, wo ein Soldat ihm mit einer Eisenstange aufs Ohr schlug. Der Soldat schlug wieder und wieder und wieder zu, bis der Bruder der Mutter meines Sohns jede Verbindung zu seinem rechten Ohr verlor und nur noch Geräusche hören konnte, die von links zu ihm drangen. Seine rechte Gesichtshälfte wurde nutzlos, und sein ganzer Körper positionierte sich dagegen. Er saß und stand und schlief immer so, dass alles zu seiner Linken war, und in dieser gedrehten Haltung wartete er geduldig auf Neuigkeiten von seiner verschwundenen Frau.

Leider erfuhr er nie, wo sie sich aufhielt, und sie schrieb ihm auch nicht. Als er entlassen wurde, wollte er dorthingehen, wohin sie gegangen war, aber da er nicht wusste, wo das war, ging er, wohin er konnte. Er fälschte einige Dokumente, einen Pass, eine Geburtsurkunde und die Zusage für einen Studienplatz an einer weit entfernten Universität, und dann kaufte er ein Flugticket, mit dem er in ein anderes Land reiste. Ich sagte, das könne ich nachvollziehen, da ich auch aus dem Gefängnis entlassen worden war, einige Dokumente gefälscht hatte und in ein anderes Land gezogen war. Diese Parallele sei ihm bewusst, sagte er. Dann sprach er weiter zur gelben Suppe. Jedenfalls, sagte er, sei er in dem anderen Land angekommen, und obwohl er nicht gewusst habe, ob seine Frau in dieses Land geflohen war oder auch nur auf diesen Kontinent, habe er doch keine andere Wahl gehabt, als jeden Tag nach ihr zu suchen. Nachts schlief er in Zügen zwischen den Städten, und tagsüber lief er durch die Straßen und hielt nach jedem Ausschau, der seiner Frau oder seinem Sohn ähneln konnte. Leider, sagte er, den Blick immer noch auf die Suppe gerichtet, würde sein Sohn ihm wahrscheinlich wie ein Fremder erscheinen, weil er ihn nie außerhalb des Schwangerschaftsbauchs seiner Frau gesehen hatte. Aber in Gedanken hatte er sich ein Bild von einem Sohn gemacht, und das nutzte er als Vergleichsgrundlage für die kleinen Jungen, denen er auf der Straße begegnete, selbst wenn sie die Hand einer Mutter hielten, die mit hundertprozentiger Sicherheit nicht seine Frau war.

Ich sagte dem Bruder der Mutter meines Sohns, es sei klug von ihm gewesen, das Bild seines Sohns vom Bild der Mutter seines Sohns zu trennen, da Mütter ihre Söhne manchmal weggaben. Als ich das sagte, sah er mich an, wahrscheinlich weil er wusste, dass ich damit auf meine eigene Situation anspielte. Ich war nicht sicher, ob ich es hätte sagen sollen, aber die Mutter meines Sohns war mit dem Servieren beschäftigt, deshalb hatte ich es gesagt. Der Bruder der Mutter meines Sohns dankte mir für diese Bemerkung und sah mich an, als wäre er gezwungen, Leiden mitzuerleben, ohne es irgendwie lindern zu können. Falls der Bruder der Mutter meines Sohns es tatsächlich so empfand, tat es mir ein wenig leid, aber der Gedanke, dass mich seine Situation auch betraf, drängte sich nahezu auf, und selbst wenn ich hätte verbergen wollen, dass sie mich betraf, wäre es zunehmend schwierig geworden, weil so viele Dinge um mich herum geschahen, die mich betrafen. Ich betrachtete seinen gequälten Gesichtsausdruck und zwang mich, ihn in mich aufzunehmen. Ich bemühte mich, fröhlich zu wirken, und forderte ihn auf weiterzureden.

Der Bruder der Mutter meines Sohns schien die Suppe ausgiebig genug angestarrt zu haben, denn jetzt sah er mir in die Augen wie ein normaler Mensch. Viel mehr gebe es nicht zu erzählen, sagte er. Die Städte, in denen er gelebt hatte, waren kalt und hässlich gewesen, und jeder Mensch, dem er begegnet war, war für ihn ein Fremder gewesen, sogar die Jungen, die dem Bild ähnlich sahen, das er sich von seinem Sohn gemacht hatte. Deshalb beschloss er, nicht weiter umherzureisen und ein normaler Geflüchteter zu werden. Er zog in eine Stadt, suchte sich mit seinen gefälschten Dokumenten eine Arbeit, verlor die Arbeit und zog in eine andere Stadt. Das machte er, bis er sich alt fühlte und tatsächlich alt war. Dann reiste er in ein anderes Land, um dort Urlaub zu machen. In seinem Urlaub besuchte er Freunde. Einer dieser Freunde ging mit ihm in ein Restaurant, und als er bestellte, merkte er, dass vor ihm seine Frau stand.

Im ersten Moment habe seine Frau ihn nicht erkannt, sagte er, aber als sie es tat, sei ihr Blick ausdruckslos geworden. Der Bruder der Mutter meines Sohns setzte einen ausdruckslosen Blick auf, entweder absichtlich, um es mir zu demonstrieren, oder ganz unfreiwillig, ich war mir nicht sicher. Er erzählte, er sei aufgestanden und habe sie umarmt, und sie habe ihn auch umarmt. Es kostete ihn große Mühe, nicht zu sagen, dass er sie liebte. Sie starrte zu Boden und erzählte ihm von ihrem Mann und ihren beiden wunderbaren Kindern. Am Ende erwähnte sie ihren gemeinsamen Sohn, zu dem sie keine enge Verbindung hatte, aber sie versicherte ihm, auch er sei zu einem wunderbaren Menschen herangewachsen. Er dankte ihr dafür, und am Ende seiner Urlaubsreise wäre er am liebsten gestorben. Statt zu sterben, kehrte er in seine Heimat zurück und kaufte das Haus, in dem sie ihn zurückgelassen hatte. Dort lebe er jetzt, sagte er, und zeigte durch das Fenster. Sein Haus stand ein Stück die Straße hinunter.

Ich überlegte, den Bruder der Mutter meines Sohns zu fragen, ob er mit dem »Haus« eigentlich »die Unterkunft der Dienstboten hinter dem Haus« meinte, aber die Frage hatte keine Bedeutung für das, was er mir erzählen wollte, auch wenn ich mir durch die Antwort ein genaueres Bild seiner Lebensumstände hätte machen können. Ich versuchte, ihn zu umarmen, aber er wehrte mich ab. Ich sagte, es tue mir sehr leid, und er schwieg. Ich sagte, ich würde es verstehen, und er wandte den Blick ab, wahrscheinlich weil er wusste, dass ich gar nichts verstand, obwohl ich selbst, wie bereits erwähnt, meinen Sohn bei seiner Mutter gelassen, Dokumente gefälscht und die Flucht in ein anderes Land angetreten hatte, wo ich offiziell als so genannter Geflüchteter anerkannt worden war. Das alles lag hinter uns. Es zählte jetzt nicht, dass wir politische Gefangene gewesen waren, abwesende Väter, Exilanten und so weiter, weil wir jetzt nur zwei Menschen waren, zwei Touristen, zurückgekehrt in ein Land, das genauso gut jedes andere Land der Welt hätte sein können. So unbedeutend war unsere persönliche Erfahrung, auch wenn diese persönliche Erfahrung unseren Alltag aus der Bahn geworfen hatte. Ich wartete ab, ob der Bruder der Mutter meines Sohns seine Geschichte fortsetzen und erzählen würde, wie seine Frau gestorben war. Aber sie war nicht gestorben, sie war nur eine Fremde geworden. Bei der Geschichte, die der Bruder der Mutter meines Sohns erzählt hatte, ging es um Liebe, und damit hatte ich zwar Erfahrung, aber ich war nicht bereit, darüber zu reden.

Ich sah dem Bruder der Mutter meines Sohns an, dass seine Gedanken auf Wanderschaft gingen, durchs Fenster hinaus, entweder zu seinem Haus oder der Unterkunft der Dienstboten hinter seinem Haus, und in die Vergangenheit. Ich sprach ihn an und sagte: Mein Bruder, weil ich den Bruder der Mutter meines Sohns auch als meinen Bruder empfand. Ich sagte: Mein Bruder, mein Bruder, mein Bruder, und wollte ihn zurückholen, aber er war für mich wohl schon verloren. Ich sagte: Mein Bruder, und er sagte nichts. Ich dachte, es wäre alles vorbei, aber dann wandte er mir das Gesicht zu und fragte: Was ist? Er sagte, es tue ihm leid. Er sagte, er habe mich nicht hören können, weil ich zu seiner Rechten saß.

Ich unternahm einen Versuch, meine dünne gelbe Suppe zu essen, die mittlerweile kalt war, aber als ich merkte, dass es niemanden kümmerte, was ich tat, ließ ich es sein. Der Bruder der Mutter meines Sohns fragte mich, wie es mir geschmeckt habe, er hatte offenbar nicht bemerkt, dass keiner von uns auch nur einen Löffel gegessen hatte. Ich sagte ihm, es sei köstlich gewesen. Ich dankte ihm. Als er aufstand und die Teller abräumen wollte, kehrte die Mutter meines Sohns von ihrem Auftritt als Dienstbotin zurück und schimpfte mit ihm, weil er in ihrem eigenen Haus die Rolle einer Frau übernahm. Nur war es nicht ihr Haus. Es gehörte den Menschen, die nach nichts aussahen, und davor hatte es mir gehört, auch wenn sie dort ebenfalls gewohnt hatte. Ich überlegte, sie daran zu erinnern, aber draußen rief die Schwester nach der Mutter meines Sohns, und ich dachte, das würde als Erinnerung genügen.

Als alles weggeräumt war, sollte ich mich wieder auf das Bett setzen, das der Bruder der Mutter meines Sohns zu einem Sofa umbaute. Er legte mir ein kleines Kissen in den Rücken und wollte den Fernseher einschalten, kam aber mit dem Satellitenempfang nicht zurecht. Er fragte die Mutter meines Sohns, aber sie war woanders, wahrscheinlich kratzte sie gerade widerlichen Brei von den Tellern der Menschen, die nach nichts aussahen. Der Bruder der Mutter meines Sohns machte sich selbst am Satellitenempfang zu schaffen und schaltete von Sender zu Sender, bis er bei ausländischen Nachrichten hängen blieb. In den Nachrichten ging es um das Land, aus dem ich hergereist war. Ich wollte das nicht sehen, aber da alle von Nachrichten aus diesem Land besessen waren, sahen wir es doch.

Die Leute im Fernsehen machten schwere Zeiten durch. Viele von ihnen hatten kein Zuhause, allerdings war es der Nachrichtensprecherin zufolge nicht schlimm, weil der Präsident ihnen trotzdem das Gefühl gab, etwas Besonderes zu sein. Er hatte ihnen Handys geschenkt, mit denen sie umsonst überall anrufen konnten. So lautete die Schlagzeile. »Präsident verschenkt Handys, mit denen man umsonst überall anrufen kann.« Auf dem Bildschirm unterhielt der Präsident sich mit einer Frau, die ein Handy bekommen hatte. Der Präsident und die Empfängerin des Handys waren geografisch gesehen weit voneinander entfernt und sich nie persönlich begegnet, aber die Empfängerin des Handys freute sich sehr über das Geschenk und bewies ihre Dankbarkeit dadurch, dass sie sich zu diesem im Fernsehen übertragenen Gespräch bereit erklärt hatte. Der Präsident freute sich über ihre Dankbarkeit, die stellvertretend für die Dankbarkeit aller Handyempfänger stehen sollte. Die Nachrichtensprecherin sagte, das sei ganz reizend. Alle hofften, die Handys würden irgendwie mit der Obdachlosigkeit helfen. Die Nachrichtensprecherin war überzeugt, sie würden es.

Dann stellte sie einen Kollegen vor, der über das Wetter sprach. Zum Glück, sagte er, sei das Wetter perfekt und würde auf absehbare Zeit so bleiben. Die Sendung kehrte zu der Nachrichtensprecherin zurück, die einen Witz über die Krawatte ihres Kollegen machte. Hinter der Kamera lachte jemand, und dann wurde ihre Miene ernst.

Sie stellte einen weiteren Nachrichtensprecher vor, der eine traurige Geschichte ankündigte. Ich war nicht in der Stimmung für eine traurige Geschichte, aber er erzählte sie trotzdem. Ein Mann hatte eine weite Reise in eine sehr beliebte und überfüllte Stadt unternommen. Dort heiratete er eine Frau aus der Stadt, und sie bekamen zusammen eine Tochter. Die Kleine war drei Jahre alt, und alle liebten sie, vor allem ihr Vater, zumindest glaubten die Leute das. Die Nachrichtensprecherin runzelte die Stirn, und dann wurde ein Foto des Vaters gezeigt. Die Kleine saß auf den Schultern ihres Vaters und sah wie ein normales Kind aus. Die Nachrichtensprecherin sagte, die Mutter des Mädchens sei Wissenschaftlerin und habe ihr Leben der Suche nach neuen Medikamenten gewidmet, die Menschen das Leben retten konnten. Zu ihrer Arbeit gehörte es, Substanzen in Mäuse zu injizieren, und zur Arbeit ihres Mannes gehörte es, die Mäuse zu entsorgen, wenn sie gestorben waren. So hatten die beiden sich kennengelernt. Eines Tages kamen beide nicht zur Arbeit. Als jemand in ihrer Wohnung nach dem Rechten sehen wollte, waren alle drei tot. Das Foto von dem Vater und seiner Tochter verschwand und wurde durch einen hässlichen Textblock ersetzt. »Ausländer enthauptet Frau und Kind«, stand dort. Anschließend hatte er sich in einem Wandschrank versteckt und versucht, sich auch zu enthaupten.

Der Nachrichtensprecher verzog das Gesicht, als würde er weinen, aber er weinte nicht, er überlegte, wie er zum nächsten Beitrag überleiten sollte. Er nieste, entschuldigte sich und sagte dann, das Land habe leider große Probleme mit Männern, die von weither gekommen seien. Er entschuldigte sich dafür, dass die Nachrichten heute so traurig waren, aber so war es nun einmal.

Der Nachrichtensprecher begrüßte einen Gast, einen Polizeichef. Er trug normale Kleidung. Der Polizeichef lächelte, dankte dem Nachrichtensprecher und beschrieb dann, wie vor Kurzem ein Entführer festgenommen worden war. Ich dachte erst, es wäre eine neue Geschichte, aber tatsächlich kannte ich sie schon, wenn auch aus einer anderen Perspektive. Der Entführer war derselbe im Sterben liegende Entführer aus den Nachrichten vom Vormittag und Vortag. Die Leute schienen regelrecht besessen zu sein von seinen Taten und den Folgen, darunter der Verlust seiner Körperfunktionen. Der Polizist sagte, die Zuschauer würden es vielleicht als traurig empfinden, aber sie sollten es nicht als traurig empfinden, immerhin sei der Entführer kein Engel gewesen. Der Polizist, der den Mann mit einer Pistole bedroht hatte, hatte getan, was sein Dienst vorschrieb. Er hatte sich an die offiziellen Vorgaben der Polizei gehalten. Wenn der Entführer endgültig tot war, würde sein Leichnam zum Glück dorthin zurückgeschickt werden, woher der Mann gekommen war. Seine Frau weigerte sich, die lebensverlängernden Maßnahmen einstellen zu lassen, solange die Polizei nicht für den Transport des Leichnams aufkommen wollte, hatte in dieser Hinsicht aber bisher keinen Erfolg, die Steuerzahler mussten sich also keine Sorgen machen, dass ihr Geld einem toten Kriminellen zugutekam.

Der Nachrichtensprecher gratulierte dem Polizeichef zu der guten Leistung, und dann rief die entführte Frau im Nachrichtensender an und gab ein Telefoninterview. Sie sagte, sie habe um ihr Leben gefürchtet und sei dem Polizisten sehr dankbar, der es ihr zurückgeschenkt hatte. Der Nachrichtensprecher bedankte sich bei ihr. Die entführte Frau sagte, es sei eine positive Geschichte, und sie hoffe, sie würde jeden hoffnungsvoll stimmen, der sie hörte.

Die Sendung schaltete zur ersten Nachrichtensprecherin zurück, die dem zweiten Nachrichtensprecher dankte und sagte, sie sei so froh, wenn es gute Nachrichten gäbe. Zum Glück konnte sie tatsächlich noch weitere gute

Nachrichten verkünden, nämlich dass eine junge Frau, die eine schwere Hirnverletzung durch einen herabstürzenden Felsbrocken erlitten hatte, wieder ganz gesund geworden war. Jetzt widmete sie ihr Leben streunenden Hunden. Die Hunde kamen mit verfilztem Fell und überzogen von Geschwüren zu ihr, und sie ließ ihnen die beste Pflege angedeihen, die ein Hund nur bekommen konnte, weil man ihr ein zweites Leben geschenkt hatte und sie Hunden zeigen wollte, dass sie auch ein zweites Leben haben konnten, vorausgesetzt, sie gehorchten den Befehlen der Frau. Manchmal mussten den Hunden Beine abgenommen werden, aber sie spürten nichts, und die Frau war überzeugt, dass die Hunde wussten, es würde sich lohnen. Die Nachrichtensprecherin sagte, sie sei ein Geschenk auf Erden. Falls die junge Frau je sterben sollte, was, wie die Nachrichtensprecherin hoffte, nie geschehen würde, wäre die Welt ein besserer Ort, weil die Frau in ihrem Testament verfügt hatte, dass das beträchtliche Vermögen ihrer Familie den Hunden zufallen sollte, die für sie wie Kinder waren.

Der Bruder der Mutter meines Sohns schaltete das Programm aus, und dann fing er an zu weinen. Ich konnte mir nicht vorstellen, warum er über eine so positive Geschichte weinen sollte, aber vermutlich hatte sie ihn gerührt. Kranke Tiere zu sehen eröffnete den Menschen einen Zugang zu ihren Gefühlen. Als ich aufblickte, sah ich die Mutter meines Sohns in der Tür stehen und erkannte, dass sie auch eine Träne geweint hatte. Sie ließ die Träne ihr Gesicht hinabrinnen. Als die Träne von ihrem Kinn auf ihren Fuß gefallen war, sagte sie ihrem Bruder, jetzt würde es reichen. Später könnten sie so viel wie nötig weinen. Jetzt müssten wir fröhlich sein und uns alles erzählen, was wir verpasst hatten.

Ich fragte die Mutter meines Sohns, wie mein Haus in den Besitz der Menschen, die nach nichts aussahen, gelangt sei, auch wenn ich nicht sicher war, dass dieses Gesprächsthema in die Kategorie »alles erzählen, was wir versäumt hatten« fiel. Offenbar tat es das nicht, denn die Mutter meines Sohns ging nicht darauf ein. Ich fragte sie, warum sie ihre Dienstbotin sei. Es sei einfach eine Arbeit, sagte sie. Aber Dienstbotin zu sein war nicht nur eine Arbeit. Dienstbotin zu sein bedeutete, eine neue Identität anzunehmen, die alle Beziehungen verzerrte, selbst solche, die man früh im Leben geknüpft hatte, und sie in einen neuen, starren Rahmen zwängte, in dem bei jeder Begegnung eine Seite als entmachtet wahrgenommen wurde und die andere Seite als fähig, diese Entmachtung zu entschärfen. Ich behielt diesen Gedanken für mich und überlegte, ob ich die Mutter meines Sohns aus ihrer entmachteten Stellung erlösen konnte oder ob sie mich aus meiner erlösen sollte. Aber das Haus war nicht mein Haus, und sie war nicht meine Dienstbotin, auch wenn sie in der früheren Unterkunft meiner Dienstboten schlief.

Ich wartete darauf, dass die Mutter meines Sohns weitersprach. Wie es schien, waren wir lange genug fröhlich gewesen und hatten alles erzählt, was wir versäumt hatten, denn niemand fragte, wie das Leben der anderen während ihrer Trennung verlaufen war. Ich überlegte, ob ich die Mutter meines Sohns fragen sollte, wie ihr Leben während unserer Trennung verlaufen war, aber ich wollte es nicht fragen, weil sie offensichtlich kein schönes Leben gehabt hatte und die Gründe dafür höchstwahrscheinlich mir zuschrieb.

Der Bruder der Mutter meines Sohns fragte, ob wir Tee wollten. Ich hatte dazu keine Meinung, aber er hatte heißes Wasser, und als er mir eine Tasse anbot, nahm ich sie. Eine Weile lang schwiegen wir. Am Ende fragte ich nach meinem Bruder. Die Mutter meines Sohns sagte, ich würde ihn morgen sehen. Ich fragte sie, ob er tot sei oder lebe. Der Bruder der Mutter meines Sohns sah die Mutter meines Sohns an, die wieder auf ihr Handgelenk starrte wie auf eine unsichtbare Uhr und sagte, es sei Zeit zu gehen.

DREIZEHN

Die Mutter meines Sohns führte mich aus der Unterkunft der Dienstboten und zurück ins Haus. Im Wohnzimmer, meinem Wohnzimmer, hingen die Missionare, die nach nichts aussahen, mit aufgeblähten Bäuchen auf den Stühlen und Sofas, über sich ein riesiges Porträt des ausgemergelten Jesus. Ich drehte mich zu der Mutter meines Sohns um und witzelte, vielleicht habe sie so schlecht gekocht, dass es die Missionare umgebracht habe. Allerdings hatte es sie nicht umgebracht, sie waren davon nur eingeschlafen, was ich erfuhr, als die Frau mit den gelben Haaren, die nach nichts aussah, aufwachte und verwirrt und verstört wirkte, weil sie das Objekt ihrer möglichen nicht sexuellen Errettung mit einer anderen Frau sah. Sie sammelte sich und ihren Körper und kam zu uns, indem sie vorsichtig über die anderen Missionare hinwegstieg, um ihren Schlaf nicht zu stören. Ohne die Mutter meines Sohns, ihre Dienstbotin, und den Bruder der Mutter meines Sohns, den Bruder ihrer Dienstbotin, zu beachten, wandte sie sich direkt an mich und fragte, ob ich mich gegen die von ihr verheißene Rettung entschieden hätte. Ich sagte, ich hätte mich weder dafür noch dagegen entschieden. Ihr Bruder habe zwar überzeugend argumentiert, dass eine Erlösung das Leben verändern konnte, sagte ich, aber letzten Endes sei es für mich gerade ein ungünstiger Zeitpunkt, über den Prozess der Rettung auch nur nachzudenken.

Sie schien nicht im Ansatz zu verstehen, was ich meinte, höchstwahrscheinlich, weil sich das Konzept von Zeit und damit von ungünstigen Zeitpunkten ihrem Verständnis entzog, was auch für ihren Bruder und all die anderen Missionare galt, die nach nichts aussahen und die sich mit widerlichem Essen so vollstopften, dass sie so wie Jesus wieder zum Leben erweckt werden mussten. Die Frau mit den gelben Haaren fühlte sich sichtlich zurückgewiesen. Schließlich waren Religion und Sex doch dasselbe: Irgendjemand wollte immer mehr. Ich bat sie, mir meine Schuhe zu bringen. Ihr Blick wurde kalt, und sie trug der Mutter meines Sohns, ihrer Dienstbotin, auf, mir meine Schuhe zu bringen.

Die Frau mit den gelben Haaren kehrte zu ihrem Stuhl zurück, und dann schlief sie wieder ein. Die Mutter meines Sohns ging in ein anderes Zimmer, und als sie zurückkam, gab sie mir ein Paar Sandalen. Tatsächlich waren es keine Sandalen. Es waren nur zwei dicke Stücke Schaumgummi mit angetackerten Plastikstreifen. Ich sagte der Mutter meines Sohns, das seien nicht meine Schuhe. Sie lachte, und dann sagte sie, jetzt seien sie es.

Ich ging hinaus, vorbei an den Bananenbäumen, die voller Früchte hingen, und durch das Eingangstor. Die Mutter meines Sohns ging vor mir her, und der Bruder der Mutter meines Sohns folgte uns. Auf der Straße stand ein Auto, das offenbar der Mutter meines Sohns gehörte, aber im Gegensatz zu dem Shirt, der Hose, den Schuhen und der hässlichen Lederjacke, die ich jetzt trug, ursprünglich mir gehört hatte. Also gehörte nichts, was ich jetzt hatte, mir, und alles, was mir einmal gehört hatte, einschließlich meinem Haus und meinem Auto, gehörte jetzt jemand anderem. Die Mutter meines Sohns winkte, ich solle auf der Beifahrerseite einsteigen. Da ich fand, dass ich in meinem eigenen Auto nicht der Beifahrer sein sollte, bat ich sie um die Schlüssel. Sie lachte, und ich beschloss, es sei ein Witz gewesen, und lachte auch. Der Bruder der Mutter meines Sohns weinte deswegen, also ließ ich mich auf dem Beifahrersitz nieder und streckte ihm hinter der Mutter meines Sohns die Hand entgegen. Er hielt sie fest und weinte noch mehr. Ich konnte nicht erkennen, ob er aufgewühlt oder glücklich war oder ob es eine Kategorie gab, in die seine Gefühle passten. Ich drückte seine Hand und versuchte zu erspüren, ob er mir mit seinem Weinen etwas über meinen Bruder sagen wollte. Er mochte meinen Bruder nicht, weil niemand meinen Bruder mochte, aber so war es mit einer Krankheit nun einmal und mit dem Tod. Egal, wer litt, jeder konnte etwas für diesen Menschen empfinden, selbst wenn er ihn nicht kannte, selbst wenn er ihn abscheulich fand, weil selbst abscheuliche Menschen uns an uns erinnerten und an all die Dinge, die wir durchgemacht hatten oder vermutlich noch durchmachen würden. Deshalb versuchte ich, in seiner Hand eine Bedeutung zu erspüren, aber da war nichts, weil seine Hand nur eine Hand war.

Wir fuhren los und ließen die Menschen, die nach nichts aussahen, das Haus und dahinter die Stadt zurück. Als mir der Gedanke kam, mich nach ihr umzusehen, war sie schon verschwunden. Ich hörte weder den Verkehr noch die Kühe oder die Ziegen, und ich sah keine Männer, die ihr Frühstück aßen, an Schreibtischen saßen, Kirchen bewachten oder verschmutzte Kleidung verteilten. Die Straße war nur eine Straße, die in einer geraden Linie verlief. Zu beiden Seiten lag flaches Gelände, wo sich Gras mühsam durch die Erde schob. Alles um das Auto herum wirkte wie niedergetrampelt. Wir fuhren an einem Esel vorbei, der umgefallen war und auf der Seite lag. Ein paar Meter weiter machte ein zweiter Esel dasselbe. Ich fragte mich, ob sie sich so wohlfühlten, aber als ich einen drittel Esel sah, begriff ich, dass sie tot waren. Ich versuchte, mir das Paralleluniversum vorzustellen, in dem sie lebten, aber an das, was der Joghurtmann mir erzählt hatte, glaubte ich nicht, deshalb funktionierte es nicht. In Gedanken trauerte ich um sie und hielt mich dabei von meinem Herzen fern, das so weit von seinem angestammten Platz gerutscht war, dass ich keine Ahnung hatte, wo es sein konnte.

Ich dachte, die Straße würde ewig weitergehen. Als ich sie lang genug angesehen hatte, beschloss ich, mich im Auto umzuschauen, von dem ich wusste, dass es nicht mir gehörte, auch wenn ich gern das Gegenteil glauben wollte. Ich hatte es von einem Ausländer gekauft, der es für seine Verlobte gekauft hatte, die ebenfalls aus dem Ausland kam. Er war wegen politischer Angelegenheiten im Land. Seine Arbeit bestand darin, einen Anzug zu tragen und in einem gepanzerten Wagen herumzufahren. Auf den Wagen war das Logo seines Arbeitgebers gemalt, der so einflussreich und bekannt war, dass selbst seine symbolische Anwesenheit die Leute davon abhielt, sich gegenseitig Gewalt anzutun, was in unserem Land ein großes Problem darstellte, sagte zumindest der Arbeitgeber.

Nachdem er hergezogen war, lud er seine Verlobte ein, ihm zu folgen, und sie sagte, sie würde nur kommen, wenn er ihr ein Auto kaufte, wie ihre Familie es in ihrem Heimatland besessen hatte. Er willigte ein, aber nur, wenn sie ihn heiratete, worin sie einwilligte, aber nur, wenn er das Auto kaufte. Jeder würde bekommen, was er wollte, und es lief alles gut bis zum Tag der Hochzeit, als er ihr den Schlüssel für ihr Wunschauto gab und sie ihn informierte, dass sie nicht fahren konnte. Sie sagte, ihr habe nur die Vorstellung gefallen, das Auto zu besitzen. Wenn sie darinsaß, sogar, wenn es sich nicht bewegte, konnte sie so tun, als wäre sie zu Hause und mit einem Mann verheiratet, der sie nicht so weit verschleppt hatte. Er wurde von seinem Arbeitgeber nicht gut genug bezahlt, um die Fantasien anderer Leute zu finanzieren, was seine Verlobte nun erfuhr und als Verrat empfand. Im Grunde war ihre Ehe dem Untergang geweiht, und er wollte versuchen, wenigstens seine Kosten zu decken, deshalb war er gewillt, mir das Auto zu verkaufen. Er konnte seine Kosten nicht decken, weil ich ihm dafür nicht genug bezahlen konnte, aber zu dem Zeitpunkt hatte seine Frau ihn verlassen, und er war einsam und wollte jede Erinnerung an sie so schnell wie möglich loswerden, selbst wenn er diese Erinnerung zu einem Bruchteil des ursprünglichen Preises verkaufen musste.

Das Auto gehörte also mir, und ich wollte es für immer behalten, aber dann musste ich aus dem Land fliehen und hatte keine andere Wahl, als es zu verkaufen. Ein Mann kam vorbei, um es zu kaufen, ein Fremder, aber als er fragte, wie teuer es sei, sagte ich, es würde nichts kosten, weil sein Wert völlig unabhängig von Geld war und ich nicht wollte, dass jemand das Auto unter diesem Aspekt betrachtete. Es sollte mir gehören, aber es konnte mir nicht gehören, deshalb gab ich es dem Mann umsonst und ließ mir versprechen, dass er es nie verkaufen würde, selbst wenn ihm, Gott bewahre, etwas Schreckliches zustoßen sollte und er das Geld brauchte. Ich sagte ihm, ich würde ihm das Auto schenken, aber nur, wenn er zustimmte, dass Geld nichts damit zu tun hatte. Darin schien er sehr gern einzuwilligen. Ich gab ihm die Schlüssel, er fuhr zu sich nach Hause, und am nächsten Tag flog ich von meinem Auto und meinem Land zu einem Ort, von dem ich hoffte, dass ich dort nie getötet werden würde.

Ich fragte die Mutter meines Sohns, wie sie mein Auto gefunden habe. Sie lachte, aber es war kein Witz, also lachte ich nicht. Sie stieß mir ihren Ellbogen in die Seite und sagte: Es ist mein Auto, wobei sie »mein« betonte. Dann lachte sie wieder. Sie erzählte, in den Monaten nach meiner Abreise sei der Mann, dem ich das Auto geschenkt hatte, durch eigene Schuld in Schwierigkeiten geraten. Er hatte mit einer Frau geschlafen, die eine Tochter zur Welt gebracht hatte. Er glaubte, das Mädchen wäre seine Tochter, und behandelte es so. Es war ein besonderes kleines Mädchen, das ihm sehr ähnlich sah, deshalb gab er sein ganzes Geld aus, um ihm zu geben, was es brauchte, und dazu Dinge, die es nicht brauchte, aber wollte, wie seine Mutter behauptete. Als das Mädchen all diese Dinge hatte, sagte die Mutter, es tue ihr leid, aber es habe eine Verwechslung gegeben, und in Wirklichkeit sei das kleine Mädchen gar nicht sein kleines Mädchen.

Es ging ihm sehr nahe, aber ihr Timing war recht günstig, weil er am selben Tag einen Anruf von einer anderen Frau bekam, mit der er geschlafen hatte und die ihm sagte, sie habe auch ein Kind bekommen, einen kleinen Jungen, und sie sei sich hundertprozentig sicher, dass es sein Kind war. Also hatte er eine kleine Tochter verloren und einen kleinen Sohn gewonnen, was bedeutete, dass er im Grunde nichts verloren hatte außer seinem Geld, das der kleine Junge, sein kleiner

Junge, jetzt brauchte. Deshalb kontaktierte er die Mutter meines Sohns und bot ihr an, das Auto zurückzugeben, wenn sie ihm eine Gebühr zahlte, schließlich hatte er darauf aufgepasst und es sicher verwahrt, seit ich fort war. Sie hatte das Auto schon immer haben wollen, seit ich es gekauft hatte, deshalb wollte sie das Angebot gern annehmen und tat es auch, sie gab ihm das Geld, das er verlangte, obwohl das Auto überhaupt nichts mit Geld zu tun hatte.

Als sie mir all das erzählte, begriff ich, dass das Auto nicht mir gehörte und wahrscheinlich nie mir gehört hatte. Ich hatte es nur verwahrt, während sie darauf gewartet hatte, dass sie damit an der Reihe war. Glückwunsch, sagte ich. Sie sagte: Danke, und lachte immer noch, und dann fuhr sie in eine riesige Matschpfütze, in der wir mit allen anderen Fahrern stecken blieben, scheinbar mit allen auf der Erde.

Während wir so getan hatten, als würden wir mittagessen, hatte es offenbar geregnet, und zwar so heftig, dass der Regen die unbefestigte Straße durchnässt und in eine scheußliche, schlammige Kuhle verwandelt hatte. Niemand kam voran. Die Autos sanken ein, und selbst die Esel weigerten sich, durch den Matsch zu laufen. Der Bruder der Mutter meines Sohns weinte. Ich sah dafür keinen Grund. Ich fragte, ob wir aussteigen sollten, aber die Mutter meines Sohns lachte nur und sagte, sie würde sich weigern. Im Grunde saß ich mit zwei vollkommen nutzlosen Menschen im Auto. Aber als ich aus dem Fenster schaute, begriff ich, dass alle nutzlos waren. Leute mit Schaufeln versuchten, ihre Autos auszugraben, und wer keine Schaufel hatte, versuchte es mit den Händen. War der Matsch um die Reifen herum entfernt, sank das Auto nur tiefer ein, und der Matsch sickerte zurück.

Während ich all das beobachtete, näherte sich eine Gruppe kleiner Jungen meinem Fenster. Ich schätzte sie auf acht Jahre. Sie baten mich, das Fenster herunterzufahren, und ich tat es. Der kleinste Junge trat vor die anderen und erklärte, sie kämen aus dieser Gegend, weshalb sie Experten für solche Situationen seien, weil sie ständig vorkamen. Leider blieben Leute, die nicht aus dieser Gegend kamen, oft stecken, weil sie nicht wussten, was zu tun war. Es war sehr schwierig, die Autos aus dem Matsch zu befreien, aber wenn man den richtigen Trick kannte, und diese kleinen Jungen kannten ihn, ging es schnell. Er sagte, es sei ihnen eine Ehre, uns dank ihrer Erfahrung zu befreien. Sein Vorschlag klang gut, und ich griff schon nach meinem Portemonnaie, als mir einfiel, dass ich kein Portemonnaie hatte. Die Mutter meines Sohns schimpfte mit den Jungen und schickte sie weg. Die Jungen folgten ihrer Aufforderung. Ich drehte den Kopf und beobachtete, wie sie zum nächsten Auto gingen, das in einem anderen Leben uns hätte gehören können.

Die Sonne ging langsam unter, und die Situation schien sich nur weiter zu verschlimmern. Vor uns war ein Bus, der zur Hälfte mit Fahrgästen gefüllt war. Die anderen waren ausgestiegen, hatten sich eine Strategie überlegt und wollten den Bus aus dem Schlamm holen, indem sie ihn hin und her schaukelten. Einige von ihnen stellten sich auf der einen Seite des Busses auf und die anderen auf der anderen. Auf drei drückte die erste Gruppe aufgereihter Fahrgäste den Bus zur anderen Seite, wo die zweite Gruppe aufgereihter Fahrgäste sein Gewicht abfing und ihn zur ersten Seite zurückdrückte. So machten sie weiter, bis sich die Fahrgäste, die im Bus geblieben waren, beschwerten. Anfangs ignorierten die

Fahrgäste draußen die Fahrgäste drinnen, weil sie dachten, ihr Schaukeln würde funktionieren. Aber dann drückten die Fahrgäste auf der ersten Seite so fest gegen den Bus, dass die Fahrgäste auf der zweiten Seite ihn nicht halten konnten, der Bus komplett umkippte und die Fahrgäste auf dieser Seite sich gerade noch in Sicherheit bringen konnten. Die Fahrgäste, die noch im Bus waren, kletterten durch die Fenster heraus. Jetzt kam niemand mehr weiter, auch wir nicht.

Die Mutter meines Sohns warf einen Blick auf ihre unsichtbare Uhr und sagte, wir würden uns verspäten. Als ich sie fragte, wozu wir uns verspäten würden, ignorierte sie mich. Sie wirkte ungeduldig, aber sie unternahm nichts, um das Auto zu bewegen, und schien gar nicht bemerkt zu haben, dass sich unsere Lage nicht veränderte. Sie starrte nur auf die Autos, die im Matsch feststeckten, als würde sich die Störung so unweigerlich auflösen wie ein Stau zur Rushhour, tippte auf ihr Handgelenk und wartete darauf, dass sich die Welt rund um ihre nicht erklärten Pläne neu organisierte.

Ich wusste nicht, ob ich dorthinwollte, wohin wir unterwegs waren, aber selbst wenn ich nicht dorthinwollte und entschied, nichts gegen unsere aktuelle missliche Lage zu unternehmen, würde jemand, wahrscheinlich meine Vorfahren, sich mit demjenigen verbünden, der das Wetter kontrollierte, entweder Gott oder eine weitere Gruppe von Vorfahren, und dafür sorgen, dass die Sonne den Matsch trocknete und wir weiterfahren mussten. Meinem Ziel konnte ich also nicht ausweichen, und ich konnte nur entscheiden, wie lange ich mit einer egoistischen Frau und ihrem emotionalen Bruder im Matsch stecken wollte. Ich überlegte, wie lange meine Geduld noch reichen würde, aber offenbar war sie begrenzt, denn sie ging zur Neige, bevor ich sie richtig messen konnte. Ich beschloss, die Sache selbst in die Hand zu nehmen, solange meine Hand noch mir selbst gehörte. Die Leute, die angefangen hatten zu graben, gruben immer noch, und die kleinen Jungen, die uns aus dieser Situation hatten heraushelfen wollen, waren nirgends zu sehen. Ich stieg aus, öffnete den Kofferraum und fand dort zwei Reifenketten. Entweder hatte ich die Ketten vor sechsundzwanzig Jahren in den Kofferraum gelegt, oder jemand anders hatte es später getan, wieder ein Vorfahre oder einer meiner Lieben, wie man so sagte, hatte sie für genau diesen Moment dort platziert, aber so oder so wusste ich, wie man sie benutzte. Ich schlang sie um die Hinterräder und trug der Mutter meines Sohns auf, Gas zu geben. Sie wollte nicht Gas geben, aber sie tat es trotzdem, und als sich das Auto in Bewegung gesetzt hatte, fuhr sie weiter, bis ich fast sicher war, dass sie ganz fort war. Als ich sie am Ende des problematischen Straßenabschnitts fand, starrte meine Kleidung vor Matsch. Da ich unser Problem gelöst hatte, dachte ich, sie würde mir vielleicht die Schlüssel geben, aber sie sah mich nur an, lachte und sagte, ich solle wieder einsteigen.

Danach schwiegen wir. Ich befürchtete, meine Kleidung würde noch schlimmer riechen als zuvor, aber meine Kleidung roch nicht noch schlimmer als zuvor, und niemand reagierte. Die hässliche Lederjacke meines Cousins hatte ich hinter meinen Sitz gehängt, ihr war daher nichts passiert. Wahrscheinlich wäre es mir lieber gewesen, wenn ihr etwas passiert wäre, aber es war ihr nichts passiert. Meine Hose war vorher schon schmutzfarben gewesen, da hatte sich also nicht viel geändert. Dafür dankte ich Gott. Mein Shirt war komplett verdreckt, ebenso meine so genannten Schuhe, die meine Füße dem Matsch ausgesetzt und dafür gesorgt hatten, dass sie unglaublich schmutzig wurden. Daran konnte ich nicht viel ändern, ich konnte höchstens beten, dass es an unserem Ziel eine Waschmaschine und Dusche gab, also tat ich das. Ich suchte in meiner Tasche nach meinem Pass, aber da war kein Pass. Ich fragte die Mutter meines Sohns, ob sie neben meinem Auto auch meinen Pass genommen habe, worauf der Bruder der Mutter meines Sohns ihre Anweisung ignorierte, mich zu ignorieren, und den Rücksitz absuchte. Aber mein Pass lag nicht auf dem Rücksitz oder im Auto oder irgendwo am Straßenrand, weil die Apothekerin ihn mir nicht zurückgegeben hatte. Sie hatte mir nicht nur eine Kapsel gegeben, die mein Leiden nicht lindern würde, sondern mir auch das letzte Stück meiner Identität genommen.

Ich wollte mich im Rückspiegel anschauen, aber er war so gedreht, dass ich nur den Augenwinkel der Mutter meines Sohns sehen konnte und dahinter den Rand vom Ohr ihres Bruders. Ich blickte auf meine lehmverkrusteten Hände, und dann fuhr ich mir mit ihnen durchs Gesicht und versuchte, meine Züge zu erspüren. Alles schien am selben Platz zu sein. Mit einer Hand verzog ich meine Mundwinkel zu einem Lächeln, und mit der anderen strich ich mir über den Kopf, der immer noch unfassbar kahl war. Ich ließ mein Lächeln los und formte mit den Händen ein Körbchen, mit dem ich meine Kahlheit verdeckte. Ich drehte mich zur Mutter meines Sohns um und fragte sie, ob ich jünger aussähe. Sie warf mir einen Blick zu, lachte aber nicht darüber. Ich erzählte ihr, diesen Witz hätte ich von meinem Cousin gelernt. Sie fragte, von welchem Cousin, aber ich konnte mich nicht an seinen Namen erinnern, und sie fuhr einfach weiter.

Nachdem ich mein Äußeres überprüft hatte, machte ich mich daran, mein Inneres zu begutachten. Was ich fand, gefiel mir nicht. Meine Lunge funktionierte anständig, aber wenn ich an mein Herz dachte, merkte ich, dass es nicht existierte. Die Stelle, an der es sitzen sollte, war leer, und wenn ich ihm nachspürte, saugte die Leere meine Suche in sich ein. Ich schaute durch den Halsausschnitt meines Shirts auf meine Brust, aber was sich da in mir abspielte, hinterließ keine Spuren auf meiner Haut.

Vor solchen Situationen hatte mein Arzt mich gewarnt. Als er meine Diagnose gestellt hatte, sagte er, wenn ich einen vorzeitigen Tod vermeiden wolle, müsse sich mein Leben grundlegend ändern. Er sagte, mein Körper habe sich daran gewöhnt, wie schlecht ich ihn behandelt hatte. Er war auf diese schlechte Behandlung angewiesen, obwohl er ihretwegen litt. Mein Körper war nach den falschen Entscheidungen, die ich für ihn getroffen hatte, süchtig und als Ergebnis davon verflucht. Er sagte, ich müsse mich von diesem alten Körper verabschieden und auf mich achten, als hätte ich einen neuen. Ich würde keinen neuen bekommen, und den schlechten hatte ich so lange gefüttert, dass ich wahrscheinlich trotzdem sterben würde, aber es war besser, jetzt etwas zu unternehmen, solange ich wenigstens meinen Verstand neu trainieren konnte. Er gab mir dafür Anweisungen, unter anderem, welche Nahrungsmittel ich meiden sollte, zum Beispiel Zucker, Salz und Fettiges. Zum Glück, sagte er, sei ich nicht der Einzige, der seinem Körper so zugesetzt hatte, weil solche Dinge Menschen wie mir ständig passierten. Er sagte, mit seiner Ausbildung könne er nicht das zugrunde liegende Problem lösen, das soziologischer und evolutionärer Natur sei, aber in meinem konkreten Fall könne er helfen, solange meine Versicherung die Kosten übernahm. Nach dem Termin bat seine Sekretärin mich um fünfzig Dollar und gab mir ein Fläschchen mit Tabletten. Ich nahm die Tabletten und kaufte dann noch ein Röhrchen und noch eines und noch eines, bis der Preis auf vierhundertfünfzig Dollar stieg, und auch die bezahlte ich. Ich fragte die Sekretärin, warum der Preis so gestiegen sei, und sie sagte, so sei es nun einmal. Ich wog den Preis gegen den Wert meines neuen, besseren Körpers ab und beschloss, zu bezahlen.

Jedenfalls hatte mein Arzt recht. Ich hatte drei Tage ohne meine Tabletten verbracht, und mein körperlicher Zustand verschlechterte sich. Ich fragte mich, wie lange es wohl dauern würde, bis es wieder so schlecht um ihn stehen würde wie früher. Bei diesem Tempo würde es wahrscheinlich noch ein oder zwei Tage dauern. Ich wollte nicht, dass mein Körper wieder in diesen Zustand verfiel, aber ich rief mir ins Gedächtnis, dass ich früher schon in diesem Körper gelebt hatte und es wieder tun konnte. Damit tröstete ich mich, dann schloss ich die Augen und versuchte zu schlafen.

VIERZEHN

Als ich aufwachte, lag die Stadt, die wir verlassen hatten, immer noch hinter uns, und unser Ziel, welches es auch war, lag irgendwo vor uns. Die Ebenen gab es nicht mehr. Wir waren jetzt in den Bergen, aber noch in ihren Ausläufern, in denen die Straßen sich träge wanden und schnell aus dem Blickfeld gerieten. Vor uns sah ich einen dicken grünen Knoten, durch den nichts hindurchführte. Aber als wir die Stelle erreichten, erkannte ich, dass der Knoten nur ein dichter Wald war. Die Zweige schlossen sich über uns zu einem Blätterdach, und die Stämme neigten sich von der Fahrbahn weg, um Platz für sie zu schaffen. Durch Städte waren wir nicht gekommen, weil es hier keine Städte gab. Es gab nur vereinzelte Häuser und Menschen darin. Manche kochten oder schöpften Wasser, aber die meisten standen herum und waren froh, in ihrem Tag eine kleine Pause einzulegen und einem Auto mit fremden Leuten nachzusehen, das den Berg hinauffuhr. Ich winkte ihnen zu, aber sie winkten nicht zurück, weil die Straße schon einen Bogen gemacht hatte und wir einen neuen Abschnitt erreicht hatten.

Vor uns ging ein Mann neben der Straße her. Aus der Ferne sah er aus wie das Konzept eines Mannes. Sein Kopf war flach, ohne ein Vorne oder ein Hinten, ein Etwas, das auf uns zukam oder sich wegbewegte. Er war niemand. Ich wollte, dass er niemand blieb, selbst wenn die Mutter meines Sohns dafür eine andere Strecke einschlagen musste. Aber es gab keine andere Strecke. Ich bat sie anzuhalten. Stattdessen beschleunigte sie. Der Mann, der jetzt nicht mehr das Konzept eines Mannes war, kam uns entgegen. In seinem Körper war Bewegung. Seine Bewegungen waren Gesten. Sie drückten seine Gefühle aus.

Die Mutter meines Sohns fuhr langsamer und hielt dann an. Wir waren dem Mann so nah, dass ich durchs Fenster greifen und seine Hand schütteln konnte. Genau das tat ich. Seine Hand war eine Hand. Warm und stark hielt sie meine unpersönlich fest, als würde es nichts bedeuten. Ich sah in sein Gesicht, das sich immer noch zu einem Gesicht entwickelte. Erst nach einem Moment erkannte ich es. Er küsste meine Wange, und dann küsste ich seine Wange, aber ich war völlig verwirrt, warum ich den gut aussehenden Studenten küsste, der vor dem Café gesessen hatte und mir nicht fremd war, aber der mich als fremd hätte betrachten müssen. Er verließ mich für die Mutter meines Sohns. Er ging um den Wagen herum, nahm sie in die Arme und küsste ihre Wangen, als wären es seine Wangen. Dann ging er fort.

Ich wusste gar nicht mehr, was ich denken sollte. Als die Mutter meines Sohnes mit uns davonfuhr, beobachtete ich im Rückspiegel den Mann, den gut aussehenden Studenten, und versuchte, ihn wieder in das Konzept eines Mannes zu verwandeln. Aber sein Körper hatte meinen Körper berührt und war jetzt mit mir verbunden. Die Mutter meines Sohns drehte sich zu mir um und fragte, wie es sich anfühle, als Vater seinen Sohn nicht zu erkennen. Sie wollte, dass ich mich schämte. Ich schämte mich nicht. Ich war leer. Ich wollte sterben. Ja, innerlich starb ich.

FÜNFZEHN

Die Straße verlief jetzt eben, die Bäume waren zu Büschen geschrumpft, und die Luft hatte ihre Feuchtigkeit verloren. Zuerst gab es keine Stadt, und dann war sie überall um uns herum. Ich sah ein Gebäude, aber als ich begriff, dass es meine alte Schule war, schaute ich schon auf ein anderes Gebäude, das Lebensmittelgeschäft des Bruders meines Vaters. An all dem rasten wir vorbei, und meine Erinnerungen vermischten sich so, dass ich nichts mehr klar erkannte. Als ich gerade begriff, dass ich Felder sah, wurden sie schon zu einer Kirche, und als ich die Kirche als solche erkannte, wurde sie zu einer Bank. Ich dachte an die Bauern, an die Priester, an meine Eltern, an die ich mich nicht erinnern konnte, aber meine Gedanken ergaben keinen Sinn, weil sie nur als einzelne Bilder in meinen Verstand drangen, und ohne einen roten Faden, der sie verbunden hätte, trieben sie frei umher und bedeuteten rein gar nichts. Ich wollte die Mutter meines Sohns bitten umzudrehen, aber ich wusste, dass sie nicht umdrehen würde, deshalb bat ich sie, mich zur Apotheke zu bringen. Sie sagte, hier gebe es keine Apotheke. Sie sagte, ich hätte alles, was ich brauchte. Mir kam der Gedanke, dass sie keine Ahnung davon hatte, was ich brauchte, deshalb fing ich an zu reden, um es ihr zu erklären. Ich sagte ihr, meine Lunge sei sehr schwer, und mein Herz würde fehlen. Ich sagte ihr, äußerlich würde mein Körper normal wirken, aber im Inneren verwandle er sich zu etwas, das er nicht sein sollte. Ich sagte ihr, er würde zu seinem früheren Zustand zurückkehren, vor dem mein Arzt mich gewarnt hatte und gegen den ich ankämpfen musste. Ich sagte ihr, dass ich ein Blutdruckmedikament brauchte. Ich sagte ihr, sie müsse mich zur Apotheke fahren, zu irgendeiner, selbst wenn sie sehr weit weg sei, und wenn ich mein Medikament bekommen hätte und meine Organe an ihren richtigen Platz zurückgekehrt seien, um ihre Arbeit wieder richtig aufzunehmen, müsse sie mich hierher zurückfahren, nach Hause, und sie müsse mich dahinbringen, wo ich meinen Bruder sehen könne.

Nachdem ich all das gesagt hatte, antwortete sie, wir seien da. Ich schaute aus dem Fenster und hoffte, eine Apotheke zu sehen, aber ich sah keine Apotheke, ich sah nur ein Haus. An diesem Punkt der Reise war zu erwarten, dass mir alles vertraut vorkam, auch dieses Haus. Es hatte der Schwester meiner Mutter gehört, und jetzt gehörte es vermutlich ihrem Sohn, denn er kam gerade heraus und wollte eine Umarmung. Wenn es ihm gehörte, war sie wahrscheinlich tot, und als er auf das Auto zuging, bereitete ich mich innerlich auf diese Möglichkeit vor, indem ich ein Gebet für die Schwester meiner Mutter sprach, an die ich mich erinnerte und die ich geliebt hatte. Er öffnete meine Tür, und ich umarmte ihn und hoffte dabei, ihn zu umarmen würde mir helfen, mein Herz wiederzufinden. Während der Umarmung öffnete er den Mund und hustete. Sein Husten wurde zu einem scheußlichen Lied, das aus einem einzigen endlosen Stöhnen bestand. Ich begriff, dass er versuchte, sich zum Weinen zu bringen, und dass es ihm gelang, denn seine Wange, die an meine gedrückt war, wurde feucht. Irgendwo im Haus rief eine Frau ihm etwas zu. Sie sagte, es sei noch nicht Zeit, und dann kam sie heraus. Ich löste mich vom Sohn der Schwester meiner Mutter, der meinem Herzen nicht geholfen hatte, und sah, dass die Frau seine Schwester war, meine Cousine. Sie umarmte mich kurz und sagte lächelnd, sie freue sich sehr, mich zu sehen, und hieß mich zu Hause willkommen. Dafür dankte ich ihr. Sie führte mich durch die Tür, und dann drehte sie sich um und winkte etwas hinter mir zu. Ich warf einen Blick in diese Richtung und sah, dass die Mutter meines Sohns wegfuhr. Am liebsten wäre ich ihr hinterhergerannt, hätte mir das Auto zurückgeholt und wäre selbst zur nächsten Apotheke gefahren, aber ich rannte ihr nicht hinterher, tatsächlich konnten sich meine Beine gar nicht bewegen. Als ich dem Auto nachschaute, das immer kleiner wurde, sah ich durch die Heckscheibe den Bruder der Mutter meines Sohns. Er saß immer noch auf dem Rücksitz, mit feuchten Augen starrte er mich an und wollte noch einen Blick erhaschen, bevor seine Schwester, die Mutter meines Sohns, darauf bestand, dass er auch nach vorne schaute. Mein Cousin und meine Cousine warteten, während ich dem Wagen nachsah. Als er hinter einem Hügel verschwand, nahmen mich beide bei der Hand und zogen mich ins Haus.

Im Zimmer war es dunkel. Ich fragte mich, warum mein Cousin und meine Cousine nicht das Licht einschalteten, aber dann begriff ich, dass es kein Licht gab. Ich versuchte, mich an die Dunkelheit zu gewöhnen, aber meine Augen wollten es nicht. In der Hoffnung, etwas zu erkennen, sah ich mich um, aber ich erkannte nichts. Es blieb einfach dunkel. Die Tochter der Schwester meiner Mutter, nur noch ein Schatten, ergriff mein

Handgelenk, zog es näher und legte mir etwas auf die Hand. Sie bog meine Finger, bis ich den Gegenstand festhielt, und bat mich, zu warten. Ihr Schatten verschwand. Ich blieb stehen, wo ich war, und hoffte, dass ich mich nicht bewegte, aber weil es so dunkel war, war es schwer zu sagen, was mein Körper machte. Ich versuchte, den Gegenstand, den ich hielt, zu ertasten, und legte die andere Hand darauf, um meinen Körper so hoffentlich in dem dunklen Zimmer zu verankern und an Ort und Stelle zu halten. Ich versuchte, mich selbst zu spüren, als der Schatten meiner Cousine zurückkehrte. Sie machte ein Geräusch, und dann wurde aus ihrem Schatten ein Gesicht. Sie zündete ein Streichholz an und offenbarte damit den Gegenstand in meiner Hand. Es war eine Kerze. Ich blickte auf die Kerze, und dann blickte ich der Tochter der Schwester meiner Mutter ins Gesicht, und dann bemerkte ich, dass mich andere Kerzen und andere Gesichter umgaben, mehr, als ich zählen konnte. Die Gesichter waren losgelöst von ihren Körpern, die immer noch Schatten waren. Ich schaute an meinem Körper hinab und wurde gewahr, dass ich einen Bauch, Beine und darunter Füße hatte. Dafür war ich dankbar. Ich schaute wieder in die Gesichter und begann, sie zu erkennen, obwohl ich kein Bedürfnis danach hatte. Alle waren älter, aber ihre charakteristischen Züge hatten sich nicht verändert, nicht einmal bei den Menschen, die ich zuletzt als Babys gesehen hatte. Ich sah die Nase der Tochter meiner Schwester und das Ohr des Sohns meines Onkels und den seltsamen Leberfleck, der im Auge des unehelichen Sohns meines Vaters lebte. Der Leberfleck starrte mich an wie eine dritte Pupille, und ich sah an ihm vorbei zur breiten Stirn der Schwester meines Vaters. Sie war von senkrechten Linien durchzogen, ebenso wie ihre Lippen. Ihr Gesicht war zusammengenäht. Ihr Mund war zugeschnürt. Aber dann lösten sich die Nähte. Die Zunge fiel aus ihrem Mund, und ihr Gesicht wurde das Gesicht einer anderen. Das Gesicht dieser anderen Person begann zu schreien. Ich drehte mich von ihrem schreienden Gesicht weg, das immer noch stumm wirkte, und versuchte, in den vielen Schatten jemand anderen zu erkennen. Aber jetzt schrie auch das Gesicht der Tochter meiner Schwester, und das Gesicht des Sohns meines Onkels schrie auch. Das Muttermal des unehelichen Sohns meines Vaters konnte ich nicht sehen, weil er die Augen geschlossen hatte. Sein Gesicht tat, als würde es weinen, und es weinte tatsächlich, denn es tropften Tränen von seinem Gesicht auf seine Kerze und nahmen mir sein Gesicht.

Ich erkannte alle im Raum wieder, und sie sahen mich mit ihren vertrauten Gesichtern an, die ihnen entrissen und der Trauer geopfert worden waren. Alle schrien gleichzeitig. Offenbar schrien sie mich an, aber ich konnte ihre Sprache nicht verstehen, weil sie nur aus unkontrollierten Geräuschen bestand. Mit ihren Mündern stießen sie Töne aus. Hohe Töne, tiefe Töne, Töne, die ich noch nie gehört hatte und hoffentlich nie wieder hören würde. Sie hatten ihre Körper aufgegeben, die sich ganz diesen Geräuschen verschrieben hatten. Sie sprangen gegen die Wand und versuchten, mit ihren Körpern daran kleben zu bleiben, aber sie stürzten einfach zu Boden. Dann versuchten sie es wieder. Ich begriff nicht, was vor sich ging. Ich überlegte, »entschuldigt mal« zu sagen, aber ich wollte keine Erklärung, deshalb spuckte ich auf meine Kerze und löschte sie so. Meine Cousine zog ihren Arm von der Wand ab, entzündete mit Daumen und Zeigefinger ein Streichholz und hielt es an meine Kerze, bevor sie dorthin zurückkletterte, woher sie gekommen war. Eigentlich wollte ich nicht hinsehen, aber ich sah trotzdem hin. Ihr Körper schleuderte sich von der Decke gegen die Wand, prallte dann flach auf den nackten Boden und warf sich gegen ihn, als wollte er einen Weg zurück in die Erde finden.

Ich überlegte, nach draußen zu gehen, aber es gab kein Draußen. Die Tür war geschlossen. Ich überlegte, in ein anderes Zimmer zu gehen, aber es gab kein anderes Zimmer. Das Haus war nicht mehr als ein leerer Raum mit all diesen Menschen, die in Schatten gehüllt waren, ich wollte sie nicht hören und konnte sie auch nicht verstehen. Ich verstand sie, aber ich wollte es nicht, deshalb sagte ich mir, ich könne es nicht. Mein Körper tat nichts, weil er nur ein Körper war. Er stand da und versuchte, die Gefühle der Körper um ihn herum abzuwehren. Irgendwann würden diese anderen Körper von ihrem Auftritt ermüden. Ich ließ meinen Körper auf diesen Moment warten, und während ich wartete, trat der Moment ein. Der uneheliche Sohn meines Vaters öffnete die Augen, richtete sein Muttermal auf die Stelle, an der mein Herz gesessen hatte, schnappte ein letztes Mal unwillkürlich nach Luft, und dann fing er sich wieder und kehrte zur menschlichen Sprache zurück. Er sagte allen, jetzt würde es reichen. Es war Zeit zu essen.

Die Körper kehrten zu ihren Besitzern zurück. Der Reihe nach stellten sie ihre Kerzen auf einen weiteren Schatten, der sich durch die Kerzen als Tisch herausstellte. Ich ließ meinen Körper ihren Körpern folgen und stellte meine Kerze auch auf den Tisch. Zusammen waren die Flammen stärker, als sie es getrennt gewesen waren, und erleuchteten vom Tisch aus das ganze leere Zimmer, das nur ein einfaches Zimmer war. Es war voller Menschen. Zusammen füllten die Menschen das Zimmer. Leere gab es nicht.

Meine Cousine stellte Essen auf den Tisch. Mein Cousin brachte einen Stapel Teller und forderte mich auf, mir Essen zu nehmen. Ich konnte das Essen nicht erkennen. Es sah alles schwarz aus. Es wurden nur zwei Sachen angeboten. In einer Schale schwammen Eier in einer schwarzen Soße. Ich beschloss, davon etwas zu nehmen. Neben den Eiern lagen dünne Rechtecke aus schwarzem Brot. Ich nahm eines der Rechtecke und legte es auf die Eier. Dann setzte ich mich auf einen Stuhl.

Die Tochter der Schwester meiner Mutter schleuste alle am Essen vorbei. Der Sohn der Schwester meiner Mutter forderte mich auf zu essen. Ich dankte ihm für seine Gastfreundschaft, und dann betrachtete ich das Essen und überlegte, was mir seine Gastfreundschaft da gebracht hatte. Ich riss ein Stückchen von dem Brot ab und steckte es mir in den Mund. Das Brot schmeckte furchtbar. Trotzdem aß ich es. Ich kaute lange, und es saugte alle Feuchtigkeit aus meinem Mund. Am Ende drängte ich es mit meiner völlig ausgedorrten Zunge in Richtung Magen oder zu dem, was früher mein Magen gewesen war.

Um mich herum setzten die anderen sich und aßen auch. Sie sagten dem Sohn der Schwester meiner Mutter, das Eiergericht sei sehr lecker, aber über das Brot sagten sie nichts, höchstwahrscheinlich, weil das Brot nicht schmeckte. Die Tochter der Schwester meiner Mutter fragte mich, wie ich das Essen fände, aber ich hatte keine Zeit zu antworten, weil der Sohn der Schwester meiner Mutter mich drängte, ich solle mir mehr nehmen. Er kam mit beiden Tellern und einer Kerze zu mir.

Ich löffelte mir mehr Ei auf den Teller und sah das Brot gar nicht an, damit der Sohn der Schwester meiner Mutter mir hoffentlich nicht noch mehr aufdrängen würde. Aber er drängte mir noch mehr auf. Ich versuchte ihm klarzumachen, ich sei voll, ich schwor bei meinem Leben, dass ich voll war, trotzdem bestand er darauf, es mir zu geben, also blieb mir keine andere Wahl, als die Hand auszustrecken und das Brot anzunehmen, das völlig ungenießbar war.

Ich streckte dem Sohn der Schwester meiner Mutter die Hand entgegen und sah seinen Schatten an, und als ich den Blick wieder auf das Brot senkte, erkannte ich, dass es gar kein Brot war, nicht einmal scheußliches Brot, sondern eine Serviette. Ich hatte eine ganze Serviette gegessen, um höflich zu sein, und jetzt dachte ich, mir würde gleich schlecht. Ich fragte die Tochter der Schwester meiner Mutter nach dem Badezimmer, aber sie sagte, es gebe kein Badezimmer. Draußen sei zwischen zwei Bäumen ein Loch in der Erde. Sie sagte mir, ich müsse mein Geschäft dort verrichten. Ich versuchte mir vorzustellen, wie ich mich in das Loch übergab, aber dieses Bild war so furchtbar, noch furchtbarer als der Gedanke an die Serviette an der Stelle, die früher mein Magen eingenommen hatte, dass ich beschloss, es würde mir nicht übel werden. Ich dankte der Tochter der Schwester meiner Mutter und tat so, als wolle ich das Ei essen, aber ich aß das Ei nicht, weil ich das Gefühl hatte, ich würde nie wieder hungrig sein.

Nach dem Abendessen kochte der Sohn der Schwester meiner Mutter Tee, und alle saßen da und tranken ihn. Sie waren still, beinahe lautlos, wahrscheinlich weil ihr Geist müde war nach allem, das ihre Körper ihnen zugemutet hatten. Ich überlegte, sie nach ihrem Leben zu fragen, aber ich hatte es satt, vom Leben anderer Leute zu hören, zumal die Geschichten wahrscheinlich ohnehin nicht stimmten. Die Leute redeten gern, weil das Reden ihnen das Gefühl gab, ihre Erfahrungen würden etwas bedeuten, aber für gewöhnlich verwandelte das Reden diese Erfahrungen in Lügen. Die meisten Dinge, die im Leben geschahen, bedeuteten nichts, aber irgendwann riefen all diese bedeutungslosen Dinge ein so starkes Gefühl hervor, dass die Menschen meinten, sie müssten eine Erklärung dafür finden. Und so beschrieben sie an ihrem Lebensabend die Ereignisse ihres Lebens von einer Perspektive des Glücks aus oder der Traurigkeit oder des Grolls, obwohl uns allen im Grunde die gleichen Dinge widerfuhren.

Ich war nicht sicher, ob ich glaubte, was ich da dachte, aber so oder so dachte ich es. Ich wollte keine Lügen mehr hören, und selbst wenn ich mich doch dazu bereit erklären sollte, würde es meine eingeschlagene Richtung auf dieser Reise nicht ändern, weil all die Lügen und die Täuschungen der letzten Tage zusammen eine Wahrheit ergaben. Mein Bruder war nicht krank, und er starb nicht. Hätte ich mich dafür entschieden, seine Bitten um Geld zu erfüllen, hätte ich ihm alles geschickt, das ich hatte, einen Haufen Geld, oder hätte ich seine Medikamente bezahlt, seine Urlaube und sein Visum, hätte sein Zustand sich trotzdem weiter verschlechtert. Ich hätte alles versuchen können, um ihm das Leben zu retten, aber meine Versuche hätten ihn nie erreicht. Ich fragte weder meinen Cousin noch meine Cousine oder eines der anderen traumatisierten Mitglieder meiner Familie, wie es meinem Bruder ging, weil ich wusste, dass ich meinen Bruder morgen sehen würde und dass es seine Beerdigung sein würde.

Ich sagte dem Sohn der Schwester meiner Mutter, ich sei müde, und die Tochter der Schwester meiner Mutter führte mich hinaus, in ein Zimmer mit einer Matratze. Ich zog meine Kleidung, die nicht meine Kleidung war, aus und versuchte mir vorzustellen, ich sei in dem Haus der Menschen, die nach nichts aussahen, dem Haus, das früher mir gehört hatte, aber jetzt nicht mehr. Es fiel mir schwer, mir das vorzustellen, deshalb stellte ich mir vor, ich wäre im Haus meiner Frau, dem Haus, in dem wir zusammen gelebt hatten. Ich glaubte, dass wir immer noch dort zusammen lebten, aber als ich es mir vorstellte, sah ich vor meinem inneren Auge, dass sie dort allein aufwachte. Es würde dort früher am Morgen sein, und sie würde sich fertigmachen für den Tag. Sie würde sich fragen, warum ich nicht geschrieben hatte. Wahrscheinlich würde sie glauben, ich sei beschäftigt und würde die Gesellschaft all der Menschen genießen, die ich vergessen hatte. Sie würde sich vorstellen, dass ich schlief, dass ich dick geworden war, unfassbar dick, und sie würde sich vorstellen, wie sie selbst in einem Paralleluniversum die Arme um mich schlang und unser Baby in diesem Paralleluniversum zwischen uns lag.

Ich überlegte, meiner Frau eine Mail zu schreiben, aber es gab hier keinen Computer. Ich überlegte, ihr einen Brief zu schreiben, aber ich hatte kein Papier. Wenn ich ihr etwas per Post, per Brieftaube oder sogar per Telepathie geschickt hätte, wäre es wahrscheinlich nie angekommen. Ich sah nach draußen. Der Himmel war schwarz. Der Mond war entzweigeschnitten, und die Sterne hatten beschlossen, ihn zu verlassen.

SECHZEHN

Ich schlief nicht ein. Mein Verstand verließ mich einfach. Als er zurückkam, war ich nackt. Meine schmutzige Kleidung war woanders, nicht in diesem Zimmer, oder vielleicht existierte sie überhaupt nicht. Die Sonne war im Fenster. Ich schaute hinüber, und dann erfüllte sie das Zimmer. Das Zimmer war so groß wie die Matratze, aber die Matratze war keine Matratze. Es waren zwei Decken, gefaltet und aufeinandergelegt, um wie eine Matratze auszusehen. Ich nahm die obere Decke auseinander und wickelte sie um meinen nackten Körper. Ich überlegte, ob ich meinen Körper waschen sollte, aber mein Körper roch nach nichts, nicht einmal nach einem Körper.

Ich entdeckte einen Spiegel und versuchte, ihm auszuweichen. Ich wollte nicht sehen, was mein Gesicht machte, und ich wollte nicht sehen, was mein anderes Gesicht hinter dem Spiegel machte. Vor der Tür blieb ich stehen, obwohl dort keine Tür war. Es war nur ein leeres Rechteck, wo die Tür sein sollte, und dahinter, draußen, meine Zukunft und all die anderen Ereignisse, die mir noch widerfahren sollten. Ich ging darauf zu.

Ich sah das Loch zwischen den Bäumen und überlegte, mich zu übergeben, aber ich hätte mich nicht übergeben können, selbst wenn ich beschlossen hätte, es zu versuchen, was ich nicht tat. Die Serviette war immer noch in meinem Körper. Da ich keinen Magen hatte und mittlerweile wahrscheinlich keine Gedärme mehr, war sie vermutlich irgendwohin gewandert, wo sie nicht sein sollte. Ich stellte mir vor, wie die Serviette aus meiner Speiseröhre rutschte und in der Leere in mir trieb. Ich fragte mich, wie lange sie dort bleiben würde und ob mein Blutdruckmedikament sie wegschaffen würde. In meinen Adern spürte ich Fetzen der Serviette. Ich beschloss, sie nicht zu spüren, aber ich spürte sie trotzdem.

Ich versuchte, die Decke, die eine Matratze gewesen war, wie einen Bademantel zu drapieren, und ging in den Hauptteil des Hauses meines Cousins. Dort erwartete ich, all die Menschen vom Abend zuvor zu sehen, aber als ich das Zimmer betrat, war es leer. Im Tageslicht sah alles normal aus. Niemand war in der Nähe, deshalb musste ich nicht höflich sein, aber ich beschloss, trotzdem höflich zu sein, weil ich so nun einmal war. Ich sagte guten Morgen und bekam keine Antwort, höchstwahrscheinlich weil ich eine zufällige Ansammlung unbelebter Gegenstände gegrüßt hatte. Ich wechselte in eine andere Sprache und sagte noch einmal guten Morgen, falls das besser verständlich sein sollte. Das Zimmer machte hinter mir ein dumpfes Geräusch. Obwohl ich diese Sprache nicht verstand, drehte ich mich um, vielleicht konnte der Kontext die Bedeutung klären.

Mein Cousin und meine Cousine sahen mich an. Ich versuchte, mich dafür zu entschuldigen, dass ich ihre Decke zu einem Bademantel umfunktioniert hatte, aber ich entschuldigte mich nicht dafür, dass ich ihre Decke zu einem Bademantel umfunktioniert hatte, weil ich das Interesse am Sprechen verlor. Mein Cousin nahm mir seine Decke ab, und meine Cousine schloss die Augen. Mein Körper war kaum ein Körper, aber meine Cousine wollte keinen Anstoß an meinem Penis nehmen. Mein Cousin verdeckte ihn. Er band mir ein weißes Baumwolltuch um die Hüften, und dann öffnete meine Cousine die Augen. Sie band mir ein zweites weißes Baumwolltuch um die Achseln. An meiner Brust schien sie keinen Anstoß zu nehmen, obwohl sie der Ursprung all meiner Probleme war. Ich wollte danke sagen, aber ich konnte nicht danke sagen, deshalb drückte ich diesen Gedanken mit meinem Gesicht aus. Mein Cousin und meine Cousine wickelten mir ein Baumwolltuch um den Kopf. Sie trugen auch Baumwolle. Die Baumwolle war für besondere Anlässe reserviert, aber heute war ein normaler Tag. Das redete ich mir ein in der Hoffnung, dass morgen ein neuer Tag sein würde.

Mein Cousin küsste meine Wange, und dann küsste meine Cousine meine andere Wange. Sie wandten sich ab, dann drehten sie sich zurück und legten mir in einer gemeinsamen Bewegung die hässliche Lederjacke meines anderen Cousins um die Schultern. Mein Cousin und meine Cousine gingen hinaus, und dann waren sie nirgends. Ich ging hinaus, und dann existierte das Haus meines Cousins nicht mehr. Der Morgen war still, weil es noch so früh war, dass niemand Lärm machen wollte. Ich sah eine Familie von Tauben, aber sie sagten nicht guten Morgen, weil sie nichts mit Sprache zu tun hatten. Sie liefen einfach hintereinander her, ohne irgendetwas anzuschauen. Ich ging neben ihnen her. Wir folgten einer Straße. Als ich merkte, dass ich die Straße kannte, flogen die Tauben davon. Ich hätte sie gern begleitet, aber ich konnte sie nicht begleiten, also ging ich weiter die Straße entlang. Sie führte zu einem einzigen Ort, einem Ort, den ich gut kannte, aber nicht gut kennen wollte, und zu dem ich nun gehen musste. Ich schaute zur Sonne hinauf und dachte, es sei noch zu früh, aber ich wusste, auch wenn ich es für zu früh hielt, würde mir widerfahren, was mir widerfahren würde, weil die Zeit dazu endlich gekommen war.

Ich lief bis zum Ende der Straße. Als ich ihr Ende erreichte, setzte ich mich auf ein Feld, um mich auszuruhen. Das Feld war braun. Dort konnte nichts wachsen. Sollte etwas versuchen, dort zu wachsen, würde es sterben, weil der Boden getränkt war vom Blut der Menschen, die dort begraben waren. Ich legte mir Finger an den Hals und versuchte, meinen Puls zu ertasten, aber mein Blutdruck war so gestiegen, dass sich das Innere meines Körpers vom Äußeren abgeschottet hatte. Ich konnte nicht wahrnehmen, was er tat, und auch niemand sonst hätte es gekonnt, abgesehen von meinem Arzt, der ihn messen konnte. Ich würde ihn morgen oder übermorgen sehen oder wann immer ich nach Hause zurückkehrte, zum Haus meiner Frau, an den Ort, an dem ich gelebt hatte und von dem ich glauben wollte, dass ich es immer noch tat.

Ich schaute nach links und sah nichts, und dann schaute ich nach rechts und sah einen Priester. Der Priester sprach mit einem anderen Priester. Der Priester sah meinen Körper an, und der andere Priester sah durch mich hindurch auf den Boden. Die Priester sprachen über meinen Bruder und bezeichneten ihn als »den Verstorbenen«. Sie waren nicht sicher, ob er ein guter oder ein schlechter Mensch gewesen war. Mir war nicht klar, ob sie mit mir sprachen oder ob sie wussten, dass ich der Bruder meines Bruders war, oder ob es sie überhaupt interessierte, was jemand wie ich, der Bruder meines Bruders, darüber dachte, ob er gut oder schlecht gewesen war. Ich glaubte nicht, dass es wichtig war, ob mein Bruder gut oder schlecht gewesen war, denn so oder so war mein Bruder tot. Der Priester sagte, er wolle keine religiöse Trauerfeier abhalten, weil mein Bruder schon zur Hölle verdammt sei. Der andere Priester stimmte zu und sagte, wegen dem, was mein Bruder vor seinem Tod getan hatte, sei er sicher, dass mein Bruder zur Hölle verdammt sei. Ich fragte mich, was sie mit »vor seinem Tod getan hatte« meinten. Krank zu werden war nichts, was man tat, und es brachte einen nicht in die Hölle. Die meisten stellten sich gern vor, dass kranke Menschen in den Himmel kamen, selbst wenn sie die Krankheit durch ihr Verhalten verschlimmerten. Man konnte meinem Bruder vorwerfen, dass er seine Krankheit aufgebauscht hatte, aber dass er gestorben war, konnte man ihm nicht vorwerfen. Er hatte nicht sterben wollen. Aber die Priester interessierte nicht, was er gewollt hatte. Sie interessierte nur, ihre Heiligkeit zu erhalten, auch wenn es bedeutete, dass sie von einem Toten, der sonst vielleicht in den Himmel kommen würde, voreilig behaupten, er solle zur Hölle verdammt werden. Der erste Priester beschloss, keine religiöse Trauerfeier abzuhalten. Der andere Priester stimmte dieser Einschätzung zu.

Ich dachte daran aufzustehen, aber mein Körper wollte nicht aufstehen, also tat ich es nicht. Die Priester hatten entschieden, dass Gott nichts mit meinem Bruder zu tun hatte, aber mein Bruder war gestorben, deshalb begann die Beerdigung trotzdem, auch wenn die Priester irgendwohin verschwunden waren, wahrscheinlich in den Himmel. Der Horizont riss auf, und eine Reihe von Leuten trat hindurch. Sie hatten keine Gesichter, weil ihre Gesichter in Baumwolle gehüllt waren. Ihre Körper taten, was Körper taten. Sie umarmten sich und hielten einander fest und schoben einander fort. Weil ich nicht wollte, dass ihre Körper etwas mit meinem zu tun hatten, versuchte ich, meinen Körper bedeutungslos zu machen. Niemand sah mich an, weil alle damit beschäftigt waren, in ihren Erinnerungen meinen Bruder zu suchen.

Einer der Körper opferte sich, damit er für die anderen Körper sprechen konnte. Der Körper sagte etwas, aber es war nicht wichtig, was er sagte, denn sobald es ausgesprochen war, brachen alle in Tränen aus. So war es nun einmal bei Beerdigungen. Alle Anwesenden glaubten, sie müssten einen verbalen Beitrag leisten, dabei hatten alle Reden die gleiche Funktion, nämlich die Menschen traurig zu machen, trauriger, als sie es je gewesen waren, so traurig, wie sie hoffentlich nie wieder sein würden. Tatsächlich waren sie in ihrem Leben wahrscheinlich schon trauriger gewesen, und wahrscheinlich hatte etwas weniger Folgenschweres als der Tod sie so traurig gestimmt. Beerdigungen hatten allerdings den Zweck, die Menschen ihre frühere Traurigkeit vergessen zu lassen und vorzugeben, dass der jeweilige Todesfall das niederschmetterndste Ereignis ihres Lebens war.

Die Körper der Menschen waren von Stille zusammengehalten worden, und als diese Stille zerrissen wurde, erst von einer Wehklage, dann von mehreren, bis sich diese lauten Klagen zu einer schrecklichen, schreienden Masse vereinten, verloren die Körper ihren unsichtbaren Faden, der ihnen Struktur gab, und warfen sich auf das blutgetränkte Feld, das sie verschlingen wollte. Die Menschen sprangen auf und hockten sich hin, sie versuchten, ihren Körpern zu entkommen und meinem Bruder zu folgen, meinem toten Bruder, welcher spirituellen Ebene er jetzt auch angehörte, sei es der Himmel oder, wie die Priester entschieden hatten, die Hölle. Ich überlegte, mich all dem anzuschließen, aber mein Körper wollte sich all dem nicht anschließen, außerdem war ich nicht sicher, ob ich daran glaubte, auch wenn meine Kultur, meine Vorfahren, die Priester und alle, die ich kannte, mich drängten, ich solle akzeptieren, dass mein Bruder in eine andere Daseinsform übergegangen war. Ich versuchte mir vorzustellen, dass mein Bruder tot war, aber ich konnte es mir nicht vorstellen, also blieb ich sitzen, sah zu allen hinüber, die noch lebten, und bemühte mich, den Blick nicht nach innen zu lenken und meinen Bruder zu sehen, den ich wahrscheinlich nicht gefunden hätte.

Zeit verging, und es kam mir vor wie alle Zeit der Welt. Die Menschen weinten nicht mehr, und einige hatten sich gesetzt. Es fiel ihnen schwer, von ihrem eigenen Auftritt, der mechanisch und leblos geworden war, nicht gelangweilt zu sein. Irgendjemand spürte das Problem und ging zu irgendjemand anderem, der neben mir stand. Ich betrachtete die beiden und versuchte herauszufinden, ob sie wirklich nur irgendjemand waren oder ob sie mir früher vertraut gewesen waren und ich sie jetzt nur wegen der verstrichenen Zeit, ihres Älterwerdens und ihrer schlechten Lebensumstände nicht erkannte. Selbst wenn sie nicht irgendjemand waren, hatten wir uns durch unsere unterschiedlichen Lebenswege zu Fremden entwickelt. Ihre Körper rochen nach Gewürzen und Schweiß und frisch geschlachtetem Fleisch. Mein Körper roch, als würde er nicht existieren. Vielleicht wussten sie nicht, dass ich der Bruder meines Bruders war, jedenfalls betrachteten sie mich nicht so, und als sie sich umsahen, sahen sie überall anders eher hin als zu mir, und selbst, als ich dachte, sie würden mich ansehen, fiel ihr Blick tatsächlich neben mich auf die hässliche Lederjacke meines Cousins, die schlaff auf dem Boden lag.

Der erste fremde Mann hob die Jacke auf. Ich überlegte, ob ich die Hände bewegen und ihn aufhalten sollte, aber ich wollte nicht die Hände bewegen und ihn aufhalten, also ließ ich zu, dass er sie nahm. Er hielt die Jacke hoch, so nah wie möglich an den Übergang, an dem Luft zu Himmel wurde, und sagte so laut, als würden all die fremden Menschen durch ihn sprechen, er würde die Lederjacke des Verstorben in Händen haben. Das brachte alle zum Weinen, aber sie hätten nicht weinen sollen, denn es war nicht die Jacke meines Bruders oder auch nur meine Jacke, es war die hässliche Jacke meines Cousins, der meinen Bruder wahrscheinlich kaum gekannt hatte, es sei denn, er hatte ihn gebeten, in sein hässliches Haus aus lauter Fluren zu investieren. Ich wollte etwas sagen, aber beschloss, es nicht zu tun, also tat ich es nicht. Ich betrachtete die Menge, suchte nach dem kahlen Kopf meines Cousins und überlegte, ob er wohl etwas sagen würde. Aber ich erkannte sein Gesicht nicht, zumindest nicht mehr als die anderen Gesichter, die alle auf die genau gleiche Art vertraut wirkten.

Die Menschen trauerten also, waren aber so vertieft in ihr Trauern, dass es die Darstellung in die Länge zog und sie nicht merkten, dass ihr Trauern falsch war. Der fremde Mann winkte mit der Jacke, machte so eine Fahne aus ihr und behauptete weiter falsche, traurige Dinge, die er sich ausgedacht hatte. Er sagte, die Frau des Verstorbenen habe die Jacke für ihn gekauft, und er habe sie getragen, als ihm das Leben genommen wurde. Mein Bruder hatte keine Frau, und ich war mir fast völlig sicher, dass nichts und niemand ihm das Leben genommen hatte, nicht einmal ich, obwohl ich es vielleicht hätte retten können, wenn ich ihm alles gegeben hätte, was er verlangt hatte. Aber selbst dann hatte ich es ihm nicht genommen, und auch sonst niemand, nicht einmal Gott. Ich überlegte, dem zweiten fremden Mann zu sagen, dass der erste fremde Mann etwas Falsches sagte und dass ich wusste, dass er wusste, dass es falsch war, aber dann erlaubte ich ihm und allen, die ihm glaubten, an ihrer Tradition festzuhalten, selbst wenn sie auf der Unwahrheit basierte.

Der zweite fremde Mann trat zum ersten fremden Mann, der seine Fahne herunternahm, damit er dem zweiten fremden Mann zuhören konnte, der ihm etwas ins Ohr flüsterte. Die Trauernden versuchten, mit meinem Bruder abzuschließen, und die fremden Männer, die jetzt die Rolle von Priestern übernommen hatten, wollten diese Verarbeitung der Gefühle zu etwas umlenken, das als Trauer erkennbar war. Die fremden Männer kreischten, und dann verloren die Trauernden ihre Stimme. Die fremden Männer schluchzten, und dann wurden die Trauernden blind. Es war leichter zu trauern, wenn andere Menschen vormachten, wie Trauer aussah. Aber ich wollte nicht zu einem Spiegel werden, auch wenn es mir eine gewisse Erleichterung verschafft hätte, ein Spiegel zu sein. Ich wartete darauf, dass die Trauernden den Namen meines Bruders sagten, aber sie sagten ihn nicht. Sie bezeichneten ihn mit den anonymen Begriffen, mit denen man über alle Toten sprach. Unser innig Geliebter, mein Bruder, der Verstorbene. Niemand liebte meinen Bruder, und selbst wenn sie ihn geliebt hätten, hätte ihre Liebe nichts bedeutet, weil sie ihn nicht hatten retten können. Er hatte geglaubt, ich hätte alles besessen, was ihn hätte retten können, aber ich hätte es ihm nicht gegeben, weil ich es selbst gebraucht hätte.

Die fremden Männer hörten auf, einander nachzuahmen, und versuchten, wieder Einzelwesen zu werden, damit sie mit der Beerdigung weitermachen konnten. Der erste fremde Mann hielt den Pass meines Bruders hoch, was die Trauernden zum Weinen brachte, dabei hätten sie nicht weinen sollen, weil es ein Pass aus dem Land war, dessen Bürger ich geworden war und in dem mein Bruder kein Bürger war, obwohl er mich bedrängt hatte, eine Patenschaft für ihn zu übernehmen. Der zweite fremde Mann hielt ein Gepäckstück hoch, das vielleicht meinem Bruder gehört hatte, vielleicht auch nicht, schließlich sahen alle Gepäckstücke gleich aus und konnten jedem gehören. Auch das brachte die Trauernden zum Weinen. Offenbar waren sie bereit, jeden Gegenstand als ein Symbol für meinen Bruder zu betrachten, selbst Dinge, die nichts mit seinem Leben zu tun hatten. Der erste fremde Mann legte den Pass weg und hob ein einfarbiges Hemd, eine Hose und ein normal aussehendes Portemonnaie hoch, vollkommen anonyme und gewöhnliche Gegenstände. Ich schaute auf die Lederjacke meines Cousins, die neben mir auf dem Boden lag, und suchte in ihr nach meinem Bruder. Aber ich konnte meinen Bruder nicht in ihr finden, weil die Jacke nur eine Jacke war. Mein Bruder lebte nicht mehr, auch wenn ich und die anderen Trauernden versuchten, ihn ins Leben zurückzuholen, indem wir zur Schau stellten, wie sehr wir an bedeutungslosen unbelebten Gegenständen hingen.

Die Trauernden nahmen eine Auszeit von ihren Gefühlen und beschlossen, pragmatisch zu werden. Alle wussten, dass der Zeitpunkt gekommen war, um die Leiche zu begraben, und sie wussten es, auch wenn sie es nicht wollten, weil das letzten Endes der Sinn einer Beerdigung war, selbst wenn sie so in die Länge gezogen wurde, dass man das Gefühl hatte, sie würde den Hinterbliebenen ihr restliches Leben nehmen. Ich überlegte aufzustehen, aber ich wollte nicht aufstehen, also ließ ich es. Ich betrachtete die Trauernden und versuchte, unter ihnen jemanden zu finden, der tot aussah. Aber ich entdeckte niemanden, der tot aussah. Ich sah nur die Körper von Menschen, die lebten und glaubten, sie würden ewig leben, aber sich benahmen, als wären sie dem Tode nah, um Mitgefühl mit meinem Bruder auszudrücken, der nicht mehr in der Lage war, dieses Mitgefühl entgegenzunehmen, da der Tod kein Tauschhandel war, er war einfach etwas, das geschah und dann unverändert blieb.

Ich überlegte, ob ich die Leiche meines Bruders sehen wollte. Ich war nicht sicher, ob die Leiche meines Bruders wie mein Bruder aussehen würde, den ich zuletzt vor sechsundzwanzig Jahren gesehen hatte, oder ob ich in ihr die Eigenschaften wiedererkennen würde, die ich ihm zugeschrieben hatte, als er noch lebte, sein Schnorrertum, seinen Egoismus oder dass er ein schlechter Mensch war. Die Leiche meines Bruders sah wahrscheinlich aus wie meine Leiche, wenn ich auch tot gewesen wäre, weil die Eigenschaften, die ich auf ihn projiziert hatte, durch seien Kontakt zu mir hervorgetreten waren. Mein Bruder und ich waren nicht gleich, aber unsere Unterschiede wirkten sich gleich auf unsere Körper aus, weil beide mit den negativen Dingen zu kämpfen hatten, die uns das Leben beschert hatte. Ich versuchte, durch meine Brust hindurch meinen Herzschlag zu sehen, aber meine Brust war keine Brust, sie war nur eine in Baumwolle gehüllte Leere.

Ein Mann, der meinem Sohn ähnelte, kam auf mich zu. Er war mein Sohn. Er blickte auf mich hinab, durch mich hindurch und dann über meinen Kopf hinweg zu einem anderen Mann, der näher trat und meinem Bruder eigenartig ähnlich sah. Er hatte eine Nase und einen Mund, und soweit ich es erkennen sollte, atmete seine Lunge noch. Ich versuchte, das Innere meines Körpers zu erspüren, aber ich konnte das Innere meines Körpers nicht erspüren, also musste es jetzt doch schlecht um meinen Körper stehen. Ich fragte mich, ob der Mann, der meinem Bruder ähnelte und eindeutig nicht tot war, vorhergesehen hatte, dass mir mein Blutdruckmedikament fehlte, und mir etwas von seinem abgeben wollte. Das war die Antwort, auf die ich hoffte und die mir am wahrscheinlichsten erschien.

Ich wollte den Mann, der meinem Bruder ähnelte, bitten, mir etwas von seinem Blutdruckmedikament zu geben, aber ich bat ihn nicht, mir bitte etwas davon zu geben, weil ich bei dem Versuch merkte, dass ich meine Stimme verloren hatte. Ich sagte, ich bräuchte das Medikament so bald wie möglich, aber ich sagte nicht, ich bräuchte das Medikament so bald wie möglich, weil ich es nicht konnte. Ich versuchte aufzustehen, aber ich konnte nicht aufstehen, weil meine Beine am Boden festklebten. Ich versuchte, den Arm zu heben und dem Mann in die Tasche zu greifen, aber ich hob nicht den Arm, um dem Mann in die Tasche zu greifen, weil mein Arm kein Arm war. Was ich sagte, war keine Sprache, und mein Körper war ohne Bewegung. Das Innere meines Körpers war verschwunden, und das Äußere sah nach nichts aus, zumindest für meinen Sohn und den

Mann, der meinem Bruder ähnelte, und die mich beide anschauten, als wäre ich tot. Ich wollte vor ihnen weglaufen, aber ich konnte nicht vor ihnen weglaufen, weil der zweite fremde Mann sie angewiesen hatte, meinen Körper hochzuheben.

Ich sah mich unter den Trauernden um und suchte nach jemandem, der mir meine Lage erklären konnte. Aber ich begriff meine Lage, und selbst wenn ich es nicht begreifen wollte, tat ich es doch. Ich hätte gern geglaubt, dass der Mann, der meinem Bruder ähnelte, nicht mein Bruder war, aber ich glaubte es nicht, weil ich meinen Bruder von Männern unterscheiden konnte, die ihm ähnelten, selbst wenn ich glauben wollte, dass mein Bruder tot war. Ich wollte glauben, dass mein Bruder und mein Sohn geschickt worden waren, um mir mein Medikament zu geben und mich zu retten, aber ich glaubte nicht, dass sie geschickt worden waren, um mich zu retten, weil ich wusste, dass mein Problem nichts mit meinem Blutdruck zu tun hatte, obwohl ich immer noch hoffte, dass mein Blutdruckmedikament es in Ordnung bringen würde. Mein Bruder trug meinen Oberkörper, und mein Sohn trug meine Füße. Beide sahen traurig aus, aber ich konnte nicht erkennen, wie viel von dieser Traurigkeit echt war. Mein Sohn hatte einen Körper, mein Bruder hatte einen Körper, und ihre Körper waren so gesund, dass sie meinem helfen konnten, der der Welt jetzt nichts mehr zu geben hatte und nur noch zu einem Symbol für das wurde, was ich endgültig verloren hatte, nämlich mein Leben.

Mein Bruder zog einen Zehn-Dollar-Schein aus der Tasche der hässlichen Lederjacke meines Cousins. Ich fragte mich, wem das Geld gehörte, aber ich wusste, wem das Geld gehörte, und selbst wenn ich glauben wollte, dass ich es verdient hatte oder sogar das Doppelte verdient hatte, konnte ich es nicht glauben, denn selbst wenn das Geld vorübergehend mir gehört hatte, wusste ich, dass es im Grunde den betrunkenen Frauen im Taxi gehörte, die mich nicht bezahlen wollten, aber bereit waren, mir einen symbolischen Betrag zu geben, weil sie wussten, dass das Geld am Ende wieder bei ihnen landen würde, und dass diejenigen, die es beschützt hatten, die Polizisten, die Nachrichtensprecher und die anonymen Menschen, die ihnen zuhörten, kommen würden, wenn sie gerufen wurden, und der Welt sagen würden, sie seien Engel gewesen, während ich ein Entführer war, und dass ich verdient hatte, was auch immer mit mir geschah. Ich hatte darauf gewartet, dass jemand meinen Namen sagte, aber niemand sagte meinen Namen, nicht einmal die fremden Menschen, denen ich begegnet war und die von meinem Leben wie besessen waren, oder die Nachrichtenleute, die freudig verkündeten, es sei vorbei. Ich wollte mehr Leben, aber ich brauchte es nicht, und deshalb war das Leben, das ich zu brauchen glaubte, ohne Bedeutung.

Mein Bruder nahm weinend das Geld, von dem ich geglaubt hatte, es sei mein Leben wert, steckte es in seine Tasche und weinte noch mehr, entweder über meine Lage oder über seine. Ich hatte geglaubt, mein Bruder würde mich brauchen, aber mein Bruder hatte ohne mich überlebt. Jetzt, da es in seinem Besitz war, verlor das Geld die Bedeutung, die ich ihm beigemessen hatte. Das Papier war nur Papier, die Tinte war nur Tinte, und mich hatte es zwar umgebracht, aber er würde davon etwas kaufen, von dem er glaubte, dass es sein Leben verlängerte. Er sah nicht aus, als würde er sterben. Hinter seinem Weinen steckte noch mehr Leben in ihm. Ich fragte mich, ob er es mir geben würde, aber mein Körper nahm nicht mehr die Signale auf, die andere Körper aussandten. Ich würde nie herausfinden können, warum mein Leben so verlaufen war. Alles war nichts, und so würde es bleiben. Ich wollte weinen, aber ich konnte nicht weinen. Ich hatte keine Augen. Ich wollte nach Hause. Ich versuchte, nach Hause zu gehen – mein Zuhause war in mir.

DANKSAGUNG

Meine Agentin Jin Auh war die Erste, die das vollständige Manuskript für dieses Buch gelesen hat, und für ihr Vertrauen werde ich ihr ewig dankbar sein. Ich danke Sarah Watling, Charles Buchan, Abram Scharf, Maggie Aschmeyer und allen bei Wylie.

Mitzi Angel, meine wunderbare Verlegerin, hat dieses Buch zu dem gemacht, was es sein wollte. Sie gab mir immer die richtigen Impulse und stellte die richtigen Fragen. Ich bin dankbar, dass ihr Verstand mein Schreiben geprägt hat. Ich danke Emma Chuck, die verständnisvoll meine Fragen beantwortete; Milo Walls, der mir bei den ersten Schritten zur Veröffentlichung zur Seite stand, und allen bei FSG, vor allem Alex Merto, Janine Barlow, Abby Kagan, Caitlin Van Dusen, Jackson Howard und Eric Chinski. Danke auch an Laura Macaulay, Kirsten Chapman und allen bei Pushkin Press, Friederike Schilbach und allen beim Aufbau Verlag und allen bei Jelenkor, die diesem Buch außerhalb der USA ein Zuhause geben.

Ein Auszug aus *Galgenmann* erschien in der *Paris Review*. Ich danke Emily Stokes für die Veröffentlichung und Lidija Haas für ihre besonnenen Anmerkungen, die mir bei der Überarbeitung des Romans eine enorme Hilfe waren.

Ohne die unglaubliche Unterstützung durch mehrere Residenzprogramme würde dieses Buch nicht existieren; sie gaben mir das Gefühl, dass ich aus meinem Alltag gerissen wurde, dass ich ernst genommen wurde, und weckten in mir Mut und Neugier. Ich danke den Mitarbeiter:innen des Blue Mountain Center, wo ich den ersten Entwurf von *Galgenmann* schrieb, und den Mitarbeiter:innen des Marble House Project, wo ich das Manuskript überarbeitete.

Bevor es überhaupt ein Buch gab, las Verlyn Klinkenborg den allerersten Entwurf und ermutigte mich, weiterzuschreiben, auch wenn andere möglicherweise glaubten, es würde mich in eine Sackgasse führen. Dema Paxton Fofang versah eine sehr frühe Fassung mit treffenden Kommentaren. Zur letzten Fassung gab Matthew Shen Goodman gewissenhaftes Feedback. Und während dieser ganzen Zeit stand mir Eli Rudavsky mit Liebe und Aufmerksamkeit zur Seite.

Meinen Freundinnen und Freunden, vor allem Ray Lipstein, Ava Kofman, Carolina Baizan, Shizue Roche-Adachi, Noah Remnick, Sam Dealy, Tavi Gevinson, Kevin Lozano, Arjun Ram Srivatsa, Olivia Rosenthal, Naoise McGee, Greta Garmel und Calvin Miceli-Nelson – danke für eure Unterstützung.

Behailu Binyam, Beletu Angagaw und Steve Whitman haben mich großgezogen, alle auf ihre eigene Art und manchmal zusammen.

Ich schreibe, weil mein Vater Binyam Tamene Geschichten erzählt, und für meine Mutter Eliza Klein, die mir gezeigt hat, dass das Leben offen, eigenartig, lustig, unerklärlich ist – und dass von all dem irgendwie immer noch mehr wartet.

Un ensemble disparate jamais totalement unifié

Ainsi, peu à peu, un compromis s'instaura entre les « représentations » de l'au-delà. Les « Champs d'Ialou », le royaume d'Osiris, dieu des morts, est définitivement placé dans le monde souterrain. Mais cette volonté d'unifier, en amalgamant plusieurs croyances, les idées relatives à l'au-delà, a certainement contribué à la complexité de la « représentation » de l'au-delà chez les Égyptiens et de la géographie d'outre-tombe.

Pour traverser les douze régions souterraines (correspondant aux douze régions d'Égypte), « l'âme » du défunt empruntait la barque solaire du dieu Rê qui, lui, aussi durant la nuit, dans sa barque nocturne, rend visite à Osiris. Dans la dernière région, le soleil se transformait en scarabée symbolisant la nouvelle naissance du jour.

Toutefois, bien que ces « différents paradis », solaire ou osirien, fussent agréables, les Égyptiens semblent paradoxalement ne jamais avoir renoncé au fait que l'âme puisse revenir à son « corps » dans le tombeau et à la conviction que les offrandes qu'on y déposait lui procuraient un renouveau d'énergie vitale.

Ainsi, une fois le « jugement osirien » accompli, l'âme était libre « d'entrer et de sortir » à son gré, c'est-à-dire de continuer sa vie auprès d'Osiris ou de regagner sa tombe. L'Égyptien estimait que le mieux était de revenir, pendant la journée, dans le tombeau qu'il avait préparé avec soin et pourvu d'offrandes pour l'éternité, selon la croyance la plus antique. Mais la nuit venue, avec ses embûches, il jugeait préférable de « rentrer » dans l'autre monde sans ténèbres. Une formule précise permettait au *Bâ*, principe mobile du défunt, d'arrêter au passage la barque du soleil qui disparaissait à l'horizon et d'y prendre place pour rejoindre les Champs lumineux d'Osiris où il passait la nuit.

Au matin, il franchissait de nouveau l'horizon dans la barque solaire et, aussitôt, « l'âme » (le *Bâ*) regagnait à tire-d'aile le gîte agréable et aimé de la maison-tombeau. Ainsi,

tout en croyant au royaume d'Osiris, les Égyptiens pens
aussi que le défunt était toujours présent dans son tom
par l'intermédiaire de son support, corps momifié, stat
ou peinture.

Chez Homère et Hésiode, les Enf
la terre mais à l'extrémité du mon
brouillards éternels qui s'élèvent de
il fut plus couramment admis que
morts était le royaume souterrain
lieu d'exil où il n'y a aucun espoi
jour.

Ce « lieu » était souvent consid
distance du Tartare, symbole du
l'Olympe situé au plus haut des c
très éloigné de la terre, et il exista
entre les Enfers et la surface de la t
sures, lacs qui étaient des moye
morts.

La survie au séjour des morts, tel
l'épopée d'Homère, n'est qu'une
et triste reflet de la vie terrestre que
ces bien pauvres choses comme le
apparue l'âme de Patrocle : *Ah !*
sais quoi vit encore chez Hadès, u
où n'habite plus l'esprit.

On comprend qu'Achille préfé
bœufs plutôt que de régner sur les
éteint, dans ce morne royaume cr

Cet Au-delà homérique, qui su
mentalité populaire grecque, n'eng
une immortalité heureuse. Il est
possible du désir humain d'éterni
pire que le néant ! C'est pourquo
Hector, attachent tant d'impo
d'immortalité que sont la postér
acquise au combat qui perpétuera
des hommes.

Chez Homère, la mort est celle
qui plonge dans le « noir trépas
d'Achille : *Même être sans gloire,*
le tragique horizon de ces Grecs qu
la vie et la lumière de leur ciel
constamment hantée par le prob

Certains échappent donc au destin lugubre de la majorité des hommes. Ces privilégiés par les dieux (parenté ou protection particulière) tels que Thésée, Héraclès, Ménélas, gendre de Zeus, pouvaient être enlevés de leur vivant ou après leur mort et être transportés dans les Champs-Élysées, jouissant d'une vie bienheureuse, immortelle, à l'image des dieux.

A l'époque archaïque de la Grèce, cette tendance à « l'héroïcisation » va prendre une nouvelle expansion. Il ne s'agit plus seulement des grands fondateurs antiques mais de tous les morts contemporains de qualité. On admet que ces hommes accèdent à une existence quasi divine, devenant « meilleurs et plus élevés ». Idéalisés, ils sont parfois représentés dans de petits temples matérialisant leur « divinisation ».

C'est donc en partie le culte du héros qui a favorisé la croyance en une immortalité bienheureuse pour ceux qui ont su faire triompher le côté divin de leur être. Mais il reste réservé à une minorité (hauts personnages, militaires courageux). Quant au commun des mortels, il devra longtemps encore se contenter de la sombre perspective des « Enfers ».

L'imaginaire détaille la géographie des Enfers

A l'instar des anciennes civilisations que nous avons évoquées au chapitre précédent, et surtout sous l'impulsion des poètes, la géographie du séjour commun des Enfers va s'enrichir ou se compliquer par une multitude de descriptions détaillées. Les Enfers, à l'image de la terre, sont alors arrosés par des fleuves : Cocyte, Styx, Achéron, Léthé, qui constituent en même temps d'infranchissables frontières entre le royaume des morts et celui des vivants, et aussi entre le séjour des bienheureux et celui des damnés.

Des monstres en interdisent le passage : Echidna, les chiens du Cocyte, la Murène. Leur nombre ne cessera d'augmenter. On comptera finalement parmi ces gardiens des Enfers, les Titans, le Centaure, les Harpyes, les Gorgones, nés des vieilles cosmogonies, sans parler de Cerbère, de l'Hydre de Lerne, de la Chimère.

Le Tartare, considéré à l'origine comme la simple prison des Titans, devient le lieu de réclusion de tous ceux qui se sont rendus coupables de crimes envers les dieux. Ils y étaient soumis à des supplices variés. Celui de Tantale, condamné à mourir de soif au milieu d'un lac dont les eaux baissaient dès qu'il tentait d'y tremper ses lèvres et celui de Sysiphe, condamné à rouler jusqu'en haut d'une montagne un rocher qui retombait toujours à mi-pente, sont parmi les plus connus.

L'immortalité de l'âme

Nous avons vu que dans la tradition populaire grecque, il n'y avait pas vraiment d'immortalité de l'âme au sens spirituel du terme. Après la mort, celle-ci n'était qu'une ombre inconsistante, diminuée, vivant une existence quasi végétative dans l'Hadès, pleine de nostalgie pour la vie terrestre.

Mais une petite élite intellectuelle accède progressivement à une conception plus spirituelle de l'âme qui devient « immortelle ». Dès le Ve siècle avant notre ère, un poète tel que Pindare, décrit l'itinéraire des âmes qui, après neuf années de purification dans les Enfers pour les fautes commises, remontent vers le soleil et deviennent des héros ou des sages et sont honorées comme des demi-dieux.

Au VIe siècle, en Italie du Sud, à Crotone, Pythagore aurait déjà élaboré un système cohérent et harmonieux de l'univers fondé sur le rapport des nombres et où, confusément encore, l'âme avait sa place. Pythagore a cru à une certaine réincarnation ou transmigration des âmes. L'âme est désormais conçue comme une entité vivante indépendante du corps.

Platon hérite de cet ensemble complexe de croyances, de mythes et de symboles qu'il retravaille en les adaptant à sa philosophie spiritualiste et à sa morale. Les mythes de *Gorgias*, du *Phédon* et de *La République* décrivent en des fresques grandioses la destinée des âmes après la mort. Selon lui, l'âme n'est pas un souffle ou une fumée, mais le siège des facultés intellectuelles.

Libérée de la mort, l'âme qui y aspire, contemple enfin les Idées, prototypes éternels et parfaits du monde sensible qui n'en est qu'une apparence. Il reprendra, en particulier, la croyance en la réincarnation pour expliquer la capacité de l'homme à « reconnaître » les évidences de la raison[1]. Car, quand l'âme se réincarne, elle rapporte de son bref séjour dans l'Au-delà des « réminiscences » qui sont des souvenirs incomplets et obscurs des Idées, des Vérités éternelles.

Cette transmigration des âmes lui sert aussi à fonder la justice divine. Dès sa séparation du corps, chacune subit un jugement personnel qui décide de son sort futur. Certaines âmes sont définitivement plongées dans le Tartare pour y subir le châtiment de leurs fautes. D'autres, après un temps de purification, accèdent à une immortalité bienheureuse c'est-à-dire à une contemplation à la fois intellectuelle, esthétique et religieuse des réalités célestes et divines ou doivent se « réincarner ».

Était-ce chez Platon un simple artifice littéraire, un « mythe », une explication poétique ? Les spécialistes en discutent. Mais ce qui ne fait pas de doute c'est sa croyance en l'immortalité de l'âme.

A la même époque, un autre courant de pensée se développe dans le sud de l'Italie que l'on appelle « l'orphisme », croyance populaire fondée également sur la nécessité de la « purification » des âmes et de leur transmigration pour atteindre la « pureté ».

La certitude morale de Socrate

Des penseurs de renom, surtout à partir du grand siècle classique de Périclès, vont enrichir le patrimoine culturel au

1. Cette idée de transmigration des âmes ou palingénésie (« naissance renouvelée » ou « nouveau devenir ») émerge dans son dialogue intitulé *Ménon* écrit vers le début du IVᵉ s. av. J.-C.

sujet de l'au-delà. Socrate parle indifféremment des dieux ou du divin et affirme une « Providence une et vivante » qui tend vers le monothéisme sans le formuler encore explicitement comme le fera Aristote. Cette Providence divine inspire l'homme par une sorte de « voie intérieure » *(daïmon)* et veille sur le juste pendant sa vie et après sa mort.

Socrate croit aussi à l'immortalité et aux jugements des âmes.

J'aurais tort de ne pas m'indigner de mourir... j'aurais tort si je ne croyais pas que la mort doive m'introduire auprès de dieux sages et bons, et auprès d'hommes meilleurs que ceux d'ici. Il reconnaît qu'il n'a pas en ce domaine d'arguments pleinement convaincants mais ils sont probables et en dépit du doute, il maintiendra fermement cette croyance.

Il sait que les mythes ne sont que des représentations imaginaires et sensibles de choses invisibles et réelles. Ceci est manifeste, à la fin du mythe de Gorgias, quand il apostrophe Calliclès, un esprit fort qui se moque de Socrate et des philosophes :

Tu penses que ce jugement des morts est une fable, moi, je crois que l'âme nue paraît devant le juge nu. Elle est ce qu'elle s'est faite par ses actions, âme d'esclave marquée par des passions honteuses comme des stigmates ou âme juste et pure de celui qui a vécu selon la vérité. Le méchant est envoyé dans le Tartare où il subira sa peine... au contraire devant une âme juste, celle d'un homme de rien ou d'un grand personnage, peu importe, le juge ravi de sa beauté l'envoie aux Iles des bienheureux.

J'ai l'assurance que ce discours est véritable, ô Calliclès, aussi je m'efforce de soigner mon âme pour qu'elle se révèle toute saine à ce tribunal. Renonçant de bon cœur aux honneurs que la foule donne, le regard fixé sur la vérité, je m'efforcerai de bien vivre et de bien mourir. Et j'invite, selon mon pouvoir, tous les hommes à faire de même, et toi, Calliclès, je te donne rendez-vous dans cette autre vie.

Mais, il a soin de dire parfois : *Ce que je viens de dire sur les âmes et leurs diverses habitations après la mort, il ne serait pas raisonnable d'affirmer qu'il se passe exactement comme je l'ai dit. Maintenant, puisque l'âme est immortelle, il doit en arriver à peu près de la sorte. Cela convient, il vaut la peine de le croire ; c'est un beau hasard à courir.*

Socrate est donc tout en nuance et il est souvent difficile de vouloir fixer sa pensée. Ce qui soutient sa croyance en l'immortalité de l'âme et en son jugement est la nécessité, à ses yeux, d'une sanction morale qui clôt la vie du juste ou du méchant. Il n'a pas en ce domaine d'évidence mais une opinion qu'il estime juste, une conjecture raisonnable, une certitude morale. Il a donc vécu dans cette espérance faisant son affaire « de soigner son âme », de la « rendre semblable aux dieux ».

Ainsi, l'homme commence à croire en la divinité, non par peur ou par utilitarisme, mais parce que son âme est divine et qu'elle est donc « capable » de connaître Dieu, démiurge personnel, créateur du monde.

A partir de la croyance en l'immortalité de l'âme, se développe des « théologies » mythiques. Selon l'une d'entre elles, les hommes sont issus à la fois du sang des Titans et du sang d'un Dionysos, fils de Zeus qui fut dévoré par ces Titans. Chez l'homme, la partie provenant des Titans était le corps, souillé et marqué à jamais par ce crime initial, la partie divine était l'âme qui, grâce à des purifications successives, pouvait se libérer de la prison du corps et retrouver sa nature divine primitive.

Après la conquête d'Alexandre, la notion de la parenté entre tous les hommes accélère la conception universaliste de l'humanité. La cosmogonie se renouvelle. La terre n'est plus une simple galette, un disque plat, posé sur l'océan avec au-dessus la voûte céleste où sont suspendus les astres et en dessous les Enfers, elle est au centre d'un monde interstellaire en mouvement.

Il n'y a donc plus de place pour les Enfers souterrains. La conception de la survie et de la destinée de l'âme évolue. Celle-ci est de plus en plus « représentée » comme une étincelle divine, astrale dont le séjour normal est dans l'Ether. Mais, elle doit se purifier progressivement en s'élevant à travers les différentes régions ou sphères célestes, avant de fusionner avec le Divin comme l'étincelle dans le feu.

Même si le peuple continue à croire aux Enfers, cette croyance plus élaborée de l'âme immortelle et céleste, avec bien des variantes, gagne une grande partie du monde intellectuel. Même les disciples du stoïcisme évoluent en ce sens. Pour Zénon, la sagesse consistait à vivre en accord avec la Nature universelle. Celle-ci est conçue comme un grand Corps vivant doté d'une Ame, un Cosmos unifié et dirigé par une Raison divine *(Logos)* dont l'homme, microcosme mortel, possède une parcelle. Dieu n'était alors qu'un principe ou une Loi rationnelle, immanente à l'univers physique à laquelle l'homme doit se conformer.

Mais certains de ses disciples se montreront moins rationalistes et plus attentifs au sort des âmes. Dieu se personnalise et, chez un Cléanthe, il devient même le dispensateur de tout bien qui éclaire l'esprit des hommes.

L'au-delà chez les Romains

Les Romains, où les rites de l'incinération et de l'inhumation ont coexisté, semblent avoir connu une double conception de la survie. Celle de la croyance ancienne en une survie diminuée, léthargique dans la tombe ou les Enfers et celle d'une possible immortalité bienheureuse ou céleste.

Les règles des rites funéraires, sacrifices et libations, étaient très strictes. Un mort sans sépulture ou non rituellement enseveli devenait un être malveillant qui venait tourmenter les vivants pour les rappeler à leur devoir.

Les Mânes, à l'origine les âmes des ancêtres défunts, sont en effet des divinités tutélaires ou malfaisantes selon qu'elles sont satisfaites ou non. Elles pouvaient « revenir » sous forme de Larves ou « Lémures » pour réclamer leur dû et faire souffrir les vivants.

Les fêtes annuelles des morts, telles que les « Lémuria », le culte domestique et quotidien des mânes des ancêtres étaient scrupuleusement accomplies par le *pater familias*. Il n'y a donc pas chez les Romains de séparation nette entre le monde des vivants et celui des morts, ceux-ci pouvant être une menace perpétuelle pour les vivants.

Bien que les rites funéraires romains ne semblent pas laisser de place à une transmigration possible des âmes, un mélange de traditions pythagoriciennes et orphiques se répandit néanmoins chez l'élite intellectuelle de l'empire. La libération de l'âme immortelle est reprise par un Cicéron : *C'est en haut que l'âme est appelée par son origine. Or, elle y sera avant de s'être libérée du corps, cette prison, quand elle aura secoué ses vices et, pure et légère, elle aura pris son vol vers la pensée divine* (*Lettre*, n° 70).

Virgile adopte, lui, la conception de la transmigration des âmes. Dans le sixième chant de son *Énéide*, il décrit Énée, fondateur mythique des Romains, descendu aux Enfers, y contemplant les âmes des futurs Romains qui attendent de renaître pour accomplir leur nouveau destin. Il y expose aussi sa conception de l'univers animé par un « souffle » qui structure et dynamise toute la matière et dont une parcelle constitue l'âme de toutes les créatures depuis les poissons jusqu'à l'homme.

L'âme, en s'incarnant, s'alourdit et devient le siège des passions terrestres. A sa mort, elle devra donc s'alléger, se purifier de toutes les souillures contactées dans cette prison de la matière. Il rejoint ici Platon.

Quant à Ovide, dans son dernier livre des *Métamorphoses*, il fait explicitement référence à la transmigration des âmes. Dans un univers en permanente transformation, le souffle vital de chaque être, qui n'est qu'un moment du devenir universel, doit passer d'un corps à un autre.

Si Sénèque, le stoïcien, fut lui aussi quelque temps séduit par la palingénésie, il fut pourtant plus sensible aux relations d'amitié et de parenté que le sage entretient avec Dieu, *père très aimant pour les hommes de bien.*

Comme le sein maternel qui nous porte neuf mois ne nous forme pas pour l'habiter toujours, mais bien pour ce monde où il nous dépose assez forts déjà pour respirer l'air et souffrir les impressions du dehors, ainsi le temps qui s'écoule de l'enfance à la vieillesse nous mûrit pour une seconde naissance. Une autre origine, un monde nouveau nous attend. Chaque jour que tu crois être le dernier est le jour de naissance de l'éternité (Sénèque, *Lettre à Lucilius*).

Épictète, lui, rompt avec l'entité abstraite de la physique stoïcienne et noue un véritable dialogue avec un Dieu vivant auquel on s'abandonne avec confiance au moment de la mort : *Ne me suis-je pas toujours présenté à toi le visage rayonnant ? Je suis prêt. Un signe ? Un ordre ? A présent, tu veux que je quitte la fête ? Je la quitte, plein de reconnaissance pour toi, parce que tu m'as jugé digne de partager la grande fête avec toi, de partager tes œuvres et de comprendre ton gouvernement* (*Entretiens*, III, 5,8-10).

Mais le stoïcisme et les autres courants de pensée, malgré leurs grandes qualités, resteront le fait d'une élite et ne toucheront pas le cœur de l'homme de la rue qui reste sans réponse très claire au sujet de l'au-delà. Ces philosophies et ces sagesses, trop intellectuelles et abstraites, ne répondaient pas vraiment à l'espérance des gens simples. Quant aux formes traditionnelles du culte aux dieux olympiens ou aux divinités tutélaires des Cités, il y a déjà longtemps qu'elles ne répondaient plus à l'angoisse existentielle de l'homme.

C'est pourquoi, la question de l'au-delà va susciter une véritable crise religieuse. Ce sera la grande vogue des religions à mystères dont le succès va contribuer à ranimer et à démocratiser la croyance en une survie bienheureuse longtemps réservée à une élite.

4

Des Mystères grecs au Nouvel Age

L'explosion d'une religiosité inquiète

Dans la Rome impériale de nombreux indices montrent qu'un profond changement culturel est depuis lontemps amorcé. Traditionnellement, les fidèles ne pénétraient pas à l'intérieur des temples réservés à la statue de la divinité ; les prêtres officiaient sur un autel extérieur.

Or, dans les grandes villes, les cérémonies sacrées, liturgiques, ont de plus en plus tendance à se dérouler à l'intérieur d'un édifice public ou privé. Là, une petite assemblée peut accomplir, dans la chaleur d'une intimité restreinte, des rites d'initiation et chercher à entrer en « communion » plus étroite avec telle ou telle divinité.

La géographie de l'au-delà se modifie, se dédramatise. Jadis les anciens représentaient l'errance misérable des morts dans les sombres ténèbres du Tartare. Désormais, les sarcophages se couvrent de scènes pastorales qui évoquent le séjour des morts dans de verts pâturages ou la navigation vers les Iles bienheureuses. Les textes épigraphiques promettent au défunt la lumière éternelle et évoquent l'ascension de l'âme dans l'éternité immuable.

Cette évolution des esprits se traduit au niveau du vocabulaire lui même : le mot *salus* qui désignait la santé au sens physique évoque désormais le « salut de l'âme ». La multiplication des rites initiatiques manifeste une recherche confuse de ce salut, d'une espérance pour la vie future, bref d'un moyen de vaincre l'impasse de la mort.

Car, dans un monde démesurément agrandi, la civilisation gréco-romaine n'a pas résolu l'angoisse fondamentale des hommes ! Le culte officiel et formel des Cités, l'Idée du Bien, du Premier moteur immobile ou de l'Ame du cosmos des philosophes ne répondent pas au désarroi intérieur de la majorité des citoyens. Ils ne touchent plus le cœur de cette multitude croissante des « déplacés » à l'intérieur de l'empire : esclaves, soldats, fonctionnaires qui seront les premiers à colporter à Rome et dans tout l'Occident les nouvelles religions de la Grèce, de l'Asie Mineure et d'Égypte.

Cet immense brassage de population relativise les dieux de chaque cité. Si certains sombrent dans le scepticisme cynique ou désabusé, d'autres sont en quête de sécurité, de consolation, de « religions » nouvelles !

On assiste alors, dans tout le Bassin méditerranéen, à une explosion de religiosité inquiète, irrationnelle et multiforme. On recourt à la magie, à l'astrologie et aux devins que l'on consulte pour le moindre événement. Mais le courant religieux le plus représentatif, le plus populaire est indéniablement celui des religions dites à « mystères ».

Elles ne sont pas véritablement une nouveauté mais elles vont connaître un développement inégalé. Leurs premières mentions remontent à Hérodote et aux tragiques grecs du Vᵉ siècle avant notre ère. Les « mystères » forment un ensemble de croyances et de cérémonies religieuses dont le contenu initiatique et ésotérique ne doit pas, en principe, être divulgué par les « initiés ». En fait, à l'origine, l'initiation était ouverte à tout citoyen parlant le grec et qui pouvait payer les droits fixés pour en bénéficier. Ainsi les célèbres mystères d'Éleusis près d'Athènes.

Plus tard, en intégrant les mythes des religions orientales, ils glisseront vers un syncrétisme croissant et prendront une coloration de plus en plus ésotérique où le meilleur et le pire vont se côtoyer. A l'opposé du formalisme des cultes anciens, des religions « officielles », institutionnalisées, ces nouveaux rites libèrent l'imaginaire, les aspirations les plus hautes comme les instincts les plus bas.

A l'époque impériale, ces nouvelles « religions », par des processions, des chants rythmés ou langoureux, une musique envoûtante, des mimes, des formules ou des objets sacrés, proposent à un petit nombre d'élus une initiation mystérieuse. Celle-ci leur permet d'avoir un contact personnel avec la divinité qui leur assure une vie éternelle ou d'accéder à une « connaissance » (gnose) secrète et d'être ainsi en « symbiose » avec l'Univers. Elles mériteront de plus en plus leur nom de « religions à mystères ».

Ainsi, par toute une série de purifications rituelles et d'épreuves successives, l'initié (le myste) a le sentiment d'être « sauvé » et d'appartenir à une élite privilégiée.

Bien souvent les religions à mystères ne faisaient que transposer les mythes multiséculaires et les rites des vieille religions agraires du cycle de la nature, celui de l'hiver et du printemps, de la mort et de la renaissance. L'homme devenait lui-même celui qui meurt et celui qui renaît à une vie nouvelle pour participer aux énergies cosmiques. Ces religions donnaient une dimension salutaire à ces vieux rites un peu magiques de la fécondité et de la vie. Elles se voulaient une assurance de sur-vie, de bonheur dans l'au-delà, d'union à la divinité et même parfois une promesse de déification.

Les « religions à mystères » établissaient-elles des liens d'amour entre l'initié et la divinité ? Selon les spécialistes, nous n'avons pas assez de textes pour trancher cette question et ceux-ci sont souvent décevants. Quand on les scrute pour tenter de percevoir l'état d'esprit des initiés, des « mystes », pour savoir pourquoi ils attachaient tant de prix à l'initiation d'Éleusis par exemple, on glane peu de choses.

Selon Aristote, Platon et Plutarque, l'initiation est comparée à une sorte d'illumination philosophique, une connaissance intérieure de ce que l'âme découvre après la mort. Aristophane, dans *Les grenouilles*, évoque bien l'atmosphère de la célébration des mystères d'Éleusis où on goûte les prémices d'une béatitude. On est un peu plus documenté sur les mystères orientaux de l'antiquité tardive (par les *Écrits hermétiques*) où il est souvent fait allusion au passage de l'anxiété à l'apaisement, de la terreur de la mort à l'espérance du salut.

Le poète satirique romain Juvénal aura beau ironiser sur cet « orientalisme » à la mode qui touchera même les empereurs en écrivant : *Les égouts de l'Oronte* (rivière d'Antioche) *coulent dans le Tibre*, rien ne pourra arrêter cet engouement croissant pour les religions nouvelles dont certaines rivaliseront jusqu'au Vᵉ siècle de notre ère avec cette autre religion venue d'Orient : le christianisme.

La rencontre de l'hellénisme et du christianisme

Alors qu'à Rome, Tibère interrogeait encore les astrologues et les magiciens pour s'assurer de son destin, dans une province orientale de l'Empire, un coin perdu en Galilée, un certain Jésus affirmait tranquillement : *Je suis le Chemin, la Vérité et la Vie. Qui croit en moi, fut-il mort, vivra !* Véritable bombe spirituelle qui, comme une onde de choc, allait se propager d'une extrémité de la Méditerranée à l'autre.

Mais l'effervescence religieuse des villes et le vieux paganisme rural ne préparaient pas nécessairement les voies de la prédication chrétienne. Comme aujourd'hui, le retour de l'irrationnel n'est pas automatiquement le signe d'un retour au Dieu de Jésus-Christ !

Au cours des trois premiers siècles de notre ère, le bassin méditerranéen a été le théâtre de cette rencontre passionnante, décisive entre deux univers culturels : celui de l'antiquité gréco-romaine et celui du judéo-christianisme.

Dans ce christianisme naissant, on peut relever à la fois des signes de continuité avec la culture de l'époque et des indices de ruptures radicales. Les déboires d'un saint Paul parlant de « résurrection » devant l'Aréopage sceptique d'Athènes (Ac 17,16-34) et quelques passages de ses lettres en sont une illustration : *Les Juifs demandent des miracles et les Grecs recherchent la sagesse ; mais nous nous prêchons un messie crucifié ; scandale pour les Juifs et folie pour les païens* (1 Co 1,19-24).

De fait, l'Événement Jésus Christ bousculait fondamentalement les croyances en Dieu et les conceptions de l'homme. Ce n'était plus l'homme qui cherchait la clé de l'au-delà, c'était Dieu lui-même qui prenait l'initiative d'« initier » l'homme aux mystères de son identité et de sa destinée future.

Si « l'initié » gréco-romain pouvait conclure un pacte d'alliance avec son dieu et si, par un certain nombre de pratiques secrètes, de formules ou de connaissances ésotériques, il pouvait s'assurer l'immortalité de l'âme, une vie bienheureuse après sa mort, jamais une divinité n'était venue assumer la condition humaine pour sauver et transfigurer l'homme !

De plus, ces « mystères » restaient souvent très formels et émotionnels. Il suffisait d'accomplir un certain nombre de rites initiatiques pour être assuré automatiquement de son salut. Ils n'engageaient pas nécessairement à un changement de vie, à une conversion intérieure ou morale. Ainsi l'initié pouvait très bien poursuivre une vie dissolue, continuer d'exploiter ses esclaves et être assuré de son salut ! Il avait gagné son « laissez-passer » pour la vie éternelle qu'il payait d'ailleurs parfois fort cher !

Le christianisme se présentera comme un don gratuit de Dieu, un « salut » offert à la liberté de tous les hommes. Mais loin d'être automatique, le salut chrétien exige une conversion, un changement radical de l'homme, y compris dans sa dimension sociale. Le message chrétien ne se veut pas un culte de plus dans l'Empire mais la Révélation d'une miséricorde divine dont la richesse est inépuisable ! Ce qui est un peu une nouveauté pour la pensée gréco-romaine.

Si « l'initié » était censé recevoir une illumination sur l'au-delà, il n'entrait pas pour autant dans une intimité permanente avec la divinité. Son « contrat » avec elle restait « extérieur ». Jésus-Christ n'était plus une Idée philosophique, une divinité avec laquelle on entrait en « communication » le temps d'une brève cérémonie initiatique ou un songe, mais un Visage, une Présence vivante, permanente, agissante au cœur de chaque croyant.

Son Esprit se joint à l'esprit de l'homme pour inspirer sa liberté, ses actions, sa prière et ses actes les plus ordinaires et leur conférer une valeur d'éternité !

Si quelqu'un m'aime, il gardera ma parole, et mon Père l'aimera et nous viendrons à lui et nous ferons chez lui notre demeure ! (Jn 14, 28). *Vous êtes le Temple de Dieu !* s'écriera saint Paul !

Ainsi l'Être Absolu, le Dieu inconnu qui, pendant des siècles, a hanté l'âme grecque reçevait enfin, dans le christianisme, un Nom et un Visage. Voilà le cœur de Bonne Nouvelle du Christ. Il n'a vécu, il n'est mort que pour révéler ce mystère du cœur de Dieu. Le christianisme devait donc toucher l'âme grecque dans son désir de s'unir à la divinité mais renouveler radicalement sa manière de concevoir Dieu.

Le Dieu des chrétiens, unique et transcendant, créateur et personnel, n'est pas une notion métaphysique ni une entité physique comme le Soleil, l'Éther ou le Feu, ni même le modèle suprême des idées platoniciennes, mais une Personne vivante et aimante ! Une puissance d'amour qui crée, aime le premier, invite l'homme à collaborer à sa création et à partager sa vie éternelle.

L'immense amour de la vie chez les Grecs trouvera aussi dans le Dieu des chrétiens une réponse inespérée : *Je suis venu, dit Jésus, pour que les hommes aient la vie et qu'ils l'aient en abondance* (Jn 10,10). Le Destin de l'homme n'est plus entre les mains d'un dieu capricieux mais d'un Dieu qui donne gratuitement, pardonne et désire le bonheur total de l'homme. Celui-ci n'a plus à conquérir sa survie puisque Dieu lui-même se fait homme afin que l'homme participe à sa divinité !

Finalement l'incarnation du Christ ennoblit non seulement la nature humaine mais toute la matière créée. En sa personne, il anéantit la dualité grecque entre la matière et l'esprit, entre un dieu bon créateur de l'esprit et un dieu mauvais, créateur de la matière.

La vie morale, éthique n'était plus le fruit d'un simple vouloir de l'homme mais un don de l'Esprit. Là où les stoïciens accomplissaient un acte ascétique, volontariste pour se libérer des contraintes humaines ou se forger une volonté sereine, les chrétiens accomplissaient un geste d'amour, accueillaient les dons de Dieu ! A la vertu terne et sans joie succède le bonheur d'être en harmonie avec un Dieu-Amour !

Ainsi toutes les belles vertus morales de l'âme grecque trouvaient dans le christianisme une autre source et une nouvelle signification, car tout prend un autre sens quand l'amour devient le point de départ, le dynamisme et le terme de tous les actes humains.

C'est une révolution culturelle majeure ! Et cette révolution est profondément mystique. Le christianisme sera essentiellement fondé sur une relation d'amour personnel : *Pierre, m' aimes-tu ?* S'initier au Mystère chrétien c'est tout simplement apprendre à aimer comme Dieu, se convertir à l'amour. Le seul rite d'initiation pour être sauvé ce sera le baptême : uni au Christ, mourir à tout ce qui nous empêche d'aimer et renaître en aimant

Face à une nouvelle mutation socioculturelle

Ce que nous venons d'évoquer suffit à montrer combien cette explosion de religiosité du début de notre ère n'est pas sans analogie avec ce qui se passe au sein du néo-paganisme occidental de cette fin du XXe siècle. Il serait assez facile de mettre en parallèle rites, cultes ésotériques et recherches gnostiques qui correspondent finalement à la même interrogation humaine devant l'angoisse de la mort, sur l'au-delà. Ainsi les nouveaux courants de pensée et les croyances en vogue tel que le « Nouvel Age » ne sont-ils pas si nouveaux que cela. Nous y retrouvons de nombreux éléments communs aux religions à mystères !

A l'aube du XXIe siècle, le christianisme se trouve confronté à une nouvelle mutation socioculturelle de grande amplitude. Hier comme aujourd'hui, cette rencontre est à la fois conflictuelle et enrichissante.

Comme hier, Il fallait se garder de vouloir « baptiser » trop vite la culture gréco-romaine ou d'affirmer dogmatiquement sa radicale incompatibilité avec l'Évangile, aujourd'hui encore, face à l'offensive des sectes modernes, il nous faut éviter les concordismes simplistes ou les rejets trop rapides.

Toute mutation importante est une invitation à une écoute attentive, au discernement vigilant et aussi à une interrogation lucide sur les schémas culturels et le vocabulaire que nous utilisons pour exprimer la foi et l'espérance chrétiennes.

Comme, jadis, la foi chrétienne a, peu à peu, en se gardant de tout syncrétisme, adopté la langue grecque pour exprimer son propre contenu, et a ainsi corrigé et élargi les meilleurs intuitions de la pensée hellénique, aujourd'hui encore, la lumière du Christ ressuscité peut et doit répondre aux meilleures aspirations et aux vraies interrogations de nos contemporains.

On n'imagine pas combien il a fallu, aux premiers chrétiens, de foi, de courage et de rayonnement, en particulier par la qualité contagieuse de leur vie, pour amener la culture gréco-romaine à Jésus-Christ ! Convaincre un romain d'adorer un juif crucifié et un Grec de croire à la résurrection du corps n'était pas plus évident que d'annoncer le Christ ressuscité à nos contemporains !

Nous devons témoigner que dans le christianisme ce n'est pas la « connaissance » qui sauve mais la foi qui accueille l'initiative, le don gratuit de Dieu. offert à tous sans distinction. Notre espérance ne se fonde pas sur une anthropologie déterminée d'avance ni sur des « représentations » toutes faites de l'au-delà mais sur la vie et résurrection insolite du Christ.

C'est lui qui révèle finalement la véritable identité de l'homme : une personne unique et non une simple parcelle du grand Tout au sein d'un panthéisme diffus, que son « corps » et l'ensemble de l'univers ont été créés par Dieu pour « ressusciter », que la foi n'est ni un secret ésotérique ni une élucubration cérébrale pseudo-scientifique mais une lumière et une vie offfertes à tous.

5

Du Shéol à la résurrection dans la tradition biblique

Voyage sans retour au pays de l'Ombre

Aussi étrange que cela puisse paraître, ce n'est que très tardivement que le peuple d'Israël accède à la croyance en la résurrection de l'homme.

Sans doute, on peut trouver, surtout dans le Pentateuque, des expressions telles que « être réuni à ses proches », qui témoignent de l'importance accordée à la sépulture dans le tombeau familial, condition d'un sommeil paisible. Mais il faudra attendre pratiquement les deux derniers siècles avant le Christ, pour que la foi du peuple d'Israël s'ouvre à la révélation d'une possible participation des croyants à la vie de Dieu.

Ainsi donc, paradoxalement, pendant des siècles, l'espérance de ce peuple enraciné dans une Alliance avec le Dieu unique, ne dépassera pas l'horizon de la terre de Canaan, terre de la Promesse où « coule le lait et le miel ». Quant à l'au-delà, il en gardera longtemps une médiocre conception !

Après sa mort, « l'âme[1] » ne connaît que le « Shéol » qui

1. Le mot « âme » ne désigne pas chez les hébreux un « principe spirituel », un « esprit personnel ». La traduction fréquente du mot hébreu

est quasi l'équivalent de « l'Hadès » des Grecs. Ce Shéol (encore appelé Enfers) est un lieu de ténèbres, de poussière. Le livre de Job et le prophète Isaïe nous en donnent des descriptions peu réjouissantes, assez proches de la littérature mésopotamienne.

Et ils durent si peu, les jours de mon existence ! Cesse donc de me fixer, pour me permettre un peu de joie, avant que je m'en aille sans retour au pays des ténèbres et de l'ombre épaisse, où règnent l'obscurité et le désordre, où la clarté même ressemble à la nuit sombre (Jb 10, 20-22).

Initialement, en Israël, la mort n'était pas envisagée comme directement liée au châtiment du péché. Ces deux notions ne furent pas immédiatement et explicitement associées. La mort était l'aboutissement normal de l'homme fragile et mortel.

Or mon espoir, c'est d'habiter le shéol, d'étendre ma couche dans les ténèbres. Je crie au sépulcre : « Tu es mon père ! », à la vermine : « C'est toi ma mère et ma sœur ! » Où donc est-elle, mon espérance ? Et mon bonheur, qui l'aperçoit ? Vont-ils descendre à mes côtés au shéol, sombrer de même dans la poussière ? (Jb 17,13-16).

Sinistre lieu de silence glacial et de solitude. *Si Yahvé ne me venait en aide, bientôt mon âme habiterait le silence* (Ps 94,17).

Le voyage dans ce noir pays est sans retour possible. Les portes de la mort se referment à jamais sur l'homme qui meurt.

As-tu pénétré jusqu'aux sources marines, circulé au fond

néphèsh par « âme » est une peu piégée. Car ce mot désigne dans la Bible « le principe vital », le souffle qui fait que l'homme est vivant, sans plus de précision, et ne permet donc pas d'imaginer l'immortalité d'une âme séparée du corps. Vivre, c'est respirer. La Bible dit aussi que l'homme est composé de chair et de sang. Le sang étant souvent considéré comme le siège du principe vital. *La vie de toute chair, c'est son sang* (Lv 17,14) ; d'où l'interdiction de consommer le sang. Quant au mot *ruah*, qui signifie le vent, le souffle, il n'est guère plus apte à désigner « l'âme » dans le sens où nous l'entendons habituellement. C'est pourquoi quand Israël s'ouvrira à l'idée d'une vie possible au-delà de la mort, cela ne pourra être qu'une résurrection de l'homme tout entier.

de l'Abîme ? Les portes de la Mort te furent-elles montrées, as-tu vu les portiers du pays de l'Ombre ? (Jb 38,16-17 ; cf. Jon 2,7).

Dans cet univers souterrain, l'homme n'est plus que l'ombre de lui-même, réduit à mener une vie végétative ou léthargique[2]. Bref on se demande ce que peu bien encore signifier cette pâle « survie » de larves misérables et si le retour au néant ne lui serait pas préférable ! On comprend fort bien l'angoisse scandalisée de Job dont la fidélité à Dieu ne débouche que sur une si misérable perspective !

Désormais je serai invisible à tout regard, tes yeux seront sur moi et j'aurai disparu. Comme la nuée se dissipe et passe, qui descend au shéol n'en remonte pas. Il ne revient pas habiter sa maison et sa demeure ne le connaît plus. Et c'est pourquoi je ne puis me taire, je parlerai dans l'angoisse de mon esprit, je me plaindrai dans l'amertume de mon âme... Car bientôt je serai couché dans la poussière, tu me chercheras, et je ne serai plus (Jb 7,8-21).

Et, contrairement à la plupart des autres civilisations, tous les hommes subissent le même sort, y compris les puissants de ce monde. Isaïe, dans une satire sur le roi de Babylone, écrit :

Te voilà, toi aussi, anéanti comme nous, tu nous es devenu semblable. Ton faste est précipité au shéol avec la musique de tes harpes ; sous toi, s'étend un matelas de vermines, te voilà couvert de larves... Te voilà tombé au shéol, dans les profondeurs de l'abîme ! (Is 14,10s).

Dans, ce Shéol, il n'y a aucune distinction entre les bons et les mauvais, tous sont voués à l'oubli de la vie antérieure, des amours vécus et même de la connaisance de Dieu puisque, comme le disent les psalmistes, les morts ne peuvent louer celui qui n'est que le « Dieu des vivants » :

Car, dans la tombe nul souvenir de toi :
Dans le shéol, qui te louerait ? (Ps 6,6).

2. Ceux qui y résident sont appelés *rephaïm*, les faibles, les exténués ! Mais il faut noter que la Bible n'envisage jamais la néantisation de l'homme. Si la *néphèsh*, son « souffle vital » est d'intensité variable et peut même devenir quasi nul dans le Shéol, l'homme fait toujours partie du monde créé.

Ma vie est au bord du shéol,
Je suis déjà compté comme descendu dans la fosse,
je suis un homme fini :
exclu parmi les morts,
comme les tués qui gisent dans la tombe,
eux dont tu n'as plus souvenir
et ils sont retranchés de ta main.
Tu m'as mis au tréfonds de la fosse,
dans les ténèbres, dans les abîmes...
Parle-t-on de ton amour dans la tombe,
de ta fidélité au lieu de perdition ?
Connaît-on dans la ténèbre tes merveilles
et ta justice au pays de l'oubli ? (Ps 88,6-13).

Son âme, qu'en sa vie il bénissait,
ira rejoindre la lignée de ses pères
qui plus jamais ne verront la lumière (Ps 49,19-20).

Peut-on trouver plus dramatique désespérance ? On comprend leurs supplications afin que Dieu ne les laisse pas tomber dans le séjour des morts :

Que gagnes-tu à mon sang, à ma descente en la tombe ? Te loue-t-elle, la poussière, annonce-t-elle ta vérité ? (Ps 30,10).

Ainsi le peuple hébreu, bien que très attaché à sa foi monothéiste, ne fait guère preuve d'un mysticisme débordant par rapport au phénomène de la mort. Et sa conception du Shéol est celle du bon sens populaire qui constate que l'homme, une fois mort, il n'en reste guère que son corps « descendu » dans les noires entrailles de la terre où il se dégrade.

En l'absence de tout avenir dans l'au-delà, l'espérance ne peut pas dépaser le domaine de la vie terrrestre. Elle mettra du temps pour passer de l'horizon des biens immédiats, terrestres aux biens spirituels. Le bonheur, la longévité, la fécondité et la prospérité liés aux Promesses de Dieu, signes de sa bénédiction, doivent donc impérativement se réaliser dès ici-bas.

Pour avoir écouté ces coutumes, les avoir gardées et mises en pratique, le Seigneur ton Dieu te gardera l'alliance et l'amour qu'il a jurés à tes pères. Il t'aimera, te bénira, te multipliera ; il bénira le fruit de ton sein et le fruit de ton sol, ton blé, ton vin nouveau, ton huile, la portée de tes vaches et le croît de tes brebis, sur la terre qu'il a juré à tes pères de te donner.

Tu recevras plus de bénédictions que tous les peuples. Nul chez toi, homme ou femme, ne sera stérile, nul mâle ou femelle de ton bétail. Le Seigneur détournera de toi toute maladie ; il ne t'infligera pas ces méchants maux d'Égypte que tu as connus, mais il les enverra à tous ceux qui te haïssent (Dt 7,12-15 ; cf. aussi Dt 8,7-10).

Puisque la seule victoire de l'homme contre la mort est dans ses enfants, il faut impérativement engendrer une nombreuse famille.

Quand tu seras couché avec tes pères, je maintiendrai après toi le lignage issu de tes entrailles (2 Sm 7,12).

Et inversement, tout malheur ou épreuve terrestre étaient considérés comme un abandon ou un avertissement de Dieu. La malédiction suprême était de mourir avant d'avoir pu être « rassasié de jours ».

La foi scandalisée par l'injustice

Mais il y avait une certaine contradiction latente dans la foi de ce peuple, entre les promesses du Dieu de l'Alliance et leurs réalisations concrètes dans la vie quotidienne du croyant. Tôt ou tard, devait surgir le scandale d'une évidente injustice. Le spectacle de la prospérité matérielle, de la bonne santé insolente, d'une longue vie heureuse accordées à celui qui ne se soucie guère de Dieu, et celui des infortunes et des épreuves subies par le juste, devinrent insupportables.

Cette prise de conscience s'affina avec le développement du sens de l'individu comme personne unique. Jusqu'à l'Exil, promesses et rétributions sont presque toujours collectives et concernent le peuple dans son ensemble. Peu à peu, sous l'influence de prophètes tels que Jérémie et Ézéchiel, la responsabilité de l'individu, jusque-là immergée dans la solidarité du clan ou la tribu, émerge.

Un fils ne portera pas la faute de son père, ni un père la faute de son fils : la justice sera sur lui et la méchanceté du méchant sera sur lui (Éz 18,20). Ce qui conduira le psalmiste à dire clairement : *Tu rétribues, toi, chacun, selon ses œuvres* (Ps 62,13).

Mais cette avancée considérable, en l'absence de toute espérance au-delà de la mort, ne fera qu'intensifier la révolte du juste injustement traité sur terre ! C'est la grande question du livre de Job, déjà évoqué, qui réfute le discours moralisateur des « bien-pensants » l'invitant à reconnaître une culpabilité personnelle cachée, puisqu'il endure le malheur !

Pourquoi les méchants restent-ils en vie,
vieillissent-ils et accroissent-ils leur puissance ?
Leur postérité devant eux s'affermit
et leurs rejetons sous leurs yeux subsistent.
La paix de leurs maisons n'a rien à craindre,
les rigueurs de Dieu les épargnent.
Leur taureau féconde à coup sûr,
leur vache met bas sans avorter.
Ils laissent courir leurs gamins comme des brebis,
leurs enfants bondir comme des cerfs.
Ils chantent avec tambourins et cithares,
se réjouissent au son de la flûte.
Leur vie s'achève dans le bonheur,
ils descendent en paix au shéol.
Eux, pourtant, disent à Dieu : « Ecarte-toi de nous,
connaître tes voies ne nous plaît pas !
Qu'est-ce que Shaddaï pour que nous le servions,
quel profit pour nous à l'invoquer ?
Le bonheur n'est-il pas en leurs mains ? (Jb 21, 7-16).

De nombreux psaumes font entendre un écho pathétique à ce cri de révolte, à cette question sans réponse. Ces imprécations qui réclament le malheur pour le méchant ne sont-elles pas, dans cette perspective d'absence de vie réelle dans l'au-delà, des prières pour que justice soit rendue ?

Mais l'Esprit, inspirateur en particulier des prophètes, va peu à peu élargir cette conception étriquée du Shéol. Dieu est un pédagogue patient qui commence par nous faire désirer ce qu'il veut nous donner. Des intuitions commencent à jaillir ici et là.

Je sais, moi, que mon défenseur est vivant,
que lui, le dernier, se dressera sur terre.
Une fois ma peau détruite, je l'apercevrai,
hors de ma chair, je verrai Dieu.
Celui que je verrai sera pour moi,
à mes yeux, il n'apparaîtra plus indifférent (Jb 19,25-27).

De l'avis des exégètes, ce texte admirable n'est pas encore l'émergence de la notion de « résurrection », mais l'expression d'une foi audacieuse qui ose imaginer que, pour manifester sa justice, Dieu serait même capable d'accomplir l'impossible s'il le voulait. Mais ce « rêve » est encore impensable comme l'indique le reste du texte. Job n'ira pas plus loin. Il tient les deux termes de l'équation, la fidélité de Dieu et sa conscience intègre, mais il ne sait pas encore comment la résoudre. Grandeur d'une foi qui, devant l'enigme insoluble, se contente de dire humblement : *Je sais que tu peux tout* (Jb 42,2).

Anne, dans son cantique, pressent elle aussi que la puissance créatrice de Dieu n'est pas arrêtée par la mort. Il est capable de rendre la vie, car il est aussi bien maître du Shéol que du ciel. *Le Seigneur fait mourir et le Seigneur fait vivre, il fait descendre au shéol et en fait remonter* (1 S 2,7).

Quant à Qohélet, ses propos ne sont pas celui d'un « désabusé » mais d'un homme insatisfait des « rétributions » terrestres, si éphémères. Le bonheur de l'homme sur terre, même comblé par les richesses et la notoriété, ne fait pas le poids face à l'horreur de la mort ! Sa soif de vivre n'y trouve pas son compte. Dieu n'aurait-il que ces biens fugitifs à nous donner ? *J'ai regardé tout ce qui se fait sous le soleil : tout est vanité et poursuite de vent* (Qo 1,14).

Quand les intuitions de l'amour pressentent une issue possible

La grande épreuve de l'Exil, l'effondrement du royaume d'Israël, la destruction du Temple de Jérusalem, la disparition de la lignée davidique, obligent ce peuple à creuser le contenu des promesses du Dieu de l'Alliance. La foi s'intériorise. Certains psaumes post-exiliques manifestent une relation de plus en plus intime avec ce Dieu, source de paix et de joie intérieures.

Garde-moi, ô Dieu, mon refuge est en toi.
J'ai dit au Seigneur : c'est toi mon Seigneur,
Je n'ai pas de plus grand bonheur que toi !
Seigneur, ma part d'héritage et ma coupe,
tu tiens mon destin.
Je bénis le Seigneur qui me conseille,
même la nuit, mon cœur m'instruit.
Je garde sans cesse le Seigneur devant moi ;
puisqu'il est à ma droite, je ne bronche pas.
Aussi, mon cœur se réjouit, mes entrailles jubilent,
et ma chair reposera en sûreté ;
car tu ne peux abandonner mon âme au shéol,
tu ne peux laisser ton ami fidèle voir la fosse.
Tu me fais connaître le chemin de vie,
devant ta Face, plénitude de joie,
en ta droite, délices intarissables (Ps 16).

Ce psaume est à l'évidence l'écho d'une authentique vie mystique au sens fort du terme. Cette relation béatifiante est si profonde qu'elle aspire spontanément à se prolonger éternellement. Le désir s'oriente vers une espérance qui n'ose pas encore rompre le mur de la mort[3]. On pourrait citer d'autres approches qui illustrent combien les intuitions de l'amour, animé par l'Esprit même de Dieu, dépassent les

3. La version grecque de ce psaume, dans la Septante, fera le « saut » en traduisant le verset : *Tu ne peux laisser ton ami fidèle voir la fosse* par *Tu ne peux laisser ton ami voir la corruption*. Exemple type du travail subtil de l'Esprit qui fait progresser la Révélation par un apport culturel extérieur à la tradition biblique, en l'occurrence l'hellénisme des juifs d'Alexandrie.

pensées de l'homme souvent prisonnières des limites de son environnement culturel. *Mais Dieu rachètera mon âme ; des griffes du shéol, il me prendra* (Ps 49,16).

Qui donc aurais-je dans le ciel ?
Avec toi, je suis sans désir sur le terre.
Et ma chair et mon cœur sont consumés ;
Roc de mon cœur, mar part, Dieu à jamais !
Pour moi, approcher Dieu est mon bien,
j'ai placé dans le Seigneur mon refuge,
afin de raconter toutes tes œuvres (Ps 73,25-28).

Que Dieu soit sa béatitude et son bonheur c'est clair, mais il ne sait pas encore comment cela pourrait être posssible à jamais !

Visions d'une restauration collective possible

De grands prophètes visionnaires ont commencé à utiliser une certaine notion de « résurrection, non pas dans un sens personnel, mais comme image d'une « restauration collective » du peuple d'Israël, après une catastrophe ou après l'Exil, afin de raviver son espérance. Ainsi la célèbre métaphore d'Ézéchiel à propos des ossements desséchés du peuple qui reprennent vie par la Parole de Dieu et au souffle de son Esprit.

Les voilà qui disent : « Nos os sont desséchés, notre espérance est détruite, c'en est fait de nous. » Ainsi parle le Seigneur Dieu : « Voici que j'ouvre vos tombeaux, et je vais vous faire remonter de vos tombeaux, mon peuple, et je vous reconduirai sur votre propre sol... Je ne leur cacherai plus ma face, car je répandrai mon Esprit sur la maison d'Israël...

Voici que je vais faire entrer en vous l'esprit, et vous vivrez... Je vous donnerai un cœur[4] *nouveau... je mettrai en vous mon propre Esprit* » (Ez .36 à 39, *passim*).

4. Le « cœur » au sens biblique du terme est une autre manière de parler du souffle ou de l'esprit en l'homme qui se laisse ou non animé par l'Esprit

Force mystérieuse des mots inspirés dont la richesse dépasse la pensée de leur auteur et qui préparent déjà le vocabulaire nécessaire pour l'étape suivante de la Révélation !

Enfin, l'étonnante figure du « Serviteur » qui, tout en incarnant le peuple de l'Alliance, a une telle personnalité que spontanément les judéo-chrétiens l'identifieront avec le Christ. Les pressentiments d'une possible résurrection se densifient : *S'il offre sa vie en expiation, il verra une postérité, il prolongera ses jours... Après les épreuves de son âme, il verra la lumière et sera comblé* (Is 53,9-11).

La crise qui suivit l'Exil et la désillusion du Retour va donner naissance, vers le VIe siècle avant J.-C., à la littérature apocalyptique qui connaîtra son apogée entre le IIe siècle avant notre ère et le IIe siècle après.

Face à la menace de la disparition du peuple de la Promesse, puisqu'il n'y a vraiment plus rien à espérer de la terre et des hommes, l'espérance est comme projetée du côté de Dieu dont la fidélité, à la fin des temps, fera justice à son peuple. Ce n'est pas le désir de durer chez l'homme qui en est le ressort mais la fidélité de Dieu dont le Dessein mystérieux doit nécessairement se réaliser quoi qu'il arrive à l'histoire des hommes. On trouve déjà des traces de ce genre littéraire dans les parties les plus récentes du recueil du Livre d'Isaïe : *Tes morts revivront, leurs cadavres ressusciteront ; réveillez-vous et exultez, tous les gisants dans la poussière, car la rosée est une rosée de lumière, et le pays des ombres enfantera* (Is 26,19).

Même si le contexte indique que cette espérance vise toujours un réveil national, elle se précise indéniablement. Une victoire définitive contre la mort est même envisagée comme un avenir possible ! *Il enlèvera sur cette montagne le voile du deuil qui voilait tous les peuple et le suaire qui enseve-*

de Dieu *(ruah)*. Être soi-même, réellement vivant, c'est donc accueillir le don de Dieu, son Esprit. Plus l'homme s'ouvre à Lui, plus il dépasse l'idolâtrie qui consiste à se faire centre absolu, et plus l'homme devient lui-même. Le pécheur est celui qui *méconnaît Celui qui l'a façonné, qui lui a insufflé une âme agissante et inspiré un souffle vital* (Sg 15,11).

lissait toutes les nations, il fera disparaître pour toujours la Mort (Is 25,7-8).

Une résurrection personnelle enfin entrevue

Disputée, annexée et piétinée par les successeurs d'Alexandre, la terre d'Israël, après la disparition de l'empire perse, se retrouve sous la domination des Grecs. Si certains responsables juifs furent séduits par leur culture, de tous les peuples hellénisés, Israël fut le seul à refuser farouchement toute tentative d'assimilation. Et quand Antiochus Épiphane, vers l'an 167, décida d'ériger une statue de Zeus dans le Temple de Jérusalem, la résistance passive se transforma en révolte armée. Il s'ensuivit une violente persécution religieuse qui fit couler le sang de nombreux martyrs et relança, avec une nouvelle acuité, la question du sort de ceux qui meurent.

Le livre de Daniel est le type même de la littérature apocalyptique, véritable manuel de résistance qui, en langage codé, soutient l'espérance des combattants. C'est dans ce livre que, dans un contexte de fin des temps et de résurrection générale, la résurrection personnelle est enfin affirmée sans ambiguïté.

En ce temps-là, ton peuple sera sauvé : tous ceux qui se trouvent inscrits dans le Livre. Et un grand nombre de ceux qui dorment au pays de la poussière s'éveilleront, les uns pour la vie éternelle, les autres pour la réprobation éternelle. Les sages resplendiront comme la splendeur du firmament, et ceux qui ont enseigné la justice à un grand nombre, comme les étoiles, pour toute l'éternité (Dn 12,1-3).

La méditation sur la logique de la création et le désir de voir Dieu rétablir la justice ont alimenté la foi apocalyptique juive. Et ce n'est pas par hasard si la Résurrection générale se déroule dans le cadre d'un Jugement final, avec une rétribution appropriée à chacun : pour les uns la vie éternelle et pour les autres le rejet définitif.

Un demi-siècle plus tard, dans le deuxième livre des Martyrs d'Israël, l'espérance en la résurrection est à nouveau fortement affirmée. Il n'est pas possible que ces héros de la foi qui donnent leur vie pour Dieu puissent être engloutis à jamais dans le Shéol, comme le confessent les sept frères martyrisés l'un après l'autre.

Le Roi du monde nous ressuscitera pour une vie éternelle, nous qui mourons pour être fidèles à ses lois... C'est du Ciel que je tiens ces membres, mais à cause de ses lois je les méprise et c'est de lui que j'espère les recouvrer de nouveau (2 M 7, 9 et 11).

Leur mère soutient le dernier en lui disant :

Je ne sais comment vous avez apparu dans mes entrailles ; ce n'est pas moi qui vous ai gratifiés de l'esprit et de la vie ; ce n'est pas moi qui ai organisé les éléments qui composent chacun de vous. Aussi bien le Créateur du monde, qui a modelé l'homme à son origine, qui a inventé originellement toutes choses,vous rendra-t-il, dans sa miséricorde, le souffle de vie, puisqu'aujourd'hui vous ne faites pas cas de vous-mêmes par amour de ses lois (2 M 7, 22-23).

Cet éveil de l'espérance en la résurrection personnelle entraîne immédiatement une solidarité nouvelle entre les défunts et les vivants. Sur le cadavre des compagnons d'armes de Juda, morts pour la cause Dieu, on retrouve des amulettes païennes — volées à l'ennemi ! Quoi qu'il en soit, afin qu'ils ne soient pas frustrés de leur récompense en Dieu, Juda fait prier pour eux : *Ils se mirent en prière pour demander que le péché commis fût entièrement effacé*, et il organise une collecte afin que des sacrifices puissent être faits pour eux à Jérusalem *agissant ainsi fort bien... Car, s'il n'avait pas espéré que les soldats tombés dussent ressusciter, il était surperflu et sot de prier pour les morts* (2 M 12,42-44).

C'est la première allusion dans la Bible d'une situation intermédiaire après la mort au cours de laquelle les défunts peuvent être purifiés avant d'entrer dans la plénitude de Dieu.

La révélation progresse. Cette espérance en la « résurrection » s'appuie sur la fidélité et la puissance de Dieu dont elle est un acte créateur. Elle n'est pas une simple projection d'une vie terrestre embellie mais un autre « monde ». Mais la question du « comment » n'est pas pour autant résolue ! La conception traditionnelle de l'unité de l'homme s'accorde mal avec cette nouvelle espérance en la résurrection et le fait que les corps des martyrs ou des soldats tués gisent sur la terre[5] !

Ce sera sans doute la culture hellénique, pourtant repoussée si vivement par ce peuple, qui à son insu, lui fournira les concepts nécessaires pour envisager la possibilité d'une vie dans l'au-delà en dépit de la corruption du corps biologique.

Le souffle de l'homme est impérissable

La tradition juive ne pouvait concevoir une « âme » incorruptible, capable d'une activité spirituelle, séparée du corps. Mais le vocabulaire platonicien fait son entrée dans la Bible avec le livre de la Sagesse, écrit en grec et directement influencé par la culture hellénique[6].

Pénétré de la tradition juive, le sage n'hésite pas cependant à employer de nouveaux concepts plus appropriés pour exprimer sa foi en la résurrection. Dieu « ami de la vie » n'est pas responsable de la mort. *Il n'a pas fait la mort* (Sg 1,3). La Sagesse se situe dans la logique de la création, Dieu *a tout créé pour que tout subsiste* (1,14) ; et si Dieu a fait l'homme à son image, cela signifie qu'il *a créé l'homme incorruptible*, parce que son *souffle est impérissable* (12,1).

5. Dans la Bible, *nefèsh* désigne la totalité humaine de chacun comme force vivante, le moi autonome, et *basar* qualifie ce qui est limité en l'homme, sa fragilité constitutive. Traduire le premier par « âme » et le second par « corps » — et comment faire autrement ! — entraîne le risque de les considérer comme deux composantes distinctes de l'être humain, ce qui n'est absolument pas la cas dans la pensée biblique qui ne privilégie ni ne déprécie l'un pour l'autre.

6. Le passage des concepts hébreux aux concepts grecs avait déjà été préparé par la traduction de l'ensemble de la Bible en grec, la Septante, rédigée pour la diaspora juive à Alexandrie vers la fin du IIIᵉ siècle, où le mot hébreu *néphèsh*, principe vital, fut traduit le plus souvent par *psuché*, âme.

Et par un paradoxal renversement, il décrit le raisonnement des « impies » qui ressemble étonnamment à celui de toute la tradition biblique antérieure, hormis les conclusions qu'il en tire !

Car ils disent entre eux, dans leurs faux calculs : « Courte et triste est notre vie ; il n'y a pas de remède lors de la fin de l'homme et on ne connaît personne qui soit revenu de l'Hadès.

Nous sommes nés du hasard, après quoi nous serons comme si nous n'avions pas existé. C'est une fumée que le souffle de nos narines, et la pensée, une étincelle qui jaillit au battement de notre cœur ; qu'elle s'éteigne, le corps s'en ira en cendres et l'esprit se dispersera comme l'air inconsistant.

Avec le temps, notre nom tombera dans l'oubli, nul ne se souviendra de nos œuvres ; notre vie passera comme les traces d'un nuage, elle se dissipera comme un brouillard que chassent les rayons du soleil et qu'abat sa chaleur.

Oui, nos jours sont le passage d'une ombre, notre fin est sans retour, le sceau est apposé et nul ne revient. Venez donc et jouissons des biens présents, usons des créatures avec l'ardeur de la jeunesse.

Enivrons-nous de vins de prix et de parfums, ne laissons point passer la fleur du printemps, couronnons-nous de boutons de roses, avant qu'ils ne se fanent » (S 2,1-7).

Et le Sage a soin d'ajouter aussitôt : *Ainsi raisonnent-ils, mais ils s'égarent, car leur malice les aveugle. Ils ignorent les secrets de Dieu, ils n'espèrent pas de rémunération pour la sainteté, ils ne croient pas à la récompense des âmes pures.*

Oui, Dieu a créé l'homme pour l'incorruptibilité, il en a fait une image de sa propre nature ; c'est par l'envie du diable que la mort est entrée dans le monde : ils *en font l'expérience, ceux qui lui appartiennent ! Les âmes des justes sont dans la main de Dieu. Et nul tourment ne les atteindra.*

Aux yeux des insensés, ils ont paru mourir, leur départ a été tenu pour un malheur et leur voyage loin de nous pour un anéantissement, mais eux sont en paix. S'ils ont, aux yeux des hommes, subi des châtiments, leur espérance était pleine d'immortalité... Ceux qui mettent en lui leur confiance comprendront la vérité et ceux qui sont fidèles demeureront auprès de lui dans l'amour, car la grâce et la miséricorde sont pour ses saints et sa visite est pour ses élus....

Le juste, même s'il meurt avant l'âge, trouve le repos. La vieillesse honorable n'est pas celle que donnent de longs jours, elle ne se mesure pas au nombre des années...Devenu agréable à Dieu, il a été aimé, et, comme il vivait parmi des pécheurs, il a été transféré. Il a été enlevé... (Sg 2,1 à 4,7).

Ce texte témoigne d'une profonde révolution de mentalité. Désormais le bonheur réel et la fidélité de Dieu à ses promesses ne se mesurent plus à la prospérité matérielle ni à la longévité de la vie terrestre. La foi en une vie éternelle près de Dieu est désormais clairement attestée.

Mais si la réflexion biblique a emprunté le vocabulaire hellénique, telle que l'expression « immortalité de l'âme », elle reste fidèle à elle-même. Les images employées pour en esquisser le sens restent sobres et bien hébraïques : le repos et la paix, la lumière, la participation à la puissance de Dieu, la vie auprès de lui dans l'amour. Elle ne cherche pas trop à élucider ce qui se passe entre la mort et la résurrection générale[7].

Sa foi en la résurrection n'est pas le fruit d'un raisonnement philosophique sur le composé humain mais de la révélation de Dieu qui emprunte la diversité des cultures et des langues. Pour le sage juif, la résurrection est un don du Dieu créateur et non l'aboutissement d'un raisonnement métaphysique sur l'immortalité de l'âme.

L'image du Shéol commun ne disparaît pas pour autant dans le langage apocalyptique, mais elle est réintégrée dans cette nouvelle perspective de la résurrection et de l'universalité cosmique du dessein de Dieu.

7. Vivre au-delà de la mort, c'est pour la *néphèsh* retrouver le souffle que Dieu lui avait donné et repris. Aucune mention du corps ! Mais comme la *néphèsh* ne peut vivre sans corps, n'est pas humaine sans corps, on peut supposer que le corps l'accompagne d'une façon mystérieuse dans l'au-delà. Le Sage n'en dit rien !

Il n'est plus un séjour indifférencié pour tous les défunts, mais il se subdivise, avec de multiples demeures où les morts, à différents degrés, attendent la résurrection générale. Ainsi le livre d'Hénoch (apocryphe) décrit les quatre cavités ou réservoirs des âmes, l'une lumineuse pour les esprits des justes, les trois autres pour les pécheurs répartis selon leur culpabilité.

« L'Enfer », cette partie du Shéol réservée maintenant aux impies et aux réprouvés, va devenir plus tard une « fournaise de feu », image probablement empruntée à ce feu qui couve en permanence sous les immondices de la vallée de Géhenne, au pied de Jérusalem. L'imagination populaire y fera régner Satan.

L'idée de la résurrection s'impose

La notion de la résurrection des morts va largement s'imposer en Israël à partir du Ier siècle avant notre ère. A l'époque du Christ, elle est devenue un bien commun du judaïsme, même si certains courants tels que celui des sadducéens la refusent, comme le montre le célèbre passage des Évangiles sur la question de la femme qui eut sept maris (Mt 22,23-28).

Ainsi, plusieurs facteurs ont progressivement conduit le peuple de Dieu à s'ouvrir à la notion de résurrection. L'approfondissement de l'Alliance entre Dieu et l'homme, comprise comme un lien d'amour. Ce Dieu qui aime sa création ne peut pas vouloir sa destruction éternelle.

L'aspiration profonde du croyant à vivre toujours plus intimement et éternellement avec Dieu. Ce désir de communion n'est-il pas la conséquence logique du fait que l'homme a été créé à l'image et à la ressemblance de son Créateur ?

La nécessité d'une justice qui respecte Dieu et l'homme. Le Shéol qui ramenait tous les hommes au niveau zéro quelle que soit la qualité de leur vie et de leur amour sur terrre était un scandale insoutenable pour le juste et contredisait l'espérance des martyrs. Enfin la prise de conscience du mystère de Dieu, source créatrice de la Vie, plus fort que la mort et capable de créér ce qu'il veut.

La Bible nous apprend surtout que l'espérance en la résurrection est une aspiration que l'Esprit même de Dieu a déposée dans le cœur de l'homme. Et les grandes étapes pédagogiques de la Révélation répondent aux attentes de l'homme et même les dépasseront avec le Christ.

6

Le paradis d'Allah

Recréation ou résurrection ?

Le Coran détaille abondamment les phases successives de la « fin du monde » : la résurrection des morts, le jugement, la rétribution par le paradis ou l'enfer. Ces thèmes, avec force menace de châtiments éternels, ont d'ailleurs été parmi les tout premiers de la prédication de Mohammed afin d'inciter les riches de La Mecque à changer d'attitude envers les plus pauvres.

Cette tonalité demeure à travers tout le Coran et toute l'histoire de l'islam. Elle englobe l'ensemble de la vie morale. Car c'est finalement, comme dans le christianisme, ce qui advient après la mort qui donne son sens à la vie de l'homme et à son histoire. Les *Hadiths*[1], la Tradition théologique et populaire ont ajouté beaucoup de détails à ceux du Coran, mais sans rien apporter de fondamentalement nouveau.

La mort est une évidence universelle : *Tout être humain goûtera la mort* (3,175 ; 21,35) répète souvent le Coran,

1. Les *Hadiths* sont des recueils de sentences, de règles morales et de faits exemplaires de la vie de Mohammed et de ses premiers compagnons.

mais il ajoute aussi souvent : *Nous sommes à Dieu et vers lui nous reviendrons* (2,156). Tous les musulmans reprennent ces formules à l'occasion d'un décès et expriment ainsi leur foi dans la survie de l'homme après la mort et *sa rencontre avec son Seigneur*.

Mais comment et quand a lieu cette rencontre ? A la fin des temps ou dès la mort individuelle ? Comme les textes du Nouveau Testament centrés sur la résurrection générale et le Jugement dernier à la fin des temps, le Coran ne dit pratiquement rien sur le sort des individus immédiatement après leur mort.

La pensée des anciens théologiens musulmans, avant l'influence de la philosophie hellénistique à partir du IXe siècle, était encore très proche de celle de la tradition biblique. Ils affirmaient l'unité de la personne humaine dont l'âme et le corps sont indissociables. Cette âme était parfois appelée *corps subtil* et même identifiée au sang qui circule dans le corps *comme la sève dans les plantes*.

Selon eux, après sa mort, l'homme, corps et âme, « retourne en poussière ». Il est donc anéanti. Et à la fin du monde, au moment de la résurrection générale, tout sera recréé par Dieu. Il s'agit dans ce cas beaucoup plus d'une recréation totale que d'une résurrection, car on ne voit pas comment pourrait être assurée la continuité entre la personnalité du défunt et l'être nouveau !

C'est pourquoi, certains de ces théologiens admettent qu'il restera au moins un petit élément du corps humain, à partir duquel Dieu recréera l'homme tout entier.

A partir du Xe siècle, cette conception évolue. Les philosophes musulmans étudient énormément la tradition hellénique. Influencés par l'école platonicienne, ils considèrent l'homme comme l'union d'une « âme » émanant de Dieu lui-même et tombée par dégradations successives dans la matière, le corps humain qui est sa prison et sa punition.

Ils sont donc eux aussi contaminés par le séduisant dualisme platonicien. La mort délivre l'âme de son enveloppe corporelle et, tel un oiseau échappé de sa cage, retourne se fondre dans l'Unité de l'Être divin pour sa béatitude spirituelle.

Les conséquences de cette anthropologie obéissent toujours à la même logique. Il y n'a aucune raison pour l'âme de revenir habiter la prison de ce corps ! Il n'y a donc pas de résurrection des corps possible. Il n'y a donc pas non plus de joies « grossièrement » matérielles ou corporelles au paradis ! Et les descriptions du Coran très réalistes à ce sujet ne peuvent être, aux yeux de ces philosophes musulmans, que des métaphores destinées au bon peuple pour l'encourager à la vie morale par ces perspectives de récompenses bien concrètes.

Des philosophes tels que Ghazâlî ont tenté, un peu comme nos théologiens scolastiques, une synthèse entre la doctrine dualiste grecque et celle des premiers siècles musulmans. Selon eux, l'homme est bien une personne indivisible et la mort est une rupture entre le corps qui retourne à la terre et l'âme qui va à la rencontre de Dieu. Quant à la résurrection, elle sera la réunion de l'âme et du corps !

De nos jours, ces différentes conceptions : celle de l'anéantissement du défunt suivi d'une recréation totale à la fin des temps et celle d'une âme en attente d'un nouveau corps à la fin des temps coexistent à l'intérieur de l'islam. Mais la grande majorité des musulmans adoptent la dernière.

L'interrogation du tombeau

Dans la perspective de la plus ancienne conception musulmane, selon laquelle l'homme disparaît intégralement à la mort, subsiste une étrange tradition, celle qu'on appelle « l'interrogatoire du tombeau ».

Ce n'est pas le Coran qui en parle (si ce n'est une brève allusion dans la sourate 40, 11), mais les *Hadiths*. Selon cette tradition populaire, peu de temps après sa mort, le défunt enterré serait « réveillé » dans sa tombe et interrogé par deux anges, Nakîr et Munkar, sur sa foi et ses œuvres. Selon ses réponses, il est récompensé : un « tunnel » le conduit de sa tombe au paradis où il peut entrevoir très brièvement les délices du Paradis, ou bien il est puni : flagellé par les deux anges.

Mais dans les deux cas, il retombe, corps et âme, dans le néant. Cette croyance semble aujourd'hui abandonnée mais elle subsiste dans de nombreux contes populaires musulmans.

La fin du monde

Le Coran décrit cette fin du monde avec des images apocalyptiques que l'on retrouve dans tout l'Orient ancien et dans la Bible : le soleil s'obscurcit, la lune se brise en deux, la chute des étoiles, l'ébranlement sismique de la terre...

Les *Hadiths* apportent encore de nombreuses précisions sur les signes précurseurs de la fin du monde : l'apparition du Mahdi, sorte de Messie ou Sauveur (pour la tradition chiite surtout), l'arrivée de l'Imposteur *(Dajjal), un peu l'équivalent de l'Antéchrist des premiers chrétiens, le retour de Jésus, l'irruption des barbares Gog et Magog qui dévastent le monde civilisé (Coran 18, 83-98 ; 21, 96).*

Il faut encore y ajouter l'apparition de la « Bête » (27, 82) qui écrit « infidèle » entre les yeux de l'infidèle et « croyant » entre ceux du croyant, une fumée épaisse emplit la terre, pénètre les infidèles et en ressort par tous leurs orifices, les Éthiopiens détruisent le temple de La Mecque, la Ka'aba, le Coran est effacé dans les livres et dans les cœurs, l'infidélité devient générale... Alors se produit la fin du monde par l'anéantissement de toute la création : Tout périra, sauf la face de Dieu (Coran 28, 88 ; 55, 26-27).

Nous retrouvons là des images assez proches de l'Apocalypse de saint Jean, décrivant l'ultime affrontement entre les forces du mal et les croyants.

Mais selon cette tradition musulmane, Dieu, s'il le veut, peut épargner des prophètes, des martyrs de la guerre sainte, des anges et des âmes humaines (3,169-170).

La résurrection générale et le Jugement

A la fin des temps, au son de la trompe des anges, les morts sortent de leurs tombeaux, tout étonnés et croyant y être entrés le matin même. Ils sont rassemblés sur une immense esplanade que certains situent à Jérusalem.

Cette foule innombrable est bien organisée. Les communautés sont rangées par ordre de dignité et groupées derrière leur prophète : Mohammed pour les musulmans, Jésus pour les chrétiens, Moïse pour les juifs. Certains penseurs précisent même les moyens de locomotion : les prophètes à cheval, les croyants à pied, les infidèles se traînant sur le ventre... D'autres y ajoutent les anges, les djinns, les animaux.

Alors a lieu le Jugement ou *reddition des comptes*. Les actes sont pesés, *entassés comme des dinars sur les plateaux de la Balance*. Les actes bons sur un plateau et les mauvais sur l'autre. Suivant l'inclinaison du fléau, on est récompensé ou puni.

Pendant ce temps, les anges — scribes qui ont enregistré sur une liste les actes de chaque homme — présentent à chacun sa liste. Celui qui la reçoit de la main droite des anges est sauvé, et celui qui la reçoit de la main gauche est condamné. Inutile de parler pour se justifier, nos membres parleront eux-mêmes pour dire le bien ou le mal qu'on leur a fait commettre.

Puis, tous les hommes traverseront un « Pont » (Coran 36,66 ; 37,23-24), étroit comme un fil de rasoir, qui conduit du lieu de rassemblement au paradis, en surplombant un gouffre immense qui est l'enfer. Les condamnés y tombent, tandis que les justifiés parviennent au paradis. Et chacun franchit l'obstacle avec plus ou moins de facilité ! Les prophètes et les saints *comme des coursiers*, les simples croyants fidèles en marchant normalement, les croyants pécheurs en se traînant sur le fil du rasoir.

Selon les *Hadiths*, à l'entrée du paradis, les justes ressuscités boivent dans une Vasque, remplie d'une boisson délicieuse qui a le goût de tous les fruits de la terre.

Le paradis et l'enfer

Le Coran nous décrit les *demeures éternelles* avec des couleurs somptueuses. Le paradis est une véritable oasis orientale, avec fleuves d'eau vive, végétation luxuriante, festins de mets succulents servis aux convives revêtus d'habits de soie et de brocart, accoudés sur des sofas, par de beaux éphèbes et des *jeunes filles aux grands yeux noirs* décrites assez sommairement par le Coran (52,17-28 ; 56, 10-40 ; 55, 46-78) mais abondamment par les Traditions et les récits populaires.

Une des jouissances du paradis sera la vision de Dieu. Le Coran ne la mentionne qu'une fois (75, 22-23). Les théologiens parlent de cette vision de Dieu comme une jouissance « de surcroît » et précisent que Dieu, qui habite sa « Demeure », différente du paradis des élus, viendra leur rendre visite, une fois par semaine, le vendredi, et cette vision de Dieu leur sera une grande joie.

L'enfer est lui aussi décrit avec les images traditionnelles du feu, de la torture de la soif. L'enfer, comme le paradis, est structuré en sept étages superposés, ayant chacun leur nom (le Coran emploie sept termes pour parler de l'enfer comme du paradis) et leur catégorie d'habitants.

Ainsi, l'étage le moins profond est la Géhenne, pour les musulmans pécheurs (certains estiment qu'il est provisoire et doit disparaître). En descendant, on trouve l'étage des chrétiens, celui des juifs, puis les sabéens, les mazdéens, les idolâtres et enfin les hypocrites.

Parallèlement, les sept étages de paradis ont chacun leur nom et leurs habitants : le *Firdaous* pour les croyants pécheurs, l'Éden pour les justes, le Jardin des délices pour les saints, la Demeure de paix pour les prophètes, le Jardin du refuge pour les anges, la Demeure de Majesté pour Dieu.

Mais l'interprétation des données du Coran sur le paradis et l'enfer est loin d'être unanime. Si déjà les philosophes musulmans n'y voyaient que des images pour signifier des joies et des peines spirituelles, les mystiques musulmans, eux, rejettent vigoureusement ces récompenses sensibles qui n'ont rien à voir avec l'adoration et l'amour de Dieu : *Ce n'est pas pour cela que j'aurai passé toute ma vie à t'aimer*, disait Râbi'a (mystique musulmane du « pur amour » du VIIIe siècle).

Ce serait donc une erreur que de vouloir enfermer la conception musulmane du « paradis », dans une perspective matérielle et même sensuelle. Aujourd'hui, l'interprétation spiritualiste l'emporte de plus en plus dans les milieux cultivés et beaucoup de musulmans pensent que la suprême récompense sera la vision spirituelle et béatifiante de Dieu.

Des questions restent ouvertes

Les théologiens musulmans, comme ceux des autres traditions religieuses, ne manqueront pas de se poser bien des questions ! Comment pourra-t-on voir Dieu immatériel avec nos yeux de chair ? Qui ira au paradis ou en enfer ? Sur quoi sera-t-on jugé : sur la foi, sur les œuvres ou sur les deux ?

Le Coran ne sépare jamais la foi et les œuvres. Mais la nature de ces œuvres a évolué au cours des vingt ans de la « révélation » du Coran à Mohammed. Les œuvres au départ étaient essentiellement sociales : le souci du pauvre, la défense de la veuve... mais par la suite elles viseront surtout l'observation des pratiques du culte et des vertus morales et, pendant la période médinoise, l'accent sera mis sur la solidarité avec la Communauté et l'engagement à la guerre sainte.

Mais, très vite, certains *hadiths* vont insister sur le critère de la seule foi : *Quiconque a dans le cœur le poids d'un atome de foi (musulmane) n'ira pas en enfer.* Dieu peut purifier le pécheur en le faisant passer par un enfer temporaire mais comme il est miséricordieux il le conduira assez vite au paradis.

Quant aux non-musulmans, selon la plupart des écoles théologiques, il n'y aura pas d'autre choix que celui de l'enfer !

Pourtant des hommes comme Ghazâlî admettent que l'ignorance de la mission de Mohammed excuse bien des hommes et leur permettra de bénéficier de la miséricorde divine. Les théologiens chrétiens parleront eux aussi de « l'infidèle de bonne foi » ! En fait, si dans les milieux intégristes et populaires, on continue à penser que tous les bons musulmans iront au paradis et tous les non-musulmans en enfer, l'opinion la plus générale chez les musulmans « modernes » est que chaque homme sera jugé selon ses actes, quelle que soit sa foi officielle.

Il y a donc de nombreuses similitudes entre la tradition musulmane et chrétienne. L'une et l'autre croient que le monde, créé par Dieu, va à la rencontre de Dieu et pour toutes les deux, en dépit de leurs déviations platoniciennes, la résurrection des corps est maintenue.

L'homme jaillit de Dieu et ne retrouve sa véritable identité qu'en revenant à Dieu. Cette perspective commune donne un sens à l'histoire du monde et au destin de l'homme. Et finalement, pour les croyants ouverts et cultivés des deux traditions, la béatitude céleste n'est rien d'autre que l'union à Dieu.

II

La gestation d'une humanité et d'un univers renouvelés

1

Un homme est sorti de son tombeau !

Jésus-Christ, un événement insolite

Une déchirure dans la trame du temps

De siècles en siècles, prêtres, sages et philosophes ont tenté inlassablement de déchiffrer l'angoissante énigme de l'au-delà, mais jamais personne n'était revenu de ce « royaume des ombres » pour confirmer ou anéantir toutes ces hypothèses savantes ou ces croyances religieuses.

Or à l'aube de notre ère, des hommes et des femmes, pas plus perturbés psychiquement que d'autres, se mettent à proclamer qu'un homme, un certain Jésus, était mort, mais qu'il « s'était levé » de son tombeau, trois jours après son ensevelissement et s'était fait voir à ses amis. *Christ est ressuscité, nous en sommes témoins !*

Si beaucoup de leurs contemporains espéraient une résurrection générale des « justes » à la fin du monde, imaginer celle d'un seul homme, avant la fin des temps, était imprévisible. Cette déchirure soudaine dans la trame du temps et de l'histoire était culturellement impensable. Tel est bien pourtant le message des premiers disciples du Christ appelés les « chrétiens ».

Un mort qui se manifeste à nouveau vivant, c'est déjà un événement qui n'est pas banal ! Mais si en plus cet homme, sorti vivant de son tombeau, promet la même victoire sur la mort à tous ceux qui l'écoutent et croient en lui, la nouvelle vaut la peine de scruter un peu attentivement l'événement. L'enjeu est énorme. C'est une question de vie ou de mort !

Ce Jésus ouvre sa manifestation publique en proclamant, à qui veut l'entendre, cette étonnante nouvelle : *Le temps est accompli, et le Règne de Dieu s'est approché ; convertissez-vous et croyez à cette Bonne Nouvelle* (Mc 1,14-15).

Il affirme donc qu'il vient inaugurer sur notre terre, une ère nouvelle, celle du « Règne de Dieu », nous demande d'abandonner tous nos vieux schémas religieux et culturels et de croire qu'il est Dieu en visite chez nous ! Rien que cela ! Pendant trois ans, cet étrange « rabbi » parcourt, en long et en large, la terre de Palestine. La majeure partie de son enseignement — surtout en paraboles — concerne essentiellement le mystère de ce nouveau Royaume de Dieu où la mort est vaincue.

Mais il ne se contente pas d'annoncer ce « Règne de Dieu », celui de la victoire de la Vie, il le manifeste, le rend crédible, visible par de mutiples signes qui touchent autant les corps que les cœurs : des aveugles voient, des sourds entendent, des paralysés marchent, des morts ressuscitent, des prostituées, des truands, des financiers retors, des marginaux, des exclus... retrouvent leur dignité, sont réhabilités, réconciliés avec Dieu, avec eux-mêmes et retrouvent goût à la vie !

Sa puissance de vie guérit, libère aussi bien les corps malades que les esprits prisonniers du mal, car pour ses contemporains les deux sont étroitement liés. D'ailleurs, n'est-ce pas toujours un peu vrai pour l'homme d'aujourd'hui ! La maladie est le signe évident de notre condition mortelle.

Tous ces gestes de guérison du corps et de l'âme — et n'y a-t-il pas des maladies de l'âme qui sont parfois plus mortelles que celles du corps ? — sont pour le Christ des « signes » de victoire. Victoire de l'amour et de la vie. Signes d'un bonheur sans fin qui est offert à l'homme (ou pour utiliser le vocabulaire biblique : des signes de son « salut »).

Jésus ose se présenter comme le « Sauveur » qui libère l'homme de toutes ses aliénations qui l'empêchent d'aimer et donc de vivre vraiment.

L'évangéliste Jean est sans doute celui qui souligne le plus explicitement combien tous les gestes de Jésus nous font « signe », nous invitent à croire qu'il est bien la Source de la Vie, une Vie plus forte que la mort. Il y a plus troublant encore ! Cet homme affirme qu'il est le seul compétent pour nous parler de l'au-delà pour la simple raison qu'il en vient !

Nul n'est monté au ciel sinon celui qui est descendu du ciel, le Fils de l'homme — c'est-à-dire lui-même ! (Jn 3,23). Et saint Jean ajoute,en parlant de ce Jésus : *Celui qui vient d'en haut est au-dessus de tout. Celui qui est de la terre est terrestre et parle de façon terrestre. Celui qui vient du ciel témoigne de ce qu'il a vu et entendu* (Jn 3,31-32).

Et l'au-delà dont il se réclame n'est pas celui d'une autre galaxie — qui en dépit de distances qui se calculent en années-lumière font encore néanmoins partie de notre univers créé — mais bien celui de la transcendance divine. Jésus-Christ revendique sans aucune ambiguïté sa filiation divine !

Il appelait Dieu son propre Père, se faisant égal à Dieu (Jn 5,18). *Ce n'est pas pour une bonne œuvre que nous voulons te lapider, mais pour un blasphème, parce que toi qui es un homme, tu te fais Dieu !* (Jn 10,33).

A ce niveau de prétention, il faut opter : cet homme est un dangereux illuminé qui blasphème ou un charlatan qui ne mérite qu'un haussement d'épaules ou alors... nous sommes en face de Quelqu'un qui engage notre destin d'hommes !

Un homme qui s'identifie à la Vie

Car si cet homme dit vrai, il détient un pouvoir divin : celui de faire vivre au-delà de la mort. C'est bien d'ailleurs ce qu'il affirme !

Comme le Père, en effet, ressuscite (relève) les morts et leur redonne vie, ainsi le Fils donne vie à qui il veut... En vérité, en vérité, je vous le dis, celui qui écoute ma parole et croit à celui qui m'a envoyé a la vie éternelle et ne vient pas en jugement, mais il est passé de la mort à la vie... Comme le Père en effet a la vie en lui-même, de même a-t-il donné au Fils d'avoir aussi la vie en lui-même (Jn 5, 21.24.26).

Je suis la Vie (Jn 11,25). Cette déclaration n'est déjà pas banale ! Mais ce Jésus va plus loin. Il sait que l'homme, dans sa condition actuelle, est voué à la mort et qu'il ne peut plus, de lui-même, prétendre à l'immortalité, aussi, ajoute-il : *Je suis la Résurrection et la Vie.* Autrement dit, je forcerai l'impasse de votre mort afin de vous conduire à cette vie éternelle.

Mais quelle audace ! Et à l'écouter — son insistance en ce domaine ne fait pas de doute —, son désir le plus ardent est vraiment que l'homme vive toujours, qu'il puisse participer à la vie de Dieu, qu'il appelle son Père.

Il supplie presque l'homme de croire qu'il n'est venu que pour cela : lui ouvrir l'accès de l'au-delà. Il en est la source. Il en est la Porte. Il en est le chemin. Et comme le résume saint Jean dans son prologue : *En lui était la vie et la vie était la lumière du monde* (Jn 1,4). Il est la Lumière qui conduit à cette Vie éternelle !

En vérité, en vérité, je vous le dis, si quelqu'un garde ma parole, il ne verra jamais la mort (Jn 8,51). Non pas celle qui touche inéluctablement le corps biologique, mais celle qui pourrait toucher la dimension spirituelle de l'homme.

Vous scrutez les Écritures, parce que vous pensez acquérir par elles la vie éternelle — ce sont elles qui me rendent témoignage —, et vous ne voulez pas venir à moi pour avoir la vie ! (Jn 5,39-40).

Les Écritures ne font que renvoyer à Dieu, source de la vie. Jésus ne fait pas que renvoyer au Créateur de la vie, il est la Vie ! Il s'identifie à la Vie ! Voilà bien une prétention qui interpelle notre interrogation sur l'au-delà !

Moi, je suis venu pour que les hommes aient la vie et qu'ils l'aient en abondance (Jn 10,10). Et il le répète inlassablement :

Or la volonté de celui qui m'a envoyé, c'est que je ne perde aucun de ceux qu'il m'a donnés, mais que je les ressuscite au dernier jour. Oui, telle est la volonté de mon Père : que quiconque voit le Fils et croit en lui ait la vie éternelle, et je le ressusciterai au dernier jour (Jn 6,39 - 40.44).

Ce Jésus « décloisonne » notre monde terrestre et l'au-delà qui désormais s'interpénètrent sans pour autant se confondre. *En verité, en vérité, je vous le dis, celui qui croit a la vie éternelle* (Jn 6,47). Ce présent indique que Jésus est bien l'au-delà qui fait irruption parmi nous. L'éternité est déjà commencée en celui qui l'accueille.

Je suis la Porte ; si quelqu'un entre par moi, il sera sauvé (de la mort et de tout ce qui détruit l'homme). Mes brebis écoutent ma voix et je les connais, et elles viennent à ma suite. Et moi, je leur donne la vie éternelle ; elles ne périront jamais et personne ne pourra les arracher de ma main (Jn 10, 9 et 27-28).

Jésus franchit un pas de plus dans cette ahurissante « révélation ». Il annonce qu'une fois mort et ressuscité, il recevra à nouveau la plénitude de la Vie. Et son corps transfiguré, sa Présence nouvelle et tous les biens spirituels qui lui sont liés, alimenteront « l'homme nouveau » dans sa croissance vers l'au-delà. Car s'il faut nourrir la dimension biologique de l'homme — bien que provisoire — il faut aussi et surtout nourrir sa dimension éternelle !

Comme le Père qui est vivant m'a envoyé et que je vis par le Père, de même celui qui me mange vivra par moi. Tel est le pain descendu du ciel : il est bien différent de celui que vos pères ont mangé ; car ils sont morts, eux, mais celui qui mangera ce pain vivra pour l'éternité (Jn 6,57-58).

Le Christ, premier-né d'un monde nouveau

Et parmi tous les « signes » que le Christ a accomplis, la « résurrection » d'un mort est sans aucun doute celui qui pouvait être le plus chargé d'espérance. Les évangiles nous en ont conservé trois : celle du fils de la veuve de Naïm

(Lc 7,11-17), celle de la fille de Jaïre (Lc 8,49-56) et celle de Lazare (Jn 11,1-44).

En fait, ce n'étaient pas à proprement parler des « résurrections » mais de simples « retours » à la vie terrestre, toujours marquée par la précarité de la condition humaine et finalement encore promise à la corruption. Mais le Christ en fait des « signes » qui manifestent qu'il est bien le Messie promis par les prophètes, seul capable de libérer l'homme de la mort. Il en fait aussi des « signes » prophétiques de sa propre résurrection, de sa victoire définitive sur la mort.

Jésus dit à Marthe : « Ton frère ressuscitera » — « Je sais, dit Marthe, qu'il ressuscitera à la résurrection, au dernier jour. » Jésus lui dit : « Je suis la résurrection. Qui croit en moi, même s'il meurt, vivra ; et quiconque vit et croit en moi ne mourra jamais. Le crois-tu ? » (Jn 11,23-26). Jamais un homme n'a osé dire une chose pareille !

L'Événement insolite de la Résurrection du Christ

Mais les paroles et les « signes » accomplis par Jésus, sa folle prétention d'être la « Resurrection et la Vie » auraient rapidement été classés parmi les nombreuses utopies sans lendemain, si l'Événement insolite de sa propre résurrection n'était pas venu réaliser et confirmer ces promesses.

Jésus le Nazôréen, cet homme que Dieu avait accrédité auprès de vous en opérant par lui des signes... cet homme, que vous avez livré et supprimé en le faisant crucifier... Dieu l'a ressuscité en le délivrant des douleurs de la mort... Ce Jésus, Dieu l'a ressuscité, nous en sommes tous témoins (Ac 2,14-36) s'écrie l'apôtre Pierre, au cours de son premier grand discours à Jérusalem.

Pour la première fois dans l'histoire de l'humanité, un homme est sorti de son tombeau ! Tel est désormais « l'Évangile », la Bonne Nouvelle des chrétiens qui se répandra sur toute la terre et jusqu'à nos jours. Depuis, des milliers d'hommes et de femmes ont témoigné, parfois jusqu'au martyre, de sa nouvelle présence dans leur vie. Tous des naïfs ou des illuminés ! Cette immense chaîne ininterrompue de témoins mérite plus qu'un simple ricanement.

Christ est vivant ! Il nous en a donné des « signes ». Et sa résurrection fonde et annonce la nôtre. La mort est donc vaincue. Tel est au départ le message énorme qu'on accueille dans la joie ou que l'on refuse. *Frères, nous le savons, celui qui a ressuscité le Seigneur Jésus nous ressuscitera nous aussi, avec Jésus* (2 Co 4,14).

Par son humanité transfigurée, le Christ a rétabli la communication entre Dieu et l'homme, entre le « ciel » et la terre, l'éternité et le temps, la transcendance divine et la condition humaine. Par sa résurrection, il réalise la promesse qu'il avait faite à Nathanaël : *En vérité, je vous le dis, vous verrez les cieux ouverts !* (Jn 1,51). Il réalise le « signe » qui accrédite sa mission : il relève le *Temple de son corps* comme il l'avait annoncé aux juifs de Jérusalem (Jn 2,19-22).

Personne ne fut témoin du fait même de la « résurrection », de ce mystérieux passage de la mort corporelle à une vie nouvelle, de ce passage du temps à l'éternité. Mais nombreux furent les témoins de sa « nouvelle présence ».

Je vous rappelle, frères, l'Évangile que je vous ai annoncé, que vous avez reçu... Je vous ai transmis en premier lieu ce que j'avais moi-même reçu, à savoir que le Christ est mort pour nos péchés selon les Écritures, qu'il a été mis au tombeau, qu'il est ressuscité le troisième jour, qu'il est apparu à Céphas, puis aux Douze. Ensuite, il est apparu à plus de cinq cents frères à la fois — la plupart d'entre eux demeurent jusqu'à présent et quelques-uns se sont endormis — ensuite il est apparu à Jacques, puis à tous les apôtres. Et, en tout dernier lieu, il m'est apparu à moi aussi, comme à l'avorton (1 Co 15,1-8).

Et cette résurrection nous concerne au plus haut point, car si en ce Jésus c'est le *Verbe qui s'est fait chair*, cela signifie qu'il a assumé toute notre condition humaine, y compris notre mort !

2

Une étrange rencontre
L'expérience d'un juif de Tarse

Paul de Tarse est un juif, pharisien zélé, attaché à la Loi et à l'orthodoxie de sa religion. La nouvelle « secte » déviante de Pierre et des autres, faisant de ce Jésus de Nazareth, récemment crucifié, le Dieu d'Abraham, d'Isaac et de Jacob, est proprement insupportable !

Paul estime en son âme et conscience qu'il faut arrêter et faire taire ces gens-là qui sont des blasphémateurs. Muni des plein pouvoirs des plus hautes autorités religieuses de Jérusalem, il se rend donc à Damas pour y surprendre dans les synagogues juives, ces adeptes de cette « Voie » scandaleuse.

Et c'est sur ce « chemin de Damas » que Paul de Tarse, le pur et dur, si sûr de lui-même, va faire l'expérience imprévisible, lumineuse et bouleversante, de la nouvelle présence de ce Jésus de Nazareth. Non seulement cet imposteur crucifié est bien vivant mais il se manifeste à lui ! Paul reviendra plusieurs fois sur cet événement au cours duquel sa vie a basculé, en particulier au cours de son dernier procès à Césarée Maritime qui précéda son renvoi à Rome[1].

1. Les Actes des Apôtres nous ont conservé trois récits de la conversion de saint Paul. Le premier, le plus connu (Ac 9,1-23) est de saint Luc qui relate l'essentiel sans rechercher l'exactitude des détails. Le deuxième

Agrippa dit à Paul : « Tu es autorisé à plaider ta cause. » Alors, étendant la main, Paul présenta sa défense : « De tout ce dont me chargent les Juifs, je m'estime heureux, roi Agrippa, d'avoir aujourd'hui à me disculper devant toi, d'autant plus que tu es au courant de toutes les coutumes et controverses des Juifs. Aussi, je te prie de m'écouter avec patience :

Ce qu'a été ma vie depuis ma jeunesse, comment depuis le début j'ai vécu au sein de ma nation, à Jérusalem même, tous les Juifs le savent. Ils me connaissent de longue date et peuvent, s'ils le veulent, témoigner que j'ai vécu suivant le parti le plus strict de notre religion, en Pharisien. Maintenant encore, si je suis mis en jugement, c'est à cause de mon espérance en la promesse faite par Dieu à nos pères... Pourquoi juge-t-on incroyable parmi vous que Dieu ressuscite les morts ?

Pour moi donc, j'avais estimé devoir employer tous les moyens pour combattre le nom de Jésus le Nazôréen. Et c'est ce que j'ai fait à Jérusalem ; j'ai moi-même jeté en prison un grand nombre de chrétiens, ayant reçu ce pouvoir des grands prêtres, et quand on les mettait à mort, j'apportais mon suffrage.

Souvent aussi, parcourant toutes les synagogues, je voulais, par mes sévices, les forcer à blasphémer et, dans l'excès de ma fureur contre eux, je les poursuivais jusque dans les villes étrangères. C'est ainsi que je me rendis à Damas avec pleins pouvoirs et mission des grands prêtres. En chemin, vers midi, je vis, ô roi, venant du ciel et plus éclatante que le soleil, une lumière qui resplendit autour de moi et de ceux qui m'accompagnaient.

Tous, nous tombâmes à terre, et j'entendis une voix qui me disait en langue hébraïque : "Saoul, Saoul, pourquoi me

(Ac 22,1-21), habile apologie adressée aux juifs au moment de son arrestation dans le Temple de Jérusalem, vers la Pentecôte de l'an 57.

Le troisième, le moins connu et pourtant le plus circonstancié. Discours de Paul au tribunal romain du procurateur Festus, en l'an 59, en présence du roi Agrippa et de la reine Bérénice, à Césarée Maritime, capitale administrative de la Palestine (Ac 26,1-19). C'est celui que nous retenons ici.

persécutes-tu ?" Je répondis : "Qui es-tu, Seigneur ?" Le Seigneur dit : "Je suis Jésus, que tu persécutes. Mais relève-toi et tiens-toi debout. Car voici pourquoi je te suis apparu : pour t'établir serviteur et témoin de la vision dans laquelle tu viens de me voir et de celles où je me montrerai encore à toi..."

Soutenu par la protection de Dieu, j'ai continué jusqu'à ce jour à rendre mon témoignage devant petits et grands, sans jamais rien dire en dehors de ce que les Prophètes et Moïse avaient déclaré devoir arriver : que le Christ souffrirait et que, ressuscité le premier d'entre les morts, il annoncerait la lumière au peuple et aux nations païennes. »

Il en était là de sa défense, quand Festus dit à haute voix : « Tu es fou, Paul ; ton grand savoir te fait perdre la tête. » Et Paul de répondre : « Je ne suis pas fou, très excellent Festus, mais je parle un langage de vérité et de bon sens » (Ac 26,1-25).

Pour Paul, cette première expérience de la nouvelle présence du Christ ressuscité est brève, inattendue mais fulgurante et décisive. Une lumière qui l'illumine et une parole qui lui vrille le cœur. Pour tenter de traduire cette expérience spirituelle, mystique, ce ravissement — mais où les sens corporels ne sont pas absents — Paul ne trouve pas d'autre image que celle du jaillissement de la lumière à l'aube du monde. Ce fut, en effet, pour lui comme l'aurore d'une nouvelle création.

Il écrira plus tard : *Car le Dieu qui a dit : « Que des ténèbres resplendisse la lumière », est Celui qui a resplendi dans nos cœurs, pour faire briller la connaissance de la gloire de Dieu, qui est sur la face du Christ* (2 Co 4, 6).

Il s'agit bien d'une illumination intérieure qui a changé son cœur, son regard, le cours de sa vie, qui lui a fait entrevoir la Face lumineuse du Christ vivant, reflet de la gloire de Dieu.

Dans cette expérience initiale, toute la vie, tout le message de Paul sont déjà en germes. Dans cette lumière de midi, aux portes de Damas, il a soudain saisi la nouveauté du christianisme. En cet instant, pour ce juif pharisien, toutes ses idées sur Dieu sont renversées, jetées à terre et en même temps sa quête ardente du visage du Dieu de l'Alliance, son espérance, l'espérance multiséculaire de son peuple, est comblée.

Ce Jésus de Nazareth, ce crucifié qui lui faisait horreur, Paul le découvre, vivant, glorieux, lumineux ! Il n'est pourtant pas homme à s'en laisser compter, mais là, conquis, séduit, il s'incline. Comme à Pierre et aux autres apôtres, le Christ a voulu lui manifester sa nouvelle Présence : *Et en tout dernier lieu, il m'est apparu à moi aussi, comme à l'avorton* (1 Co 15,8).

Si c'est bien Dieu lui-même qui a pris l'initiative de *révéler en moi son Fils pour que je l'annonce parmi les païens* (Ga 1,15-16), comme le confiera Paul, il soutiendra toute sa vie, face aux objections des juifs et des païens, l'objectivité de cet événement. Il ne dormait pas debout ! Il n'était pas ivre !

Ne suis-je pas apôtre ? N'ai-je donc pas vu Jésus, le Seigneur ? (1 Co 9,1). Il ne s'agit pas du fruit de son imagination ou d'un coup de soleil en plein midi ! L'événement de Damas est bien une « révélation » qui fera de lui un témoin, un messager, un prophète de ce mystère inouï.

Sa conversion fut à la fois un éblouissement et une déchirure. Paul a vécu ce déchirement intérieur qui remet en question tout son univers mental, ses pensées, ses catégories religieuses, culturelles et intellectuelles. Non seulement il dut reconnaître que les « voies impénétrables de Dieu » passaient par Jésus, cet usurpateur galiléen, mais que celui-ci était Fils de Dieu ! Dur à avaler pour ce pharisien convaincu !

L'entrée dans la foi comporte toujours une étape inconfortable pour la raison qui doit accueillir un mystère qui dépasse notre logique humaine. Mais une fois entré dans la cohérence intérieure de ce Mystère révélé, l'homme s'aperçoit paradoxalement que tout cela n'est pas si déraisonnable !

La foi de saint Paul jaillit de cette irruption du Christ dans sa vie. Tout le développement de sa pensée, au fil de ses lettres circonstanciées, ne fera que déployer les conséquences humaines, personnelles, collectives, sociales, morales, cosmiques de ce fait : Jésus est ressuscité. Il est vivant ! Il est le Seigneur de la Vie !

Dans la lumière de ce Christ glorieux, il comprend alors un peu mieux l'étrange itinéraire de son incarnation et de sa mission. Du coup, Paul contemplera autrement ce scandale de la croix. Puisqu'il le découvre Vivant, Jésus devient, à ses yeux, le Juste qui a assumé le péché et la mort de l'homme.

Devant ce don incroyable, cette offrande de lui-même pour libérer l'homme de son impasse, tous les anciens sacrifices, offrandes d'animaux prescrits par la Loi de Moïse deviennent de pâles figures ! Désormais tout est grâce, tout est don gratuit. L'homme ne peut rien mériter de lui-même. Il reçoit tout du Christ Jésus. Ce n'est pas la pratique d'un culte, d'une Loi qui sauve l'homme mais la foi en ce Jésus, mort et ressuscité ! Et ce salut touche non seulement les juifs mais tous les hommes, les païens. Christ est le Seigneur de l'humanité et du cosmos !

Dans la lumière du chemin de Damas, Paul fait encore une autre découverte bouleversante : ce Christ vivant, Fils de Dieu n'est pas une divinité lointaine mais se rend présent au cœur de tout homme qui l'accueille dans la foi et illumine son intelligence. Paul en a fait l'expérience existentielle, dans sa chair, dans son cœur : Jésus Christ vit en lui, l'aime comme personne ne l'a jamais aimé, fait de lui une « créature nouvelle ».

Cette intimité du Christ avec les croyants, Paul l'a saisie en entendant Jésus s'identifier à ceux qu'il se promettait d'arrêter. *Je suis Jésus que tu persécutes !* Plus tard, il développera dans ses lettres avec les images du corps, du temple en construction, cette découverte de la communion entre le Christ ressuscité et ses disciples.

Paul a été saisi et appelé par son nom. Il a découvert qu'à la source de la vie il y a la gratuité de l'amour de Dieu, que l'au-delà de la mort ne s'ouvrait pas sur un abîme de ténèbres, mais dans la lumière d'un vivant qui l'attire à lui et veut le faire participer à sa vie éternelle.

La foi de Paul est foi en l'amour comme puissance de vie.

Il dira de lui-même : *Je poursuis ma course pour tâcher de saisir, ayant été moi-même saisi par le Christ Jésus* (Ph 3,12). Il n'en finira pas, au cours de sa vie, d'inventorier toutes les richesses contenues dans cette « révélation » de Damas où, dans une intuition fulgurante, il a tout reçu d'un coup.

Un peu comme le choc décisif de Pascal dans sa fameuse nuit du 23 novembre 1654 : *Certitude. Certitude. Sentiment. Joie. Paix.* Ou comme la conversion soudaine d'un Paul Claudel, le 25 décembre 1886 : *En un instant, mon cœur fut touché et je crus, d'une telle force d'adhésion, d'un tel soulèvement de tout mon être, d'une telle conviction si puissante, d'une telle certitude ne laissant place à aucune espèce de doute, que depuis, tous les livres, tous les raisonnements, tous les hasards d'une vie agitée n'ont pu ébranler ma foi, ni, à vrai dire, la toucher.*

Toutes les activités apostoliques de Paul, toutes ses réflexions théologiques ou pastorales découleront de cet Événement-source. Il ne fera que méditer, creuser tel ou tel aspect de ce mystère chrétien, selon les circonstances et avec le vocabulaire adapté pour ses lecteurs.

La réflexion intellectuelle de Paul n'a pas été une simple mise en forme d'un savoir préfabriqué d'avance. Il devra parfois, avec labeur, arracher de cette expérience initiale, inédite, une réflexion cohérente de la foi, la forger avec de pauvres mots humains pour tenter de dire l'indicible, l'impensable. Mais son point de départ ne sera jamais un pur raisonnement mais cette espérance vitale, lumineuse du Christ Vivant. Paul est un mystique au sens noble et fort. Et même ses conseils d'ordre moral seront toujours en référence à ce mystère du Christ mort et ressuscité et à l'espérance prodigieuse qu'il apporte.

On comprend que saint Paul, après sa bouleversante expérience sur le chemin de Damas, fera de cet événement le cœur de sa prédication. L'importance majeure qu'il donne à la Résurrection dans ses lettres est évidente. La Résurrection du Christ fonde et éclaire la résurrection de tous les morts. Elle est pour lui l'achèvement de la longue histoire du Salut. Cette conviction centrale ne changera pas. *Ceux qui sont morts dans le Christ ressusciteront* (1 Th 4,16).

Nous aussi, nous croyons, et c'est pourquoi nous parlons, sachant que Celui qui a ressuscité le Seigneur Jésus nous ressuscitera nous aussi avec Jésus, et nous placera près de lui avec vous (2 Co 4,14).

Et si l'Esprit de Celui qui a ressuscité Jésus d'entre les morts habite en vous, Celui qui a ressuscité le Christ Jésus d'entre les morts donnera aussi la vie à vos corps mortels par son Esprit qui habite en vous (Rm 8,11).

Mais un tel événement, hier comme aujourd'hui, en laisse plus d'un sceptique ! C'est un peu trop beau pour être vrai ! Saint Paul aura à affronter une partie du monde juif, les sadducéens entre autres qui rejetaient toute idée de résurrection (Mt 22,23-32) ou de faux docteurs qui professaient que la résurrection avait déjà eu lieu, l'entendant d'une manière purement spirituelle (2 Tm 2,18).

Et face au scepticisme culturel des Corinthiens, Paul réagit vivement. Il commence par leur rappeler que la résurrection du Christ et ses manifestations aux Apôtres, puis à lui-même, font partie de la Bonne Nouvelle qu'il leur a annoncée. *Bref, eux et moi, voilà ce que nous prêchons. Et voilà ce que nous croyons* (1 Co 15,1-8).

La résurrection des morts ne se fonde sur pas sur une simple aspiration de l'homme mais sur la Résurrection du Christ. Et si la résurrection est une impossibilité, elle l'est pour tous, y compris pour le Christ. Et si celui-ci n'est pas ressuscité, c'est toute la foi chrétienne qui s'effondre.

Comment certains d'entre vous peuvent-ils prétendre qu'il n'y a pas de résurrection des morts ? S'il n'y a pas de résurrection des morts, le Christ non plus n'est pas ressuscité. Et si le Christ n'est pas ressuscité, notre prédication est vide (sans objet), vide aussi votre foi (1 Co 15,12-14).

Si le Christ n'est pas ressuscité comme il l'avait annoncé, pour en faire le « signe » qui attesterait sa mission divine, il n'est qu'un faux prophète. Il n'est ni Fils de Dieu ni Sauveur. Les Apôtres, en prêchant que Dieu a ressuscité le Christ, sont de faux témoins et des imposteurs. Et surtout si le Christ a été vaincu par la mort, conséquence la plus tragique du péché, c'est que ce péché conserve sa puissance de mort.

Si le Christ n'est pas ressuscité, votre foi est vaine, vous êtes encore dans vos péchés. Alors, aussi ceux qui sont morts dans le Christ ont irrémédiablement péri (1 Co 15,17-18).

L'homme n'est donc pas pardonné, libéré de l'esclavage du péché et de la mort. Et ceux qui ont mis leur foi en Christ sont des pauvres dupes. *Si c'est pour cette vie seulement que nous avons mis notre espoir dans le Christ, nous sommes les plus malheureux de tous les hommes* (1 Co 15,19).

Et dans ce cas, profitons au maximum de la vie présente sans nous préoccuper de l'au-delà ! Mais Paul ajoute aussitôt : *Mais non ! le Christ est bien ressuscité des morts, prémices de ceux qui se sont endormis* (15,20). Il est même le *Premier-né d'entre les morts* (Col 1,18).

Le Christ est le Nouvel Adam, l'Homme nouveau de la création renouvelée, libérée du péché et donc de la corruption de la mort. *De même que tous meurent en Adam, de même aussi, tous revivront dans le Christ* (1 Co 15,22).

Pour Paul, la résurrection est l'œuvre du Dieu trinitaire, Père, Fils et Esprit Saint dont les actions se sont conjuguées pour cette œuvre créatrice. Notre résurrection est liée à la puissance créatrice du Père qui s'est manifestée en ressuscitant le Christ.

Dieu, qui a ressuscité le Seigneur, nous ressuscitera, nous aussi, par sa puissance (1 Co 6,14). *Celui qui a ressuscité le Seigneur Jésus nous ressuscitera nous aussi avec Jésus et nous fera paraître avec vous devant lui* (2 Co 4,10 ; cf aussi Ep 1,20).

En dépit de tant d'oppositions à la résurrection, Paul restera ferme. Il n'hésitera pas à en proclamer l'espérance devant le Sanhédrin, après son arrestation, opposant ainsi habilement pharisiens et sadducéens (Ac 23,6-8).

3

L'aube d'une création renouvelée

Le Christ ressuscité inaugure une nouvelle manière d'être homme

Cette résurrection du Christ est vraiment un fait insolite qui échappe complètement à nos catégories de pensée. Mais faut-il enfermer la mystère de la vie à ce que notre cerveau peut en saisir ?

A la lecture des témoignages rapportés dans les Évangiles, il est au moins clair que la « résurrection » de Jésus n'est en rien comparable à celle de Lazare qui, sorti du tombeau, n'a bénéficié que d'un petit prolongement de sa vie terrestre qui ne l'a pas dispensé finalement de mourir.

Jésus a voulu se manifester, « se faire voir », « se faire reconnaître » à ses disciples, par des signes visibles à leurs yeux de chair afin qu'ils puissent s'habituer à sa nouvelle présence. Ayant reçu tout pouvoir, au ciel et sur la terre, il est capable de « s'adapter » aux contraintes de notre univers créé.

Quand ils furent près du village où ils se rendaient, il fit semblant d'aller plus loin. Mais ils le pressèrent en disant : « Reste avec nous, car le soir tombe et le jour déjà touche à son terme. » Il entra donc pour rester avec eux.

Et quand il se fut mis à table avec eux, il prit le pain, dit la bénédiction, puis le rompit et le leur donna. Alors leurs yeux s'ouvrirent et ils le reconnurent... puis il leur devint invisible. Et ils se dirent l'un à l'autre : « Notre cœur n'était-il pas tout brûlant en nous tandis qu'il nous parlait en chemin, quand il nous expliquait les Écritures ? »

A cette heure même, ils partirent et s'en retournèrent à Jérusalem. Ils trouvèrent réunis les Onze et leurs compagnons, qui dirent : « C'est bien vrai ! le Seigneur est ressuscité et il est apparu à Simon ! » Et eux racontèrent ce qui s'était passé en chemin, et comment ils l'avaient reconnu à la fraction du pain (Lc 24,28-35).

Mais cette présence nouvelle est inédite. Et si la foi chrétienne donne au mot « résurrection » un sens plus fort que celui de sur-vie ou d'immortalité, ce n'est pas parce c'est plus consolant mais bien parce que la résurrection du Christ est une véritable révélation qui éclaire l'au-delà de notre mort.

Ces manifestations adaptées à notre condition terrestre signifient surtout que c'est bien l'homme Jésus et non son esprit qui est ressuscité. Les apôtres n'entretiennent pas avec lui une relation purement spirituelle mais concrète. Dans la lumière de son humanité transfigurée nous ne pouvons plus évacuer notre dimension « corporelle » dans la vie de l'au-delà[1].

Et les apôtres, témoins de ses « manifestations » sont incapables de la décrire correctement. Les mots humains sont infirmes. Ils n'ont aucun point de référence pour dire un « corps spirituel », transfiguré par la puissance de l'Esprit ! Un corps qui n'est plus soumis aux limites de l'espace et du temps, au changement, au vieillissement et à la corruption ! Il y a, en même temps, continuité, rupture et nouveauté.

Ils ne peuvent qu'aligner des analogies apparemment contradictoires. Seul l'Esprit qui illumine leur cœur peut leur faire entrevoir cette réalité nouvelle. C'est bien lui. Mais ce

1. Le mot « résurrection » n'a pas de sens indépendamment du corps. Il évoque d'ailleurs des images corporelles : se lever, se réveiller, se mettre debout, selon le sens étymologique des deux termes grecs que l'on traduit par « ressusciter ».

n'est ni un pur esprit ni un corps comme le nôtre[2]. Ils ne cherchent pas à faire coller leur récit avec une anthropologie quelconque mais à rendre compte d'une expérience pascale qui est première.

Tandis qu'ils disaient cela, Jésus fut présent au milieu d'eux et leur dit : « Paix à vous ! » Saisis de frayeur et de crainte, ils pensaient voir un esprit. Mais il leur dit : « Pourquoi tout ce trouble, et pourquoi des doutes montent-ils en votre cœur ? Regardez mes mains et mes pieds : c'est bien moi ! Touchez-moi, regardez ; un esprit n'a ni chair ni os, comme vous voyez que j'en ai » (Lc 24,36-39)

Ce « corps spirituel », transfiguré, a manifestement franchi les frontières de notre univers temporel. Il n'est plus « visible » en permanence. Ils ne le reconnaissent pas spontanément. Il faut que Jésus prenne l'initiative de leur faire « signe ». Il ne vient pas. Il ne part pas. Il se « fait voir ».

Il est désormais toujours au milieu d'eux et il le signifie, de temps à autre, afin qu'ils apprennent à discerner sa nouvelle présence. Il y a bien identité de personne mais non d'état. Ce que les récits veulent nous suggérer c'est que le Christ ressuscité inaugure une nouvelle manière d'être homme-vivant, en relation avec l'univers. Il est le Premier-Né d'une création renouvelée où le corps humain tel que nous l'expérimentons, dans sa fragilité mortelle, n'est pas le dernier mot de Dieu créateur.

D'ailleurs on voit mal pourquoi le Christ aurait fait le détour sur notre terre pour ne redevenir qu'un pur esprit. Il n'est pas venu « sauver » des anges mais des hommes ! Pour que sa résurrection puisse nous concerner vraiment il fallait qu'il assume et transfigure toute notre condition

2. Si Jésus entre en relation avec ses apôtres, se fait voir et agit avec son « corps », il faut toutefois noter que le terme « corps » n'est pas mentionné explicitement dans les récits d'apparition. Et saint Jean qui a pourtant une vision réaliste et concrète de la résurrection finale, surtout dans son Apocalypse, ne porte pas une attention explicite sur le corps ressuscité comme tel et préfère le montrer en action et en communication. Il ne peut concevoir des êtres ressuscités sans un « corps » mais il est discret sur leur modalité.

d'homme, y compris sa dimension corporelle, qui a été « spiritualisée » par l'Esprit, ce qui ne veut pas dire désincarnée.

La vie nouvelle que Dieu révèle en Jésus ne supprime pas la première création. Le corps transfiguré du Christ, bien que tout autre, continue de porter les traces de son corps historique, de son engagement vécu sur notre terre. Mais elle révèle un don inouï de Dieu, car cette capacité de l'au-delà ne faisait plus partie de ce à quoi l'homme créé et mortel pouvait naturellement prétendre. Ce don correspond pourtant à sa vocation profonde. Cette « transfiguration » est l'achèvement parfait de l'homme créé. Annonce prophétique des cieux nouveaux et de la terre nouvelle qui ne seront manifestés — du côté de la chronologie humaine — qu'à la fin du monde, lors de la résurrection générale.

Jésus ressuscité est le cœur de la foi chrétienne, la plus belle parabole vivante de sa Bonne Nouvelle. Si Dieu créateur a été capable de ressusciter le Christ d'entre les morts, cela signifie qu'il sera capable de ressusciter tous les morts. Le Christ ressuscité est bien la révélation ultime du dessein grandiose de Dieu. Il nous révèle ce que sera notre résurrection et l'état définitif auquel nous sommes appelés si nous accueillons sa vie.

La résurrection du Christ assure le triomphe de l'amour sur la mort. Seule la résurrection donne un sens à l'amour et donc à la vie. Comme l'homme ne peut se donner la vie, il ne peut aussi que recevoir d'un Autre sa résurrection. Elle est un don de Dieu. *Dieu nous a donné la vie éternelle, et cette vie est en son Fils. Qui a le Fils a la vie ; qui n'a pas le Fils de Dieu n'a pas la vie* (1 Jn 5,11-12).

4

Métamorphoses : du gland au chêne, de la chrysalide au papillon, du corps charnel au corps spirituel

La prédication des apôtres fut essentiellement, dans un premier temps, ce cri de victoire : *Il est vivant ! Nous en sommes témoins.* Soudaine trouée de soleil dans un ciel noir de nuages. Et les chrétiens témoignèrent avec force de la résurrection du Christ, de sa nouvelle Présence au cœur de l'homme et du monde.

Mais une fois passé le premier choc et l'étape du témoignage, commence le temps de la réflexion sur l'événement. C'est alors que l'on se pose des questions : « Mais ce Jésus aujourd'hui vivant, quand viendra-t-il nous faire partager sa résurrection ? » « Que deviennent tous ceux qui meurent avant sa Venue à la fin du monde ? » « Comment allons-nous passer de notre condition mortelle à celle de ressuscité ? » Le Christ, il est vrai, s'est bien gardé de nous décrire l'au-delà et de nous détailler les modalités de notre résurrection.

Et les lettres de Paul, encore toutes bruissantes de la naissance, de la vie et de l'évolution des premières communautés chrétiennes, nous ont conservé les traces de ces interrogations qui sont, en partie, toujours les nôtres.

Paul va s'efforcer d'éclairer l'espérance de ces chrétiens. Événement énorme qui englobe le passé, transforme le présent et illumine l'avenir de l'homme et du monde. Et si, au fil de ses lettres, son discours varie, c'est que lui-même évolue dans sa réflexion et surtout qu'il est impossible d'exprimer en une seule formule tous les aspects de cette nouvelle réalité qui s'est imposée à lui : Christ est vivant ! La mort est vaincue !

Une des questions qui taraudait plus particulièrement les chrétiens de Corinthe et à laquelle Paul fut confronté est naturellement celle du comment de la « résurrection des morts ». L'idée d'une telle résurrection n'était pas plus facile dans le contexte culturel gréco-romain des premiers chrétiens que pour notre mentalité moderne. Les enseignements de Platon sur « l'immortalité de l'âme » avaient imprégné les mentalités et s'accordaient mal avec l'idée d'une résurrection comprenant la totalité de la personne.

Pour eux, la mort était une libération et l'entrée dans une vie plus parfaite, le corps étant conçu comme une prison dont l'âme devait s'échapper. On ne désirait donc nullement, après la mort, retourner dans ce corps-prison. Une telle conception de l'homme est et sera toujours inapte à saisir la nouveauté de la résurrection du Christ. Son humanité transfigurée fait voler en éclat une telle anthropologie !

Les objections, comme aujourd'hui, ne manquaient donc pas ! Ainsi quand Paul commença à leur parler de « résurrection », les Athéniens ricanèrent et cessèrent de l'écouter (Ac 17,32).

Nous nous heurtons aux mêmes difficultés pour nous représenter les modalités de cette résurrection et surtout pour l'exprimer dans les limites de nos catégories mentales et de nos mots qui, de plus, évoluent d'une génération à une autre ! Un exemple parmi d'autres est un des articles du Symbole des Apôtres, la plus ancienne synthèse de la foi chrétienne, élaborée entre le IIe et le VIe siècle, qui dit : *Je crois à la résurrection de la chair*[1].

Si originellement cet énoncé, en écho à l'expression : « Et

1. Notons que le symbole du concile de Nicée (325) est plus sobre et dit : « J'attends la résurrection des morts. »

le Verbe s'est fait chair », visait la condition limitée et fragile de l'homme, aujourd'hui ce mot « chair » ne désigne plus que le corps biologique. Et de ce fait, la formule pose question pour nos contemporains !

Affirmer que cette dimension de l'homme, faite de chair et de sang, reprendra vie, leur semble totalement saugrenue. J'en ai encore fait récemment l'expérience en participant avec une famille à l'incinération d'un des siens. Selon la volonté du défunt, la veuve répandit ses cendres sur la mer illuminée par le soleil couchant.

Après le long silence qui suivit cet acte sobre et solennel, elle me souffla : « Comment pouvons-nous croire en la résurrection des corps ? Je veux bien croire que son "âme" est encore vivante quelque part, mais son corps ? » Si l'interrogation est plus immédiate dans ce genre de cérémonie, elle est exactement la même à propos du corps qui se décompose en terre ou qui se volatilise d'un coup au cours d'une explosion d'un avion en plein vol.

Je crois en la résurrection de la chair ! Vouloir associer à la « résurrection » ce tas de cendres ou de poussières semble, pour la plupart de nos contemporains, une supercherie qui peut conduire à l'athéisme ou à l'angoisse d'un doute profond.

Cette interrogation, qui d'ailleurs ne date pas d'aujourd'hui, nous rappelle deux choses. La première est que nous devons bien choisir et peser les mots que nous employons pour témoigner de notre espérance en la résurrection — même s'ils resteront désespérément infirmes pour exprimer ce « mystère » — afin de pas la rendre ridicule ou insignifiante.

La deuxième est que la foi en la résurrection ne peut pas s'appuyer sur n'importe quelle conception du corps humain. La résurrection du Christ n'est pas d'abord une révélation sur l'au-delà mais sur l'identité de l'homme.

Et saint Paul, face à cette perplexité des chrétiens sur le « comment » de la résurrection des corps, sans prétendre décrire l'au-delà, tente justement, avec des images — comment faire autrement ! — d'élargir leur horizon trop étriqué.

Mais, dira-t-on, comment les morts ressuscitent-ils ? Avec quel corps reviennent-ils ? Insensé ! Toi, ce que tu sèmes, reprend vie qu'à condition de mourir. Et ce que tu sèmes, ce n'est pas la plante (le corps) à venir, mais un grain nu, soit de blé, soit de quelque autre plante. Puis Dieu lui donne un corps, à son gré, à chaque semence un corps particulier (1 Co 15,35-38).

Saint Paul commence par développer une comparaison avec la nature. En général, ce que l'on sème est bien différent de ce que l'on récolte. Le grain jeté en terre doit mourir pour revivre. Il donne naissance à une plante qui, bien que très différente, garde avec lui une certaine continuité.

Il n'est pas plus facile « d'imaginer » ce que sera la vie après la mort que d'imaginer un chêne en regardant un gland, si on n'en a jamais vu !

Sans doute, davantage avertis aujourd'hui des processus biochimiques de la nature, nous sommes moins portés à regarder comme une intervention directe de Dieu la diversité des formes qui surgissent de la matière en décomposition ou de semences jetées dans les entrailles de la terre. Il reste que cette merveilleuse transformation garde toute sa pertinence pédagogique.

Ce cycle de la nature ne manifeste-t-il pas l'action créatrice de Dieu qui a établi toutes ces lois de la vie ? Ces exemples peuvent nous donner à penser que Dieu est bien capable de créer un corps nouveau incorruptible à partir d'une semence corporelle corruptible.

Toutes les chairs ne sont pas identiques, mais autre est la chair des hommes, autre la chair des bêtes, autre la chair des oiseaux, autre celle des poissons. Il y a aussi des corps matériels célestes et des corps terrestres, mais autre est l'éclat des célestes, autre celui des terrestres. Autre l'éclat du soleil, autre l'éclat de la lune, autre l'éclat des étoiles. Une étoile même diffère en éclat d'une autre étoile (1 Co 15,39-40).

Paul rappelle ici que, déjà au simple niveau de notre univers matériel, le mot « corps » peut désigner des formes ou des modalités bien différentes de celle de notre corps charnel actuel. L'admirable variété de la création, le règne végétal, le règne animal et le monde intersidéral des astres, qualifiés de corps célestes, peut aider à comprendre que Dieu n'est pas en panne d'imagination créatrice pour inventer des corps spirituels plus parfaits que les corps corruptibles.

La résurrection de notre corps peut être comparée de façon analogique à l'admirable métamorphose de la chrysalide en papillon. Qu'il y a-t-il de commun entre le corps de la chenille verte, le corps du cocon et le corps léger, aux ailes transparentes, du papillon ? Rien. Et pourtant le papillon vit déjà dans la chenille !

Il en est ainsi pour la résurrection des morts : semé corruptible, le corps ressuscite incorruptible ; semé méprisable, il ressuscite éclatant de gloire ; semé dans la faiblesse, il ressuscite plein de force ; semé corps animal (bio-psychique), il ressuscite corps spirituel (1 Co 15,41-44).

L'homme a en lui-même la semence d'un homme nouveau, incorruptible, glorieux (doué de l'éclat lumineux de l'être divin), spirituel.

D'ailleurs, à chaque étape de sa croissance, depuis sa naissance terrestre jusqu'à sa transfiguration après la mort corporelle, l'homme possède les potentialités, les prémices de ce qui lui sera nécessaire pour vivre l'étape suivante. Ainsi en est-il de l'enfant qui, dans le milieu aqueux de la matrice maternelle, vit comme un petit poisson, tout en possédant déjà les poumons dont il aura besoin pour respirer sur terre et des yeux pour contempler un univers qu'il ne peut soupçonner.

Puis, tout en vivant les limitations de sa condition terrestre, nous croyons que ce petit d'homme a déjà reçu les semences de l'Esprit, prémices de son nouveau « corps spirituel » que Dieu lui donnera après la disparition de la dimension biologique, périssable, de son corps. Nous reviendrons plus longuement sur ce lien fondamental entre la présence de l'Esprit de Dieu en l'homme et le mystère de sa résurrection.

Mais si les comparaisons aident à comprendre, elles restent des images. Car la résurrection de l'homme transcende tout processus biologique. Et si Paul décrit cette transmutation totale de l'homme avec les termes de la biophysique de son époque, c'est surtout le Christ ressuscité qui fonde son espérance. On n'explique pas la possibilité de la « résurrection » à partir des éléments qui constituent l'homme mais on découvre la complexité et l'identité de l'homme en contemplant le Christ ressuscité.

Paul oppose donc Adam, symbole biblique de l'homme de la première création et le nouvel Adam, le Christ ressuscité, premier-né d'une création renouvelée.

S'il y a un corps animal (bio-psychique), il y a aussi un corps spirituel. C'est ainsi qu'il est écrit : Le premier homme, Adam, fut un être animal doué de vie ; le dernier Adam — le Christ — est un être spirituel donnant la vie.

Autrement dit, dans l'ordre de la première création, nous sommes tous solidaires du premier homme Adam pétri de poussière et dont la dimension biologique retourne à la terre. D'une certaine manière, donner la vie à un homme c'est aussi lui donner la mort ! Dès notre naissance, nos cellules commencent à mourir !

Mais nous sommes tous aussi, dans l'ordre de la création renouvelée, solidaires du Christ dont l'humanité transfigurée est née de Dieu et retourne à Dieu. Et puisque le Christ par son incarnation s'est rendu solidaire de l'homme, c'est bien à notre humanité qu'il communique la vie nouvelle de son corps glorifié par l'Esprit de Vie.

Et de même que nous avons porté l'image de l'homme terrestre, nous serons aussi l'image de l'homme céleste. Voici ce que j'affirme, frères : la chair et le sang ne peuvent hériter du Royaume de Dieu, ni la corruption hériter de l'incorruptibilité... Il faut que cet être corruptible revête l'incorruptibilité, et que cet être mortel revête l'immortalité (1 Co 15,45-50).

Voilà qui est clair. En Jésus, c'est bien l'homme qui est transfiguré ! L'homme est donc plus que sa dimension biologique qui, elle, ne peut hériter de l'immortalité. L'homme, comme le Christ, devra se « dé-vêtir », accepter de se laisser dépouiller de la dimension corruptible de lui-même, pour revêtir, accueillir un autre « vêtement » incorruptible que Dieu seul est capable d'inventer.

Quand donc cet être corruptible aura revêtu l'incorruptibilité et que cet être mortel aura revêtu l'immortalité, alors se réalisera la parole de l'Écriture : la mort a été engloutie dans la victoire (du Christ). Mort, où est ta victoire ? Mort, où est ton aiguillon ? (1 Co 15, 54-55).

Ainsi pour Paul, la « résurrection » de l'homme est bien plus qu'une simple mutation d'ordre biologique. Ce qui est né de la terre, de la chair, ne peut pas donner naissance à un « corps spirituel » ! Il y a bien une rupture, une discontinuité qui nécessite un nouvel acte créateur de la part de Dieu.

Comme la résurrection du Christ, Premier-Né d'une création renouvelée, n'est pas dans le simple prolongement de la première, notre résurrection ne saurait être le fruit d'une évolution naturelle, d'une croissance continue et paisible. C'est bien ce qui donne à la mort son aspect de déchirement douloureux.

5

L'homme est plus qu'une usine biochimique
La matière elle-même est en perpétuel mouvement

Personne ne peut localiser la vie

Notre interrogation sur les modalités d'un corps de résurrection, d'un « corps spirituel » ou « transfiguré » rejoint en fait une question encore plus vaste sur le mystère de la vie telle qu'elle se manifeste dans le monde créé. Tout organisme vivant, du plus simple au plus complexe, nous renvoie à la question : « Qu'est-ce que la vie ? » Personne ne peut définir ou décrire la vie ! Même les spécialistes de la biogénétique ne le savent pas. Ils peuvent réunir en laboratoire les conditions et les éléments fondamentaux d'où jaillira la vie, mais ils ne créent pas la vie !

Un étudiant en médecine qui doit étudier, analyser, décomposer les organes, les tissus, les cellules du corps humain, sait très bien qu'il ne met pas la « vie » sous le verre de son microscope. Un vivant disséqué, pour être observé, n'est déjà plus un vivant. Impossible de localiser la vie ! Ni le chirurgien ni le psychologue ne pourraient dire : elle est ici et non ailleurs !

Si notre espérance en l'au-delà, à la résurrection possible de l'homme, relève de la foi, don de l'Esprit, elle est aussi conditionnée par notre conception de l'homme. Et l'homme est un vivant très singulier ! La complexification croissante de son cerveau l'a établi au sommet de l'évolution.

Il y a manifestement chez l'homme deux dimensions essentielles : une dimension biologique et une dimension spirituelle qui s'interpénètrent tellement que le corps est plus ou moins dirigé par l'esprit et que l'esprit ne peut rien faire sans le corps. Les deux, indissociablement unis, constituent un être unique qu'on appelle une personne vivante, un « moi » original où il est bien difficile de tracer une frontière entre ce qui est « corporel » et ce qui est « spirituel ».

Les gestes de tendresse d'une mère pour son enfant, est-ce de la matière ou de l'esprit ? Le sourire ou le rire de celui que j'aime, est-ce physique ou spirituel ? Le plaisir de manger avec des amis relève-t-il du corps ou de l'esprit ? Pensées et paroles, sentiments et gestes, corps et esprit, rien n'est séparable. Il « est » ce sourire. Elle « est » ce geste familier. Il « est » cette intonation de voix. Je n'aime pas une « âme » ! Je ne rencontre pas un « esprit » mais une personne unique, un être vivant qui ne ressemble à personne d'autre !

C'est d'ailleurs une des raisons pour laquelle, nous y reviendrons, la théorie de la réincarnation qui réduit le corps à une enveloppe quelconque interchangeable, à un vêtement d'emprunt, n'est pas acceptable. Elle ne respecte pas l'unité et l'unicité de chaque personne.

L'homme est corps et esprit

La dimension corporelle est constitutive de notre condition humaine. Mon corps est une réalité concrète, palpable, un étonnant laboratoire si perfectionné que la science n'a pas encore fini de le répertorier et de le comprendre. Mais il est aussi beaucoup plus qu'une usine biochimique perfectionnée !

C'est à travers lui, mon corps, que je peux prendre conscience de moi-même, exercer ma liberté, exprimer ma pensée et mes sentiments, aimer, travailler, éprouver joie et plaisir, me situer dans l'univers, communiquer, entrer en relation avec ce monde et avec les autres hommes. Grâce au corps, l'amour et la solidarité s'incarnent. Par lui, les choses matérielles entrent dans le réseau des relations humaines.

Mon corps est structuré par un message génétique où se combinent l'héritage aussi bien des parents les plus directs que celui de l'immense chaîne des vivants qui depuis les origines, ont façonné notre humanité[1]. Mais ce qui fait que ce corps est le mien et pas celui d'un autre, ce ne sont pas les molécules chimiques qui le constituent, mais leur arrangement particulier, en langage informatique on dirait leur « programme ».

Il n'y a pas de corps interchangeable, chacun possède le sien propre. Il est légitime de dire « j'ai un corps » dans la mesure où je n'y suis pas totalement immergé et qu'il ne représente pas la totalité de ma personne. Mais, il est aussi vrai de dire que « je suis un corps » dans la mesure où il conditionne non seulement mes comportements les plus matériels, mais aussi mon intelligence, ma liberté, mes sentiments et même les réalités les plus spirituelles.

Il n'est pas une composante de moi-même qui pourrait s'ajouter de l'extérieur. Rien n'existe en moi sans dimension corporelle. Mon corps est une manière d'être, un carrefour d'expériences multiples, de relations aux autres et au monde. Nous verrons que s'il est touché par l'énergie de la résurrection, ce sera nécessairement dans la continuité de tout cet acquis qui fait que je suis « moi » et pas un autre.

Quant à la dimension spirituelle de l'homme, elle se manifeste par sa capacité de dire « je », de penser, d'animer, de diriger, de maîtriser et de dépasser la dimension biologique qui le conditionne.

Il est impossible de réduire la personne humaine, sa capacité d'aimer qui peut aller jusqu'au don de soi, aux seuls

1. C'est pourquoi l'histoire est une dimension constitutive du corps qui est la résultante d'une fabuleuse évolution multimillénaire de la vie qui, depuis les premières molécules organiques, s'est peu à peu développée, diversifiée dans ses fonctions, renouvelée dans ses formes, à travers un enchaînement encore mal connu, pour passer des premiers êtres unicellulaires au corps de l'homme capable de dire « je » !

mécanismes hormonaux ou au métabolisme biologique. L'homme peut dire « non » à certaines sollicitations biologiques en fonction d'un « idéal » qui l'habite ou d'un objectif qu'il se fixe !

Depuis la naissance du nouveau-né qui discerne à peine les frontières entre son « moi », sa mère et l'environnement confus qui l'enveloppe, jusqu'à l'homme adulte, notre existence est une longue genèse où nous passons progressivement des réflexes et des besoins purement physico-biologiques aux directives de l'esprit.

Le corps peut être source d'asservissement ou serviteur de l'esprit, facteur de régression vers l'animalité ou complice de progression dans l'amour, signe d'agressivité ou langage de tendresse, d'accueil ou de fermeture, opacité ou transparence.

L'homme est appelé à « humaniser » son corps ! Celui-ci ne devient vraiment « humain » qu'à partir du moment où il devient celui d'une personne dont la liberté n'est plus totalement asservie aux seuls besoins biologiques. On pourrait même dire qu'il y a dans le corps de l'homme comme une aspiration à une dignité plus grande, à devenir réceptacle, « temple » dirait saint Paul de l'énergie de l'Esprit.

Ainsi notre esprit tend à « spiritualiser » le corps. Sa grandeur est de pouvoir s'ouvrir à des valeurs qui le transcendent. L'homme a autant faim de reconnaissance, de dignité, de liberté, d'amour que de pain. Il y a en lui une ouverture sur l'infini, un appel intérieur, comme un « au-delà » qui serait déjà inscrit au-dedans de lui.

L'homme est une personne toujours en genèse

Toute réflexion sur la vie dans l'au-delà doit respecter ce mystère de la personne qui demeure elle-même en se transformant sans cesse. En effet, ce que je suis aujourd'hui ne ressemble en rien à ce que j'étais les premiers jours de ma naissance. Je n'ai plus une seule molécule semblable ! Mais je reste « moi ». En dépit du vieillissement, des mutilations corporelles, je reste encore et toujours « moi ». Dans cette transformation continue, il y a identité de la personne et non identité corporelle.

Mystère de la vie générée par la mort elle-même. Se transformer, c'est mourir à chaque instant. Nous vivons, nous nous régénérons sans cesse à partir de ce qui est mort. Nous sommes des « mutants » permanents. La personne humaine est donc cette entité unique faconnée par cette mystérieuse interconnexion d'un corps animé par l'esprit et d'un esprit conditionné par le corps.

Il faut bien nommer ce « moi » qui unifie notre histoire propre, façonnée par l'hérédité, l'éducation, nos échecs et nos réussites, nos relations et nos expériences les plus diverses. Il faut bien donner un nom, pour pouvoir en parler en langage humain, à ce « substrat », à cette « boîte noire » où se cristallise en quelque sorte notre identité personnelle. Certains l'appellent « l'esprit » et la tradition catholique « l'âme[2] ».

Pourquoi pas ? Si on ne fait pas de cette « âme », comme Descartes, la « chose pensante » qui dirige le corps comme une machine ! Ces deux dimensions interactives en l'homme ne sont plus alors que deux réalités juxtaposées ! Nous venons de montrer combien la réalité est tout autre !

Et si, conformément à l'espérance chrétienne, l'homme a un avenir dans l'au-delà, il est assez logique de penser que c'est ce substrat, cette entité, ce « moi », cet esprit ou cette « âme » qui assure la permanence de son identité dans le changement. Mais dire que cette « âme immortelle » entre seule dans la béatitude de Dieu en attendant « son corps » à la fin du monde, n'est-ce pas dire le contraire de ce que

2. « L'Église affirme la survivance et la subsistance après la mort d'un élément spirituel qui est doué de conscience et de volonté en sorte que le "moi" humain subsiste. Pour désigner cet élément, l'Église emploie le mot "âme", consacré par l'usage de l'Écriture et de la Tradition. Sans ignorer que ce terme prend dans la Bible plusieurs sens, elle estime néanmoins qu'il n'existe aucune raison sérieuse de le rejeter et considère même qu'un outil verbal est absolument indispensable pour soutenir la foi des chrétiens. » (Note de la Congrégation pour la Doctrine de la foi, mars 1979.)

l'on a défendu, à savoir l'unité de la personne humaine ? Car *si l'homme ne ressuscitait pas tout entier, corps et âme, notre béatitude éternelle ne serait pas une béatitude d'homme* (P. Varillon). L'homme n'appartient pas aux êtres purement spirituels, tels que les anges ! L'esprit ou l'âme ne peut être celle d'une personne humaine que si elle retrouve donc immédiatement une certaine dimension « corporelle ».

Et si l'Esprit de Celui qui a ressuscité Jésus d'entre les morts habite en vous, Celui qui a ressuscité le Christ Jésus d'entre les morts donnera aussi la vie à vos corps mortels par son Esprit qui habite en vous (Rm 8,11).

Chacun écrit la musique de sa vie

Croire que Dieu rendra la vie à nos « corps mortels », cela ne signifie pas qu'ils seront en quelque sorte « éternisés », identiques à eux-mêmes ! Une telle affirmation serait d'ailleurs insoutenable pour ceux qui ont un corps mutilé ou handicapé ! Oui, l'au-delà, s'il concerne vraiment l'homme doit avoir une certaine dimension « corporelle », mais il faut renoncer, sous prétexte de maintenir le réalisme de la résurrection, à transposer tel quel notre « corps physique » actuel dans le monde invisible.

Il y a une distance infinie entre le processus naturel qui va du gland au chêne, qui transforme l'eau liquide en glace ou en vapeur et le passage de l'homme mortel à l'homme ressuscité ! La résurrection de notre corps ne peut être envisagée comme une simple copie conforme de notre corps biologique qui se décomposera dans la terre.

Nous avons vu que notre corps mortel nous permet d'entrer en relation avec les autres et l'ensemble de l'univers physique. Et à ce stade, il est parfaitement adapté à notre existence terrestre. Il aurait probablement une autre structure si nous vivions sur une autre planète !

Mais, pour reprendre l'expression de Maurice Zundel, notre mort est en quelque sorte la rupture du « cordon ombilical » qui nous reliait avec cet immense « placenta » qu'est l'univers physique auquel nous étions accordé par la médiation de notre corps. Une fois mort à cet univers physique, premier stade de la création, nous n'avons plus besoin de ce corps biologique qui peut alors se dissoudre et devenir un cadavre. Mais un cadavre n'est plus le « corps » d'un homme ! Il n'est plus qu'un tas non unifié d'éléments physico-chimiques.

Notre « moi » est plus que cette composante biologique touchée par la mort physique. Il est une combinaison unique, originale. Comme la musique d'un Mozart ou d'un Chopin est plus que la simple somme des notes qui la composent et qui sont communes à tous les musiciens.

Chacun écrit la musique de sa vie dont la partition est toujours originale. Elle est la synthèse vivante de tous nos amours, de nos relations, de nos réussites et de nos échecs, de nos longues périodes d'obscurités et de nos secondes d'intuitions fulgurantes.

Il y a bien rupture et continuité. Rupture de la mort avec la perte de notre corps biologique, de tous les organes qui nous sont nécessaires dans ce monde physique. Continuité, puisque la musique de notre vie, qui constitue notre identité historique, ne meurt pas et que Dieu nous donnera probablement un « autre corps » — non pas une tenue « céleste » passe-partout ! — mais un corps nouveau, personnalisé qui manifestera, exprimera notre identité propre et sera adapté à notre nouvelle vie.

Créé à l'image de Dieu, l'homme est un être inachevé, sa véritable identité est devant lui. A notre mort, il ne s'agit donc pas à proprement parler d'une nouvelle création de l'homme mais d'une création renouvelée, d'une étape décisive de son achèvement.

Il n'est pas en notre pouvoir « d'imaginer » le comment de cette « mutation » corporelle. La nature de l'homme ressuscité reste mystérieuse. Seules les manifestations du Christ après Pâques, peuvent nous le laisser entrevoir. Encore que le Christ qui « se fait voir » à ses disciples doit s'adapter à leurs limites humaines et ne peut donc que, très partiellement, manifester son nouvel état dans l'éternité de Dieu !

Notre difficulté à « représenter » cette mutation — l'éternité échappe à l'espace et au temps de l'homme ! — ne lui enlève pas pour autant sa réalité. Et comme, encore une fois, il faut bien lui donner un nom pour en parler, saint Paul l'a appelé un « corps spirituel », ce qui ne veut pas dire immatériel ! Notre corps de ressuscité doit être apte à exprimer notre moi personnel dans une relation nouvelle avec Dieu, les autres et le monde.

Il nous faut quitter le registre du temps et de l'imaginaire, de la transposition de ce monde dans l'au-delà et entrer dans celui de l'éternité de Dieu dont le dynamisme de l'acte créateur n'annule ni l'histoire ni l'identité de l'homme mais le conduit à son accomplissement.

Nous le savons, en effet, le corps, qui est notre demeure sur la terre, doit être détruit, mais Dieu construit pour nous dans les cieux, une demeure éternelle qui n'est pas l'œuvre des hommes (2 Co 5,1).

Et c'est ici que la logique de ma foi, fondée sur la logique de l'amour de Dieu, croit en son intervention créatrice. Celui qui a été capable de créer la première phase d'un univers déjà fabuleux, avec ses milliards de galaxies solaires, l'infiniment grand et l'infiniment petit, ne doit pas être en peine d'imagination créatrice pour le renouveler d'une manière aussi imprévisible, pour donner à notre esprit un nouveau « support » corporel adapté à ses nouvelles conditions de vie qui nous échappent complètement.

La matière, traversée d'énergie, n'est pas statique

L'Esprit Saint, Énergie divine qui habite déjà l'esprit de l'homme donne-t-il à la matière elle-même — que le Christ a assumée pour l'éternité ! — une forme nouvelle et inédite ? Probablement.

Frères, nous sommes citoyens des cieux ; c'est à ce titre que nous attendons comme Sauveur le Seigneur Jésus Christ, lui qui transformera nos pauvres corps à l'image de son corps glorieux, avec la puissance qui le rend capable aussi de tout dominer (Ph 3,20-21).

La science physique s'ingénie de plus en plus à désintégrer la notion même de matière qui semble surtout faite de « vide », traversée de particules, de champs de forces, de flux d'énergie. Elle est en perpétuel changement ! Einstein n'a-t-il pas dit que $E = MC^2$, c'est-à-dire qu'une masse matérielle peut se transformer en énergie pure ! La physique fondamentale rend donc de plus en plus problématique toute représentation « matérialiste » de la matière qui a, selon certains physiciens, d'étranges affinités avec l'esprit.

Il n'est donc pas invraisemblable de penser que le corps matériel de l'homme terrestre, structuré aussi bien par des flux de matière que d'énergie, puisse, après la mort biologique, être transfiguré, c'est-à-dire recevoir un « autre agencement » en gardant les traces de son « moi » unique. L'homme demeurerait ainsi parfaitement lui-même comme un « logiciel » reste toujours défini indépendamment du support matériel qui sert à l'utiliser et qui peut s'user et se dégrader.

Mais si ces convergences de la science élargissent l'horizon du « possible », elles ne sauraient fonder la foi chrétienne qui s'appuie davantage sur le Christ ressuscité dont la contemplation nous fait entrevoir la réalité de ce mystère. En lui et par lui, nous croyons que le corps humain est un corps en voie de « résurrection », de transfiguration par l'Esprit qui se joint à notre esprit. Car si le Christ s'est incarné, ce n'était pas pour abandonner son humanité comme une vieille dépouille, un mauvais souvenir passager, mais justement pour la « transformer » par sa puissance de vie.

Et il faut immédiatement préciser que sa résurrection n'est pas un prototype universel, applicable ensuite à tous les hommes ! C'est Jésus de Nazareth avec son histoire, sa vie et sa mort spécifiques que Dieu ressuscite, comme notre résurrection ne sera pas une création *ex nihilo*, mais l'achèvement de notre personnalité historique unique.

Des approches très lointaines respectables

Des scientifiques, dans le cadre des EMI (expériences de mort imminente), ont constaté de nombreux faits troublants. Ainsi des patients, dans un état de coma profond, ont pu décrire, par exemple, les gestes qu'on avait effectués sur eux, ou même ce qui s'était passé dans une autre pièce. Des médecins ont aussi noté, dans plusieurs cas, une persistance de la conscience, alors que le cerveau n'est plus en état de fonctionner. Une conscience qui peut avoir accès à des informations en dehors des organes des sens, du seul support corporel que nous connaissons, est pour le moins déroutant !

Il est aussi étonnant de constater que de nombreux récits de patients qui ont fait l'expérience de la mort dite « clinique » et sont ensuite « revenus » à un état conscient, décrivent un scénario quasi identique : impression de grande paix, de flotter au-dessus de leur corps qu'ils pouvaient observer, une sorte de dédoublement ou « décorporation », déroulement ultra-rapide du film de toute leur vie, traversée d'un « tunnel » qui débouche sur une lumière intense[3]...

Mais ces témoignages aux « frontières » de la mort, même s'ils ne renseignent guère sur l'au-delà, aident au moins parfois nos contemporains à pressentir que le mystère de la vie nous échappe encore, que la Réalité dépasse certainement ce que nos cinq sens actuels peuvent en appréhender.

L'au-delà garde son mystère et la science ne peut même pas répondre à ces questions : Qu'est-ce que la conscience ? Où siège-t-elle ? Peut-elle fonctionner indépendamment de notre corps physique actuel ?

3. Cf. Le célèbre livre du docteur Raymond Moody, *La vie après la vie*, Laffont, 1978, qui reconnaît lui-même que ces témoignages ne sont pas une « preuve » de la vie après la mort, car la mort clinique n'est pas encore la mort réelle dont personne n'est encore revenu.

6

Les semences du monde à venir sont en nous

La puissance créatrice de l'Esprit

La résurrection est l'accomplissement du Dessein créateur de Dieu

On ne peut accueillir la Résurrection du Christ qu'en la situant dans la logique et la cohérence de l'ensemble du Dessein de Dieu, manifesté dans la longue histoire de l'humanité. Sa présence discrète et agissante dans cette trame du quotidien de l'homme a conduit les croyants à la considérer comme une « Histoire du salut » dont le dynamisme intérieur, le fil conducteur, souvent caché, est l'Esprit Saint.

Dès les origines obscures de notre univers, comme l'écrivent les auteurs inspirés de la Genèse, *l'Esprit de Dieu planait sur les eaux* et *Dieu modela l'homme avec la glaise du sol et insuffla dans ses narines une haleine de vie afin que l'homme devînt un être vivant*[1].

1. Selon la Bible, Dieu inscrit le don de son Esprit à l'intérieur même de la structure de l'homme. Cet Esprit *(ruah)* n'est pas, lui non plus, une composante qui s'ajouterait de l'extérieur au souffle vital de l'homme *(néphèsh)*, mais en est sa Source gratuite, « l'âme de son âme » en quelque sorte. La « *ruah* » peut ainsi désigner le souffle vital de l'homme en tant qu'il se reçoit de Dieu.

C'est l'Esprit de Dieu qui communique à l'âme *(néphèsh)* son énergie et

Puis, par touches discrètes, l'Esprit de Dieu éveilla lentement l'homme à sa Présence, à la grandeur de son identité, en particulier en se révélant progressivement à un peuple phare, un peuple lumière, celui d'Israël avec qui il établit un dialogue privilégié, une Alliance qui visait déjà l'ensemble de l'humanité. Longue marche multiséculaire, patient « éveil » d'un peuple entraîné et guidé par des hommes tels qu'Abraham, Moïse et les prophètes dont la conscience fut particulièrement aiguisée par l'Esprit.

De campement en campement, de commencement en recommencement, de régressions provisoires en sursauts nouveaux, de morts en renaissances, l'Esprit accompagna cette mystérieuse trajectoire de l'humanité.

Et même, quand la désespérance semblait totale, un prophète se levait et annonçait, au nom de Dieu, aux hommes désemparés, une « Alliance nouvelle » inscrite dans leur cœur : *Je vous donnerai un cœur nouveau... je mettrai en vous mon propre Esprit* (Ez 36,26s).

Cet Esprit qui fut à l'origine du mystère de la naissance du Christ, qui authentifia sa mission lors de son Baptême, qui le conduisit au désert, transfigura son humanité au matin de Pâques. Le Père fait éclater sa puissance de vie en prenant l'initiative de « ressusciter » son Fils Jésus, transfiguré par l'Esprit, comme le proclame Pierre dans tous ses discours. *Le Prince de la vie que vous aviez fait mourir, Dieu l'a ressuscité des morts, nous en sommes témoins !* (Ac 2,24 ; 3,15 ; 4,10).

Et Jésus ressuscité communiquera, à ses disciples, cette puissance créatrice de l'Esprit qu'il possède à nouveau en plénitude. La Pentecôte fut une étape décisive de ce travail d'accomplissement de l'homme. Cette puissance de vie transformera notre corps mortel en « corps spirituel » achevant ainsi l'œuvre de notre libération. C'est l'Esprit qui fait

sa vitalité. Quand Dieu retire son Esprit, le principe vital de l'homme n'a plus qu'une existence réduite. C'est ce qui arrive, après la mort, pour ceux qui descendent au Shéol, car, à ce moment-là, la fragilité *(basar)* l'emporte et le corps devient cadavre.

de cette résurrection invraisemblable pour notre raison une réalité possible, une espérance.

Telle est ma vive attente et mon espérance, je n'aurai pas à rougir de honte, mais mon assurance restant totale, maintenant comme toujours, Christ sera glorifié dans mon corps, soit que je vive soit que je meure, car pour moi, la Vie c'est le Christ, et mourir est pour moi un gain (Ph 1,20-21).

Le mystère de l'homme et de l'univers créé prend tout son sens et révèle sa finalité dans la lumière de la résurrection où par un nouvel acte créateur Dieu renouvelle sa création et la sauve de la mort.

Ainsi, depuis l'aube de la création jusqu'à la transfiguration de l'humanité et de l'Univers, au jour de la Manifestation ultime du Christ, tout se tient et manifeste la cohérence du Dessein de Dieu et l'ampleur cosmique de son Alliance. Toute l'Histoire du salut, animée par l'Esprit de Dieu, est tissée, portée, orientée vers la résurrection de l'homme. Toute la Bible est comme une pédagogie de la résurrection. Elle est la révélation d'un dynamisme créateur, spirituel « d'accomplissement » qui prend « corps » dans l'épaisseur même des réalités humaines.

L'homme s'y découvre un être fragile et en même temps jamais figé dans ses limites. Il est comme traversé d'un désir d'infini, de dépassement qui parfois prendra même des allures de transgression quand il oubliera sa source et tentera de se faire le centre ou l'aboutissement absolu du dynamisme de la création.

Mais en dépit des raidissements de l'homme, Dieu, dont la volonté est de nous faire participer à sa vie, n'a pas renoncé à faire « réussir » sa créature, à la conduire à son achèvement. Comme l'écrit saint Paul, *si le salaire du péché, c'est la mort, le don gratuit de Dieu, c'est la vie éternelle en Jésus Christ notre Seigneur* (Rm 6,23).

Toute vie humaine est croissance. Chacun est appelé à grandir dans la plénitude du Christ. *De sa plénitude, tous, nous avons reçu grâce sur grâce* (Jn 1,16). Saint Jean et saint Paul multiplient verbes et images sur le thème de la « marche » en avant pour souligner ce mouvement, cette montée de l'homme vers son statut de ressuscité. Le Christ est le chemin, la voie, l'itinéraire de cet accomplissement.

L'éternité de l'au-delà est déjà commencée

Ce que nous venons de rappeler manifeste bien que toute réflexion sur la résurrection ne doit jamais séparer ces deux articles de la foi : *Je crois en l'Esprit Saint* et, c'est pourquoi, *j'attends la résurrection des morts et la vie du monde à venir.*

Et tous les auteurs du Nouveau Testament associent toujours résurrection et puissance de l'Esprit. Saint Paul, en particulier, invite souvent ses frères à faire confiance en cette puissance créatrice de l'Esprit, semence de vie éternelle, qui habite déjà en nous. *Et si l'Esprit de Celui qui a ressuscité Jésus d'entre les morts habite en vous, Celui qui a ressuscité le Christ Jésus d'entre les morts donnera aussi la vie à vos corps mortels par son Esprit qui habite en vous* (Rm 8,9).

Celui qui nous a formés pour cet avenir, c'est Dieu qui nous a donné les arrhes de l'Esprit. Ainsi, donc, nous sommes toujours pleins de confiance (2 Co 5,5-6).

Il reviendra souvent sur cette germination nouvelle dans l'Esprit, qui depuis notre baptême, par l'Eucharistie, nous greffe sur la plénitude du Christ ressuscité, fait de nous des fils adoptifs, des cohéritiers de son Royaume. *Fils, vous l'êtes bien : Dieu a envoyé dans nos cœurs l'Esprit de son Fils qui crie : Abba — Père ! Tu n'es donc plus esclave, mais fils ; et comme fils, tu es aussi héritier : c'est l'œuvre de Dieu* (Ga 4,5-7).

Cette vie dans l'Esprit est enfantement d'une « nouvelle création » ou plus exactement d'une création renouvelée, réorientée vers son achèvement. *Si quelqu'un est en Christ, il est une nouvelle créature. Le monde ancien est passé, voici qu'une réalité nouvelle est là* (2 Co 5,17). Et l'économie sacramentelle du christianisme rappelle que dans ce processus de résurrection le « corps » n'est pas mis entre parenthèse.

Tout homme qui l'accueille peut, dès à présent, faire l'expérience de l'action créatrice de l'Esprit Saint. *Vous avez été marqués d'un sceau par l'Esprit de la Promesse, cet Esprit Saint qui constitue les arrhes de notre héritage et prépare la rédemption du Peuple que Dieu s'est acquis, pour la louange de sa gloire* (Ep 1,14).

Dieu est la Vie éternelle déjà présente, agissante en chacun de nous dans la mesure où nous accueillons sa Parole de vie et que nous nous ouvrons à son Esprit, Énergie de la résurrection en travail dans l'épaisseur de notre être. La vie éternelle est une réalité déjà en gestation en notre vie terrestre.

Le Christ lui-même a dit et redit sur tous les tons : *En vérité, en vérité, je vous le dis, celui qui croit en moi, a la vie éternelle... C'est l'Esprit qui vivifie, la chair ne sert de rien* (Jn 6,47 et 63). Croire au Christ c'est accueillir sa Parole qui est *Esprit et Vie*. L'Énergie de l'Esprit est l'Amour, source de vie, plus fort que la mort. Croire au Christ c'est apprendre à aimer pour vivre, et vivre éternellement !

C'est pourquoi nous ne perdons pas courage. Au contraire, même si notre homme extérieur — physique — va vers sa ruine, notre homme intérieur se renouvelle de jour en jour. Car nos détresses d'un moment sont légères par rapport au poids extraordinaire de gloire éternelle qu'elles nous préparent.

Notre objectif n'est pas ce qui se voit, mais ce qui ne se voit pas ; ce qui se voit est provisoire, mais ce qui ne se voit pas est éternel. Car nous le savons, si notre demeure terrestre qui n'est qu'une tente, se détruit, nous avons une maison qui est l'œuvre de Dieu, une demeure éternelle qui n'est pas faite de main d'homme, et qui est dans les cieux (2 Co 4,16-5,1).

Ainsi, notre mort et notre résurrection se jouent dans la trame de notre quotidien. Le meilleur de notre vie sera éternisée. Tous nos actes d'amour tissent notre visage d'éternité. Notre mort ne fera que manifester l'état de notre croissance. Mais il ne faut jamais perdre de vue que c'est le corps historique de Jésus qui a été transfiguré, ce corps qui s'est donné, engagé et risqué jusqu'à la mort par amour de Dieu et des hommes.

Seul l'amour, historiquement vécu, est énergie de résurrection, y compris pour notre futur « corps de résurrection » que nous aurons déjà préparé, humanisé, personnalisé, spiritualisé en mettant notre corps mortel au service de l'amour et que Dieu renouvellera.

Mystérieuse articulation entre l'attente de l'homme et l'action gratuite de Dieu. Si notre « corps de résurrection » sera le fruit d'un acte créateur de Dieu, il gardera et intégrera les traces de tous nos gestes d'amour et de solidarité vécus au cours de notre histoire.

Vous êtes morts, et votre vie (nouvelle) est cachée avec le Christ en Dieu. Quand le Christ, votre vie, apparaîtra, alors vous aussi vous apparaîtrez avec lui en gloire (Col 3,3).

Un accomplissement qui doit passer par la mort

Selon la révélation biblique, à l'origine, le Dessein de l'amour de Dieu a été de créer l'homme à « son image et sa ressemblance », immortel, pour vivre en communion avec Lui. On a avancé, avec prudence, l'hypothèse que cette croissance de l'homme, depuis sa condition terrestre jusqu'à sa participation à la plénitude de la vie de Dieu, aurait pu être un processus normal et paisible.

Le mystère de la « Dormition » de la Vierge Marie dont le « corps » terrestre, selon la tradition chrétienne, a été directement transfiguré et « assumé en Dieu » pourrait en être une illustration.

Mais, comme le rappelle souvent saint Paul, dans notre condition actuelle marquée par le péché — ce refus du Don de Dieu qui introduisit un dysfonctionnement mortel — cette croissance vers la plénitude est devenue une difficile genèse[2]. Celle de notre liberté qui doit choisir, jour après

2. Faut-il rappeler que le drame du péché, du refus, ne se situe pas dans l'antagonisme entre le corps et l'esprit, mais entre deux manières d'être homme, l'une fermée à l'Esprit de Dieu et l'autre ouverte. Et dans ces attitudes existentielles, l'esprit et le corps se conjuguent.

Mais comme notre horizon humain s'est réduit, la mort nous fait peur. Nous voudrions garder, dans la vie future, ce « corps » terrestre qui nous est familier ; or irrémédiablement marqué par le drame du péché, il n'est plus adapté à notre ultime transformation dans l'au-delà. Nous sommes contraints de nous « dévêtir » de ce corps physique, nous devons quitter cette « demeure terrestre » pour une nouvelle « habitation céleste ».

Aussi gémissons-nous dans cet état, avec le désir ardent de revêtir par-dessus l'autre notre habitation céleste, si toutefois nous devons être trouvés vêtus, et non pas nus. Oui, nous qui sommes dans cette tente, nous gémissons, accablés ; nous ne voudrions pas en effet nous dévêtir, mais revêtir un vêtement sur l'autre, afin que ce qui est mortel soit englouti par la vie. Et Celui qui nous a formés pour cet avenir, c'est Dieu, qui nous a donné les arrhes de l'Esprit (2 Co 5,2-5).

La mort violente du Christ nous révèle qu'il y a un lien étroit entre la mort et le péché du refus. Sa mort est le sommet d'un immense affrontement entre les forces du mal à l'œuvre au cœur des hommes et du monde et les forces de la vie et de l'amour. Et de la mort même, le lieu le plus manifeste de la victoire des forces destructrices, le Christ a fait paradoxalement jaillir la vie.

Il ne s'agit pas d'une dramatisation abusive de l'aventure humaine, mais d'une prise en compte réaliste de la condition actuelle de l'homme. Nous sommes loin, il est vrai, du simple « basculement paisible » vers un autre plan de conscience, vers un autre niveau de compréhension dont il est souvent question dans les cercles du Nouvel Age.

Il s'agit de le connaître, lui, et la puissance de sa résurrection et la communion à ses souffrances, devenir semblable à lui dans sa mort, afin de parvenir, s'il est possible, à la résurrection d'entre les morts. Non que j'aie déjà obtenu tout cela ou que je sois devenu parfait ; mais je m'élance pour tâcher de le saisir, parce que j'ai été saisi moi-même par le Jésus Christ (Ph 3,10-12).

Cette nouvelle naissance dans l'Esprit commence sur terre, par la foi — qui est une conversion de l'homme —, et devra, probablement, se poursuivre sous d'autres modalités dans l'au-delà. Il est vrai, encore une fois, que notre résurrection ne sera pas le simple prolongement de notre vie terrestre. Elle relève d'un acte créateur gratuit. Mais, nous l'avons dit, il s'agit beaucoup plus d'une création renouvelée que d'une création *ex nihilo*. La vie éternelle à laquelle nous sommes appelés n'est pas complètement déconnectée de celle que nous vivons sur terre. Animés par l'Esprit, nous en possédons déjà les prémices, les « arrhes » disait saint Paul, que nous devons « cultiver ».

Jésus disait à Nicodème, venu l'interroger sur le Royaume de Dieu :

« En vérité, en vérité, je te le dis, à moins de naître d'en haut, nul ne peut voir le Royaume de Dieu. » Nicodème lui demanda : « Comment un homme peut-il naître, étant vieux ? Peut-il une seconde fois entrer dans le sein de sa mère et naître ? » Jésus répondit : « En vérité, en vérité, je te le dis, à moins de naître d'eau et d'Esprit, nul ne peut entrer dans le Royaume de Dieu. Ce qui est né de la chair est chair, ce qui est né de l'Esprit est esprit (Jn 3,3-6).

Le Christ ne cautionne pas ici une « réincarnation » quelconque mais souligne combien notre nouvelle naissance est liée, dès maintenant, à notre conversion, à notre disponibilité à l'action de l'Esprit créateur. Si l'amour de Dieu est Vie et source de ma propre vie, de ma croissance et de mon achèvement, il est logique que celui qui s'en détourne ou s'en éloigne, s'anémie, se dessèche par sous-alimentation en amour.

Demeurez dans mon amour ! De même que le sarment, s'il ne demeure sur la vigne, ne peut de lui-même produire du fruit, ainsi vous non plus si vous ne demeurez en moi... Si quelqu'un ne demeure pas en moi, il se dessèche ! (Jn 15,4-6).

Notre « résurrection » est une aventure qui commence

aujourd'hui, dès que nous entrons en communion avec le Christ et que nous accueillons l'énergie de l'Esprit qui l'a ressuscité. L'homme doit choisir entre l'accueil d'une Présence de Dieu dont l'amour libérateur l'accomplit, l'ouvre aux autres et à l'universel et l'enfermement suicidaire sur lui-même.

Au lieu de nous demander si nous serons encore vivants après notre mort, il vaut mieux nous préoccuper de devenir, jour après jour, davantage des « vivants » ! L'homme devient immortel dans la mesure où il devient pleinement homme. L'immortalité de l'homme — comme sa liberté — n'est au départ qu'une potentialité, une vocation qu'il doit chaque jour ratifier.

Ne vous modelez pas au monde présent, mais soyez transformés par le renouvellement de votre intelligence, pour discerner quelle est la volonté de Dieu, ce qui est bien, ce qui lui plaît, ce qui est parfait (Rm 12,2).

L'au-delà donne densité à notre engagement quotidien

Ce dynamisme de croissance spirituelle, dans l'amour et par l'amour, unit notre présent et notre avenir. Comment pourrait-on opposer notre engagement terrestre et notre destinée future, le sérieux de nos tâches temporelles et l'importance de la vie éternelle ? Puisque nous enfantons notre éternité dans la trame de nos choix quotidiens. C'est même cette étonnante perspective qui donne densité et gravité à toute notre existence.

L'immortalité peut être une expérience existentielle de l'homme qui découvre que l'amour le rend effectivement plus humain, que ce besoin d'aimer et d'être aimé est un élan infini qui transcende l'espace et le temps.

Seul cet amour vécu intensément lui permet de goûter déjà sur terre ce qu'il appelle curieusement des « instants d'éternité » ! Nous entrevoyons parfois cette puissance transformante de l'amour sur le visage rayonnant de bonheur de deux amoureux ou de celui d'une mère qui contemple l'enfant qu'elle vient d'enfanter. Dès cette terre, l'amour transfigure tout, illumine tout. Et l'Amour du Christ qui pénètre ma vie et mes actes quotidiens leur donne une saveur d'éternité.

Tous les hommes, sans exception, sont appelés à vivre cette nouvelle naissance, à orienter leur vie terrestre vers leur résurrection, y compris ceux qui n'auront pas connu le Christ. Dieu est le *Père de tous, qui règne en tous, agit par tous et demeure en tous* (Ep 4,6).

Et le Christ, vraie Lumière venue en ce monde, par des chemins que Dieu seul connaît, *illumine tout homme* (Jn 1,8). Avant sa passion, il a même fait cette prodigieuse promesse : *Quand je serai élevé — exalté — de terre, j'attirerai tout être vivant vers Moi* (Jn 12,32).

Et pour beaucoup, « croire » sera sans doute, au cours de leur vie, ne pas résister à la Vérité entrevue, à la lumière reçue, aux exigences de l'amour. Dire que « Jésus est descendu aux Enfers », nous le verrons, est justement une manière de signifier l'universalité de sa victoire. Personne n'est exclu de la Vie. Son triomphe sur la mort touche aussi la multitude de ceux qui ont vécu avant sa venue et ceux qui n'auront jamais découvert vraiment la vérité de son message.

La résurrection est l'humanisation accomplie

La résurrection de l'homme est l'achèvement de son « humanisation ». C'est ce que le Christ a voulu manifester en anticipant, devant ses disciples éblouis, sa gloire future. Cette fameuse scène de la « Transfiguration » a particulièrement fasciné les Églises d'Orient pour qui, justement, l'avenir spirituel de l'homme tient une place importante.

Les icônes du Christ, de Marie et de tous les saints sont des brèches de lumière ouvertes sur l'au-delà qui nous révèlent la véritable identité de l'homme. Ces visages intériorisés par les Énergies de l'Esprit, transfigurés de l'intérieur par la Lumière divine, ne sont pas de « purs esprits » mais bien des témoins de notre humanité ressuscitée.

Notre transfiguration ne sera pas à proprement parler une « divinisation » et encore moins une fusion avec Dieu. Il n'y a ni dissolution ni identification. Nous ne deviendrons jamais Dieu ni même une partie de Dieu. Le Créateur reste le créateur et la créature restera une créature. Notre finitude demeurera une finitude, mais elle trouvera sa place dans l'infini de Dieu.

Nos frères d'Orient savent que cette lente transfiguration des êtres commence déjà dans le « cœur » de celui qui accueille la vie de Dieu dans la prière, les sacrements et ses actes quotidiens animés par l'amour.

L'adoration silencieuse nous ouvre et nous « oriente » vers cette Lumière sans déclin dont l'aube se lève déjà dans notre cœur, vers ce mystère insondable du Royaume de Dieu qui germe déjà « au-dedans de nous ». L'espérance est un des nombreux fruits de la prière chrétienne. L'homme en prière communie déjà à la création tout entière qui attend d'avoir part à la glorieuse liberté des enfants de Dieu et à laquelle il prête sa voix : *L'Esprit et l'Épouse disent : Viens ! Les élus qui prient sans cesse, jour et nuit, disent : Amen ! Viens, Seigneur Jésus ! Celui qui atteste ces choses dit : Oui, je viens bientôt !* (Ap 22,20).

L'Esprit, Énergie de l'amour qui unifie et transfigure l'homme

L'âme, ou le « cœur » au sens biblique du terme, est le centre mystérieux, la fine pointe de l'être où toutes les facultés psychiques et corporelles de l'homme sont intégrées et unifiées par l'amour et pour l'amour.

Le cœur est la racine. Si la racine est sainte toutes les branches le seront aussi (Isaac de Ninive).

Le cœur, en effet, est le maître et le roi de tout l'organisme corporel, et lorsque la grâce s'empare des pâturages du cœur, elle règne sur tous les membres et toutes les pensées... Voilà pourquoi la grâce pénètre dans tous les membres du corps (saint Macaire).

C'est tout l'homme, corps et esprit, qui doit se laisser renouveler par l'Esprit pour s'acheminer vers sa résurrection. *Que toute votre personne, l'âme et le corps, soient parfaitement gardés pour être irréprochables lors de la venue de notre Seigneur Jésus Christ* (1 Th 5,23).

Car notre « corps » est lui aussi, peu à peu, touché par les fruits de l'illumination du cœur. Jésus ne dit-il pas : *La lampe du corps, c'est l'œil. Si l'œil est saint (littéralement : simple) tout ton corps sera dans la lumière. Mais si ton œil est malade, ton corps tout entier sera dans les ténèbres. Si donc la lumière qui est en toi est ténèbres, quelles ténèbres !* (Mt 6,22).

On ne saurait mieux exprimer l'unité du composé humain. La manière dont je regarde les êtres et les choses dépend de mon « cœur ». L'œil n'est qu'un organe qui n'est pas mauvais en soi. Si notre « cœur » est purifié, simplifié, illuminé par l'Esprit (ou la Grâce), notre regard devient pur. Notre regard n'est que le reflet de ce que nous sommes dans l'intime de notre être. Et seuls *les cœurs purs verront Dieu !*

Si notre cœur se laisse purifier, vivifier par les « énergies divines », par l'Esprit Saint, alors comme un soleil intérieur, elles rayonnent et transfigurent tout notre être, les pensées de notre esprit et même notre corps.

Comme l'écrit saint Paul, si le vieil homme, l'homme biologique fermé sur lui-même se dégrade, « l'homme nouveau », s'il se laisse façonner par l'Esprit, se renouvelle sans cesse. *Il vous faut abandonner votre premier genre de vie et dépouiller le vieil homme, qui va se corrompant au fil des convoitises décevantes, pour vous renouveler par une transformation spirituelle de votre jugement et revêtir l'Homme nouveau, qui a été créé selon Dieu, dans la justice et la sainteté de la vérité* (Ep 4,22-23).

Certains saints, depuis saint François d'Assise jusqu'au Père Charles de Foucauld, devenus de véritables icônes vivantes, en sont des illustrations étonnantes. Il suffit de comparer les photos de ce dernier, alors qu'il était encore en garnison de Senlis, un jeune aristocrate livré à toutes les passions et celle de l'ermite de Tamanrasset, pour y percevoir au premier coup d'œil une radicale transformation.

Son visage est complètement intériorisé. Son corps semble ne plus être qu'un écran ténu voilant à peine une vie intense qui déjà l'irradie de l'intérieur. Mystérieuse transformation de la matière elle-même, « spiritualisée » — et non désincarnée — qui n'est plus que disponibilité à l'Esprit et communion avec les autres et l'univers.

Qui n'a jamais rencontré de ces hommes et de ces femmes dont le visage était une véritable icône de bonté et de paix ! Tout homme « habité » par le feu de l'Esprit, irradie sans le savoir, une Présence. Beauté du corps humain qui réfracte déjà la Présence transformante de Dieu et renvoie à la Beauté du corps transfiguré du Christ. Cette interpénétration de la matière et de l'esprit est une figure lointaine du « corps spirituel » de l'homme ressuscité.

La mort de saint François d'Assise est aussi un bel exemple de l'homme qui, abandonnant son « frère » le corps corruptible, se prépare à recevoir celui qui sera incorruptible. Il est déjà entré dans une nouvelle communion cosmique et fraternelle avec toute la création. Complètement aveugle, il ne voit plus la lumière du soleil, mais il chante une autre « Lumière » qui transfigure déjà tout l'univers créé. Sa mort est manifestement une « célébration pascale » au seuil d'un monde nouveau, libéré des contingences physiques.

Nous marchons vers notre futur, celui de l'homme ressuscité, nous sommes déjà, comme disent nos frères d'Orient, des « théophores », des « Porteurs de Dieu ». Nous pouvons symboliquement contempler ce mystère, dans la nuit de la veillée pascale, quand chaque croyant, portant son cierge allumé à l'unique Flamme du Christ ressuscité, a le visage qui devient diaphane, transfiguré par cette lumière.

En sortant de la Divine Liturgie, tous les hommes et toutes les femmes de notre village étaient des Théophores, c'est-à-dire des « Porteurs de Dieu ». Tous avaient communié. Et dans leurs veines coulait le sang de Dieu. Ils étaient fils de Dieu et « déifiés ».

Certes, ces gens sont des paysans rudes, misérables et pauvres. Ils savent ce qu'ils sont. Et en sortant de l'église, ils portaient Dieu en eux. Et ils marchaient avec précaution.

Comme on marche quand transporte quelque chose d'inestimable...

Je n'ai jamais vu ni peau ni chair plus belles que sur le visage des Théophores, des gens qui portent en eux l'éblouissante lumière de Dieu. Leur chair était déifiée sans poids ni volume, transfigurée par la lumière de l'Esprit Saint (Virgil Gheorghiu, *De la vingt-cinquième heure à l'heure éternelle*, p. 35).

7

Il n'y a pas de no man's land dans l'au-delà

L'ultime Manifestation du Christ et le Jugement général

S'il y a un point sur lequel les écrits du Nouveau Testament sont unanimes c'est bien celui de la Manifestation ultime ou « l'Avènement » final du Christ[1]. Dieu est *Celui qui est, qui était et qui vient* (Ap 1,4) et le Christ *l'Alpha et l'Oméga* (Ap. 22,13), commencement et fin de la création et de l'histoire. Le dernier mot des Écritures n'est pas « Fin » mais *Viens, Seigneur Jésus* (Ap 22,20).

Et c'est dans la splendeur de cette Manifestation du Christ que chacun sera jugé. *Car le Fils de l'homme doit venir dans la gloire de son Père, avec ses anges, et alors il rendra à chacun selon sa conduite* (Mt 16,25). Jésus lui-même a évoqué ce temps du renouvellement et du discernement : *En vérité je vous le dis, à vous qui m'avez suivi : lors du renouvellement (de la régénération) de toutes choses, quand le Fils de l'homme siégera sur son trône de gloire, vous siégerez vous aussi sur douze trônes, pour juger les douze tribus d'Israël* (Mt 19,28).

1. Sa *parousia*, mot grec qui signifie « présence » ou « arrivée ». Sa présence encore cachée au cœur des hommes et de l'univers sera alors pleinement manifestée pour tous dans l'accomplissement total de la création.

Ce Jugement général encore appelé « Jugement Dernier » est un des thèmes importants de l'enseignement apostolique. Pierre déclare à Corneille et à sa famille avant de les baptiser : *Dieu nous a ordonné de prêcher au peuple et d'attester que c'est lui qui a été établi par Dieu juge des vivants et des morts* (Ac 10,42). Il est aujourd'hui un des articles de la foi chrétienne. *Il reviendra dans la gloire, pour juger les vivants et les morts et son règne n'aura pas de fin.*

Cette Venue du Christ souverain a été identifiée par les premiers judéo-chrétiens avec le *Jour du Seigneur* annoncé par les prophètes. Ils vont donc « représenter » et décrire cet Événement avec les images et le vocabulaire de la tradition biblique, surtout de la littérature apocalyptique.

Saint Paul lui-même, encourageant ses frères à persévérer dans l'attente de la Venue du Seigneur — qu'il croyait lui aussi relativement proche — utilise, dans un premier temps, le scénario traditionnel de son milieu : *Le Seigneur Jésus se révélera du haut du ciel, avec les anges de sa puissance, dans un feu flamboyant* (2 Th 1,6).

Cette radieuse présence du Christ, comme la lumière dévoile la poussière et souligne les zones d'ombres, manifestera notre transparence ou notre opacité. Ce sera pour les méchants comme *une ruine éternelle, loin de la face du Seigneur et de l'éclat de sa puissance, lorsqu'il viendra, en ce jour-là pour être glorifié en la personne de ses saints et admiré en la personne de tous ceux qui auront cru* (2 Th 1,9-10).

Ce qui est le plus important ce ne sont pas ces descriptions, relatives à une époque et à une culture, mais la foi qu'elles expriment : le Christ ressuscité est Maître et Seigneur de tout l'univers dont il est le pôle ultime d'attraction, Il est le Juge glorieux en qui s'accomplira l'ultime discernement entre ce qui est éternel et ce qui ne l'est pas, et enfin l'homme est responsable de son destin devant Dieu.

Paul insiste à la fois sur l'universalité et la personnalisation de ce Jugement : *Tous, nous comparaîtrons au tribunal de Dieu... Chacun de nous rendra compte à Dieu pour soi-même* (Rm 14,10-12).

Ce jugement portera sur les orientations fondamentales de chacun, compte tenu des lumières qu'il aura reçues de sa conscience ou de sa tradition religieuse. *Ainsi donc, ne portez pas de jugement prématuré. Laissez venir le Seigneur ; c'est lui qui éclairera les secrets des ténèbres et rendra manifestes les desseins des cœurs. Et alors chacun recevra de Dieu la louange qui lui revient* (1 Co 4,5).

Chacun récoltera ce qu'il aura semé : corruption pour celui qui sème dans la « chair » (l'homme égoïstement centré sur lui-même), vie éternelle pour qui aura semé dans l'Esprit. *Ne vous y trompez pas ; on ne se moque pas de Dieu. Car ce que l'on sème, on le récolte : qui sème dans sa chair, récoltera de la chair la corruption ; qui sème dans l'esprit, récoltera de l'esprit la vie éternelle* (Ga 6,7-8). Nous verrons plus en détail, au chapitre suivant, quels sont les critères concrets de ce « Jugement » individuel et universel.

Que se passe-t-il immédiatement après notre mort ?

Dans la Bible, Dieu fait Alliance avec un peuple et entre en dialogue avec les hommes, non pas en tant qu'individus isolés mais toujours comme membres de ce peuple. Héritiers d'une telle tradition, saint Paul et les chrétiens des premiers siècles furent surtout sensibles à la dimension universelle, communautaire de la résurrection.

Toute leur réflexion se concentra donc essentiellement sur la Manifestation ultime du Christ, « juge des vivants et des morts », autrement dit sur le Jugement Dernier, à la fin du monde qui coïncide avec la résurrection générale. C'est pourquoi, en dehors de quelques rares allusions, les textes de nos Évangiles et des premiers auteurs chrétiens n'évoquent pratiquement pas le sort des individus aussitôt après leur mort et ne disent presque rien sur un éventuel « jugement particulier[2] ».

2. Cette interrogation sur le sort des défunts entre leur mort et la Résurrection générale est assez tardive dans l'histoire de la pensée chrétienne. Elle

Et si saint Paul parle de la résurrection, tantôt comme d'une réalité future (les textes les plus anciens), tantôt comme d'une réalité présente à laquelle l'homme doit s'ouvrir dès cette terre (surtout dans les épîtres de la captivité), il renvoie le plus souvent le jugement de chacun et sa résurrection personnelle au « Jour » de la Résurrection générale, lors de la Manifestation finale du Christ.

J'ai combattu jusqu'au bout le bon combat, j'ai achevé ma course, j'ai gardé la foi. Et maintenant, voici qu'est préparée pour moi la couronne de justice, qu'en retour le Seigneur me donnera en ce Jour-là, lui, le juste Juge, et non seulement à moi mais à tous ceux qui auront attendu avec amour son ultime Manifestation (2 Tm 4,7-8).

Néanmoins, dans quelques passages du Nouveau Testament, la résurrection de l'homme et sa participation à la vie de Dieu semblent immédiates. Ce qui implique qu'un certain « jugement personnel » ait lieu dès sa mort ! Jésus ne dit-il pas au bon larron : *Vraiment, je te le dis, aujourd'hui, tu seras avec moi dans le paradis* (Lc 23,43). Aujourd'hui même, et non à la fin des temps, au moment de la résurrection générale !

Dans l'Apocalypse de saint Jean, les « âmes » des martyrs reçoivent, avant la fin du monde, une « robe blanche », symbole de béatitude en Dieu, bien que leur état ne semble pas encore définitif : *Alors on leur donna à chacun une robe blanche, en leur disant de patienter encore un peu ; le temps que fussent au complet leurs compagnons de service et leurs frères qui doivent être mis à mort comme eux* (Ap 6,9-11).

A Jésus qui vient de lui dire : *Ton frère ressuscitera*, Marthe, la sœur de Lazare répond, selon sa foi juive : *Je sais qu'il ressuscitera à la résurrection du dernier jour*. Jésus l'invite

n'appararaît pas explicitement, dans des documents officiels, avant le XIIIe siècle. Et il faudra attendre le concile de Florence, en 1439, pour que soit définie « la béatitude de l'âme » des justes avant la résurrection générale. Face à l'affirmation centrale de la résurrection, cette prise en compte du sort du défunt après sa mort si tardive permet de situer la différence de ces deux articles de foi.

alors à croire qu'il est la source d'une vie nouvelle déjà donnée à celui qui l'accueille : *Je suis la résurrection et la vie. Celui qui croit en moi, quand bien même il serait mort (biologiquement) vivra ; et quiconque vient et croit en moi ne mourra jamais* (Jn 11,23-26).

Si Jésus ne dit pas « comment » celui qui croit vivra, il ne dit pas non plus que son « âme » seule vivra et ne semble pas non plus situer cette « résurrection » à la fin des temps.

Saint Paul lui-même, dans un passage où il évoque ce qui se passe aussitôt après la mort de chacun — il n'est donc pas question de l'Avènement ultime du Christ à la fin des temps ! — semble bien envisager un « jugement particulier », personnalisé, immédiat, comme l'indique l'issue heureuse ou malheureuse du jugement du Christ.

Nous sommes pleins d'assurance et préférons quitter ce corps pour aller demeurer auprès du Seigneur. Aussi, que nous demeurions en ce corps ou que nous le quittions, avons-nous à cœur de lui plaire. Car il faut que tous nous soyons mis à découvert devant le tribunal du Christ, pour que chacun recouvre ce qu'il aura fait pendant qu'il était dans son corps, soit en bien, soit en mal (2 Co 5,8-10).

Et s'il estime que le fait de mourir est pour lui un gain c'est qu'il est persuadé qu'il jouira, immédiatement après sa mort, d'une certaine vie bienheureuse avec le Christ ! *Pour moi, certes la vie c'est le Christ et mourir représente un gain... j'ai le désir de m'en aller rejoindre le Christ, ce qui serait de beaucoup le meilleur* (Ph 1,23).

Est-ce l'indice que Paul a peu à peu saisi que le mystère de notre résurrection est une réalité dynamique, déjà en gestation sur terre et qui entrera dans une étape décisive après notre mort ? *Et nous tous qui, le visage dévoilé, reflétons la gloire du Seigneur, nous sommes transfigurés en cette même image, avec une gloire toujours plus grande, par le Seigneur, qui est Esprit* (2 Co 3,18).

Et que cette résurrection immédiate ne sera pleinement accomplie et manifestée qu'au jour de la Manifestation ultime du Christ et du renouvellement de l'univers ?

Du moment donc que vous êtes ressuscités avec le Christ,

recherchez ce qui est en haut (la vie nouvelle) là où se trouve le Christ, assis à la droite de Dieu. Car vous êtes morts, et votre vie est désormais cachée avec le Christ en Dieu. Quand le Christ, votre vie, se manifestera définitivement, alors vous aussi vous serez manifestés avec lui en pleine gloire (Col 3,1-4 ; cf. aussi Ep 2,6).

Saint Paul compare encore notre corps mortel, voué à la destruction, à une demeure provisoire, à une « tente » qu'on lève pour quitter un campement et que Dieu remplacera par une nouvelle « demeure ». *Nous savons que si cette tente — notre demeure terrestre — est détruite, nous avons, dans les cieux, une maison qui est l'œuvre de Dieu, une demeure (tente) éternelle qui n'est pas faite de main d'homme* (2 Co 5,1).

Il affirme donc que la résurrection est un acte créateur de Dieu qui concerne aussi notre corps qu'il transformera. Mais il ne précise pas à quel moment Dieu donnera à l'homme ce nouveau « corps spirituel » adapté à sa nouvelle vie.

Il est donc bien délicat et difficile de se « représenter » ce qui se passe entre le temps de notre mort corporelle et la fin du monde. C'est pourtant une des préoccupations majeures de nos contemporains. Pour aborder cette vieille énigme quasi insoluble sur le sort des défunts après leur mort, il nous faut, une fois encore, partir de la figure centrale du Christ ressuscité qui éclaire notre identité présente et future.

Or, nous avons vu que Dieu n'a pas ressuscité « l'âme » de Jésus mais toute sa personne concrète. C'est bien son humanité qui a été transfigurée. Et on conçoit mal qu'entre sa mort physique et sa résurrection, il ait connu une sorte « d'étape intermédiaire », avant de se manifester au matin de Pâques à ses disciples !

Dès son ensevelissement dans le tombeau, Dieu fait de lui le Premier-Né d'une création renouvelée. Le tombeau vide n'est pas une preuve mais un indice complémentaire qui confirme les manifestations pascales selon lesquelles le « corps » du Christ est immédiatement transfiguré. Et la traditionnelle « descente aux Enfers », nous le verrons, n'interdit pas, au contraire, de penser qu'il a été glorifié aussitôt après sa mort.

Et si le Christ ressuscité, déjà présent au cœur de l'homme et de l'univers, n'a pas encore totalement déployé toutes les dimensions et toutes les conséquences de sa résurrection, cela ne signifie pas qu'il n'est pas totalement ressuscité ! Ce qui est déjà pleinement accompli, « caché en Dieu » n'est pas encore explicitement « manifesté » du côté des hommes.

Nous avons vu que la résurrection est une création dynamique qui se déploie dès notre existence terrestre, animée par l'énergie de l'Esprit Saint. Mais la mort est une étape décisive puisque la disparition de notre corps biologique pourrait entraîner une destruction totale de l'homme si Dieu créateur n'intervenait pas ! A notre mort, Dieu crée du nouveau ! Qui dit « résurrection » dit « transformation ». La résurrection n'est pas simple prolongement de la vie, sur-vie mais création renouvelée.

Si la doctrine chrétienne confesse une « résurrection des corps » c'est à la fois pour marquer la singularité irréductible de la personne humaine et signifier cette transformation en Dieu.

Une résurrection de l'âme et du corps en deux étapes ?

La résurrection du Christ dont l'humanité a été immédiatement transfigurée, l'hésitation des textes chrétiens et ce que nous avons dit dans les chapitres précédents à propos de l'unité de la personne humaine, ne nous permettent pas d'affirmer avec certitude une résurrection en deux temps !

Envisager une « première résurrection » immédiate mais incomplète, partielle, celle de « l'âme » seule et une « seconde résurrection » définitive et parfaite, avec notre corps, qui aurait lieu à la fin du monde au moment de la résurrection générale est même une perspective de plus en plus difficilement soutenable[3].

3. Les écrits du Nouveau Testament ne parlent jamais de « seconde résurrection » ! L'Apocalypse parle de la « première mort physique » à laquelle personne ne peut échapper et de la « seconde mort » spirituelle qui menace

Selon cette « représentation », il y aurait donc entre ces deux étapes, comme une sorte de *no man's land* où l'âme serait soit mise en sommeil, en « hibernage » en attendant de retrouver son corps, soit, si elle en a été jugée digne, et après un temps de purification nécessaire, entrerait seule dans la béatitude de Dieu !

Ce « scénario » ne semble respecter ni le mystère de la résurrection du Christ ni celui de l'identité de l'homme et retombe dans le vieux schéma de l'âme perçue comme une entité séparée, indépendante du corps et immortelle. Nous voilà revenus chez Platon ! Une « âme » seule, un « pur esprit » c'est peut-être un « ange » mais certainement par un homme.

Et ce « bonheur », cette béatitude d'une « âme » ne saurait être celle d'une personne humaine ! De plus, si c'est « l'humanité » transfigurée du Christ qui est notre médiation pour accéder à la vision bienheureuse du Père, comment pourrait-il accomplir cette mission avec des « âmes séparées » !

La « séparation » de l'âme et du corps est une description imagée qui ne peut prétendre ni expliquer ni définir le mystère même de la mort singulière de l'homme. Le concept même de « séparation » reste vague et estompe la relation essentielle de l'homme avec l'ensemble du monde créé.

C'est pourquoi, j'émets l'hypothèse d'une certaine « corporalité » de l'homme après la mort qui ne serait pas, nous l'avons déjà abordé au chapitre douze, la simple projection dans l'au-delà de notre corps biologique. Dire que la résurrection immédiate est impossible parce que le corps est encore dans la tombe, c'est vouloir identifier notre « corps » d'éternité avec sa dimension biologique terrestre vouée à la dégradation !

Dieu donne, comme nous l'avons vu, au « substrat » (esprit ou âme) de notre identité personnelle un « support » nouveau et adapté à la nouvelle situation de l'homme res-

celui qui refuse la vie que Dieu lui propose. Mais il n'y est jamais question d'une première et d'une seconde résurrections.

suscité mais indispensable à sa vie relationnelle et en dehors de laquelle il n'y plus d'homme vivant !

L'intégration en ce « corps spirituel » de synthèse, propre à notre personnalité unique, des différentes figures qu'a revêtues notre corps au cours de son histoire, échappe naturellement à toute représentation. Nous ne pouvons pas « imaginer » ce processus de création renouvelée.

L'âme et l'esprit peuvent bien être une partie de l'homme, mais nullement l'homme : l'homme parfait, c'est le mélange et l'union de l'âme qui a reçu l'Esprit du Père et qui a été mélangée à la chair modelée selon l'image de Dieu...

En effet, si l'on écarte la substance de la chair, c'est-à-dire l'ouvrage modelé, pour ne considérer que ce qui est proprement esprit, une telle chose n'est plus l'homme spirituel...

L'âme, à elle seule, n'est pas davantage l'homme : elle n'est que l'âme de l'homme, donc une partie de l'homme. L'Esprit non plus n'est pas l'homme : on lui donne le nom d'Esprit, non celui d'homme. C'est le mélange et l'union de toutes ces choses qui constituent l'homme parfait (saint Irénée).

Soyons modestes, car nous ne savons rien sur les modalités de cet « entre-deux », sur ce qui se passe entre la mort de chacun et la fin du monde ni même surtout si cet « entre-deux » existe réellement ! Car nous n'avons aucun point de référence pour « penser » ce passage du temps à l'éternité, de la durée historique à l'éternel présent de Dieu !

Résurrection immédiate, mais béatitude incomplète

La question sur « l'entre-deux » se pose effectivement si nous projetons une notion de temps dans l'éternité de Dieu.

Par sa résurrection, le Christ inaugure la fin des temps dans la mesure où en lui et par lui toute la création est déjà renouvelée, est déjà entrée dans l'éternel présent de Dieu. Il est vrai aussi que si la victoire finale est déjà acquise dans le Christ, Dieu laisse à chaque génération et à chaque personne la liberté d'accueillir ou non les fruits de sa victoire.

En fait, la résurrection du Christ est un événement à la fois historique et transhistorique, en ce sens qu'il s'est inscrit dans notre temps et en même temps transcende notre temps. Nous risquons toujours de projeter nos catégories de l'espace et du temps dans l'au-delà. Le temps n'appartient pas à l'absolu de Dieu, il est relatif à l'homme.

Les étudiants en physique connaissent tous la « parabole des jumeaux » du professeur Langevin selon laquelle le premier frère voyage dans l'espace à une vitesse voisine de celle de la lumière pendant un an, alors que durant ce temps, le second, lui, voit s'écouler cent ans ! Ce qui semble défier notre bon sens est un principe élémentaire de la relativité. On comprend alors que pour Dieu « mille ans sont comme un jour » !

Notre besoin de projeter une « durée » dans l'éternité de Dieu, entre notre mort et la fin du monde, vient probablement du fait que nous absolutisons notre notion de temps qui n'est que « relatif ».

Envisager une résurrection immédiate de l'homme après sa mort est-ce priver de toute consistance l'histoire de notre humanité qui se poursuit ? Dieu ne peut-il pas concilier connaissance globale de l'histoire et respect de la liberté de l'homme à qui il en a confié le déroulement ? Pour prendre un exemple bien infirme, je peux — en supposant que je sois situé à une très grande hauteur ! — distinguer d'un seul coup d'œil tout le cours sinueux d'un fleuve, depuis le jaillissement de sa source jusqu'à son embouchure dans l'océan, sans intervenir extrinsèquement sur son parcours.

Et Dieu, dont la connaissance embrasse nécessairement toute l'histoire de l'humanité dont il est la source, le dynamisme et le terme, peut néanmoins respecter en même temps les méandres de son cours.

Il est vrai aussi, puisque l'homme est un être relationnel, solidaire de l'ensemble de l'humanité et de l'ensemble du cosmos — ce qui est constitutif aussi de son être d'homme ressuscité — qu'il ne pourra être totalement lui-même et

« bienheureux » que lorsque le Christ aura ressuscité tous les hommes et aura transfiguré l'univers créé. La résurrection ne peut pas être une affaire purement « privée » ! Ce qui explique que nous ne pouvons pas totalement télescoper résurrection personnelle et Résurrection générale.

Mais, si notre résurrection est immédiate, cela ne signifie pas qu'elle reçoive immédiatement toute son amplitude. Il est possible que l'homme ressuscité, qui n'a pas encore atteint sa perfection, ne jouisse pas tout de suite de la plénitude de la vie et de l'amour de Dieu, et que tous les effets de la Résurrection du Christ ne soient pas pleinement réalisés en lui, aussitôt après sa mort. L'homme ressuscité ne pourra déployer toutes ces potentialités qu'au Jour où son corps « glorieux » jouira pleinement de toutes ses relations avec Dieu, les autres et le monde nouveau.

Sans doute, la mort met un terme à notre situation de « pèlerin » et scelle définitivement l'orientation de notre vie ouverte à l'amour, tournée vers Dieu ou au contraire fermée sur elle-même. Mais rien ne dit que notre vie en Dieu, dans l'au-delà, soit un engourdissement léthargique, excluant toute croissance intérieure vers son accomplissement intégral. Et même la communion béatifiante avec Dieu vivant sera, il faut l'espérer, non pas une relation statique mais un progrès infini.

La foi en la puissance créatrice de Dieu et le respect de l'unité de la personne humaine m'inclinent donc à penser qu'au moment de notre mort le lent processus de notre création dynamique, commencé sur terre, fasse, sous l'action créatrice de Dieu, un saut qualitatif et poursuive sa progression à un autre niveau, sans doute plus spirituel, que celui de notre parcours terrestre.

Les modalités de ce passage du temps à l'éternité nous échappent. Je crois néanmoins que mourir c'est rencontrer immédiatement le Christ ressuscité, être jugé, c'est-à-dire prendre soudain une vive conscience de mes ténèbres dans sa Lumière et son Amour. Et notre participation à sa résurrection sera probablement proportionnelle à la qualité de notre vie.

Mais parler de « croissance », d'étapes dans l'au-delà n'est-ce pas y projeter à nouveau une notion de durée ? Non, car cette création renouvelée en voie d'accomplissement n'implique pas nécessairement, comme sur terre, une succession de temps. Elle sera sans doute de l'ordre de l'intensité, de la qualité de notre participation à la Plénitude de Dieu[4].

Participation croissante de l'homme ressuscité à de nouvelles relations avec Dieu, les hommes et l'univers

L'homme ressuscité, aussitôt après sa mort physique, dépassant ses limite historiques, entre donc peut-être progressivement dans la communion avec Dieu et par voie de conséquence, dans une communion de plus en plus élargie et générale avec tous les êtres et l'univers, selon un processus qu'il nous est impossible d'imaginer. L'éternel présent de Dieu n'est ni figé ni statique. Dieu réconcilie en lui mouvement et stabilité. L'intensité de sa vie et de son amour seront nouveauté et enrichissement permanents pour l'homme ressuscité.

C'est pourquoi, au scénario qui envisage, après la mort, la « séparation » de l'âme et du corps — ce qui implique une « âme » sans véritable lien avec l'univers créé — je préfère envisager une résurrection immédiate, où l'homme ressuscité commence une vie nouvelle « pan-cosmique », disait Karl Rahner.

Le passage d'un corps physique limité à un « corps spirituel » lui permettant, non pas d'être partout à la fois, mais

4. La représentation temporelle de « l'histoire du salut », envisagée par Oscar Cullmann par exemple, conduit celui-ci à envisager, après la mort, l'anéantissement de l'homme, corps et âme et une création *ex-nihilo*, à partir de rien, à la fin des temps. Ce qui annule toute relation possible avec les défunts et l'identité personnelle entre l'homme historique et l'homme ressuscité. Cullmann envisage également, comme Luther, une « mise en sommeil » de l'âme, dans un « dormitoire », disait Calvin. Si la représentation spatiale du Moyen Age juxtaposait le monde d'ici-bas et celui de l'au-delà, la vie éternelle se passant ailleurs ; avec la représentation temporelle, cette vie éternelle est projetée pour plus tard !

d'entrer dans une relation plus profonde avec l'ensemble de l'univers et donc d'y jouer un rôle actif élargi. Ce qui nécessite, une fois encore, que nous ne donnions pas au mot « matière » un sens trop restreint — par exemple celui de corps terrestre — mais un sens ontologique plus vaste.

Cette relation réelle, ontologique de l'homme ressuscité avec l'ensemble de l'univers éclaire d'ailleurs les influences réciproques possibles entre nos « défunts » et nous (prières et intercessions).

Ainsi, cette communion d'amour à intensité variable de l'homme ressuscité ne s'achève pas dans une fusion mais, paradoxalement, vers une personnalisation croissante de chacun et la reconnaissance plus profonde de l'altérité transcendante de Dieu.

Dans ce cas, le Jugement Dernier ne peut être envisagé comme un second Jugement de l'homme — Dieu ne saurait se dédire ! — mais davantage comme la « manifestation » aux yeux de tous du jugement personnalisé de chacun après sa mort.

Cette perspective dynamique, d'une création-resurrection en genèse s'harmonise très bien aussi avec la nécessité d'une purification sur laquelle nous reviendrons. Ainsi tous ceux qui, ressuscités, étaient encore en voie de purification, d'accomplissement pourront enfin bénéficier de la plénitude de Dieu, et de la jouissance parfaite de toutes les dimensions de leur résurrection.

8

Nos actes nous jugent
Seul l'amour vécu
a du poids dans la balance

Un besoin inné de justice

Le Jugement Dernier coïncidera-t-il avec le jugement personnel de chacun ou ne fera-t-il que le sceller définitivement et le mettre en pleine lumière ? Peu importe. Ce qui semble clair dans les textes du Nouveau Testament c'est que, dans l'au-delà, chacun doit rendre compte des actes de sa vie terrestre et surtout de l'orientation profonde qu'il lui aura donnée.

On ne peut ni galvauder l'amour de Dieu ni dévaluer la responsabilité de l'homme. D'ailleurs nous avons entrevu combien, dès les civilisations les plus primitives, l'homme se sait responsable des conséquences de ses actes. Et l'enfant, dès son plus jeune âge, a un sens aigu de ce qui est « injuste ».

C'est la raison pour laquelle, parallèlement à la réflexion sur la vie après la mort, la conscience morale de l'homme a rapidement développé différents scénarios au sujet de la rétribution, de la « justice » dans l'au-delà, y projetant, parfois trop vite, son propre sens assez étroit de la justice distributive.

Il y fut aussi poussé par un besoin impérieux de justice,

face aux nombreuses et révoltantes injustices sur terre qui nécessitaient une « remise en ordre » quelque part ! La notion de jugement après la mort n'est donc pas propre au judéo-christianisme, mais il y revêt une signification originale. Et pour éviter tout contresens, il faut bien saisir ce que signifie le mot « jugement » dans la tradition biblique.

Nous choisissons, chaque jour, la vie ou la mort

Tout d'abord, être « juste », pour l'homme de la Bible, c'est vivre en harmonie avec le Dessein d'amour de Dieu, adhérer librement à son Alliance. Les « commandements » ne sont pas considérés comme des décrets divins arbitraires mais des balises sur le « chemin » qui conduit l'homme vers sa véritable identité.

L'homme est libre de choisir le sens qu'il veut donner à sa vie, mais Dieu lui « révèle » qu'il y a des choix qui le font grandir, le conduisent vers la vie et le bonheur et d'autres qui risquent de le détruire, de le conduire vers le malheur et la mort.

Et quand les prophètes annoncent le « jugement » redoutable de Dieu envers les hommes et les peuples qui auront commis « l'injustice », ils veulent simplement dire que l'homme, créé libre et responsable, devra assumer les conséquences de ses choix. Dieu, respectueux de sa liberté, ne pourra que les ratifier.

La venue du Christ sur terre a mis la liberté humaine face à un choix encore plus décisif dans la mesure où il incarne le dessein d'amour de Dieu et se présente comme « le » chemin qui conduit à l'accomplissement de l'homme, à la Vie éternelle. Désormais, sa vie, sa parole, sa personne même mettent toute l'humanité devant un choix décisif[1].

En vérité, en vérité, je vous le dis, celui qui écoute ma parole et croit au Père qui m'a envoyé, a la vie éternelle et

1. En situation de « crise », selon l'étymologie grecque du mot jugement : *crisis*.

il échappe au jugement, car il est déjà passé de la mort à la vie (Jn 5,24).

L'homme est libre de le refuser ou de l'accepter, mais par cette décision il se juge lui-même. En ce sens notre « jugement » n'est pas un acte isolé qui suivrait notre mort, mais il se réalise, jour après jour, au cœur même de notre existence quotidienne, à chaque fois que nous optons pour l'amour ou le non-amour, pour la lumière ou les ténèbres, pour la vérité ou le mensonge.

Or, au cours de l'histoire du peuple de Dieu, l'homme biblique avait pris peu à peu conscience qu'il était incapable par lui-même d'être parfaitement accordé aux exigences de l'amour, qu'il était « pécheur ». *N'entre pas en jugement avec ton serviteur, car nul vivant n'est justifié devant toi*, disait le psalmiste.

C'est justement de cette incapacité de réaliser, seul, sa véritable « vocation » que le Christ est venu libérer l'homme :

« Si vous demeurez dans ma parole, vous êtes vraiment mes disciples ; vous connaîtrez alors la vérité et la vérité fera de vous des hommes libres. » Ils lui répondirent : « Nous sommes la descendance d'Abraham et jamais nous n'avons été esclaves de personne. Comment peux-tu dire : Vous deviendrez libres ? »

Jésus leur répondit : « En vérité, en vérité, je vous le dis, quiconque commet le péché est esclave du péché. Or l'esclave ne demeure pas à jamais dans la maison, le fils, lui, y demeure pour toujours. Si donc le Fils — Jésus — vous libère, vous serez réellement libres » (Jn 8,31-36).

Le Christ se présente donc comme celui qui est venu libérer notre liberté de cette fatalité du mal qui pesait elle et la rendait incapable d'accomplir la volonté d'amour de Dieu, de faire ce qui est vraiment bon et bien pour l'homme.

Désormais, par la victoire du Christ sur les forces de mort, nous pouvons accueillir et choisir le chemin de la vie. Éclairée et animée par l'Esprit, notre conscience nous dit si nous penchons du côté de l'amour ou du refus.

L'homme se juge lui-même

Tout ceci nous permet de comprendre qu'en définitive Dieu ne « juge » personne. En nous envoyant son Fils, il a effectivement établi Jésus « juge » puisque l'homme doit désormais prendre position, se déterminer en fonction de sa Parole de vie faite chair : *Comme le Père en effet ressuscite les morts et leur redonne vie, ainsi le Fils donne vie à qui il veut. Car le Père ne juge personne ; il a donné au Fils le jugement tout entier* (Jn 5,21-22).

Mais saint Jean ajoute : *Car Dieu a tant aimé le monde qu'il a donné son Fils unique, pour que tout homme qui croit en lui ne périsse pas mais ait la vie éternelle. Car Dieu n'a pas envoyé son Fils dans le monde pour juger le monde, mais pour que le monde soit sauvé par lui.*

Qui croit en lui n'est pas jugé ; qui ne croit pas est déjà jugé, parce qu'il n'a pas cru au Nom du Fils unique de Dieu. Et le jugement le voici : la lumière est venue dans le monde et les hommes ont préféré les ténèbres à la lumière, parce que leurs œuvres étaient mauvaises.

En effet quiconque fait le mal hait la lumière et refuse de venir à la lumière, de crainte que ses œuvres ne soient démasquées. Celui qui fait la vérité vient à la lumière pour que ses œuvres soit manifestées, elles qui avaient été accomplies en Dieu (Jn 3,16-21).

Et Jésus lui-même dit explicitement qu'il ne jugera personne !

Qui croit en moi, ce n'est pas en moi qu'il croit, mais en celui qui m'a envoyé, et qui me voit voit celui qui m'a envoyé. Moi, la lumière, je suis venu dans le monde, pour que quiconque croit en moi ne demeure pas dans les ténèbres. Si quelqu'un entend mes paroles et ne les garde pas, je ne le juge pas, car je ne suis pas venu pour juger le monde, mais pour sauver le monde.

Qui me rejette et n'accueille pas mes paroles a son juge : la parole que j'ai fait entendre, c'est elle qui le jugera au dernier jour ; car ce n'est pas de moi-même que j'ai parlé, mais le Père qui m'a envoyé m'a lui-même commandé ce que j'avais à dire et à faire connaître ; et je sais que son commandement est vie éternelle. Ainsi donc ce que je dis, je le dis tel que le Père me l'a dit (Jn 12,45-49).

Finalement, nous devons en conclure que ce « Jugement » est immanent à notre existence terrestre. C'est bien l'homme qui se juge lui-même par sa manière d'écouter, d'accueillir ou de refuser la parole de Vie du Christ, par sa manière d'aimer ou pas. Cette Parole de Dieu, chacun aura donc pu l'entendre soit par la proclamation de l'Évangile, soit par l'écoute de l'Esprit à travers sa propre tradition religieuse, soit encore en suivant les exigences de sa conscience.

Cette perspective dynamique est toujours sous-jacente chez les auteurs du Nouveau Testament pour qui le « jugement » de ce monde et de chacun est en fait déjà commencé depuis la venue de Jésus. Accueillir le Christ c'est accueillir la Vie. Et lors du jugement « personnel » qui suivra immédiatement notre mort, à l'heure où sera révélé le secret de notre cœur, Dieu respectera notre liberté et scellera nos choix.

Et au jour de son Avènement final, accomplissement de la création renouvelée, le Christ ne fera que mettre en pleine lumière ce qui était encore caché. Le « Jugement Dernier » ne sera en fait que la manifestation de ce qui s'est joué dans le cœur de l'homme qui se juge lui-même.

Ce que Jésus confirme lui-même par la fameuse parabole du Jugement Dernier où sera mis en pleine lumière, en fonction de la qualité de son amour, de ses relations humaines, de son attention aux mal-aimés, aux plus faibles et aux plus pauvres, le « jugement » de chacun.

Quand le Fils de l'homme viendra dans sa gloire, accompagné de tous les anges, alors il siégera sur son trône de gloire. Devant lui seront rassemblées toutes les nations... Alors le Roi dira à ceux de droite : « Venez, les bénis de mon Père, recevez en héritage le Royaume qui vous a été préparé depuis la fondation du monde. Car j'ai eu faim et vous m'avez donné à manger, j'ai eu soif et vous m'avez donné à boire, j'étais un étranger et vous m'avez accueilli, nu et vous m'avez vêtu, malade et vous m'avez visité, prisonnier et vous êtes venus me voir. »

Alors les justes lui répondront : « Seigneur, quand nous

est-il arrivé de te voir affamé et de te nourrir, assoiffé et de te désaltérer, étranger et de t'accueillir, nu et de te vêtir, malade ou prisonnier et de venir te voir ? » Et le roi leur répondra : « En vérité je vous le dis, dans la mesure où vous l'avez fait à l'un de ces plus petits de mes frères, c'est à moi que vous l'avez fait. »

Alors, il dira encore à ceux qui sont à sa gauche : « Allez loin de moi, maudits, dans le feu éternel qui a été préparé pour le diable et ses anges. Car j'ai eu faim et vous ne m'avez pas donné à manger... » Alors ceux-ci lui demanderont à leur tour : « Mais Seigneur quand nous est-il arrivé de te voir affamé ou assoiffé, étranger ou nu, malade ou en prison, sans t'avoir assisté ? » Alors il leur répondra : « En vérité je vous le dis, dans la mesure où vous ne l'avez pas fait à l'un de ces plus petits, à moi non plus vous ne l'avez pas fait. Et ils s'en iront, ceux-ci à une peine éternelle, et les justes à une vie éternelle » (Mt 25,21-46).

Dans cette mise en scène, il faut noter la surprise des hommes qui découvrent soudain que leur rencontre de Dieu, et donc leur destinée, réussie ou manquée, s'est jouée dans la trame de leur vie quotidienne. Notre vie éternelle ne dépend pas d'abord de telle ou telle option religieuse mais de la qualité de nos relations humaines. Ce qui pèse le plus lourd dans ce jugement, c'est le poids de l'amour vécu.

La seule question décisive que Dieu posera à chacun à la fin de sa vie, est celle-ci : « Qu'as-tu fait de ma Tendresse, de cette capacité d'aimer, de cette parcelle de vie, de moi-même que je t'avais confiée pour semer de l'amour, pour créer de la vie ? » Tel sera le seul critère de discernement qui jugera chacun.

Celui qui aime passe de la mort à la vie

C'est donc bien l'amour vécu, au jour le jour, qui fait déjà passer l'homme de la mort à la vie. Aimer c'est déjà « connaître » Dieu, participer à sa vie. L'amour humain sous toutes ses formes, purifié par l'Esprit du Christ, est source de transfiguration, de naissance nouvelle. Il est le Royaume de Dieu en nous. Par lui, notre éternité est déjà commencée. C'est uniquement ce que le feu de l'amour aura touché, illuminé, purifié, qui est éternel.

Nous savons, nous, que nous sommes passés de la mort à la vie, parce que nous aimons nos frères. Celui qui n'aime pas demeure dans la mort. Quiconque hait son frère est un homicide ; or vous savez qu'aucun homicide n'a la vie éternelle demeurant en lui...

Petits enfants, n'aimons ni de mots ni de langue, mais en actes et en vérité... Or voici son commandement : croire au nom de son Fils Jésus Christ et nous aimer les uns les autres comme il nous en a donné le commandement...

Bien-aimés, aimons-nous les uns les autres, puisque l'amour est de Dieu et que quiconque aime est né de Dieu et connaît Dieu. Celui qui n'aime pas n'a pas connu Dieu, car Dieu est Amour... Bien-aimés, si Dieu nous a tant aimés, nous devons, nous aussi, nous aimer les uns les autres.

Dieu, personne ne l'a jamais contemplé. Si nous nous aimons les uns les autres, Dieu demeure en nous, en nous son amour est accompli. A ceci nous reconnaissons que nous demeurons en Lui et Lui en nous : il nous a donné de son Esprit...

Et nous, nous avons reconnu l'amour que Dieu a pour nous, et nous y avons cru. Dieu est Amour : celui qui demeure dans l'amour demeure en Dieu et Dieu demeure en lui. En ceci consiste la perfection de l'amour en nous : que nous ayons pleine assurance au jour du Jugement, car tel est celui-là, tels aussi nous sommes en ce monde.

Il n'y a pas de crainte dans l'amour ; au contraire, le parfait amour bannit la crainte, car la crainte implique un châtiment, et celui qui craint n'est point parvenu à la perfection de l'amour. Quant à nous, aimons, puisque Lui nous a aimés le premier.

Si quelqu'un dit : « J'aime Dieu » et qu'il déteste son frère, c'est un menteur : celui qui n'aime pas son frère qu'il voit, ne saurait aimer le Dieu qu'il ne voit pas. Oui, voilà le commandement que nous avons reçu de lui : que celui qui aime Dieu aime aussi son frère (1 Jn 3 et 4, *passim*).

Nous avons dit et redit que le péché est essentiellement un refus de l'Amour, de l'amour gâché, blessé ou enfoui. Et l'homme qui n'aime plus se détruit lui-même. Dans la Bible, c'est l'Esprit de Dieu qui anime l'homme vivant. Cette relation à Dieu est vitale. Dans la mesure où l'homme revendique son autonomie et refuse le don de son Esprit qui est sa source — c'est le péché ! — il se condamne à mort. C'est pourquoi dans toute la tradition judéo-chrétienne, la mort est conçue comme l'aboutissement logique du péché.

Mais le Christ, en s'identifiant à l'homme pécheur, en inversant, par sa vie, sa mort et sa résurrection, le refus de l'homme, a rompu cet enchaînement fatal dans lequel l'homme s'était piégé. Il s'est rendu solidaire de la mort de l'homme afin que nous soyons solidaires de sa victoire.

La mort a été engloutie par sa victoire... L'aiguillon de la mort, c'est le péché. Mort, où est ton aiguillon ?... Rendons grâce à Dieu, qui nous donne la victoire par notre Seigneur Jésus Christ (1 Co 15,56-57).

Le Christ nous a libérés du péché et donc de la mort. Tel est le don essentiel de Dieu. Désormais, celui qui s'ouvre au Christ, à son amour pour en vivre, s'ouvre à sa vie éternelle. Logique de mort d'un côté. Logique de vie de l'autre. Le péché tue l'amour, source de vie. L'amour vécu est source de vie éternelle.

Quand vous étiez esclaves du péché, vous étiez libres à l'égard de la justice. Quel fruit recueilliez-vous alors d'actions dont aujourd'hui vous rougissez ? Car leur aboutissement, c'est la mort. Mais aujourd'hui, libérés du péché et attachés à Dieu, vous fructifiez pour la sainteté, et l'aboutissement, c'est la vie éternelle. Car le salaire du péché, c'est la mort ; mais le don gratuit de Dieu, c'est la vie éternelle dans le Christ Jésus notre Seigneur (Rm 6,20-23).

Si la logique du péché est la destruction de l'homme, physique et spirituel, la logique de l'amour est sa transfiguration, physique et spirituelle. Le Christ a vaincu notre mort corporelle et spirituelle. Et cette défaite de la mort ne se situe pas seulement au dernier jour. Tout homme peut accueillir l'Esprit du Christ vainqueur qui le rend capable d'aimer, de rompre la fatalité du mal, de faire mourir le vieil homme esclave du péché. et de faire naître déjà l'homme nouveau.

Le chrétien sait qu'il reçoit, au baptême, les semences de l'Amour du Christ, de la vie éternelle. La vie chrétienne est une naissance qui se déploie dans le temps, une genèse, une croissance, un enfantement. Mais elle ne sera manifestée pleinement que lors de la Manifestation finale du Christ.

Ou bien ignorez-vous que, baptisés dans le Christ Jésus, c'est dans sa mort que tous nous avons été baptisés ? Nous avons donc été ensevelis avec lui par le baptême dans la mort, afin que, comme le Christ est ressuscité des morts par la gloire du Père, nous vivions nous aussi dans une vie nouvelle.

Car si c'est un même être avec le Christ que nous sommes devenus par une mort semblable à la sienne, nous le serons aussi par une résurrection semblable ; comprenons-le, notre vieil homme a été crucifié avec lui, pour que fût réduit à l'impuissance ce corps de péché, afin que nous cessions d'être asservis au péché.

Car celui qui est mort est affranchi du péché. Mais si nous sommes morts avec le Christ, nous croyons que nous vivons aussi avec lui, sachant que le Christ une fois ressuscité des morts ne meurt plus, que la mort n'exerce plus de pouvoir sur lui. Sa mort fut une mort au péché, une fois pour toutes ; mais sa vie est une vie à Dieu. Et vous de même, considérez que vous êtes morts au péché et vivants à Dieu dans le Christ Jésus (Rm 6,1-11).

Faire mourir ce qui nous empêche d'aimer et donc de vivre

Dans cette perspective de résurrection pascale, de renaissance dynamique, l'ascèse chrétienne n'est pas un mépris masochiste de l'homme mais un désir de faire mourir tout ce qui nous empêche d'aimer et donc de devenir des vivants. *Ceux qui appartiennent au Christ Jésus ont crucifié la chair avec ses passions et ses convoitises. Puisque l'Esprit est notre vie, que l'Esprit nous fasse aussi agir* (Ga 5,24-25).

La « chair et ses convoitises » dont parle Paul ne visent jamais notre corps en tant que tel, ce chef-d'œuvre de la création, mais tout ce qui nous enferme égoïstement sur nous-mêmes, nous enchaîne à ce qui est périssable et mortel, refuse de s'ouvrir à l'amour de Dieu et des autres et finalement refuse la vie éternelle de l'Esprit.

L'ascèse, pour être chrétienne, ne peut être qu'au service de la vie. S'il faut dépouiller le « vieil homme » c'est bien pour permettre à « l'homme nouveau » de grandir. *Vous vous êtes dépouillés du vieil homme avec ses agissements, et vous avez revêtu le nouveau, celui qui s'achemine vers la vraie connaissance en se renouvelant à l'image de son Créateur* (Col 3,5-11). Ce dépouillement n'est pas négation de l'homme mais son humanisation, libération intérieure par la vie de l'Esprit.

Car si vous vivez selon la chair, vous mourrez. Mais si par l'Esprit vous faites mourir les œuvres du corps, vous vivrez (Rm 6,13).

Pour Paul tout s'éclaire dans la résurrection du Christ, vainqueur du péché et de la mort. Désormais la Vie peut jaillir au cœur de l'homme qui lutte, avec Lui, contre les forces négatives du mal.

Souviens-toi de Jésus Christ, ressuscité d'entre les morts... C'est pourquoi j'endure tout pour les élus, afin qu'eux aussi obtiennent le salut qui est dans le Christ Jésus avec la gloire éternelle. Elle est sûre cette parole : Si nous sommes morts avec lui, avec lui nous vivrons. Si nous tenons ferme, avec lui nous régnerons (2 Tm 2,11-12).

Et Paul, malgré l'angoisse légitime devant la mort, estime finalement que, loin de la craindre, nous devons la regarder comme une étape vers notre accomplissement. *Demeurer dans ce corps c'est vivre en exil loin du Seigneur, car nous cheminons dans la foi, non dans la claire vision. Nous sommes donc pleins d'assurance et nous préférons de beaucoup déloger de ce corps pour habiter auprès du Seigneur* (2 Co 5,7-8).

Cette vision chrétienne transforme la dimension tragique de la mort. Et au cours de sa première captivité, et donc dans la perspective possible du martyre, Paul revient sur ce sujet.

Pour moi, certes, la Vie c'est le Christ, et mourir représente un gain. Cependant, si la vie corporelle dans cette chair doit me permettre encore un fructueux travail, j'hésite à faire un choix... Je me sens pris dans cette alternative : d'une part, j'ai le désir de m'en aller et d'être avec le Christ, ce qui serait, et de beaucoup, bien préférable ; mais de l'autre, demeurer dans la chair (dans mon corps) *est préférable pour votre bien* (Ph 1,23-24).

Pour saint Paul, la mort n'ouvre pas sur le néant mais sur la Beauté rayonnante du Christ ressuscité. Aussi, dès maintenant, dans l'incertitude du lendemain, une seule chose selon lui doit nous préoccuper : plaire au Seigneur afin de lui être uni dans la vie future. *Soit que nous restions dans ce corps, soit que nous en sortions, nous avons à cœur de lui plaire* (2 Co 5,6). Cette attitude est la source de la sérénité du chrétien pour qui vivre, c'est rester uni au Christ par l'amour.

Nul d'entre nous ne vit pour soi-même, comme nul ne meurt pour soi-même ; si nous vivons, nous vivons pour le Seigneur, et si nous mourons, nous mourons pour le Seigneur. Donc, dans la vie comme dans la mort, nous appartenons au Seigneur. Car le Christ est mort et revenu à la vie pour être le Seigneur des morts et des vivants (Rm 14,7-9).

9

Ce feu de l'Amour qui purifie et consume

Seul l'amour humanise et divinise l'homme

Créé à l'image de Dieu qui est Amour, l'homme n'en finit pas de tendre vers sa véritable identité : la perfection dans l'amour. La tradition chrétienne l'appelle la sainteté. Celle-ci n'est donc ni un privilège ni une option facultative mais le seul et authentique accomplissement de l'homme. Seul l'amour — animé par l'Esprit — humanise, personnalise et divinise l'homme.

Le sommet de son humanisation est sa « divinisation » par la puissance de l'amour, ou pour être plus exact, sa participation à la vie même de Dieu, car en toute rigueur de terme, l'homme ne sera jamais Dieu.

Toute notre vie est une conversion, une longue naissance par l'amour, une mort au péché, c'est-à-dire à tout ce qui nous empêche d'aimer vraiment. Cette difficile et passionnante croissance par l'amour et vers l'Amour est la seule aventure digne de l'homme. Elle enveloppe toutes les dimensions de son existence : son histoire, sa vie relationnelle, son corps et ses facultés (intelligence, volonté, cœur) et ses gestes quotidiens.

La vie spirituelle n'est pas la vie mentale ou cérébrale, mais cette lente montée de l'Esprit, puissance d'amour, qui se joint à notre esprit pour féconder, unifier et intégrer toutes nos facultés spirituelles et corporelles par l'amour.

Mais qui peut dire au moment de sa mort, après un si bref itinéraire terrestre, qu'il est parfaitement accordé à l'amour, « ajusté » au pur Amour de Dieu ? Personne. Cet accomplissement dans l'amour doit donc probablement se poursuivre dans l'au-delà.

Ce dé-centrement de notre « moi », replié sur lui-même, pour nous « re-tourner » vers Dieu, nous ouvrir à ses dons et aux autres hommes est déjà l'objet de notre « conversion » sur terre. Mais après notre mort physique, ce temps de la conversion proprement dit s'achève, l'homme ne peut plus de lui-même modifier les conséquences de ses actes. Que faire ? S'ouvre alors, probablement — c'est la logique interne de l'amour — une nécessaire étape de purification ultime de son être spirituel par l'amour créateur de Dieu.

Les premiers chrétiens pour désigner ce nouvel état de notre croissance utilisèrent le symbole du « feu purificateur ». Ce qui n'est pas forcément une mauvaise image dans la mesure où elle signifie que l'Amour infini de Dieu est un « feu dévorant », une véritable « brûlure » intérieure qui consume tout ce qui défigure l'amour. Si seul l'amour peut communier à l'Amour, pas un seul atome d'égoïsme ne doit subsister en nous !

Ce n'est qu'au XIIe siècle que l'on a fait un saut en arrière, en puisant dans l'imaginaire des anciens une partie de leur géographie de l'au-delà. On est passé d'un simple adjectif (comme expiatoire ou propitiatoire) au substantif ! Et le « purgatoire » est devenu, avec l'Enfer, un « lieu » de souffrance sadique où le feu purificateur s'est matérialisé ! Abandonnons cette imagerie naïve, parfois même perverse, et revenons à la réalité visée par les premiers chrétiens : celle d'une nécessaire purification.

Il est vrai que notre amour devra être purifié pour communier totalement à la plénitude de l'Amour infini de Dieu. Saint Jean disait : *Celui qui aime son frère demeure dans la lumière... mais qui hait son frère se trouve dans les ténèbres* (1 Jn 2,9-11).

Cette lumière de l'Amour divin, manifestée dans le Christ, bien que déjà levée en nous, doit encore pénétrer progressivement nos zones d'ombres afin que tout notre être devienne pur, lumineuse transparence dans l'amour.

Le terme de l'amour qui nous porte vers Dieu est sans terme. Nous ne cesserons jamais d'y progresser, soit dans le siècle présent, soit dans le monde futur, ajoutant sans cesse lumière sur lumière (saint Jean Climaque, *L'Échelle Sainte*, Bellefontaine, 1976, p. 1).

Après notre mort, Dieu-Amour devra encore brûler en nous bien des scories, des traces de nos refus d'aimer, des opacités, des résistances profondes à l'amour qui ne peuvent être intégrés à notre être d'éternité. D'autant plus que, dans la pleine lumière divine, nous aurons sans doute une conscience accrue et encore plus douloureuse de toutes nos complicités avec les ténèbres au cours de notre vie.

Si le Christ a vaincu en nous le « vieil homme », nous ne quittons que bien lentement ses vieilles dépouilles. Notre « pâque », notre enfantement, notre nouvelle naissance se poursuivra certainement au-delà de notre mort par le feu de l'amour.

L'homme qui n'aime plus se détruit lui-même

Mais ne transposons surtout pas en Dieu nos conceptions humaines sur le fonctionnement de la « justice » avec ses tribunaux, ses peines à purger et ses lieux de détention. Il ne s'agit pas « d'expier » ses dettes mais de se purifier, de poursuivre notre croissance. Le Dessein de Dieu n'est pas de « punir » l'homme mais de le faire vivre, de le rendre « juste », de le « justifier », de l'ajuster aux exigences de l'amour.

L'amour de Dieu ne change pas à notre égard, mais nous y sommes plus ou moins accueillants. Et nous savons, par expérience, que vivre en contradiction avec l'amour, c'est nous détruire. Le cœur de celui qui n'aime plus est comme « torturé » par ce manque qu'il ressent déjà comme un vide.

L'homme qui ne sait plus aimer est saisi parfois, dans un sursaut de lucidité, par l'inanité de son existence, le « néant » qui semble l'engloutir. Le cœur de celui qui aime, au contraire, entre de plus en plus dans une paix que personne ne peut lui ravir, signe d'une cohérence intérieure avec le plus profond de son être.

Dans l'au-delà, cette douloureuse incomplétude ne sera pas une « vengeance » de Dieu, mais le fait de notre gestation encore nécessaire pour participer à l'amour plénier de Dieu. Souffrance féconde, mêlée de joie, comme celle d'une femme qui enfante mais qui sait que ses douleurs donnent la vie.

La rencontre du Christ glorieux nous dévoilera nos manques d'amour et fera naître en nous le regret de ne pas avoir assez aimé l'Amour, le désir ardent et purificateur d'aimer davantage. Ce douloureux report de notre union totale avec l'Amour de Dieu sera notre « purgatoire » qui est un « état » et non un lieu.

Cette ultime purification n'est donc pas un « châtiment » de Dieu mais au contraire un signe de sa Miséricorde. Comme le Père de l'enfant prodigue qui ne veut pas faire asseoir son fils à la table du Festin de l'amour sans l'avoir revêtu de la « plus belle robe ».

Je n'entends pas le purgatoire comme une punition. Je ne crois pas que Dieu s'y venge des fautes des hommes. Je me suis élevé contre la conception anti-chrétienne d'un « enfer provisoire » où le Tout-Puissant torturerait les élus. En revanche, je ne me vois pas entrer chez le Seigneur sans avoir pris une douche, mis une chemise propre et un complet neuf. La simple décence et le respect filial de Dieu me conduisent à souhaiter un passage au vestiaire avant de m'asseoir à la table du banquet (Jean Delumeau).

Le Désir de Dieu est de « réussir » sa création

Le Désir de Dieu est d'achever la création de l'homme nouveau, définitif, de le rendre lumineux. Et je suis convaincu que, pour cela, il est capable de déployer avec délicatesse toutes les ressources de sa tendresse créatrice.

Je pense même que cette perspective de croissance continue, de purification, de maturation est une porte de dialogue possible avec nos contemporains qui croient en la réincarnation. Car cette croyance ne part-elle pas du même constat : l'homme est encore inachevé au moment de sa mort, indigne d'entrer dans la Plénitude divine — qu'elle qu'en soit sa représentation — et doit donc, estiment-ils, poursuivre sa croissance dans d'autres corps ?

C'est dans cette dynamique de l'amour créateur qu'il faut comprendre ce passage de saint Paul qui, pris au pied de la lettre, a parfois conduit à des aberrations. *Que chacun prenne garde à la manière dont il bâtit* (sa vie et l'œuvre de sa vie). *Quant au fondement, en effet, nul ne peut en poser un autre que celui qui est déjà en place : Jésus Christ.*

Que l'on bâtisse sur ce fondement avec de l'or, de l'argent, des pierres précieuses, du bois, du foin, de la paille, l'œuvre de chacun sera mise en évidence. Le « Jour du jugement » la fera connaître, car il doit se manifester par le feu, et ce feu éprouvera la qualité de l'œuvre de chacun.

Si l'œuvre bâtie sur le fondement subsiste, l'ouvrier recevra une récompense ; si son œuvre est consumée, il en subira la perte ; quant à lui, il sera sauvé, mais comme à travers le feu (1 Co 3,10-15).

Paul, ici, reprend l'image biblique traditionnelle du feu qui éprouve et purifie, image suggestive du « jugement » de Dieu qu'il ne faut pas trop vite matérialiser ! Il veut faire comprendre que, devant Dieu, on ne triche plus et que chacun est jugé selon les intentions secrètes de son cœur et la qualité de ses actes et non selon les apparences. Les fausses façades ne résisteront pas.

Chacun sera jugé sur la solidité des fondements, les motivations qui l'animent et la qualité des œuvres de sa vie. Le « jugement » est la mise en pleine lumière de ce qui aura été l'enracinement de notre vie. Et pour saint Paul le seul fondement solide d'une vie d'homme, c'est le Christ.

Paul conclut d'ailleurs en disant que même celui dont les

œuvres ont été consumées — parce que sans véritable consistance — ne sera pas nécessairement rejeté par Dieu : « Il sera sauvé, mais, comme à travers le feu », le feu de l'amour divin. Ce feu de l'Esprit que le Christ était déjà venu allumer sur terre et qui dans l'au-delà poursuivra son action purificatrice et créatrice : *C'est un feu que je suis venu apporter, et comme je voudrais qu'il soit déjà allumé* (Lc 12,49).

Mais comme nous l'avons déjà fait remarquer, cette perspective d'une croissance dynamique, après notre mort, pour entrer dans la béatitude parfaite de Dieu ne nécessite pas pour autant de « cloisonner » à nouveau l'au-delà en espace et en temps ! Sans doute, mourir c'est déjà rencontrer Dieu. Mais dans toute vie relationnelle, il y a différents niveaux ! Et cette « genèse » de l'homme nouveau ne peut pas être une succession de « temps » mais, encore une fois, sera plus probablement de l'ordre de l'intensité, de la qualité de notre participation à la Plénitude de Dieu.

En attendant que le Seigneur soit venu dans sa majesté... les uns continuent sur terre leur pèlerinage ; d'autres, ayant achevé leur vie, se purifient encore, d'autres enfin sont dans la gloire contemplant, dans la pleine lumière, tel qu'il est, le Dieu un en trois Personnes. Tous, cependant, à des degrés et sous des formes diverses, nous communions dans la même charité envers Dieu et envers le prochain (*Lumen Gentium*, n° 49).

Pour ma part, j'espère que le jour de ma mort sera une rencontre éblouissante du Christ et que je pourrai dire comme saint Jean :

Son visage resplendissait, tel le soleil dans tout son éclat. A sa vue, je tombai comme mort à ses pieds, mais il posa sur moi sa droite et dit : « Ne crains pas. Je suis le Premier et le Dernier, et le Vivant. Je fus mort, et voici, je suis vivant pour les siècles de siècles, et je tiens les clefs de la mort et de l'Hadès (Ap 1,16-18).

10

Ce monde nouveau qui intègre les hommes du passé

La Résurrection du Christ bouleverse le séjour des morts

Nous avons vu que pour de nombreuses civilisations, l'Hadès, le Tartare, le Shéol ou les Enfers désignaient le séjour commun des morts. Comme l'indique l'étymologie du mot (*inferni*, lieux « inférieurs »), ils étaient traditionnellement « localisés » sous la terre, généralement conçue comme une galette plate posée au-dessus des ces abîmes souterrains.

Les premiers chrétiens ont peu à peu découvert les multiples implications, les nombreuses facettes ou dimensions de l'Événement unique de la résurrection du Christ. Et pour exprimer leur foi en sa victoire sur les forces du mal qui avaient entraîné la mort de l'homme, ils vont reprendre ce langage « imagé » hérité de la nuit des temps.

Puisqu'il s'est manifesté vivant à ses disciples, ceux-ci en ont déduit qu'il n'était pas resté prisonnier des « Enfers », du séjour des morts. Le Christ, qui s'est identifié à l'homme pécheur et mortel, a brisé l'impasse du péché — et donc de la mort — qui avait bloqué la croissance dynamique de l'homme vers l'Amour parfait de Dieu. Par sa résurrection, les portes des « Enfers » ont été renversées.

Le Shéol m'a vu et a été vaincu... J'ai tenu une assemblée de vivants parmi ses morts et je leur ai parlé avec des lèvres vivantes, en sorte que ma parole ne fut pas vaine. Ils ont couru vers moi, ceux qui étaient morts ; ils ont crié et dit : « Aie pitié de nous, Fils de Dieu, et agis avec nous selon ta grâce ; fais-nous sortir des liens des ténèbres et ouvre-nous la porte, pour que par elle nous sortions avec toi. Soyons sauvés nous aussi avec toi, parce que tu es notre Sauveur. » Pour moi, j'entendis leur voix et je traçai mon Nom sur leur tête ; c'est pourquoi ils sont libres et m'appartiennent. Alleluia ! (*Odes de Salomon*, de la fin du Ier s. 42,15-26.)

Aujourd'hui, quand le Symbole des Apôtres nous dit que le Christ *est descendu aux Enfers*, cette formulation nous semble bien désuète. Peut-être faut-il en trouver une autre, mais la réalité spirituelle qu'elle exprime garde toute sa pertinence !

En effet, si le Christ est le Premier-Né d'une création renouvelée, il entraîne déjà avec lui, dans la lumière de son Royaume, tous les morts depuis Adam et Ève. Vainqueur du mal et de la mort, il permet à nouveau à tous ces millions d'êtres, qui vécurent au cours des siècles antérieurs, de poursuivre leur croissance, leur transfiguration. Il leur donne d'accéder pleinement, totalement à la plénitude de la vie de Dieu avec qui la communion était devenue impossible, après le drame collectif et personnel du refus.

Jésus n'avait-il pas répondu lui-même aux sadducéens qui ne croyaient pas en la résurrection qu'ils méconnaissaient les Écritures et la puissance de Dieu, car *Dieu n'est pas un Dieu des morts, mais des vivants* (Mc 12,18-27), ce qui implique qu'Abraham, Isaac et Jacob étaient d'une certaine façon vivants !

Et si tous les hommes, ceux d'hier et ceux d'aujourd'hui, *tous ont péché, sont privés de la gloire de Dieu, tous il sont gratuitement justifiés par sa grâce en vertu de la délivrance accomplie en Jésus-Christ* (Rm 3,23-24).

Les Pères de l'Église et l'iconographie orientale reprendront cette « image » pour répondre à la question : « Comment le Christ a-t-il pu sauver tous les hommes qui ont vécu avant lui sur cette terre et qui étaient déjà morts ? »

Cette « descente » symbolique aux Enfers est une manière d'exprimer le triomphe de la Vie sur la Mort jusque dans ce qui est traditionnellement son domaine, celui du séjour des morts. Tous les hommes et les femmes qui suivirent les appels de leur conscience ou de leur religion, déjà animés par l'Esprit de Dieu, tous ces hommes et ces femmes qui depuis des millénaires aspiraient déjà à la plénitude de la vie, le Christ ressuscité les entraîne dans la lumière du Royaume.

La résurrection du Christ fait entrer dans l'Aujourd'hui de Dieu, en sa présence béatifiante, toute l'histoire de l'humanité, y compris son passé le plus lointain. Elle réalise et dépasse les intuitions du psalmiste biblique qui estimait que rien n'échappe à la puissance de Dieu.

Prodige de savoir qui me dépasse,
hauteur où je ne puis atteindre.
Où irai-je loin de ton esprit,
où fuirai-je loin de ta face ?
Si j'escalade les cieux, tu es là,
qu'au shéol je me couche, te voici (Ps 139,7-8).

C'est dans cette perspective qu'il faut comprendre les propos de l'apôtre Pierre, quand il écrit que le Christ, mis à mort en sa chair, mais rendu à la vie par l'Esprit, *est alors allé prêcher même aux esprits en prison, aux rebelles d'autrefois, quand se prolongeait la patience de Dieu aux jours où Noé construisait son arche... Ainsi la Bonne Nouvelle a été annoncée même aux morts, afin que jugés selon les hommes, dans la chair, ils vivent selon Dieu, par l'Esprit* (1 P 3,18-20 et 4,6).

Il évoque ainsi l'amplitude universelle de l'énergie de la résurrection du Christ qui se réfracte sur toute notre histoire. Cette victoire de la vie touche tous les hommes marqués par le mal, y compris les contemporains de Noé qui périrent dans le Déluge, symbole de la mort.

Effet rétroactif d'un Événement à la fois historique et transhistorique, car le Christ ressuscité transcende l'espace et le temps, entre dans l'éternel présent de Dieu et devient donc le contemporain de toutes les générations humaines, celles d'hier et celles d'aujourd'hui.

Cette image de la « descente du Christ aux Enfers » est une dimension importante de la Bonne Nouvelle, dans la mesure où elle signifie que la vie nouvelle est offerte à tout homme, dans l'espace et dans le temps.

Le Moyen Age a repris en partie la géographie de l'au-delà, héritée des vieilles traditions millénaires, mais il en a durci et matérialisé les images qui devinrent des « lieux » spécialisés. C'est ainsi que le « purgatoire » devint le séjour provisoire des défunts devant être encore purifiés et « l'enfer », le séjour exclusif des « damnés », lieu de perdition définitive où règne Satan et l'armée des démons.

Cette imagerie des flammes éternelles, des démons cornus et des damnés grimaçants de douleur est la plus catégoriquement rejetée par nos contemporains. Elle est de fait indigne de Dieu chez qui nous avons tendance à projeter nos besoins sadiques de vengeance ou d'expiation sous le poids d'une culpabilité morbide. Et, surtout, notre cosmogonie a changé !

La résurrection du Christ a-t-elle englouti à jamais l'Enfer dont l'imagerie habite encore l'inconscient collectif ? Question délicate qui, aujourd'hui comme hier, continue de diviser penseurs et théologiens chrétiens et sur laquelle nous devons consacrer le prochain chapitre.

11

L'homme qui refuse d'aimer risque de se détruire lui-même

Ne banaliser ni l'amour de Dieu ni la liberté de l'homme

Il suffit de parcourir les textes du Nouveau Testament pour constater combien la foi chrétienne, dès ses origines, est écartelée entre la confession d'un salut pour tous les hommes, l'amour et la grâce de Dieu étant plus forts que tout péché, et celle d'un « jugement » dernier condamnant à la mort définitive les pécheurs endurcis. Cette « seconde mort », spirituelle, étant plus terrible que la première qui n'était que biologique !

Il y a d'un côté toutes ces images, héritées de la littérature apocalyptique juive, utilisées par le Christ lui-même, celles des « ténèbres du dehors », de la « fournaise de feu » où il y « des pleurs et des grincements de dents », de « la géhenne où le ver ne meurt pas et où le feu ne s'éteint pas ».

Et de l'autre, des textes qui affirment aussi explicitement la volonté de Dieu de *tout réconcilier par lui* (le Christ) *et pour lui, et sur la terre et dans les cieux* (Col 1,20). *Comme tous meurent en Adam, en Christ, tous recevront la vie* (1 Co 15,22). *Dieu notre Sauveur veut que tous les hommes soient sauvés et parviennent à la connaissance de la vérité* (1 Tm 2,3).

Dilemme entre un amour infini, qui ne peut pas être pour autant « programmé » d'avance et une « justice » divine ramenée à la distribution des peines et des récompenses ! Nous ne pouvons banaliser ni l'amour de Dieu, cette force créatrice capable de nous structurer, ni la liberté de l'homme qui peut l'accueillir ou la refuser. Son amour ne peut pas ne pas respecter l'homme responsable de ses actes et de ses choix. Affirmer que Christ entraîne automatiquement dans la Vie tous les hommes qui meurent ce serait nier ce qui fait leur dignité : leur liberté.

Toute la révélation biblique montre combien Dieu est un Amour qui appelle, invite, fait « signe ». Mais s'il nous propose de participer à la plénitude de sa vie et de son amour — à son Royaume — il ne peut l'imposer à l'homme. L'amour ne peut être contraignant, car il se nierait ainsi lui-même ! Il nous faut donc laisser à l'homme libre la possibilité de rejeter l'amour, de se refermer sur lui-même.

Tragique refus de l'homme qui refuse de vivre jusqu'au bout, c'est-à-dire de « naître » dans l'Esprit, de se laisser créer par la puissance de l'Amour. « L'enfer » est cette possibilité pour l'homme de se détruire en refusant de se dé-centrer de lui-même, de se laisser « enfanter » à la vie éternelle par l'Amour créateur de Dieu.

Et quand Jésus fait dire au roi du jugement dernier : *Loin de moi, maudits, au feu éternel* (Mt 25,41), il met en scène le constat impuissant de Dieu devant la situation dramatique de l'homme qui n'a pas su aimer et qui a ainsi dérivé « loin » de la vie.

Ce refus conscient de l'Amour, de la Lumière est-il ce terrible péché contre l'Esprit évoqué par le Christ et pour lequel Dieu lui-même ne peut rien ? *Je vous le déclare, tout blasphème sera pardonné aux hommes, mais le blasphème contre l'Esprit ne sera pas pardonné, ni en ce monde ni dans le monde à venir* (Mt 12,31-32).

C'est sans doute la raison pour laquelle Jésus insiste tant sur l'importance de notre choix entre l'amour de son Père, du prochain et l'enfermement sur soi. C'est au niveau de ce choix personnel que se situe l'enjeu de la « conversion » dans les Évangiles. Quand il dit *celui qui ne croit pas sera condamné* (Mc 16,16), il met en garde l'homme qui n'est pas ouvert à sa révélation sur la priorité de l'amour.

Croire en Jésus, c'est en particulier croire en la puissance de l'amour. Celui qui ne croit plus au dynamisme de l'amour, source d'ouverture à Dieu et aux autres, de pardon, de don, risque d'être happé par la spirale infernale de l'autodestruction.

Jésus n'hésite pas à dire : *Ne craignez pas ceux qui peuvent tuer le corps mais ne peuvent tuer l'âme ; craignez bien plutôt celui qui peut faire périr âme et corps dans la géhenne* (Mt 10,28). Ce n'est pas la mort physique que l'homme doit redouter mais la « mort spirituelle ».

Ces images ne sont pas de l'ordre de la description mais de la symbolique où la dramatisation met justement en lumière l'enjeu de la liberté de l'homme qui doit choisir entre le chemin qui conduit à vie éternelle et celui qui peut le mener à sa propre destruction.

C'est peut-être le drame de l'homme qui se fait centre absolu et veut se faire dieu comme le suggère la scène symbolique de la Genèse où le « père du mensonge » dit à Adam : *Pas du tout, vous ne mourrez pas ! Vous serez comme des dieux !* (Gn 3, 4-5).

C'est vrai qu'il faut prendre au sérieux la grandeur tragique de la liberté de l'homme qui oublie souvent qu'il participe au mystère de la vie mais n'en est pas la source, qu'il peut grandir en aimant mais qu'il ne peut être son propre accomplissement. L'homme n'invente pas l'homme, il se reçoit de Dieu.

« L'enfer » serait-il le triomphe du mal, force de refus, mystérieuse perversion de la liberté qui inverse l'altérité créatrice en égocentrisme mortel. Est-ce le drame de la chute de Satan, le « prince de ce monde » que Jésus semble affronter personnellement et à qui les Évangiles attribuent le Royaume des « ténèbres extérieures » ?

« L'enfer » serait-il l'homme qui inverse le dynamisme de l'amour en n'aimant que son « moi » qu'il idolâtre ? Notre expérience humaine peut déjà constater que le refus de l'amour engendre jalousies, haines, guerres, goulags, tortures, enfermements sur soi-même, solitudes, désespoirs, une vie morne et sans joie qui devient alors un véritable « enfer » !

Le refus de l'amour peut-il devenir absolu ?

Il n'y a jamais eu et il n'y aura jamais de « prédestinés » pour ceci ou cela ! La liberté de l'homme ne saurait être « programmée ». Si Dieu aime les hommes, il les aime pour toujours et il est même capable d'aimer ses « ennemis » ! Il ne peut pas vouloir délibérément la destruction de l'homme ! Il désire ardemment que tout homme soit « sauvé », atteigne sa plénitude. L'Enfer ne saurait dont être une vengeance ou un châtiment décidé par Lui !

Cette auto-destruction ne peut être qu'une décision de l'homme. Mais comment l'amour parfait de Dieu pourrait-il supporter de voir disparaître une seule de ses créatures bien-aimées ? Certains disent que c'est justement par amour de l'homme libre qu'il a accepté de limiter sa puissance !

Et que le refus absolu de l'homme — s'il existe ! — serait probablement pour lui une grande douleur, celle que peut provoquer un être que vous aimez et qui ne répond pas à votre amour. L'amour rend toujours vulnérable. Dieu en aimant l'homme s'est lui-même rendu vulnérable[1] !

D'autres en arrivent à penser que Dieu a confié à la liberté humaine, si souvent obscurcie par de nombreux déterminismes, un pouvoir disproportionné. L'homme est-il à la mesure d'un absolu quelconque, dans le bien comme dans

1. Selon certains théologiens, le refus absolu de l'amour de Dieu par une seule de ses créatures le blesserait d'une douleur éternelle, preuve suprême de l'infini de son Amour. G. Martelet va jusqu'à dire : « Il y a non seulement la passion historique de Dieu dans le plus effrayant des Calvaires, mais le refus dont Dieu peut être un éternel objet n'est-il pas lui aussi comme un vrai Calvaire de la Gloire, qui possède en son ordre sa propre éternité ? » *L'Au-delà retrouvé, Christologie des fins dernières*, Desclée, p. 189. De tels propos me plongent dans des abîmes de perplexité !

le mal ? L'homme qui est incapable de « s'accomplir » seul, pourrait se détruire seul ? Je crains que notre raisonnement humain — qui n'est pas celui de Dieu ! — soit ici enfermé dans la dialectique du bien et du mal.

Dans nos actes mauvais, dans nos refus d'aimer, avons-nous vraiment conscience de jouer notre destin éternel ? Accomplissons-nous vraiment un acte de révolte qui se veut un « non » ferme, conscient, « ontologique » à l'amour de Dieu ?

En ne regardant que ma pauvre vie de pécheur, je crois pouvoir dire non. Pécheur, mille fois pécheur, qui ne sait pas aimer ou qui aime mal, oui ! Et que toutes ces innombrables fautes me vaudront une sérieuse et nécessaire « purification », certainement ! Mais refuser absolument au plus profond de mon être la Lumière, l'Amour, refuser la Transcendance de Dieu comprise et perçue vraiment comme source et terme de mon être, non !

Existe-t-il vraiment un homme qui, en ayant pleine connaissance de l'amour infini de Dieu, refuse de l'accueillir et s'idolâtre au point de vouloir se faire le centre absolu ? Y aura-t-il vraiment quelqu'un qui entendra cette terrible parole de l'Époux aux dix vierges insensées frappant aux portes du royaume : « Je ne vous connais pas » ? (Mt 25,12).

Jésus lui-même ne l'affirme pas. Sa parabole est une forte invitation à la vigilance, à ne pas laisser s'éteindre dans notre cœur la lumière de l'Esprit, le feu de l'amour. Et si cet « enfer » du refus absolu de l'amour est une réalité potentielle, il n'est écrit nulle part que quelqu'un y soit ! Et si cela est, le retour au néant, comme le suggère l'Apocalypse pour Satan et ses associés, semble moins cruel qu'un « enfer éternel » ! Mais ni l'un ni l'autre ne me semblent bien accordés au cœur de Dieu !

Ce qui est sublime ce n'est pas le tragique, mais l'amour

Je connais des mères de familles rejetées par leur fils drogué ou assassin. Cette indifférence et ce mal les crucifient de douleur, et pourtant, même si elles reconnaissent que leur fils, condamné par la justice, doit « réparer » le mal qu'il a commis, leur fils restera toujours leur enfant, la chair de leur chair ! Elles ne peuvent l'effacer de leur mémoire, de leur cœur. Et ces femmes ne sont pas Dieu ! Pour moi, ce qui est sublime ce n'est jamais le tragique, mais l'amour.

Si Dieu a faconné l'homme à son image et ressemblance avec tant d'amour, j'imagine assez mal qu'il puisse accepter son « exil » éternel sans tout faire pour amener sa créature à son achèvement. Et il peut tout ! *Là où le péché abonde, la grâce du Christ surabonde* (Rm 5,20). Sans doute, nous ne pouvons pas échapper au jugement, mais finalement, comme nous l'avons vu, c'est l'homme qui se juge lui-même, par ses actes, et « l'acte d'espérance » en fait aussi partie !

Si, à sa mort, l'homme ne peut plus revenir en arrière, Dieu peut encore aller de l'avant ; si l'homme ne peut plus au sens fort du terme « se convertir », Dieu peut encore le purifier. Comme le dit saint Pierre : *Le Seigneur fait preuve de patience envers vous, ne voulant pas que quelques-uns périssent mais que tous parviennent à la conversion* (2 P 3,9).

Alors, en ce domaine aussi, soyons très modestes ! Je suis toujours un peu songeur quand j'entends des croyants défendre avec véhémence le châtiment de l'Enfer, mais « pour les autres » ! Je laisse à Dieu la possibilité de concilier ce qui pour nous semble inconciliable : respecter la liberté de l'homme et sa miséricorde insondable.

Le Christ sur la croix a assumé les conséquences dramatiques de ce dynamisme inversé de l'amour, il s'est identifié à l'homme pécheur, l'homme du refus pour « retourner », « convertir » l'élan de l'amour vers son accomplissement dans la plénitude de Dieu. Le mystère de sa résurrection est le signe que la fatalité du mal, du refus de l'amour a été vaincue. La vie a retrouvé sa trajectoire initiale. L'homme n'est plus prisonnier du péché, de l'inversion mortelle des forces de l'amour.

Si Dieu est pour nous, qui sera contre nous ? Comment, avec son Fils, livré pour nous, ne nous ne donnerait-il pas tout ? Qui condamnera ? Jésus Christ est mort, bien plus il est ressuscité, lui qui est à la droite de Dieu et qui intercède pour nous ! Qui nous séparera de l'amour du Christ ?... Rien ne pourra nous séparer de l'amour de Dieu manifesté en Jésus Christ notre Seigneur (Rm 8,31-39).

C'est pourquoi finalement, comme l'écrit saint Jean, ce n'est pas la crainte qui doit animer notre vie d'homme mais l'espérance, car l'amour véritable bannit la peur : *De crainte, il n'y en pas dans l'amour* (1 Jn 4,18).

12

En communication avec l'au-delà

Il y a des ponts entre les deux rives

Tous les hommes font « corps », dans le bien comme dans le mal

Le besoin et la possibilité de communiquer avec les morts est une constante dans toutes les cultures, religions et civilisations. Depuis le siècle dernier, nous connaissons en Occident un regain d'intérêt pour le « spiritisme » et la consultation des médiums pour interpréter les messages de l'au-delà.

Aujourd'hui, ce courant se donne volontiers des apparences pseudoscientifiques et rejoint facilement celui de l'ésotérisme. Nous ne devons pas récuser trop facilement la légitimité et la possibilité d'une communication avec l'au-delà, mais comme toujours il faut discerner ce qui relève du charlatanisme et de l'exploitation de la crédulité des gens. Car ce commerce est d'autant plus honteux qu'il joue avec les liens sacrés des personnes avec leurs défunts.

Nous savons, par expérience, combien nous sommes solidaires, dépendants des uns et des autres, dans le bien comme dans le mal. Combien la joie ou la tristesse, l'enthousiasme ou le découragement, la foi ou le doute, l'espérance ou le désespoir sont communicatifs, contagieux.

Et dans un monde où les techniques de pointe ont aboli les frontières et les distances, faisant de notre planète terre un grand village, nous prenons encore davantage conscience que tous les hommes font « corps » !

Ce qui est déjà vrai au niveau de l'expérience empirique acquiert une vérité et une profondeur nouvelles à la lumière de la révélation chrétienne. Le Christ apporte des confirmations inespérées à nos attentes les plus folles.

Son allégorie de la Vigne, par exemple, nous révèle que l'humanité n'est pas une juxtaposition d'individus isolés, mais un immense Corps vivant dont il est la Tête. Corps irrigué par la sève vitale de l'Esprit, Énergie d'amour qui nous met en communion avec lui et avec tous les hommes.

Je suis la vigne, vous êtes les sarments : celui qui demeure en moi et en qui je demeure, celui-là produira du fruit en abondance... Comme le Père m'a aimé, moi aussi je vous ai aimés : demeurez dans mon amour (Jn 15,5 et 9).

Cette unité organique fait de l'homme un être solidaire des autres dans sa régression vers le mal ou dans sa croissance vers l'amour. C'est déjà vrai sur terre et c'est toujours vrai dans l'au-delà ! L'Esprit est la source et la sève de cet amour contagieux qui transcende les frontières de l'espace, du temps et même de la mort.

Saint Paul développera cette image du « Corps du Christ » dont nous sommes les membres. Si le Christ en est la « Tête », on pourrait aussi bien dire qu'il en est le « cœur » puisque par rapport à cette Réalité spirituelle toute image ne peut être qu'analogique !

Les ondes de l'amour ne connaissent pas de frontières

Tout ce que nous venons de dire permet de comprendre un peu pourquoi la séparation physique n'affecte pas la communion entre les défunts, les vivants de l'au-delà et nous, les vivants encore sur terre. Nous pouvons continuer d'échanger par les « ondes de l'amour » et nous soutenir mutuellement dans cette lente genèse de chacun vers l'infini de Dieu.

Il se s'agit pas de faire « pression » sur la volonté Dieu puisqu'il désire infiniment la réussite de sa création ni de peser sur la liberté des personnes responsables de leur destin ! Cette influence mutuelle correspond à la mystérieuse mais bien réelle fécondité de l'amour, capable de toucher la profondeur d'un être sans pour autant lui ôter sa liberté intérieure.

Par la prière ou l'offrande de tel ou tel acte de notre vie particulièrement habité par l'amour, nous pouvons participer à cette secrète et efficace solidarité spirituelle que la tradition chrétienne appelle la « communion des saints ». Nous pouvons nous unir au désir de nos défunts de grandir encore dans l'amour et d'atteindre leur plénitude en Dieu.

La longue mélopée de la « litanie des saints » de la liturgie chrétienne illustre cette secrète fécondité de l'amour qui relie la terre et l'au-delà et enfante peu à peu la grande Fraternité universelle du Royaume de Dieu.

Dans la vie des saints et même dans la vie quotidienne des gens les plus simples, on pourrait relever de nombreux exemples de cette communion entre les vivants de cette terre et les vivants dans l'au-delà, sans qu'il soit pour cela nécessaire de se livrer à la magie ou au spiritisme.

Combien de personnes qui n'ont rien de pathologique, ayant perdu un être cher, disent qu'il leur est souvent « présent » pour partager leurs épreuves, les aider dans leur existence quotidienne. Ce monde « spirituel » où vivent, à des degrés divers, les saints, nos amis ou nos parents n'est sans doute pas indifférent à notre itinéraire terrestre. Ils peuvent nous transmettre force et lumière.

13

Pourquoi déménager quand on est bien chez soi ?

La réincarnation

Une éternité morcelée dans un cycle sans fin

La réincarnation séduit aujourd'hui bon nombre de nos contemporains. Elle se veut aussi une réponse à la question essentielle de l'homme sur l'au-delà de la mort, la destinée ultime de l'homme.

Selon cette croyance, l'âme ou l'élément psychique de l'être humain est immortel et reçoit ou se dote lui-même de corps différents tout au long de ses existences successives. Il y aurait donc une succession de naissances et de morts pour le même individu. On parle alors de « nouvelle naissance », ou de « passage d'un corps à un autre » ou encore « d'états successifs de l'âme » (transmigration de l'âme ou métempsycose).

Avec de multiples nuances, la réincarnation a été admise par de nombreux peuples. Nous en avons entrevu au cours de la première partie de cet ouvrage. Les Celtes, les adeptes de l'orphisme, Pythagore, Platon, Plotin, le poète latin Virgile, les gnostiques chrétiens, les manichéens, les cathares et la kabbale juive... Mais elle fut surtout systématisée en Inde avec l'hindouisme et le bouddhisme.

Le canevas commun des différentes théories indiennes

— qui diffèrent en de nombreux détails — est la doctrine du *karma* (action ou œuvre). Les modalités du « passage » d'un corps à un autre dépendent de la vie antérieure de chacun. Mais celui qui meurt n'a pas le choix, car son destin est déterminé par le poids de ses actions, bonnes ou mauvaises. Le *karma* est une loi de la rétribution qui enchaîne notre avenir à nos actes. Ce qui est une manière de répondre à la vieille interrogation sur la responsabilité de l'homme devant son destin et de la justice dans l'au-delà.

Selon cette perspective cyclique, l'homme est quasi enchaîné à cette « roue du destin ». Tout son effort — ascèse, détachement — visera donc à se libérer de ce cercle infernal de naissances et de morts pour accéder au *nirvâna* (« extinction ») chez les bouddhistes, au *moksha* (« délivrance ») chez les hindous. L'individu, même incapable de se hisser à ce niveau, est donc lui aussi d'une certaine manière « éternel », mais cette éternité est comme morcelée en une suite indéfinie d'états transitoires.

Jamais de naissance, jamais de mort ; personne n'a commencé ni ce cessera... Comme un homme se dépouille des vêtements usés pour en prendre des neufs, ainsi l'âme, dépouillant ses corps usés, s'unit à d'autres, nouveaux ; le fer ne la blesse pas plus que le feu ne la brûle, ni l'eau ne la mouille, ni le vent ne la déssèche (*Bhagavad-Gîtâ*, Livre II, 20-23).

Certains yogis et adeptes modernes auraient même la possibilité, par élargissement de leur conscience ou par la médiation d'un médium, de se souvenir de leurs vies antérieures.

La réincarnation revue et corrigée par l'Occident

Comme il l'est écrit dans les *Upanishads*, un des livres sacrés de l'hindouisme : *Il y a des réincarnations, et il faut y échapper.* Il faut briser ce maudit enchaînement pour rejoindre le « divin ». Pour cela il faut se vider de tout désir avide et égoïste des biens éphémères et illusoires de ce monde, car l'impuissance de l'homme à obtenir ce qu'il désire engendre nécessairement la convoitise, la jalousie et donc le mal et la souffrance. Par différentes techniques de concentration, tels que le yoga et le détachement des choses éphémères et transitoires, tendre vers la paix et le repos intérieurs.

Les réincarnations successives ne sont donc pas un but en soi, au contraire, il faut s'en libérer et aspirer à l'illumination et à la béatitude au sein de l'Absolu. Celui-ci est-il « personnalisé » ou impersonnel, l'individu va-t-il y perdre son identité ou non ? Il semblerait qu'il faille bien nuancer les réponses, tant l'Orient est subtil et nos interprétations souvent simplificatrices. Mais ce n'est pas directement notre propos ici.

Ce qui est clair, c'est que dans le bouddhisme ou l'hindouisme, le « moi » personnel n'est pas un absolu. Il est même une illusion dont nous devons nous libérer. L'objectif de notre existence sera donc d'atteindre « l'être » au plus profond de soi qui est commun à tous. Le salut personnel se trouve justement au-delà des limites de la forme transitoire, inachevée de l'individualité illusoire. L'idéal est d'être à nouveau absorbé dans la stabilité de l'Être[1].

Au cours des siècles des Lumières et du romantisme, en Europe et en Amérique, cette doctrine de la réincarnation a connu un regain d'intérêt. Elle séduisit poètes et penseurs tels que Kant, Lessing, Goethe, Schopenhauer, les théosophes, les milieux occultistes ou ésotériques et, plus près de nous, tous les courants qui sont dans mouvance du « Nouvel Age ».

Mais il y a une différence fondamentale entre la doctrine orientale de la réincarnation et celle professée par nos contemporains occidentaux. Nous avons dit que, pour l'hindouiste ou le bouddhiste, ce cycle des renaissances est un

1. D'ailleurs si pour l'hindouisme, la réincarnation est perçue comme un chemin de salut personnel, cette « personnalisation » est absente du bouddhisme pour qui ce n'est pas le « sujet » en tant que tel qui se réincarne. Le sujet ne se maintient pas, mais les éléments qui l'ont constitué se redistribuent en fonction de l'existence antérieure. La réincarnation est donc la formation nouvelle d'un être provisoire par nature, et non la migration d'une âme, personnalisée, permanente qui passerait de corps en corps.

enfermement dont il faut se libérer. Le retour dans un autre corps est lié aux fautes qu'il faut expier et dont il faut se purifier. Toute renaissance est une punition.

Pour les nouveaux adeptes occidentaux, la réincarnation est conçue, au contraire, comme une nouvelle chance, une occasion positive d'épanouir toutes les potentialités humaines qu'une seule et trop brève existence ne peut réaliser. Ou encore de racheter une vie antérieure ratée.

Selon cette perspective occidentale, la réincarnation n'est plus une catastrophe mais un moyen d'élargir l'horizon de la conscience et de la faire participer toujours plus à l'Énergie cosmique de l'univers. Elle est surtout une autoréalisation qui s'appuie sur les théories de l'évolution et des forces internes transformatrices de l'univers.

Même si cet engouement moderne pour cette doctrine est incompatible avec l'espérance chrétienne, nous devons noter qu'il correspond non seulement à de très anciennes interrogations mais aussi à de nouvelles données culturelles que l'espérance chrétienne n'a peut-être pas suffisamment prises en compte. D'où notre insistance dans cet ouvrage sur la présence de l'Esprit créateur dans les différents « passages » de la croissance de l'homme vers sa plénitude en Dieu, l'importance du corps dans cette dynamique de la création renouvelée qu'est la résurrection...

Croyance peu compatible avec l'espérance chrétienne

Ceci dit, il est vrai que la réincarnation est difficilement compatible avec l'espérance chrétienne fondée sur la résurrection du Christ. Sa vision cyclique de l'histoire — que l'on retrouve dans de nombreuses religions anciennes — n'est pas celle de l'homme biblique.

La Promesse de Dieu a « orienté » l'aventure humaine, lui a donné une direction précise, celle de la « Terre promise », confirmée par le Christ qui, mort « une fois pour toutes » et ressuscité, met l'humanité en marche vers le Royaume de Dieu. C'est le dessein même de Dieu et non le simple désir de l'homme qui fait que son histoire dépasse la mort et s'ouvre sur l'au-delà.

Cette perspective judéo-chrétienne « linéaire » est une nouveauté dans la philosophie de l'histoire. La grande roue du Destin (le *fatum* grec ou le *samsâra* dans l'hindouisme) qui tourne inlassablement sur elle-même (« rien de nouveau sous le soleil » !) fait place à « l'Histoire du Salut ». En Asie, si l'existence de l'homme tend aussi à une certaine libération, celle-ci se réalisera en sortant de l'histoire, en échappant à la durée illusoire.

La doctrine de la réincarnation — tout au moins telle qu'elle est comprise en Occident — ne respecte pas l'unité de la personne humaine, unique, historique, sans répétition possible, qui exclut tout essai provisoire. Pour la tradition judéo-chrétienne, Dieu est un Être personnel, Quelqu'un qui dialogue avec l'homme en appelant chacun par son nom. La personnalisation réciproque de Dieu et des hommes est la condition de l'Alliance.

De plus, la doctrine de la réincarnation méprise le corps qu'elle ne considère pas plus qu'un simple « survêtement », une écorce, une enveloppe interchangeable et réduit l'âme ou l'esprit, au terme de multiples incarnations, à une étincelle de vie qui finit par fusionner dans le grand tout de l'Être. Nous l'avons déjà souligné, la résurrection chrétienne inclut la capacité simultanée d'accepter ce que l'on est et de se reconnaître, par cela même, distinct des autres, du Christ et de Dieu.

La croyance en la réincarnation élimine toute densité concrète à notre histoire personnelle et l'unicité irréductible de chaque homme. Le Christ n'a pas « emprunté » notre condition humaine, comme on enfile un pardessus pour sortir dehors, mais il s'est fait « chair ». Transfiguré, c'est l'homme dans sa totalité qu'il a voulu sauver et faire entrer dans une nouvelle communion avec Dieu. L'espérance chrétienne ne concerne pas seulement l'immortalité de l'âme mais une création renouvelée du « corps ».

Nous avons montré que notre éternité se joue concrètement chaque jour de notre vie présente. Elle est accueil de l'Esprit, de l'Amour qui structure, humanise et divinise l'homme. Certains estiment qu'on ne saurait mettre en balance les actes d'une seule vie humaine et sa « destinée éternelle ». Tant de disproportions est ressenti comme une injustice.

Mais c'est justement parce que Dieu a créé l'homme libre et responsable qu'il respecte nos décisions. Tel est le fondement de la dignité de l'homme qui doit assumer les conséquences de ses propres actes et non chercher à se purifier de fautes commises dans une vie antérieure dont il n'a même plus le souvenir.

Sans doute le poids et le sérieux de nos actes pourraient nous effrayer si nous n'avions pas le pardon et la force du Christ qui nous sont toujours offerts pour grandir chaque jour dans l'amour.

L'au-delà est un don de Dieu et non une auto-réalisation de l'homme

La doctrine de la réincarnation est centrée sur les actes de l'homme qui cherche à se purifier, à se libérer lui-même du poids du *karma* — par l'ascèse, la maîtrise des sens, la concentration, la méditation —, à accéder à la sérénité parfaite du *nirvâna*. Chemin qui ne manque pas de grandeur et mérite notre respect. Mais, il faut bien reconnaître que cette croyance se fonde sur l'auto-réalisation de l'homme[2].

Cette perspective est aux antipodes du christianisme pour qui tout est don et grâce de Dieu. Nous aurions beau avoir de nombreuses vies successives, nous ne pourrions jamais atteindre la perfection par nous-mêmes ni « mériter » la vie

2. Relevons un exemple type de cette auto-réalisation de l'homme dans le livre de Patrick Drouot, *Nous sommes immortels*, éd. Garancière, 1987, p. 39 : « Or, aujourd'hui, à travers toutes les recherches entreprises depuis une vingtaine d'années aux USA, il apparaît que l'être humain semble posséder en lui la faculté d'accéder naturellement à des états de conscience différents, permettant de rentrer dans une dimension hors de l'espace-temps... que nous appellerons états supérieurs de Conscience. »

éternelle. La libération de l'homme — le salut — y est vécue dans un mouvement inverse : accueillir Dieu, seule source de perfection, qui vient lui-même chercher l'homme.

Notre espérance est fondée sur la gratuité de son amour miséricordieux et non sur les capacités naturelles de l'homme. Le salut, la libération du péché, le pardon, la communion avec Dieu, la vie éternelle ne sont pas d'abord l'œuvre de l'homme mais un don du Christ ressuscité.

Mort et ressuscité « pour nous », il s'est chargé en quelque sorte de notre *karma*. Désormais, si nous avons à combattre les forces destructrices du mal ce n'est jamais seuls mais avec le Christ, vainqueur de la fatalité du mal. Dans cette fascination actuelle pour la réincarnation, n'y aurait-il pas l'indice d'une des grandes difficultés de l'homme moderne : se laisser sauver, « accomplir » par un autre que lui-même ?

Enfin le « ciel » du chrétien n'est pas la suppression du désir dans une sérénité immuable et la divinisation de l'homme n'est pas une fusion dans l'Océan de l'Être impersonnel. Le royaume de Dieu n'est pas une perte de soi en Dieu mais au contraire une « personnalisation » croissante, un accomplissement personnel dans la communion avec Dieu. *Pour moi vivre, c'est le Christ, et mourir m'est un gain* (Ph 1,21).

Le Christ appelle tout homme par son nom et invite chacun à prendre sa place au banquet de la vie qu'il a préparé pour nous. *Dans la maison de mon Père, il y a beaucoup de demeures ; sinon vous aurais-je dit que j'allais vous préparer une place où vous serez ? Lorsque je serai allé vous la préparer, je reviendrai et vous prendrai avec moi, si bien que là où je suis, vous serez vous aussi* (Jn 14,2-3). La communion à la vie de Dieu n'empêche nullement le respect de la diversité des personnes.

14

Un « ciel » plus beau que nature

Le fabuleux Royaume de l'amour

Seul l'imaginaire peut se « représenter » l'au-delà

Le « ciel » de l'espérance chrétienne ne désigne pas notre espace cosmique le plus proche où brillent le soleil, la lune et les étoiles ni même l'infiniment loin de l'univers intergalactique. Ce ciel-là fait encore partie de notre univers. Et depuis que les satellites nous renvoient les photos de la petite toupie bleue de notre terre, nous savons que ce ciel n'est pas plus au-dessus qu'en dessous, mais qu'il enveloppe notre planète.

Dieu ne peut être limité dans un « lieu » ; il n'est pas plus en haut qu'en bas. Mais l'homme, depuis qu'il a les pieds sur la terre et la tête tournée vers les étoiles, n'a pas trouvé de meilleures images pour exprimer les réalités spirituelles. Et si le « ciel » est dans la plupart des religions, la « demeure » de Dieu, désigné souvent comme le « Très haut », c'est qu'il faut bien s'exprimer avec des mots humains ! Le christianisme emploie nécessairement les mêmes métaphores[1].

1. Même si Bultmann, selon sa perspective existentialiste, a raison de dire que la vie éternelle est une réalité déjà présente dans la décision même du

Pour parler de la transcendance divine, partout présente, qui nous enveloppe et nous dépasse, nous ne pouvons avoir recours qu'à des images poétiques. La poésie — comme toutes les autres formes de l'art — n'est-elle pas, plus que les concepts de la raison raisonnante, la médiation la plus adaptée pour évoquer les réalités invisibles ?

Il n'est donc pas déplacé, pour approcher l'Indicible, à la fois si loin et si proche de l'homme, d'employer des métaphores comme celle de la goutte de rosée trop minuscule pour réfléchir toute la lumière du soleil qui la transforme néanmoins en étincelle de lumière.

Quand les textes nous parlent de ceux qui sont « dans les cieux » où quand nous disons que nos défunts ont rejoint la « demeure » de Dieu, nous ne désignons pas un « lieu » mais leur situation nouvelle. Quand saint Luc nous dit que Jésus est « monté au ciel », il veut signifier sa glorification, sa participation à la vie lumineuse de Dieu. Quand saint Paul nous presse de rechercher sans cesse *les choses d'en haut*, il exprimer sa conviction que l'homme ne trouve son accomplissement qu'en Dieu.

Et quand le Christ lui-même nous apprend à dire : *Notre Père qui es aux cieux !* il nous invite en fait à ouvrir notre cœur à Celui qui se fait proche de l'homme mais dont la transcendance est sans aucune commune mesure avec notre monde créé.

L'homme ne peut ni décrire ni vraiment imaginer le « ciel » de Dieu mais il peut parfois en contempler quelques reflets dans la féerie d'un coucher de soleil ou en recueillir quelques échos dans l'harmonie d'une œuvre musicale. Communion, ravissement ou extase mystérieuses et ineffables d'un univers de paix et de joie intense qui nous ouvrent comme des brèches lumineuses sur le « ciel ».

croyant qui accueille le Christ, il l'appauvrit dans la mesure où elle ne concerne que la foi de chacun et ne concerne plus l'ensemble de l'aventure humaine et du monde. D'autre part, il n'est pas sûr que l'espérance chrétienne puisse se passer totalement de représentations de l'au-delà.

Seul l'Esprit nous ouvre aux richesses du « royaume de Dieu »

Mais ces images ou ces expériences restent des approches encore tout humaines. Car, comme l'écrit saint Paul, *l'œil n'a pas vu, l'oreille n'a pas entendu et il ne vient jamais au cœur de l'homme ce que le Seigneur a préparé pour ceux qui l'aiment*, et seul l'Esprit de Dieu qui *sonde les profondeurs de Dieu* peut nous en faire entrevoir les richesses (2 Co 2,10s).

Notre situation est un peu comparable à celle de l'enfant dans le sein de sa mère. Il lui est impossible d'« imaginer » la beauté d'un monde qui lui est encore extérieur, « au-delà » du monde clos qui est encore le sien et pour lequel il est parfaitement adapté.

Et comme cet univers de chaleur et de tendresse maternelles lui procure une certaine sécurité, il vivra ce passage vers « l'autre monde » comme une rupture pénible. Et pourtant cette « naissance » est nécessaire pour qu'il accomplisse son être d'homme. Ce n'est pas par hasard si les premiers chrétiens reprennent ce vocabulaire à propos de la mort. Cette rupture — violente pour les martyrs — pour passer de notre terre au « ciel de Dieu » est appelée *dies natalis*, le jour de la naissance.

L'espérance chrétienne, comme le montre Étienne, le premier martyr chrétien, est de vivre en Dieu avec le Christ : *Voici, dit-il, que je contemple les cieux ouverts et le Fils de l'homme debout à sa droite... Seigneur Jésus, reçois mon esprit* (Ac 7,56 et 60).

Le Christ ne s'attarde pas à nous décrire les modalités de cette vie dans l'au-delà. Il en affirme simplement et fortement la réalité par toute une série d'images qui se complètent et s'éclairent l'une l'autre, pour bien montrer qu'aucune d'elles ne peut « représenter » cette réalité spirituelle.

Il ne peut nous éveiller à cet au-delà qu'en faisant appel à l'expérience de tous nos sens. Dans ses paraboles, Il compare cette vie éternelle à une joyeuse et immense fête de la Vie ouverte à tous, à un Festin de noces entre Dieu et l'humanité qui évoque l'intimité de l'amour, la convivialité, la joie du partage. Plénitude de vie et de bonheur en sa Présence. Il s'agit d'un « état » nouveau et non d'un « lieu ».

Le « ciel » de la foi chrétienne est le Royaume de Dieu, le thème essentiel de l'enseignement en paraboles de Jésus. Cet au-delà du Royaume est déjà en gestation sur notre terre mais demeure aussi imprévisible que l'arbre né de la graine. *Le Royaume des Cieux est comparable à une graine de moutarde qu'un homme prend et sème dans son champ... mais quand elle a poussé, elle devient un arbre* (Mt 13,31-32). Qui peut imaginer le fruit de la maturation de l'homme nouveau et de la terre nouvelle ?

Le Royaume des cieux est comparable à du levain qu'une femme prend et enfouit dans trois mesures de farine, si bien que toute la masse se lève (Mt 13,33). Le Royaume de l'au-delà, communion avec Dieu et entre tous les hommes, est une communauté déjà en croissance. Et aucun appareil de mesure ne peut calculer la puissance de l'Esprit qui, enfoui dans l'épaisseur de l'humanité, l'anime, la féconde, la soulève pour un jour la transfigurer.

Il en va du Royaume des Cieux comme d'un homme qui a semé du bon grain dans son champ. Or, pendant que les gens dormaient, son ennemi est venu, il a semé à son tour de l'ivraie, en plein milieu du blé... (Le maître dit) : « *Laissez l'un et l'autre croître ensemble jusqu'à la moisson ; et au moment de la moisson je dirai aux moissonneurs : ramassez d'abord l'ivraie et liez-la en bottes que l'on fera brûler ; quant au blé, recueillez-le dans mon grenier... De même donc qu'on enlève l'ivraie et qu'on la consume au feu, de même en sera-t-il à la fin du monde* » (Mt 13,24-30 et 40).

Que d'ivraie dans notre vie, que d'égoïsme, de refus d'aimer qu'il faudra un jour laisser consumer par le feu de l'Amour infini de Dieu pour partager sa vie éternelle avec tous les justes qui « resplendiront comme le soleil dans le Royaume de leur Père ». Perspective qui, loin de nous démobiliser, devrait au contraire nous dynamiser pour semer, jour après jour, les germes de Royaume éternel.

Le Royaume des Cieux est semblable à un trésor qui était

caché dans un champ et qu'un homme vient à trouver : il le cache à nouveau, s'en va ravi de joie vendre tout ce qu'il possède, et achète ce champ (Mt 13,44).

Il nous faudra, tôt ou tard, perdre tout nos biens relatifs et provisoires, y compris notre corps physique, pour accueillir dans la joie la vie nouvelle de Dieu, trésor infini devant lequel ce que nous avons dû abandonner nous paraîtra bien dérisoire.

Il en va du Royaume des Cieux comme d'un roi qui fit un festin de noces pour son fils. Il envoya ses serviteurs convier les invités aux noces, mais eux ne voulaient pas venir... Le roi dit alors à ses serviteurs : « Allez donc aux départs des chemins, et conviez aux noces tous ceux que vous pourrez trouver »... Et la salle de noces fut remplie de convives... Le roi entra alors pour examiner les convives, et il aperçut là un homme qui ne portait pas la tenue de noces. « Mon ami, lui dit-il, comment es-tu entré ici sans avoir une tenue de noces ? »

Dieu a fait alliance avec toute la terre et tous les hommes sont invités à partager le festin de la Vie éternelle. Émerveillé par la foi du centurion romain, Jésus s'était exclamé : *Amen, je vous le déclare, chez personne en Israël, je n'ai trouvé une telle foi. Aussi je vous le dit : beaucoup viendront de l'orient et de l'occident et pendront place, avec Abraham, Isaac et Jacob, au festin du Royaume des cieux* (Mt 8,10-11).

Personne n'est exclu. Encore faut-il ne pas se laisser enfermer dans nos préoccupations terrestres, garder un cœur ouvert à l'appel de la Vie, accueillir l'Esprit, pour tisser avec nos gestes d'amour quotidiens le vêtement de noce de l'homme nouveau. Et probablement qu'il faudra encore, après notre mort, nous laisser purifier pour finir de tisser le pur vêtement de l'Amour.

Mais cette image du repas choisi par Jésus pour évoquer le Royaume de Dieu suggère qu'il faut exclure une béatitude individuelle et qu'il n'y a de bonheur pour l'homme ressuscité que partagé avec tous les autres, sans confusion, chacun à sa place, convive à la même table du Festin de la Vie. La joie de chacun est inséparable de la joie de tous.

L'homme, au cours de son histoire mouvementée, a perdu la mémoire de son identité, de Celui qui est sa source originelle et son accomplissement ultime. Selon la tradition biblique, c'est le péché qui a fermé à l'homme le « ciel », le « paradis, c'est-à-dire l'intimité avec Dieu et la participation à sa propre vie.

Et le Christ se présente justement comme celui qui ouvre à nouveau cet accès à la vie de Dieu, inaugure le Royaume ou le Règne de Dieu dont il manifeste la venue en paroles et en signes. Le sommet de cette « mission », le signe le plus fort de ce renversement de situation est l'Événement de sa Pâque. Par sa mort et sa résurrection, il lève la fatalité qui pesait sur l'homme et lui ouvre les portes du Royaume, c'est-à-dire la réintégration de toute la création en Dieu.

Il est la Tête du corps de l'humanité qui doit le suivre et participer à nouveau à la plénitude de la vie de Dieu. Il a libéré au cœur de l'homme cette source enfouie de « l'Esprit filial » qui murmure au plus profond de son être : *Abba-Père* (Rm 8,15). Devenus les *Temples* de l'Esprit de Dieu, nous avons soif d'éternité. Le Christ est venu nous révéler que cette ardente aspiration n'est ni une projection imaginaire de l'homme ni un rêve mais une réalité ouverte à celui qui l'accueille dans la foi.

Bien plus, comme nous en avions perdu l'orientation, il a tracé, depuis son incarnation jusqu'à son entrée dans la gloire du Père, le *chemin* qui conduit à la vie de ce Royaume. Il nous a confirmé que la vie de l'homme, son bonheur, sa plénitude est la connaissance aimante et la vision béatifiante de Dieu. C'est même son désir le plus ardent : *Père je veux que là où je suis, ceux que tu m'as donnés soient aussi avec moi* (Jn 17,24).

Cette « vision » de Dieu est encore une analogie sensorielle qui ne doit pas nous conduire à imaginer le royaume de Dieu comme un simple spectacle permanent. Cette vision est dite bienheureuse parce que la plénitude de sa vie sera une source de bonheur illimité, sans cesse renouvelé et non statique.

Gardons-nous de transposer nos modes de penser dans l'au-delà et de faire de l'éternité de Dieu un temps sans changement qui s'étirerait infiniment et engendrerait un éternel ennui. Toute la révélation nous suggère que l'éternité est, non pas un temps, mais un mystère de communion qui illumine tout l'être et comble ses désirs les plus profonds d'aimer et d'être aimé, une communion où nous n'en finirons pas de découvrir les profondeurs de Dieu et de contempler sa Beauté. Notre connaissance et notre amour s'élargiront sans fin.

De même que ceux qui voient la lumière sont dans la lumière et participent à sa splendeur, de même ceux qui voient Dieu sont en Dieu et participent à sa splendeur. Or vivifiante est la splendeur de Dieu. Ils auront donc part à la vie ceux qui voient Dieu.

Tel est le motif pour lequel celui qui est insaisissable, incompréhensible et invisible s'offre à être vu, compris et saisi par les hommes : c'est afin de vivifier ceux qui le saisissent et qui le voient. Car si sa grandeur est inscrutable, sa bonté aussi est inexprimable, et c'est grâce à elle qu'il se fait voir et qu'il donne la vie à ceux qui le voient.

Car il est impossible de vivre sans la vie, et il n'y a de vie que par la participation à Dieu, et cette participation à Dieu consiste à voir Dieu et à jouir de sa bonté... Les hommes verront donc Dieu afin de vivre, devenant immortels par cette vue et atteignant jusqu'à Dieu...

La gloire de Dieu, c'est l'homme vivant, et la vie de l'homme c'est la vision de Dieu : si déjà la révélation de Dieu par la créature procure la vie à tous les êtres qui vivent sur la terre, combien plus la manifestation du Père par le Verbe procure-t-elle la vie à ceux qui voient Dieu (saint Irénée).

Ce que saint Jean disait déjà à sa manière : *La vie éternelle, c'est qu'ils te connaissent, toi le seul vrai Dieu, et celui que tu as envoyé, Jésus-Christ* (Jn 17,3). Et saint Paul, enthousiaste, estime que la puissance de Dieu est capable de combler non seulement nos aspirations les plus profondes, mais encore bien au-delà de ce que nous pourrions espérer de mieux. Il est *Celui dont la puissance agissant en nous est capable de faire bien au-delà, infiniment au-delà de tout ce que nous pouvons demander ou concevoir* (Ep 3,20).

Le ciel est communion et personnalisation

Le « ciel » est le Règne de l'amour qui personnalise et « divinise » l'homme qui y trouvera sa véritable identité puisqu'il a été créé pour aimer et être aimé, infiniment, éternellement.

L'au-delà ne saurait donc être conçu comme la juxtaposition de solitudes ou une perte de soi dans l'Être, telle une goutte d'eau dans l'Océan, mais une universelle communion croissante de chacun avec Dieu et avec tous les hommes. A l'image de l'unité du Dieu trinitaire, Père, Fils et Esprit, dont l'amour ne dilue en rien la personnalité de chacun. L'amour humain authentique ne rend-t-il pas déjà l'homme toujours plus libre et plus humain et ne lui révèle-t-il pas sa véritable identité ?

Le Christ, *l'aîné d'une multitude de frères*, n'a jamais laissé entendre que le « ciel » serait une réalité uniforme qui gommerait les différences (cf. Jn 14,1-3), mais un mystère de communion où toutes les relations que nous avons nouées sur terre, loin d'être anéanties, seront sans cesse renouvelées.

L'au-delà est un don de Dieu. La Jérusalem nouvelle

Saint Jean « représente » l'accomplissement du Dessein universel de Dieu sous les traits de la célèbre « Jérusalem nouvelle ».

Et je vis un ciel nouveau et une terre nouvelle ; car le premier ciel et la première terre ont disparu, et la mer, il n'y en a plus ! Et la Cité sainte, la Jérusalem nouvelle, je la vis descendre du ciel d'auprès de Dieu, préparée comme une épouse parée pour son époux[2].

2. Notons la discrétion du texte sur ce qu'advient le monde ancien. Sa disparition indique la fin d'un certain ordre cosmique mais il n'est rien dit sur le nouveau. Le renouvellement de la création, elle aussi illuminée par la

Et j'entendis une grande voix sortant du trône disant : « Voici la Demeure (Tente) de Dieu avec les hommes et il demeurera avec eux. Ils seront ses peuples et lui sera Dieu avec eux. Et il essuiera toute larme de leurs yeux. La mort ne sera plus. Il n'y aura plus ni deuil, ni cri, ni peine, car le monde ancien (les premières choses) a disparu » (Ap 21,1-4).

Cette vision du dernier septénaire de l'Apocalypse décrit l'œuvre du « huitième jour », celui de la restauration finale annoncée par le prophétisme d'Israël. L'expression de « ciel nouveau et terre nouvelle » désigne l'ensemble de la création (comme dans Gn 1,1 qui est la toile de fond de ce texte). C'est bien l'univers entier qui change de face. Non par quelques retouches ou replâtrages de surface de l'ancienne réalité. Il s'agit d'une création totalement renouvelée, fruit de la résurrection du Christ.

Ces images indiquent un changement total de plan ; nous passons de notre monde visible à celui de Dieu. Cette Jérusalem nouvelle, symbole du rassemblement de l'humanité n'est pas le simple aboutissement des efforts ou des progrès terrestres de l'homme, mais elle est un Don de Dieu. « Elle descend d'auprès de Dieu » !

Si en Christ ressuscité, toute la création est assumée, transfigurée, la fin du monde est néanmoins envisagée comme une certaine rupture avec la continuité historique. Mais si le progrès terrestre et le règne du Christ, celui de l'amour ne peuvent se confondre, il est évident que tout labeur humain mis au service de l'homme spirituel oriente le monde vers le royaume de Dieu.

Faut-il entendre par « ciel nouveau et terre nouvelle » une nouvelle création *ex nihilo* ou un renouvellement ? La « disparition du monde ancien » inclinerait vers la première hypothèse. Mais la continuité du Dessein créateur de

Présence de Dieu et du Christ, est simplement figuré par cette mystérieuse Cité qui descend de Dieu ; la transfiguration du monde est un acte créateur de Dieu qui échappe à toute description. L'attention de Jean se porte davantage sur ce qui arrive aux hommes.

Dieu, le fait que la Jérusalem nouvelle semble intégrer le meilleur de notre univers et surtout le fait que le Christ ait assumé et transfiguré notre humanité dont le cosmos est une dimension constitutive, m'invitent à croire qu'il s'agit davantage d'un renouvellement radical de la création.

Pourtant, en créant le ciel et la terre, Dieu n'avait-il pas trouvé que *tout cela est vraiment très bien* (Gn 1,31) ? Dieu se serait-il trompé et son chef-d'œuvre n'aurait-il été qu'une ébauche qu'il devrait remettre un jour en chantier ? Passe encore la terre, mais le ciel ?

Mais cette création, par le refus de l'homme, était justement devenue ce que Dieu n'avait pas créé et qui s'était greffée sur son œuvre : l'ambiguïté de la mort ! Cette mort était d'ailleurs plus que biologique, elle englobait tout ce qui avait tué chez l'homme l'image ressemblante de Dieu : l'orgueil, la haine, la matérialisme exacerbé, bref le « péché ».

Cette création mortelle disparaît avec la résurrection du Christ qui inaugure un monde nouveau. La Mort est détruite et avec elle toute la première création de la Genèse qui a été contaminée par elle. Avec cette vision symbolique de saint Jean, nous sommes entrés dans l'au-delà de l'histoire, dans la méta-histoire. Nous sommes dans le monde exclusif de Dieu où tout est don.

La mer n'est plus. Elle était dans le monde oriental, l'image redoutable des dangers mortels, de la mort qui tente d'engloutir le terre et les hommes. C'est pour cela qu'elle doit reculer pour faire place à la libération du Peuple de Dieu (Ex 14,21). Elle n'a donc plus de place dans les cieux nouveaux et la terre nouvelle. Nous fonctionnons toujours ici au niveau des symboles.

La Jérusalem nouvelle représente la Communion des saints qui transcende toute frontière ecclésiale. Elle est aussi la « Demeure » (la Tente, lieu biblique traditionnel de la gloire de Dieu), symbole d'intimité de Dieu et des « hommes », et non seulement des « saints » comme on aurait pu s'y attendre. Nuance discrète d'universalisme du salut qui s'exprime encore par un pluriel inattendu : *Ils seront ses peuples et lui sera le Dieu qui est avec eux.*

La relation mutuelle entre les hommes et Dieu est une relation de dépendance : la célèbre prophétie de l'Emmanuel — Dieu-avec-nous — trouve ici son accomplissement ultime. L'incarnation en avait déjà réalisé une première étape lorsque le Verbe était venu *planter sa tente parmi nous* (Jn 1,14), à présent c'est l'accomplissement total.

Les larmes humaines les plus profondes sont souvent provoquées par le deuil. Dans le monde nouveau, Dieu *essuiera toute larme des yeux*, et fera disparaître les autres expressions de la douleur, les cris et les peines, car *la mort ne sera plus.*

Et Celui qui siège sur le trône dit : « Voici : je fais toutes choses nouvelles »... Et il me dit : « Accompli ! (C'en est fait !). Moi, je suis l'alpha et l'ôméga, le commencement et la fin. A l'assoiffé, je donnerai de la source de l'eau de la vie, gratuitement » (21,5-8).

Pour la première fois dans le livre de l'Apocalypse, Dieu en personne prend la parole ! Saint Jean veut nous faire entendre, comme en écho, la « première parole » qui, dans la Genèse, fit jaillir toute la création. C'est la même et unique Parole créatrice de Dieu qui fait l'unité entre la création, son renouvellement et son accomplissement. Tout est « accompli » ! Il est le commencement et la fin de la première création et de la création renouvelée. Dans la Cité sainte, l'eau vive est naturellement « gratuite » puisque tout ce qui vient de Dieu est « grâce », gratuité.

Mais le mélange de verbes au présent et au futur dans ce chapitre, indique bien que ce qui est déjà accompli du côté de Dieu ne l'est pas encore pour les hommes, qui n'y ont pas encore tous accès. La terre est encore à l'heure des combats.

Méthode classique de saint Jean qui, dans ce livre, nous montre toujours la même réalité tantôt vue du côté de Dieu, tantôt vue du côté des hommes. « Le vainqueur héritera de ces choses et je serai Dieu pour lui et lui sera un fils pour moi » (21,7). Le don de Dieu est offert à tous les hommes, mais il n'est imposé à personne. Pour celui qui l'aura accueilli — vainqueur des forces mauvaises du refus — la relation filiale avec Dieu sera totale et définitive.

« Viens ! Je te montrerai la fiancée, l'épouse de l'Agneau. » Et il m'emmena en esprit sur une montagne grande et élevée et il me montra la Ville sainte, Jérusalem, descendant du ciel brillant de la gloire même de Dieu (21,9-10).

Après l'avoir située dans l'ensemble de la création renouvelée, saint Jean focalise sa vision spirituelle, mystique sur la Jérusalem nouvelle, notre humanité transfigurée. Car il ne s'agit pas d'une description objective mais bien d'une vision, dans la foi, des réalités chrétiennes enracinées dans la méditation sur la Pâque de Jésus.

Les éléments descriptifs sont de l'ordre de la symbolique. La Cité nouvelle *brille de la gloire de Dieu* qu'elle ne « possède » pas dans un édifice spécial mais qui l'illumine comme de l'intérieur d'elle-même. Elle est entourée de remparts, car sa sécurité est assurée par la présence permanente de la gloire de Dieu qui est « son rempart ».

Ces remparts reposent sur une triple assise qui portent le nom des apôtres du Christ, puisque cette Cité symbolique représente la Communion des saints dont les apôtres sont le fondement. Nous sommes bien en présence d'une allégorie architecturale qui développe en images ce que Paul écrivait déjà : *Vous êtes concitoyens des saints, vous êtes la maison de Dieu, bâtie sur la fondation des apôtres* (Ep 2,19-20).

Ses douze portes sont ouvertes aux quatre points cardinaux pour bien montrer que tous les hommes, d'où qu'ils viennent, y son appelés ; et elles sont gravées aux noms des douze tribus d'Israël pour manifester le rôle privilégié de ce peuple dans la marche de l'humanité vers son accomplissement en Dieu.

La plénitude de cette somptueuse humanité transfigurée est encore suggérée par la perfection symbolique — un carré parfait — de cette Cité qui est la Communion des saints. Le chiffre 12 000 (4 × 3) renvoie à la symbolique traditionnelle des nombres. Douze est le chiffre de l'Alliance, multiplié par mille, chiffre de l'universalité. Cette Cité représente donc l'Alliance parfaite et générale. L'humanité a atteint son accomplissement.

De Temple, je n'en vis pas dans la Cité car le Seigneur Dieu, le Tout-Puissant, est son sanctuaire ainsi que l'Agneau. Et la Cité n'a pas besoin du soleil ni de la lune pour luire sur elle ; car la Gloire de Dieu a lui en elle et son flambeau est l'Agneau.

Et les nations marcheront à sa lumière et les rois de la terre apporteront leur gloire vers elles. Et ses portes ne seront jamais fermées, de tout le jour, car là, il n'y aura pas de nuit. Et l'on porte vers elle la gloire et l'honneur des nations (21,22-26).

Nous sommes bien en présence d'une topographie imaginaire, en plein urbanisme théologique qui tente d'exprimer une réalité spirituelle. Il n'y a plus de Temple ! Une Jérusalem sans Temple ! L'Apocalypse ne rejoint pas l'espérance juive (qui en rêve encore !). Saint Jean élimine, de la Cité Sainte, le Temple et tout ce qu'il signifie : plus de culte, plus de sacerdoce, plus de sacrifices, plus de rites, plus de religion, plus de médiation car le temps est révolu.

Pour cette humanité transfigurée, tout est immédiat, spontané. La distinction terrestre entre le profane et le sacré a disparu dès l'instant où la créature communie directement avec son Créateur. Plus de rituel car il n'y a plus de commandements dans ce monde nouveau directement inspiré par l'amour. Plus de contraintes, plus de lois, là où l'amour de Dieu et l'amour fraternel se confondent.

Le Temple nouveau est constitué par les pierres vivantes que sont les croyants et, désormais, le Saint des saints, le Sanctuaire, c'est Dieu et le Christ-Agneau qui en est indissociable. Gloire et lumière sont les deux thèmes dominants de cette séquence. La disparition du Temple entraîne celle des astres, le soleil et la lune, qui fixaient les rendez-vous liturgiques. La fête est désormais perpétuelle. Le rythme temporel a cessé et la Gloire de Dieu qui illumine la Cité ne connaît pas d'interruption.

Sa lampe, c'est l'Agneau. Dans la Bible, la plupart du temps l'emploi de ce mot « lampe » est relatif au chandelier à sept branches, la ménorah du temple de Jérusalem qui, dans la pénombre du Saint des saints, représentait la Gloire de Dieu et rappelait à Israël la présence lumineuse de son Dieu, même au cœur de la nuit. Dans le Christ ressuscité, toute la Gloire de Dieu est manifestée, au point que la Présence de l'Agneau est la lampe permanente.

La lumière et la Gloire de Dieu sont tellement fascinantes qu'elles « attirent » les nations et leurs rois. Jadis hostiles au Christ et à sa descendance, les peuples et les souverains se sont tout de même décidés à la conversion, sans que l'on sache pourquoi, ni quand ni comment. En tout cas, la perspective est optimiste et interdit de porter de jugement sur les comportements terrestres. Une chose est certaine : la Jérusalem nouvelle est ouverte à tous.

Non seulement, le meilleur de la terre, symbolisé par l'or et les pierres précieuses, contribue à la beauté de la Cité sainte, de l'humanité transfigurée, mais les rois de la terre y apportent les trésors spirituels et les splendeurs accumulées de leurs peuples. Rien de ce qui fait la beauté et la richesse du monde n'est perdu, mais tout fait retour au Créateur comme un hommage collectif de la création ancienne.

L'espérance de l'Apocalypse ne se matérialise pas dans un retour au jardin primitif, mais se spiritualise dans une Ville-Communion.

Et il me montra un fleuve d'Eau vive (de vie) brillant comme du cristal qui jaillissait du trône de Dieu et de l'Agneau. Au milieu de la place de la Cité et des deux bras du fleuve, est un arbre de vie, produisant douze récoltes, à chaque mois rendant son fruit, et les feuilles de l'arbre servent à la guérison des nations (22,1-2).

Ce fleuve d'Eau vive qui vient de Dieu et du Christ symbolise naturellement la vie de l'Esprit qui irrigue et vivifie cette Humanité ressuscitée, la Communion des saints. Symbole complémentaire, l'arbre de vie (littéralement le « bois ») renvoie au bois de la Croix qui devient source d'alimentation permanente pour les hommes, procure remède et guérison pour les nations.

Et le trône de Dieu et de l'Agneau sera dans la Cité et ses serviteurs lui rendront un culte et ils verront son visage et son nom sera sur leurs fronts. De nuit, il n'y a plus et ils n'ont pas besoin de la lumière du flambeau ni de la lumière du soleil, parce que le Seigneur Dieu répandra sur eux sa lumière et ils régneront pour les siècles des siècles (22,3-5).

La vie nouvelle est tout entière liturgie, elle est le culte nouveau. Voir Dieu, face à face, sans mourir, est devenu une réalité quotidienne. Irriguée par le fleuve de l'Esprit, nourrie par l'arbre de vie qui est en son centre, éclairée par Dieu et son Agneau qui en occupent le sommet, cette Humanité ressuscitée dans l'au-delà est bien l'accomplissement du Dessein de Dieu.

15

Une recréation cosmique
Des cieux nouveaux et une terre nouvelle

Le destin de l'homme et l'avenir de l'univers sont liés

Elle passe « la figure de ce monde », écrivait déjà saint Paul. La science, aujourd'hui, confirme que notre bonne vieille planète n'est pas immortelle, puisque le soleil dont elle dépend se consume lentement. Il a déjà brûlé la moitié de son hydrogène, mais — pas de panique ! — il lui reste encore de quoi nous éclairer et nous réchauffer pendant cinq ou six milliards d'années ! Cette fin de « notre » monde doit être intégrée à notre interrogation sur l'avenir de l'homme et sur l'au-delà.

Qui peut dire vers quelle évolution imprévisible de l'humanité peut conduire la puissance créatrice de l'amour si les hommes se laissent guider par lui et ses conséquences à l'échelle cosmique ?

A l'échelle de l'histoire de l'univers, le message du Christ est extrêmement récent. Si l'on transforme l'échelle du temps en échelle linéaire avec un an par millimètre, le big-bang se situe à quinze mille kilomètres de nous, tandis que les premiers hommes sont à quatre kilomètres, les hommes du néolithique qui furent les premiers à manifester clairement un sentiment religieux à dix mètre et le Christ à deux mètres seulement. On assiste donc encore aux balbutiements de l'espèce humaine face à la situation nouvelle créée par le Christ.

Nous constatons que la vie semble évoluer vers toujours plus de communications, de relations. Nous pouvons donc penser à une évolution vers un super-organisme, cerveau des cerveaux. Ce développement peut correspondre à la construction de la « noosphère » projetée par Teilhard de Chardin. Mais cette construction n'est pas évidente. Elle peut échouer si l'amour n'est pas associé au développement de notre société[1].

En fait personne ne peut imaginer le scénario de l'avenir. Mais héritière de la tradition biblique, pour qui le Dieu sauveur est aussi le Dieu créateur, l'espérance chrétienne ne dissocie jamais le destin de l'ensemble des hommes et le devenir du monde physique.

Saint Paul, juif convaincu, est donc sensible à l'unité du Dessein de Dieu. L'histoire du salut, à ses yeux, en dépit de ses lenteurs, de ses apparentes incohérences, est la réalisation de ce plan d'amour. Le mot clé biblique qui en exprime l'unité et la gratuité est celui de « l'Alliance » dont Dieu a pris l'initiative.

Avant même de rapporter l'expérience religieuse d'Abraham et de Moïse, la Bible, avec l'histoire de Noé, s'était déjà fait l'écho d'une alliance universelle entre Dieu et l'humanité. *Voici que j'établis mon alliance avec vous et avec vos descendants après vous, et avec tous les êtres animés qui sont avec vous... tout ce qui est sorti de l'arche, tous les animaux de la terre. J'établis mon alliance avec vous : tout ce qui est*

1. J. Delumeau, *Le savant et la foi*, Champs/Flammarion. Rappelons simplement ici que, contrairement à ce que certains textes de Teilhard laissent entendre, on ne peut affirmer que la transfiguration du monde à la fin des temps ne sera que le prolongement de l'évolution du monde arrivé à son ultime maturation. S'il n'y pas de discontinuité totale entre l'histoire du monde et la Manifestation du Christ, le passage de l'humain au divin, suppose un acte créateur de Dieu. La création renouvelée n'est pas le simple aboutissement de l'effort de l'homme mais un accomplissement éternel qui n'est pas naturellement inscrite dans la première création mortelle.

ne sera plus jamais détruit par les eaux du déluge, il n'y aura plus de déluge pour ravager la terre (Gn 9,9-11).

Ainsi après le Déluge, puissant symbole de la précarité mortelle de l'homme et du monde, liée au péché, Dieu, par la médiation d'un seul juste, sauve l'humanité et fait triompher à nouveau la création du chaos.

Et le « signe » qui exprime cette alliance n'est pas celui de la circoncision qui ne pourrait concerner que les hommes, mais « l'arc-en-ciel » qui manifeste que cette alliance universelle concerne la totalité de l'univers créé.

En fait, pour l'homme biblique, l'Histoire du salut ne commence pas seulement avec Noé ou Abraham, ni même avec Adam, mais avec la Création elle-même. La longue genèse du monde créé, son évolution en fait partie intégrante. Selon le Dessein de Dieu, le destin de l'homme et celui de l'univers sont étroitement liés.

L'incarnation du Christ et sa résurrection vont apporter à cette vision unitaire, dynamique de la Bible, un éclairage et une confirmation insoupçonnés. Le Christ lui-même a pris soin d'enraciner sa mission dans la fidélité du Dieu de l'Alliance. Une Alliance qu'il vient renouveler et accomplir. Et, avant sa Passion, au soir de la Cène, il fait de sa Pâque le « signe » d'une *Alliance nouvelle et éternelle*.

Quelque temps auparavant, il avait déjà fait une promesse qui illumine cette marche en avant de toute l'humanité : *C'est maintenant le jugement de ce monde, maintenant le prince de monde va être jeté dehors. Pour moi, quand j'aurai été élevé de terre, j'attirerai à moi tout être vivant* (Jn 12,31-32).

La résurrection du Christ, crucifié par les forces des ténèbres, est une victoire sur le péché qui déstructure l'homme et menace l'univers lui-même. Il a tracé au sein de notre humanité, marquée par la mort, un sillage de lumière, et, dans le mur de la mort, il a creusé une brèche.

Tout homme, animé par son Esprit, est comme « attiré » vers lui, le Christ, le Vivant. Son Esprit met toute la création en mouvement vers le Royaume du Père. Il y a désormais, au cœur de l'homme et du monde créé comme une attraction permanente et universelle.

La résurrection chrétienne n'est pas le fruit d'une déduction intellectuelle mais se situe dans la logique de la foi, de la confiance en Dieu. La résurrection ne peut être « comprise » qu'à l'intérieur de l'ensemble de l'histoire de la révélation, comme l'achèvement d'une relation instaurée entre Dieu et les hommes.

Le Christ, centre de gravité du Dessein créateur de Dieu

Ainsi, l'ampleur et la profondeur des perspectives que saint Paul ou ses disciples développent, sur la place du Christ ressuscité dans l'histoire des hommes et du monde, ne relève pas d'une imagination débridée ni d'un débordement de langage.

Ces fresques grandioses, véritables hymnes cosmiques, sont le fruit de la méditation de croyants, pétris de tradition biblique, qui ont réfléchi sur le mystère de l'histoire de la création et de l'humanité dans la lumière du Christ Seigneur.

Ils saisissent, avec toujours plus d'acuité, ce Dessein mystérieux de Dieu qui est de créer, de renouveler cette création, de rassembler, de récapituler, non seulement les hommes, mais l'univers, visible et invisible, dans le Christ.

Après avoir, à maintes reprises et de bien des manières, parlé jadis aux Pères par les prophètes, Dieu en la période finale où nous sommes, nous a parlé par le Fils, qu'il a établi héritier de toutes choses, par qui aussi il a créé les mondes.

Ce Fils est le resplendissement de sa gloire et l'expression de son être, il porte (soutient) l'univers par la puissance de sa parole puissante. Après avoir accompli la purification des péchés, il s'est assis à la droite de la Majesté (He 1,1-4).

Dieu *nous a choisis en lui avant la création du monde, pour être... en sa présence, dans l'amour* ! Il nous a révélé son dessein bienveillant qu'il réaliserait quand les temps seraient accomplis, celui de *réunir l'univers entier* dans le Christ ; c'est encore en lui que nous avons *été marqués du sceau de l'Esprit* qui constitue *les arrhes de notre héritage jusqu'à la délivrance finale* (Ep 1,1s). La multiplication, dans ce texte, des prépositions : « en », « par », « pour », souligne combien le Christ est le principe vivant dont dépend toute la création.

Les milliards d'années qui ont précédé l'apparition de la terre, celle des hommes et la naissance du Christ ne sont pas vides mais déjà pénétrées de son Esprit. Toute la gestation cosmique qui précède l'explosion de la vie, l'évolution des vivants jusqu'à l'homme debout, tout est orienté vers son incarnation et sa résurrection[2].

Ce que confirme encore plus explicitement le second hymne, aussi fameux, où le Christ apparaît encore comme le centre de gravité du Dessein de Dieu, de la création, de son renouvellement et de son accomplissement par sa Résurrection, considérée ici comme un « nouveau » commencement.

Il est l'image du Dieu invisible, Premier-Né de toute créature, car en lui tout a été créé, dans les cieux et sur la terre, les êtres visibles comme les invisibles... Tout est créé par lui et pour lui. Il est avant toutes choses et tout subsiste en lui... Il est le commencement, Premier-Né d'entre les morts... Voilà que maintenant Dieu vous a réconciliés dans le corps périssable de son Fils, par sa mort, pour vous faire paraître devant lui saints, irréprochables, inattaquables (Col 1,15-20).

En Lui et par Lui, Dieu n'a rien créé pour la mort mais seulement pour la vie. Rien n'est vivant ni intelligible en dehors de lui. Dieu aurait-il pu « inventer » une autre

2. Notre univers est sous le signe du changement permanent. Ce qui, aujourd'hui, est acquis par les différents secteurs de la science c'est qu'au niveau du monde créé, rien n'est figé. L'immutabilité des espèces de Cuvier, l'immobilité de la terre au centre de l'univers de Ptolémée, la conception mécaniste de Descartes considérant la matière comme inerte et celle de Newton, regardant le monde comme une horloge parfaitement préréglée, ne correspondent plus à la réalité telle que nos scientifiques la perçoivent. Notre compréhension de l'univers est toujours approximative et fragmentée. La réalité quantique implique un espace multi-dimensionnel différent de notre vieille notion de l'espace-temps ! Et demain, notre vision du « monde réel » sera sans doute à nouveau corrigée par d'autres découvertes !

manière de tirer l'homme de son impasse ? Le fait est qu'il a voulu que le Christ se fasse « homme » ! Il a voulu faire jaillir la victoire de la vie depuis notre terre, nous orienter à nouveau vers son éternité à partir « d'en bas », de chez nous.

Dans la mesure où le Christ est à la fois le Premier-Né de toute créature et le Premier-Né d'entre les morts, il assume donc la matière en sa propre chair et l'entraîne nécessairement dans sa résurrection. Le Verbe qui s'est fait chair est aussi l'Homme ressuscité.

Ce qui signifie que par le Christ, dont le corps transfiguré garde à jamais les stigmates de son incarnation, notre humanité est la « matière première » du monde à venir. L'univers matériel n'est donc pas promis à l'anéantissement mais il est, lui aussi, orienté vers sa transfiguration.

Pierre dès son premier discours, au jour de la Pentecôte, évoque cette *restauration universelle* dont Dieu a parlé par la bouche des Prophètes (Ac 3,21). La création renouvelée n'est autre que le Corps glorieux du Christ. Le Christ a voulu toucher le fond de notre impasse où nous nous étions exclus de la vie et assumer notre humanité humiliée pour la diviniser.

Désormais, au sein du mystère du Dieu trinitaire, le Père ne peut plus oublier notre humanité transfigurée, éternellement présente en son sein. Le Corps glorieux du Christ constitue déjà les prémices des *cieux nouveaux et de la terre nouvelle*. C'est en contemplant le Christ-Seigneur, ce Pantocrator qui trône au sommet des coupoles des églises orientales, que le croyant pressent peu à peu sa souveraine et universelle Présence.

L'univers est en travail d'enfantement

Mais si dans le Christ ressuscité, la fin et le renouvellement de notre univers sont déjà accomplis, sur le versant historique des hommes, ils sont encore en gestation. Saint Paul, vocabulaire réaliste de l'accouchement pour évoquer ce mystère de l'univers, solidaire de l'aventure humaine, « en travail » d'enfantement.

L'Esprit en personne se joint à notre esprit pour attester que nous sommes enfants de Dieu. Enfants, et donc héritiers ; héritiers de Dieu, et cohéritiers du Christ, puisque ayant part à ses souffrances, nous aurons part aussi à sa gloire. J'estime, en effet, que les souffrances du temps présent sont sans proportion avec la gloire qui doit être révélée en nous.

Car toute la création attend avec impatience la manifestation des fils de Dieu... elle garde l'espérance, car elle aussi sera libérée de l'esclavage de la corruption, pour avoir part à la liberté et à la gloire des enfants de Dieu. Nous le savons en effet la création tout entière gémit maintenant encore en travail d'enfantement.

Elle n'est pas seule : nous aussi, qui possédons les prémices de l'Esprit, nous gémissons intérieurement dans l'attente de l'adoption, la délivrance pour notre corps (Rm 8,16-23).

La transfiguration de l'humanité est attendue par toute la création inanimée. Perspective qui, on en conviendra, est aux antipodes de la pensée grecque ! La libération de l'homme, qui est première, entraînera celle de l'univers. Tout l'univers créé s'achemine progressivement vers son état définitif dans et par la personne humaine qui est à la fois matérielle et spirituelle. A la suite du Christ, Premier-Né d'entre les morts, l'homme ressuscité n'est pas emporté dans un « autre univers », mais il entraîne avec lui cet univers de la matière avec qui il fait corps.

Cette mystérieuse interdépendance dialectique entre l'univers et l'homme sera soudain interrompue, reprise et transfigurée sur un tout autre plan par l'intervention imprévisible de Dieu lors de la Manifestation du Christ.

L'homme doit humaniser ce monde que Dieu veut transfigurer

Si le Christ est ressuscité et qu'en lui tout l'univers est déjà renouvelé, au niveau de l'histoire humaine, tous les hommes n'ont pas encore accueilli son Esprit, source de « résurrection ». Ni l'homme ni le cosmos ne sont des réalités statiques mais dynamiques.

L'esprit de l'homme, animé par l'Esprit, humanise progressivement son propre corps, sa relation aux autres et prépare ainsi mystérieusement sa résurrection future. De même par son labeur quotidien, l'homme maîtrise peu à peu la matière, humanise ce monde matériel et ainsi le prépare à sa transfiguration finale par le Christ.

C'est pourquoi le travail de l'homme, animé par l'Esprit, est lui aussi orienté vers la résurrection et possède une valeur d'éternité. Contrairement aux dieux grecs, Dieu n'est pas jaloux des secrets de la nature, mais il a voulu faire de l'homme son collaborateur le plus direct pour parfaire un Univers encore inachevé.

L'espérance chrétienne confère une valeur nouvelle à tout l'effort humain, au labeur des techniciens, des architectes, des urbanistes et des paysagistes, de tous ceux qui façonnent le visage de la terre et vont jusqu'à humaniser d'autres astres. L'homme a reçu la mission de pénétrer la matière d'intelligence, de l'humaniser et de préparer ainsi mystérieusement la création à cette transfiguration à laquelle elle aspire et pour laquelle elle a aussi été créée.

Toute nouvelle conquête, qu'elle soit d'ordre scientifique ou social, qui est mise au service de l'homme, glorifie Dieu et poursuit son œuvre. Mais seule la puissance de l'Esprit, Energie de l'amour créateur qui libère le cœur et l'esprit de l'homme, peut mettre l'Univers en marche vers sa transfiguration[3].

3. Comme l'Esprit créateur est la puissance créatrice qui, par la naissance de Jésus du sein de Marie, a incorporé Dieu au monde et a « divinisé »

Un Univers en voie de résurrection ne peut être qu'un Univers animé par l'Amour, source d'éternité pour l'homme et le monde matériel. L'édification d'un monde asservi par l'égoïsme de chacun, qui ne serait pas au service de la croissance de l'homme spirituel, risquerait d'être, lui aussi, entraîné dans l'auto-destruction de l'homme charnel.

L'espérance chrétienne en un monde futur, loin de nous démobiliser, nous pousse, au contraire, à mettre toutes les potentialités de notre univers au service de l'homme.

Elle est capable, par exemple, de soutenir et de donner un formidable élan à la construction de l'unité de l'Europe et à la solidarité internationale entre les peuples qui parfois manquent de souffle. Dire, à la suite de saint Paul, *qu'il n'y a plus ni juifs, ni grecs, ni païens, mais qu'il y a un seul homme en Jésus-Christ*, c'est croire que, malgré nos différences de culture, de langue et d'histoire, nous avons un avenir commun possible. L'espérance chrétienne, sans nier la personnalité de chaque nation, nous libère du danger mortel des nationalismes absolutisés.

Le chrétien, animé par cette espérance, peut et doit interpréter les « signes » des temps, tels que les efforts pour le développement, la paix, pour bâtir une grande Europe solidaire et ouverte aux autres continents, qui manifestent cette aspiration secrète des hommes à l'unité et la lente gestation de la Fraternité universelle.

Face à ces nouveaux grands défis du XXIe siècle, les croyants des différentes confessions vont-ils se laisser manipuler pour renforcer des nationalismes étriqués qui excluent les autres ou, au contraire, vont-ils être le « levain dans la pâte » qui fait monter l'humanité vers sa véritable finalité, l'étoile qui oriente la marche des peuples vers Celui qui vient ?

Comme le disait Jérôme Vignon, polytechnicien, économiste et responsable de la « Cellule de prospective des Communautés européennes », en se référant à une image

l'homme par la Résurrection de l'humanité du Christ, de même, c'est lui, qui à la fin des temps, transfigurera toute la création.

— posée sur son bureau ! — représentant saint François dans une posture d'adoration, les mains ouvertes, stigmatisées, le visage tourné vers le ciel :

Toute son attitude exprime la réception. Il est illuminé par l'Esprit. Il n'est qu'attente et accueil. Alors que nous sommes toujours en train de nous projeter dans l'avant, d'essayer de façonner Dieu à notre image. Là est l'erreur.

Parce que nous oublions que ce mouvement vers l'avant lui-même vient de Dieu. On l'oublie toujours. C'est ce qui s'accomplit dans la prière. Cette prise de conscience que ce qui nous projette dans l'avant, ce dans quoi nous nous sentons heureux, sont autant de moments où l'Esprit nous fait signe et nous met sur la voie.

C'est ainsi rendre à Dieu le dynamisme dont nous sommes porteurs, ne pas se l'attribuer, ne pas chercher à faire de Dieu notre complice, ne pas chercher à avoir barre sur Lui. Il est là. Laisser la place dans le mur de la raison à ce rayon de lumière qui vient de Dieu, et sans lequel aucun combat n'aurait de sens, pas même le combat pour la liberté[4].

Une espérance renouvelée dans un univers élargi

Ce qui est sûr c'est que dans un monde où les sciences ont plus que jamais élargi l'horizon de l'humanité, aussi bien dans l'espace que dans le temps, nous devons repenser une cosmologie et une métaphysique chrétiennes fondées sur l'incarnation et la résurrection du Christ. Notre univers a été conçu par Dieu pour devenir, un jour, la Terre Nouvelle accordée à la splendeur des corps ressuscités.

L'espérance du chrétien du XXIe siècle ne peut plus se contenter d'un discours rabougri et doit retrouver toute son ampleur[5]. L'incarnation-résurrection du Christ n'est pas

4. Extrait d'une interview accordée au journal *La Croix-L'Événement* du 16-17 janvier 1994.

5. Nous sommes encore trop tributaires de la représentation spatiale de l'au-delà, héritée du Moyen Age, centrée presque exclusivement sur l'indi-

un accident historique, isolé, mais un événement cosmique qui englobe l'aventure de l'univers que nous révèle la science et un événement transcosmique puisqu'il relève d'un acte créateur de Dieu.

Puisque Dieu, dans le Christ, a transfiguré toute l'humanité, la résurrection ne peut être une aventure purement individuelle, « privée ». Notre « corps de résurrection » ne peut être envisagé isolément, en dehors de ses relations avec l'ensemble de l'humanité et de l'univers renouvelés.

Plus l'univers se dilate, plus le regard de l'homme s'élargit, et plus le Christ Pantocrator doit éclairer la foi et l'espérance des chrétiens. Si nous ne voulons pas réduire le christianisme à un « géocentrisme » étriqué, nous devons retrouver le souffle du Dessein créateur de Dieu qui veut « récapituler » et transfigurer les êtres visibles et invisibles dans le Christ.

L'Église... n'aura sa consommation que dans la gloire céleste, lorsque viendra le temps où toutes choses seront renouvelées et que, avec le genre humain, tout l'univers lui-même, intimement uni avec l'homme et atteignant par lui sa destinée, trouvera dans le Christ sa définitive perfection... Ainsi donc, les derniers temps sont déjà arrivés pour nous. Le renouvellement du monde est irrévocablement acquis et, en toute réalité, anticipé dès maintenant (*Lumen Gentium*, n° 48).

Quant à savoir quand et comment Dieu accomplira ce renouvellement ultime de l'homme et de l'univers, lié à la Manifestation finale du Christ, nous n'en savons strictement rien. Son scénario nous échappe. Tout comme nous sommes incapables d'imaginer ce monde nouveau de la communion généralisée et de la réciprocité totale.

La foi chrétienne, à propos du commencement ou de la

vidu qui se déplace d'un « lieu » à un autre, où l'au-delà ne se situe nullement à l'intéreur du vaste Dessein universel de Dieu et où la vie éternelle n'a aucune dimension cosmique. Saint Thomas, par exemple, en exclut plantes et animaux qui sont anéantis ! L'être humain y est perçu, non comme membre de l'humanité et comme élément de l'univers, mais uniquement comme individu.

fin du monde, n'est d'ordre ni chronologique ni descriptif. Le chrétien croit simplement qu'il y a un rapport étroit entre Dieu et la création, entre Dieu et l'histoire de l'humanité, entre Dieu et l'existence de chacun d'entre nous.

16

Nous sommes tous des guetteurs de l'aurore

Les impatients de la fin du monde

Nous ne savons rien sur les modalités et la date de la fin du monde. Selon les évangiles, Jésus lui-même a refusé de répondre à ce genre de question, stoppant net toute élucubration en ce domaine :

Les disciples s'avancèrent vers lui, à l'écart, et lui dirent : « Dis-nous quand cela arrivera-t-il, et quel sera le signe de ton avènement et de la fin du monde ? » Jésus leur répondit : « Le ciel et la terre passeront, mes paroles ne passeront pas... Mais ce Jour et cette Heure, nul ne les connaît, ni les anges des cieux, ni le Fils, personne, sinon le Père, et lui seul » (Lc 24,3 et 35-36)[1].

La fin du monde nous échappe autant que son commencement quand, après le big-bang initial, il y a environ quinze milliards d'années, l'univers est entré en expansion.

Mais la nécessité d'exprimer un peu le contenu de notre

1. L'approche de l'an 2000, comme ce fut la cas en l'an 1000, réveille déjà la fièvre des « millénaristes ». Déjà les prédictions de l'entrée dans l'âge d'or du Verseau abondent. On y annonce un Retour du Christ, non pas pour « accomplir » la création de Dieu mais pour « instruire » les hommes en leur révélant comment se « sauver » eux-mêmes !

espérance — car à force de ne rien en dire on risque de lui ôter toute consistance — nous contraint d'en parler de quelque manière ! Mais puisque tout ce qui concerne l'au-delà est proprement impensable pour l'homme, le seul registre possible pour en parler est celui de l'évocation symbolique.

Chaque époque, avec discrétion et sans être dupe de son propre langage, peut employer des « représentations » imagées qui seront toujours tributaires d'une culture déterminée. C'est donc tout naturellement que Paul et les premiers chrétiens vont puiser leurs vocabulaires et leurs images dans l'héritage juif et plus particulièrement dans celui de la littérature apocalyptique.

De plus, les premiers chrétiens de Thessalonique étaient tellement convaincus que l'Avènement final du Christ, et donc la fin du monde et la résurrection générale, adviendraient assez rapidement, qu'ils s'interrogeaient sur le sort de leurs défunts morts avant ce Jour tant attendu. Saint Paul — qui dans un premier temps partagea lui aussi cette conviction d'une Venue prochaine du Christ — leur répondit :

Nous ne voulons pas, frères, que vous soyez ignorants au sujet des morts ; il ne faut pas que vous vous désoliez comme les autres, qui n'ont pas d'espérance. Si en effet nous croyons que Jésus est mort et qu'il est ressuscité, de même aussi ceux qui sont morts, par Jésus, Dieu les emmènera avec lui.

Voici en effet ce que nous avons à vous dire, sur la parole du Seigneur. Nous, les vivants, nous qui serons restés jusqu'à l'Avènement du Seigneur, nous ne devancerons pas ceux qui sont déjà morts.

Car lui-même, le Seigneur, au signal donné par la voix de l'archange et la trompette de Dieu, descendra du ciel : alors les morts qui sont dans le Christ ressusciteront en premier lieu ; après quoi nous, les vivants, nous qui serons restés, nous serons enlevés avec eux sur les nuées pour rencontrer le Seigneur dans les airs. Ainsi nous serons avec le Seigneur pour toujours (1 Th 4,13-17 ; cf. aussi 2 Th 1,7-10).

Dans ce passage, il ne faut pas donner une réalité descriptive à ce qui n'est qu'un revêtement littéraire symbolique de l'ordre de l'évocation. Ce qui importe ici c'est la foi et l'espérance chrétiennes que Paul y exprime : quelle que soit la date de la fin du monde, la mort ne débouche pas sur le néant, mais Dieu prend l'initiative de nous *emmener avec lui*. Chacun sera *enlevé* pour *rencontrer le Seigneur* et *être toujours avec lui*.

Dans une autre lettre, mais dans la même perspective d'une venue prochaine du Christ, saint Paul ne « représente » pas fin du monde en termes catastrophiques mais comme une soudaine métamorphose des « morts » et des vivants par la venue transformante du Christ.

Oui, je vais vous dire un mystère : nous ne mourrons pas tous, mais tous nous serons transformés. En un instant, en un clin d'œil, au son de la trompette finale, car elle sonnera, la trompette, et les morts ressusciteront incorruptibles, et nous, nous serons transformés (1 Co 51-52).

L'Apocalypse donne aussi à ce bouleversement final une ampleur cosmique terrifiante qui semble, aujourd'hui, relever de la mythologie. (Bien qu'une catastrophe nucléaire n'aurait rien à lui envier !)

Mais ce « passage » de la finitude, celle de l'homme ou de l'univers, à la transcendance divine, du temps à l'éternité, suppose une rupture radicale que les hommes décrivent à partir de ce qu'ils ont expérimenté dans l'ordre de la création, quand se produit de profonds bouleversements tels qu'un raz de marée ou un tremblement de terre. Ces images veulent aussi probablement signifier que cet achèvement ultime de la création et de l'homme ne se fera pas sans un douloureux travail d'enfantement et de purification.

Mais, encore une fois ces représentations imagées ne sont pas des descriptions scientifiques de la fin des temps, mais elles expriment simplement une conviction de foi : à savoir que la Manifestation ultime du Christ aura bien lieu et qu'elle concernera l'homme dans toutes ses dimensions, historique, corporelle, sociale et tout l'univers créé dont il est solidaire.

Ce Jésus qui vous a été enlevé pour le ciel viendra de la même manière que vous l'avez vu s'en aller vers le ciel (Ac 1,11).

Alors, apparaîtra dans le ciel le signe du Fils de l'homme ; alors toutes les tribus de la terre se frapperont la poitrine, et elles verront le Fils de l'homme venir sur les nuées du ciel dans la plénitude de la puissance et de la gloire (Mt 24,30).

Selon certains auteurs, cette victoire finale du Christ sera précédée par un ultime sursaut des forces du mal, de celui qui veut se faire dieu — « l'Homme de l'impiété » chez saint Paul et « l'Anté-Christ » chez saint Jean — une intensification du combat entre les ténèbres et la lumière et donc, pour les croyants, par un temps d'épreuves.

Mais comme l'écrit encore Paul à ses frères : *Au sujet de la venue du Seigneur Jésus Christ et de notre rassemblement auprès de lui, nous vous le demandons, frères, n'allez pas trop vite perdre la tête ni vous effrayer à cause d'une révélation prophétique, d'un propos ou d'une lettre présentés comme venant de nous, et qui vous feraient croire que le jour du Seigneur est arrivé. Que personne ne vous abuse d'aucune manière* (2 Th 2,1-3).

Nous ignorons le temps de l'achèvement de la terre et de l'humanité, nous ne connaissons pas le mode de transformation du cosmos. Elle passe certes, la figure de ce monde déformée par le péché ; mais, nous l'avons appris, Dieu nous prépare une nouvelle demeure et une nouvelle terre où régnera la justice, et dont la béatitude comblera et dépassera tous les désirs de paix qui montent au cœur de l'homme.

Alors, la mort vaincue, les fils de Dieu ressusciteront dans le Christ, et ce qui fut semé dans la faiblesse et la corruption revêtira l'incorruptibilité. L'amour et ses œuvres demeureront, et toute cette création que Dieu a faite pour l'homme sera délivrée du néant (Vatican II, *L'Église dans le monde de ce temps*, n° 39).

Le « Notre Père », la prière cadre que le Christ nous a lui-même enseignée, n'exprime-t-il pas d'une certaine manière notrre espérance responsable de voir, un jour, l'Amour créateur de Dieu triompher ? *Que ton règne vienne !* Notre impatience ne doit pas être de savoir quand viendra la fin du monde mais de désirer que l'amour règne partout ! Qu'il envahisse et transforme le cœur de l'homme et, à travers lui, tout l'univers créé.

Invitation à la vigilance

Et puisque personne ne sait ni le jour ni l'heure de l'utltime Manifestation du Christ, les auteurs chrétiens invitent sans cesse les croyants à la « vigilance » afin d'être toujours prêts à cette « rencontre » imprévisible pour chacun et pour l'ensemble de l'humanité.

Il est intéressant de noter combien le thème de la « vigilance » est très présent dans l'enseignement de Jésus. Non pas pour faire de ses disciples des hommes craintifs qui ont peur de l'avenir mais des hommes vigilants. Croire en la résurrection du Christ, c'est devenir un homme « éveillé » à tout ce qui est en gestation, à tout ce qui « naît » au sein de notre histoire personnelle et de celle de l'humanité.

Tenez-vous sur vos gardes, de peur que vos cœurs ne s'appesantissent dans la débauche, l'ivrognerie, les soucis de la vie, et que ce Jour-là ne fonde soudain sur vous comme un filet ; car il s'abattra sur tous ceux qui habitent la surface de toute la terre. Veillez donc et priez en tout temps, afin d'avoir la force d'échapper à tout ce qui doit arriver, et de vous tenir debout devant le Fils de l'homme (Lc 21,34-36).

Invitation à ne pas se laisser aveugler par la mousse des événements, les soubresauts superficiels de nos sociétés mais à savoir discerner où l'énergie de la résurrection est à l'œuvre, où la sève de l'Esprit sourd dans l'épaisseur de l'humain. Invitation à ne pas manquer les « passages » discrets de Dieu dans notre vie et ne à pas se laisser surprendre par la venue imprévisible de la mort. *Veillez donc, car vous ne savez ni le jour, ni l'heure* (Mt 25,13).

Notre espérance est un don de l'Esprit

Les « représentations » de l'au-delà sont multiples et il y a plusieurs manières de croire en la résurrection corporelle de l'homme. Y compris parmi les chrétiens. Faut-il s'en inquiéter ? Non, si on accepte qu'il y ait nécessairement une tension féconde entre l'espérance chrétienne, fondée sur la révélation du Christ de Pâques et les « représentations » de l'au-delà relatives à chaque culture.

Il n'est d'ailleurs pas souhaitable pour le progrès de la réflexion sur l'eschatologie chrétienne d'en absolutiser « une » comme seule recevable, car aucune conception, spatiale, temporelle, existentielle ou ontologique ne peut prétendre, à elle seule, rendre compte de l'au-delà.

Le rôle de l'Église n'est pas de défendre à tout prix une seule position ou de prôner une sorte de pluralisme flou, mais de confronter ces différentes « représentations » afin qu'elles se corrigent mutuellement et de les renvoyer sans cesse à ce qui constitue le cœur de notre espérance :

Le Christ tel que vous l'avez reçu, Jésus le Seigneur, c'est en lui qu'il vous faut marcher, enracinés et fondés en lui, affermis ainsi dans la foi telle qu'on vous l'a enseignée, et débordants de reconnaissance. Veillez à ce que personne ne vous prenne au piège de la « philosophie », selon une tradition tout humaine, selon les éléments du monde, et non selon le Christ.

Car en lui habite corporellement toute la Plénitude de la vie, et vous vous trouvez en lui associés à sa plénitude... Ensevelis avec lui lors du baptême, vous en êtes aussi ressuscités avec lui, parce que vous avez cru en la force de Dieu qui l'a ressuscité des morts (1 Co 2,6-12).

Notre mort sera notre « chemin de Damas ». Mourir, c'est rencontrer le Christ ressuscité face à face. Nous découvrirons alors *ce que Dieu a préparé pour ceux qui l'aiment* (1 Co 2,9). En attendant, attentifs aux murmures de l'Esprit et aux intuitions de l'amour, nous devons creuser et élargir sans cesse l'espérance qui nous fait vivre, enracinés dans *le mystère tenu caché tout au long des siècles et que Dieu a manifesté maintenant à ses saints. Il a voulu leur faire connaître quelles sont les richesses et la gloire de ce mystère parmi les païens : Christ au milieu de vous, l'espérance de la gloire* (Col 1,26-27).

La résurrection chrétienne est difficilement « pensable ». On ne croit pas à la résurrection de l'homme en s'appuyant sur des données anthropologiques déterminées d'avance mais dans la logique de la foi au Christ qui révèle à l'homme son identité.

Daigne le Dieu de notre Seigneur Jésus Christ, le Père de la gloire, vous donner un esprit de sagesse et de révélation, qui vous le fasse vraiment connaître !

Puisse-t-il illuminer les yeux de votre cœur pour vous faire voir quelle espérance vous ouvre son appel, quels trésors de gloire renferme son héritage parmi les saints, et quelle extraordinaire grandeur sa puissance revêt pour nous, les croyants, selon la vigueur de sa force, qu'il a déployée en la personne du Christ, le ressuscitant d'entre les morts et le faisant siéger à sa droite, dans les cieux (Ep 1,17s).

Et quand, face à la mort implacable, nous serons assiégés par l'angoisse et les forces destructrices du doute, c'est en contemplant l'icône de la splendeur du Christ transfiguré et en ruminant sa Parole que nous pourrons l'entendre nous murmurer au plus intime de notre être : *Courage, confiance, ayez foi, j'ai vaincu le monde* (Jn 16,33). Ce monde ancien, fermé sur lui-même, marqué par le refus de la vie doit faire place au monde nouveau, transfiguré par l'énergie de la Résurrection du Christ.

Notre espérance ne peut s'enraciner que dans la confiance et l'abandon à l'amour inlassable de ce Dieu révélé qui, au cours de notre vie, nous manifeste souvent sa fidélité.

Qui nous séparera de l'amour du Christ ? La détresse, l'angoisse, la persécution, la faim, le dénuement, le danger, le glaive ?...

Mais en tout cela nous sommes plus que vainqueurs par Celui qui nous a aimés. Oui, j'en ai l'assurance : ni la mort ni la vie, ni les anges ni les dominations, ni le présent ni l'avenir, ni les puissances, ni les forces des hauteurs ni celles des profondeurs, ni aucune autre créature ne pourra nous séparer de l'amour de Dieu manifesté en Jésus-Christ notre Seigneur (Rm 8,30-39).

Notre espérance en cette invraisemblable résurrection ne s'appuie pas sur nos sentiments fragiles ou nos raisonnements trop étroits mais sur cette conviction intérieure de l'amour, éclairée par l'Esprit de Dieu lui-même qui habite notre cœur.

Notre orgueil à nous, c'est d'espérer avoir part à la gloire de Dieu. Et l'espérance ne trompe pas, puisque l'amour de Dieu a été répandu dans nos cœurs par l'Esprit Saint qui nous a été donné (Rm 5,2 et 5).

Table

Achevé d'imprimer le 12 avril 1994
dans les ateliers de Normandie Roto Impression s.a.
61250 Lonrai
pour le compte des Éditions Desclée de Brouwer
N° d'imprimeur : I4-0309
Dépôt légal : avril 1994

Imprimé en France